# MADDADDAM

# Margaret Atwood

# MADDADDAM

Traducción del inglés de
Antonio Padilla Esteban

narrativa
salamandra

Papel certificado por el Forest Stewardship Council®

MIXTO
Papel procedente de
fuentes responsables
FSC
www.fsc.org    FSC® C117695

Penguin
Random House
Grupo Editorial

Título original: *MaddAddam*
Primera edición: octubre de 2021

© 2013, O. W. Toad Ltd.
© 2021, Penguin Random House Grupo Editorial, S.A.U.
Travessera de Gràcia, 47-49. 08021 Barcelona
© 2021, Antonio Padilla Esteban, por la traducción

Printed in Spain – Impreso en España

ISBN: 978-84-18107-88-7
Depósito legal: B-12.872-2021

Impreso en Romanyà-Valls
Capellades, Barcelona

SM07887

*A mi familia*
*y a Larry Gaynor (1939-2010)*

# Contenido

# La trilogía MADDADDAM:
# la trama hasta este punto

Los primeros dos libros de la trilogía MADDADDAM son *Oryx y Crake* y *El año del Diluvio*, *Maddaddam* es el tercero.

## 1. *Oryx y Crake*

Al principio de la historia, Hombre de las Nieves vive en un árbol a la orilla del mar y está convencido de que es el único ser humano auténtico que ha sobrevivido a la mortífera pandemia que ha devastado el mundo. No lejos de allí viven los Hijos de Crake, o crakers, una apacible especie humanoide creada mediante un proceso de ingeniería genética por el brillante Crake, en tiempos el mejor amigo de Hombre de las Nieves y su rival en el corazón de su amada, la bella y enigmática Oryx.

Los crakers desconocen los celos en asuntos sexuales, la codicia, la ropa, la necesidad de proteínas de origen animal y de repelente para insectos: los factores que, en opinión de Crake, habían hecho infeliz a la raza humana y, en último término, causado la degradación del planeta. Los crakers se aparean estacionalmente, cuando ciertas partes de sus cuerpos se tornan azules. Crake hizo lo posible por liberarlos del pensamiento simbólico y de la música, pero tienen por costumbre canturrear de una forma peculiar e inquietante y han desarrollado una religión que lo encumbra a él mismo como su creador, a Oryx como la señora de los animales y a Hombre de las Nieves como el reticente profeta de la especie. Fue él quien los sacó de la cúpula del Paralíseo, el laboratorio de alta tecnología donde fueron creados, para llevarlos al lugar que hoy ocupan a orillas del mar.

En su vida anterior a la pandemia, Hombre de las Nieves se llamaba Jimmy, y su día a día transcurría entre los complejos —espacios fortificados donde se alojaba la élite tecnocrática que controlaba la sociedad a través de Segur-Mort, su división para la seguridad colectiva— y las plebillas situadas extramuros, en cuyos vecindarios residenciales, centros comerciales y arrabales el resto de la gente vivía, iba de compras y trapicheaba.

Se había criado en las Granjas OrganInc, donde su padre trabajaba con los cerdones, cerdos transgénicos diseñados para alojar una amplia gama de tejidos humanos —lo mismo riñones que tejido cerebral— destinados a trasplantes. Luego trasladaron a su padre a VitaMorfosis, una corporación especializada en salud y bienestar, y fue allí, en el instituto VitaMorfosis, donde un Jimmy ya adolescente conoció a Crake, que por entonces se llamaba Glenn. Su común interés en la pornografía por internet y los más complejos juegos en línea los volvió inseparables. Entre esos juegos se contaba Extintatón, cuyo administrador era una críptica figura llamada MADDADDAM («Adán dio nombre a los animales vivos. MADDADDAM se lo pone a los muertos»). Los dos amigos entraron en contacto con él por medio de una sala de chat a la que sólo podían acceder los Grandes Maestros del juego que se habían ganado esa confianza.

Jimmy perdió de vista a Crake cuando éste ingresó en el Instituto Watson-Crick, un centro financiado con generosas donaciones, mientras que él tuvo que conformarse con la ruinosa academia de humanidades Martha Graham. Extrañamente, tanto la madre como el padrastro de Crake murieron de una misteriosa enfermedad que los llevó a disolverse físicamente. Tiempo después, un grupo bioterrorista cuyo nombre en clave era MADDADDAM empezó a utilizar microbios y animales genéticamente modificados para atentar contra la infraestructura y la autoridad de SegurMort.

Cuando, años más tarde, volvieron a encontrarse, Crake estaba al frente de la cúpula del Paralíseo, donde se dedicaba al empalme genético de los crakers y al desarrollo de la pastilla GozzaPluss, un producto ideado para favorecer el éxtasis sexual, el control de natalidad y la eterna juventud. Jimmy se llevó una sorpresa al descubrir que los nombres de los científicos que trabajaban en el Paralíseo coincidían con los nombres de usuario en Extintatón; en realidad, se trataba de los bioterroristas maddaddámidas, con los que Crake había contactado en la sala de chat y a quienes había prometido impunidad a cambio de su cooperación en el Paralíseo. Sin embargo, la pastilla GozzaPluss contenía un ingrediente secreto, y su lanzamiento coincidió con el inicio de la pandemia que acabó con la humanidad. En el caos resultante, tanto Oryx como Crake murieron, dejando a Jimmy a solas con los crakers.

Al final, muy atormentado por el recuerdo de la difunta Oryx y el traicionero Crake, y desesperado ante sus propias perspectivas de supervivencia, un renqueante y arrepentido Hombre de las Nieves emprende un viaje a pie hacia la cúpula del Paralíseo, dispuesto a hacerse con las armas y suministros que, según sabe, siguen almacenados allí. Por el camino tiene que vérselas con animales genéticamente modificados que campan a sus anchas, entre ellos los feroces loberros y los gigantescos cerdones, cuyo tejido cerebral de origen humano los convierte en seres taimados y peligrosos.

*Oryx y Crake* concluye cuando Hombre de las Nieves descubre a otros tres supervivientes a la plaga: tres mujeres. ¿Haría bien en unirse a ellas abandonando a los crakers a su suerte o, conociendo las tendencias destructivas de su propia especie, debería matarlos? Al final de *Oryx y Crake*, Hombre de las Nieves no se ha decidido aún.

## 2. El año del Diluvio

*El año del Diluvio* se desarrolla en la misma época que *Oryx y Crake*, pero tiene lugar en las plebillas situadas extramuros de los complejos. La trama gira en torno a los Jardineros de Dios, una religión ecologista fundada por Adán Uno. Sus líderes, los Adanes y las Evas, predican la convergencia de la naturaleza y las Escrituras y el amor a todos los seres vivos, al tiempo que denuncian los peligros de la tecnología y la maldad inherente a las corporaciones. Enemigos de la violencia, fomentan el cultivo de frutas y verduras y la apicultura en las azoteas de los arrabales de las plebillas.

La historia se inicia en el presente, el año 25 para los Jardineros: año del Diluvio Seco, que es el nombre que ellos dan a la pandemia. Armada con un viejo rifle, Toby está escondida en las instalaciones del balneario InnovaTe a la espera de que aparezcan otros supervivientes —en particular, un avispado y espabilado ex Jardinero llamado Zab, de quien está secretamente enamorada— y quebranta el código de los Jardineros al disparar a uno de los cerdones que han estado merodeando por su huerto. Otro día, descubre a lo lejos una procesión de caminantes desnudos encabezada por un hombre barbado y andrajoso. Como nada sabe sobre Hombre de las Nieves y los crakers, cree que se trata de una alucinación.

A todo esto, la joven Ren está encerrada en el cuarto para cuarentenas de Colas y Escamas, el club de *striptease* en el que ha estado trabajando y que, poco antes de la plaga, destrozó un grupo de paintbalistas —deshumanizados prisioneros de SegurMort que han eliminado sin compasión a sus contrincantes en el Paintbala Arena—. Ren tiene claro que acabará muriendo de hambre si Amanda, su amiga de la infancia, no se presenta para abrirle la puerta cerrada a cal y canto.

Mucho tiempo atrás, los Jardineros de Dios rescataron a Toby de las garras del paintbalista Blanco, su tiránico jefe en el asqueroso puesto de venta de la cadena SecretBurgers donde estaba empleada. Toby se convirtió en una Eva y se especializó en hongos, abejas y pociones. Su maestra, la vieja Pilar —quien, como tantos otros Jardineros, era una biocientífica perseguida por SegurMort— seguía secretamente en contacto con varios informantes, entre ellos el adolescente Crake.

Ren había sido pupila de Toby junto con Amanda, una plebiquilla de armas tomar y con gran carisma personal. La madre de Ren, Lucerne, se había fugado con Zab del complejo VitaMorfosis aunque, frustrada por su falta de compromiso, abandonó a los Jardineros y regresó a VitaMorfosis cuando Ren tenía trece años. En plena adolescencia, Jimmy sedujo a Ren, pero terminó por darle la espalda y, con el tiempo, ella decidió ganarse la vida como bailarina en Colas y Escamas, que era el mejor trabajo al que podía aspirar.

Inconforme con las tácticas del grupo, Zab y sus partidarios se escindieron de los Jardineros pacifistas de Adán Uno para dedicarse a la acción directa bioterrorista contra SegurMort valiéndose de la sala de chat de MADDADDAM como lugar de encuentro. Los Jardineros restantes, obligados a esconderse de SegurMort, continuaron preparándose para la llegada del Diluvio Seco.

En el presente —año 25—, Amanda llega al club Colas y Escamas y logra liberar a Ren. Mientras lo celebran, tres de sus amigos Jardineros —Shackleton, Crozier y Oates— aparecen de repente, perseguidos por Blanco y otros dos paintballistas. Los cinco jóvenes huyen, pero en el camino los atrapan, violan a Ren y Amanda, se llevan secuestrada a esta última y asesinan a Oates.

Ren se las arregla para llegar a InnovaTe, donde Toby cuida de ella hasta que se recupera y parten juntas a rescatar a Amanda. Tras eludir a unos cerdones asilvestrados y enfrentarse con el brutal Blanco, encuentran a un grupo de supervivientes que viven en un caserón de adobe en medio de un parque. Zab está entre ellos, junto con su grupo de maddaddámidas y un puñado de antiguos Jardineros. Convencidos de que Adán Uno tiene que haber sobrevivido, hacen lo que pueden por localizarlo.

Toby y Ren parten con la peligrosa misión de rescatar a Amanda de los paintbalistas que la mantienen cautiva. Al llegar a la costa, se topan con el campamento de unas gentes extrañas, parcialmente azules, quienes dicen haber visto a dos humanos y una humana. Convencidas de que son Amanda y sus raptores, Toby y Ren van tras ellos y los encuentran justo en el momento en que Hombre de las Nieves, infectado y sumido en alucinaciones, se dispone a dispararles con su pulverizador.

*El año del Diluvio* termina con los dos paintbalistas amarrados a un árbol mientras Ren cuida de la maltrecha Amanda y el febril Hombre de las Nieves. Toby, según la costumbre de los Jardineros en la Festividad de Santa Juliana y Todas las Almas, dedicada al perdón, les sirve sopa; entonces, los azulados Hijos de Crake llegan por la orilla canturreando sus misteriosas tonadas.

# MADDADDAM

# Huevo

## La historia del Huevo, de Oryx y Crake y de cómo crearon a las personas y los animales, del caos, de Jimmy de las Nieves, del hueso apestoso y de la aparición de los dos hombres malos

Al principio vivíais dentro del Huevo, fue donde Crake os creó.

Sí, Crake es bueno, Crake es amable. Dejad de cantar, por favor, o no voy a poder seguir con esta historia.

El Huevo era grande, redondeado y blanco, como la mitad de una burbuja, y dentro había árboles con hojas, hierba y frutos silvestres. Todo lo que os gusta comer.

Sí, eso es, dentro del Huevo llovía.

No, no había truenos.

Porque Crake no quería truenos en el Huevo.

Y allí donde mirases, en derredor del Huevo imperaba el caos; había mucha, pero que mucha gente que no era como vosotros.

Porque tenían una segunda piel, una piel que se llama «ropa». Sí, como la que yo llevo.

Y muchos de ellos eran personas malas que trataban a los demás sin miramientos, con crueldad, y lo mismo a los animales. Hacían cosas como... Ahora mismo no hace falta que entremos en detalles.

Y Oryx se sentía muy triste al respecto porque los animales eran hijos suyos. Y Crake se entristecía al ver lo triste que estaba Oryx.

El exterior del Huevo estaba sumido en el caos, pero dentro no había caos alguno. En el interior reinaba la paz.

Y todos los días Oryx venía a enseñaros. Os enseñaba qué comer, cómo hacer un fuego, os hablaba de los animales, sus propios hijos. Os enseñaba a ronronear si veíais que una persona sufría o estaba herida. Y Crake cuidaba de vosotros. Sí, Crake es bueno, Crake es amable. Dejad de cantar, por favor. No hace falta que cantéis cada vez que digo su nombre. Seguro que a Crake le gusta, pero también le gusta esta historia que os estoy contando y quiere escucharla hasta el final.

Y entonces, un día, Crake eliminó el caos y a toda aquella gente cruel para que Oryx estuviera contenta y para que pudieseis vivir en un lugar seguro.

Sí, como consecuencia, las cosas apestaron un tiempo.

Y entonces Crake se marchó al lugar que le correspondía, en lo alto del cielo, y Oryx lo acompañó.

No sé por qué se fueron. Alguna buena razón tendrían. Os dejaron al cuidado de Jimmy de las Nieves, que fue quien os trajo a la costa. Y los Días del Pescado pescabais una pieza para él, y él se la comía.

Ya sé que a vosotros no se os ocurriría comeros un pescado, pero Jimmy de las Nieves es distinto.

Porque él tiene que comer pescado o se pone muy enfermo.

Porque así es como está hecho.

Entonces, un día, Jimmy de las Nieves fue a ver a Crake y, cuando volvió, el pie le dolía. Ronroneasteis en su ayuda, pero el pie no mejoró.

Y entonces llegaron los dos hombres malos, dos desechos del caos.

No sé por qué Crake no dio buena cuenta de ellos. Es posible que estuvieran escondidos a la sombra de un matorral y que no llegara a verlos. Habían raptado a Amanda y estaban siendo crueles con ella, le estaban haciendo daño.

Ahora mismo no hace falta que entremos en detalles.

Así que Jimmy de las Nieves hizo lo posible por detenerlos. Entonces aparecí yo, junto con Ren, y atrapamos a los dos hombres malos y los amarramos a un árbol con una cuerda antes de sentarnos en torno al fuego y tomarnos una sopa. Jimmy de las Nieves tomó sopa, y lo mismo hicieron Ren y Amanda, y hasta los dos hombres malos tomaron sopa. Sí, en la sopa había un hueso. Sí, un hueso apestoso.

Ya sé que no hay que comer un hueso apestoso, pero a muchos de los Hijos de Oryx les encantan esos huesos. Las lincetas se los comen, y otro tanto hacen los mofaches, los cerdones y los cordeleones. A todos les gustan los huesos apestosos. Los osos también los comen.

Luego os explico qué es un oso.

Ahora mismo no hace falta que entremos en detalles sobre los huesos apestosos.

Y mientras estaban tomándose la sopa, os presentasteis con vuestras antorchas dispuestos a ayudar a Jimmy de las Nieves porque sabíais que aún le dolía el pie y os habíais dado cuenta de que había unas cuantas mujeres que olían azul, por lo que os entraron ganas de aparearos con ellas.

No entendíais que aquellos dos hombres eran malos, no alcanzabais a comprender por qué estaban atados con una cuerda. No es culpa vuestra que huyeran y se perdieran en el bosque. No lloréis.

Sí, Crake tiene que estar más que furioso con los hombres malos. Es posible que envíe algún trueno.

Sí, Crake es bueno, Crake es amable.

Dejad de cantar, por favor.

# Cuerda

# Cuerda

Respecto de lo que pasó aquella noche —los acontecimientos que provocaron que la maldad del ser humano campara otra vez por el mundo—, Toby elaboró más tarde dos versiones. La primera era la que les contaba a los Hijos de Crake: una historia con final feliz, o todo lo feliz que le era dado pergeñar; la segunda no tenía otro destinatario que ella misma, y no resultaba tan reconfortante. Se refería, en parte, a su propia estupidez, a su incapacidad para prestar atención, pero también a lo rápido que ocurrió todo: fue en un abrir y cerrar de ojos.

Ese día estaba exhausta, claro; lo más seguro es que tuviera un bajón de adrenalina. A fin de cuentas llevaba dos días increíblemente estresantes sin descansar ni apenas probar bocado.

La víspera, ella y Ren habían dejado atrás la seguridad del caserón de adobe de los maddaddámidas, donde se refugiaban los escasos supervivientes de la pandemia global que había aniquilado a la humanidad. Iban tras la pista de la mejor amiga de Ren, Amanda, a quien encontraron justo a tiempo, pues los dos paintbalistas habían abusado tanto de ella que se hallaba al borde de la muerte. Toby sabía cómo las gastaban los hombres como ellos: uno había estado a punto de matarla en su momento, antes de que se uniera a los Jardineros de Dios. Quienes sobrevivían a más de una condena

29

en el Paintbala acababan reducidos al cerebro reptiliano, y solían abusar sexualmente de sus víctimas hasta convertirlas en una piltrafa, tras lo cual se las merendaban. Lo que más les gustaba eran los riñones.

Agazapadas entre la maleza, Toby y Ren habían observado cómo los paintbalistas se enzarzaban en discusiones sobre el mofache que estaban comiéndose, sobre la conveniencia de atacar a los crakers, sobre qué más cosas iban a hacerle a Amanda... Ren estaba muerta de miedo y Toby esperaba que no se desmayase; no podía hacer más porque estaba concentrada en armarse de valor para disparar. ¿A quién primero, al barbudo o al del pelo corto? ¿El otro tendría tiempo de empuñar su pulverizador? La propia Amanda no estaba en situación de ayudar, ni siquiera de escapar: le habían puesto una soga al cuello con el otro extremo anudado a la pierna del barbas. Un paso en falso y estaría muerta.

En ese momento, un hombre extraño surgió de los arbustos: desnudo, requemado por el sol, cubierto de costras y con un pulverizador en la mano, presto a disparar a todos los que estaban a la vista, incluida Amanda. Ren dio un grito y salió corriendo al claro, lo que sirvió como distracción. Toby se levantó apuntando con su rifle y Amanda aprovechó para soltarse. Redujeron a los paintbalistas dándoles unas cuantas patadas en la entrepierna y golpeándolos con una piedra, los ataron con su propia cuerda y unas tiras rasgadas del sayo rosa del balneario InnovaTe que Toby llevaba puesto.

Ren se ocupó de Amanda, que parecía en shock, así como del hombre desnudo y costroso al que llamaba Jimmy. Lo envolvió en los restos del sayo mientras le hablaba con voz queda; se diría que era un novio de hacía muchos años.

Pasado lo peor, Toby sintió que podía relajarse y echó mano de un ejercicio respiratorio aprendido de los Jardineros, respirando y espirando al ritmo acariciante de las olas cercanas —chis chas, chis chas— hasta que los latidos de su corazón volvieron a la normalidad. A continuación, preparó una sopa.

Entonces salió la luna.

· · ·

La luna en lo alto implicaba el inicio de la Festividad de Santa Juliana y Todas las Almas: una celebración de la compasión y la ternura que Dios siente por todos los seres vivos. «El universo descansa en la palma de Su mano, como nos enseñó largo tiempo atrás santa Juliana de Norwich con su visión mística. Es imprescindible perdonar, practicar la bondad amorosa, no romper ningún ciclo. Cuando decimos "todas las almas" nos referimos a todas y cada una, sin importar lo que puedan haber hecho, al menos desde que la luna sale hasta que se pone.»

Una vez que los Adanes y Evas te enseñaban algo, era para siempre. A Toby le hubiera resultado casi imposible matar a los dos paintbalistas justamente aquella noche, acabar con ellos a sangre fría aprovechando que estaban atados al tronco del árbol.

Amanda y Ren se habían encargado de atarlos. En su día estudiaron juntas en la escuela de los Jardineros, donde aprendieron a hacer manualidades con materiales reciclados, así que sabían de nudos. Con aquellos dos, parecía que hubieran estado haciendo macramé.

Aquella bendita noche de Santa Juliana, Toby dejó las armas a un lado —su anticuado rifle, el pulverizador de los paintbalistas y el otro, el de Jimmy— y se puso en el papel de la entrañable madrina dispuesta a servir la sopa y dividir a partes iguales los nutrientes de modo que alcanzaran para todos.

Debió de quedarse hechizada ante el espectáculo de su propia nobleza y amabilidad al hacer que todos se sentaran en torno al acogedor fuego nocturno para compartir la sopa; todos, incluyendo a Amanda, a quien el trauma había dejado poco menos que catatónica, a Jimmy, quien temblaba por la fiebre y no cesaba de hablarle a la muerta que creía ver de pie sobre las llamas, y hasta a los dos paintbalistas... ¿De veras creía que experimentarían una conversión y se fundirían en abrazos con todo bicho viviente? Sólo le faltó sermonearlos mientras servía la sopa de hueso: «Un cucharón para ti, otro para ti, ¡y dos más para vosotros! ¡Abandonad el odio y la violencia! ¡Entrad en el círculo de la luz!»

Pero el odio y la violencia son adictivos: provocan un subidón y, una vez que lo has experimentado, por poco que sea, necesitas más o te entran los temblores y los sudores fríos.

Mientras comían la sopa, oyeron unas voces que se acercaban a través de la arboleda de la costa: eran los Hijos de Crake, los crakers, esos extraños seres cuasihumanos producto del empalme genético que vivían a la orilla del mar. Llegaban en fila india por entre los árboles, con sus antorchas de madera de pino bronco en alto, cantando con sus voces cristalinas.

Toby tan sólo los había visto unos instantes, y a la luz del sol. Brillando bajo la luz de la luna y las antorchas eran todavía más hermosos: de todos los colores —marrón, amarillo, negro, blanco— y de muy distintas estaturas, cada uno era perfecto a su manera. Las mujeres avanzaban con una serena sonrisa en el rostro; los hombres, en clara actitud de cortejo, con ramos de flores en las manos. Sus cuerpos desnudos recordaban las figuras apolíneas de los tebeos para adolescentes, con los músculos torneados y refulgentes. Sus penes, de un vívido color azul y anormalmente grandes, oscilaban de lado a lado como los rabos de unos perros amigables.

Más tarde, Toby sería incapaz de rememorar la secuencia de los hechos, si de secuencia podía hablarse: lo sucedido más bien recordaba una trifulca callejera en alguna de las plebillas; acción fulminante, un amasijo de cuerpos, una cacofonía de voces.

—¿Dónde está la azul? ¡Aquí huele a azul! ¡Mirad, ahí está Hombre de las Nieves! ¡Está flaco! ¡Está muy enfermo!

Ren:

—¡Mierda, son los crakers! ¿Y si lo que quieren es...? ¡Mirad sus...! ¡Joder, joder!

Las mujeres craker, al ver a Jimmy:

—¡Dejadnos ayudar a Hombre de las Nieves! ¡Necesita que ronroneemos sobre él!

Los hombres craker, mientras olisquean a Amanda:

—¡Ella es la azul! ¡Huele azul! ¡Quiere aparearse con nosotros! ¡Dadle las flores, se pondrá contenta!

Amanda, asustada:

—¡Ni se os ocurra acercaros! Yo no... ¡Ren, ayúdame!

Cuatro corpulentos machos desnudos avanzan hacia ella; hermosos, con flores en las manos.

—¡Toby! ¡Quítamelos de encima! ¡Dispárales!

Las mujeres craker:

—Está enferma. Antes tenemos que ronronear sobre ella hasta que se encuentre mejor. ¿Y si le damos un pescado...?

Los hombres craker:

—¡Es azul! ¡Es azul! ¡Qué alegría! ¡Cantemos para ella!

—Y la otra también es azul...

—El pescado que traemos es para Hombre de las Nieves. Se lo tenemos reservado.

Ren:

—Amanda, quizá lo mejor sea que aceptes las flores, no vayan a cabrearse o vete tú a saber...

Toby, con voz débil, sin que nadie le haga caso:

—Por favor, escuchadme... Retroceded, estáis asustándola...

—¿Qué es eso? ¿Es un hueso? —Varias de las mujeres, mientras escudriñan la olla con la sopa—. ¿Os estáis comiendo ese hueso? Huele mal.

—Nosotros no comemos huesos. Hombre de las Nieves no come huesos, él come pescado. ¿Por qué os coméis un hueso apestoso?

—Es el pie de Hombre de las Nieves, que huele como un hueso, un hueso dejado por los buitres. ¡Oh, Hombre de las Nieves, déjanos ronronear sobre tu pie!

Jimmy, presa de la fiebre:

—¿Quién eres? ¿Oryx? Pero si estás muerta. Todos están muertos. Todos en el mundo, todos han muerto... —Le falla la voz y rompe a llorar.

—No estés triste, oh, Hombre de las Nieves, estamos aquí para ayudar.

Toby:

—Creo que es mejor que no le toquéis la... Está infectada... Lo que necesita es...

Jimmy:

—¡Ay! ¡Joder, la puta!

—No nos pegues patadas, oh, Hombre de las Nieves, te harás daño en el pie.

Varios de ellos se ponen a ronronear y el sonido resultante recuerda un robot de cocina.

Ren pide ayuda:

—¡Toby! ¡Toby! ¡Eh, vosotros! ¡Soltadla ahora mismo!

Toby levanta la vista y contempla la escena a través del fuego: Amanda ha desaparecido entre una titilante espesura de espaldas y extremidades masculinas desnudas. Ren se echa encima del amasijo de carne y no tarda en verse sumergida.

Toby:

—¡Esperad! ¡No...! ¡Alto ahí!

¿Qué debería hacer? Se trata de un descomunal malentendido cultural. ¡Si por lo menos tuviera a mano un cubo de agua fría!

Gritos ahogados. Toby hace todo lo posible por auxiliarla, pero uno de los dos paintbalistas grita a los crakers:

—¡Eh, vosotros, por aquí!

—Éstos huelen muy mal: huelen a sangre y a sucio. ¿Dónde está la sangre?

—¿Y eso de ahí qué es? Es una cuerda. ¿Por qué están atados con una cuerda?

—Hombre de las Nieves nos enseñó lo que era una cuerda cuando vivía en un árbol. La cuerda sirve para construir su casa. Oh, Hombre de las Nieves, ¿por qué estos hombres están atados con una cuerda?

—La cuerda les hace daño, lo mejor es que se la quitemos.

Uno de los dos paintbalistas:

—¡Eso mismo, buena idea! ¡Esto no hay quien lo aguante! —Suelta un gemido.

Toby:

—Ni se os ocurra acercaros a ellos porque os harán...

El segundo paintbalista:

—¡Más deprisa, pollazul! Suéltanos antes de que esa furcia asquerosa nos...

Toby:

—¡No! No los desatéis... esos hombres van a...

Pero ya era tarde. ¿Quién iba a suponer que los crakers eran tan habilidosos con los nudos?

# Procesión

Los dos hombres pusieron pies en polvorosa en la oscuridad dejando una maraña de cuerda y un desparrame de brasas a su espalda. *Serás imbécil*, se dijo Toby. *Tendrías que haber obrado sin compasión y haberles machacado los sesos con un pedrusco, rajado el cuello con el cuchillo, haberlos matado sin gastar ni una bala. Has sido una idiota, tu falta de reflejos raya en lo criminal.*

No se veía mucho —el fuego estaba apagándose—, pero hizo un rápido inventario: su fusil por lo menos seguía donde antes, algo era algo, pero el pulverizador del paintbalista ya no estaba allí. *Mira que eres boba*, se dijo. *Para que sigas fiándolo todo a santa Juliana y a la amorosa bondad del universo.*

Amanda y Ren lloraban abrazadas mientras algunas de las guapas mujeres craker, nerviosas, las acariciaban. Jimmy había perdido el equilibrio y estaba en el suelo, hablándoles a las ascuas del fuego. Cuanto antes volvieran al refugio de los maddaddámidas mejor porque, plantados en la oscuridad, ofrecían unos blancos inmejorables. Los paintbalistas bien podían volver para hacerse con las demás armas y Toby se daba cuenta de que los crakers no les serían de ninguna ayuda en tal caso. «¿Por qué me has pegado? ¡Crake se pondrá furioso! ¡Enviará un trueno!» Si Toby derribaba a uno de los paintbalistas, los crakers se interpondrían antes de que pudiera descargar el tiro de gracia. «¡Huy, huy! ¡Has hecho bang, un hombre ha caído y ahora tiene un agujero y está perdiendo sangre!», dirían. «¡Está herido, tenemos que ayudarlo!»

Incluso suponiendo que los paintbalistas se mantuvieran de momento a distancia, en el bosque había otros depredadores: lincetas, loberros, cordeleones y, lo peor de todo, los monstruosos cerdones asilvestrados. Y ahora que las ciudades y las carreteras estaban despobladas, a saber cuánto tardarían los osos en descender desde el norte.

—Tenemos que irnos ahora mismo —les indicó a los crakers. Al oírla, se volvieron y clavaron en ella sus ojos verdes—. Tenemos que llevarnos a Hombre de las Nieves.

Los crakers empezaron a hablar todos a la vez.

—¡Hombre de las Nieves se queda aquí con nosotros! ¡Tenemos que volver a subirlo a su árbol!

—Es lo que más le gusta, le gusta el árbol.

—Sí, y es el único que puede hablar con Crake.

—Sólo él puede comunicarnos las palabras de Crake, lo que dijo sobre el Huevo.

—Sobre el caos.

—Sobre Oryx, que dio vida a los animales.

—Sobre Crake, que eliminó el caos.

—Crake es bueno, Crake es amable.

Se pusieron a cantar.

—Tenemos que conseguir medicinas —dijo Toby desesperada—. De lo contrario, Jimmy... de lo contrario, Hombre de las Nieves podría morir.

Se la quedaron mirando con gesto inexpresivo. ¿Entendían qué significaba eso de *morir*?

—¿Qué es un Jimmy? —Fruncían el ceño al decirlo.

Toby comprendió que se había equivocado al mencionar el nombre.

—Hombre de las Nieves también se llama Jimmy —explicó.

—¿Por qué?

—¿Por qué se llama también así?

—¿Qué es un Jimmy?

Se diría que la cuestión les interesaba mucho más que aquello de *morir*.

—¿Es esa piel rosa que tiene Hombre de las Nieves?

—¡Yo también quiero un Jimmy! —le dijo un niño pequeño.

¿Cómo podía explicárselo?

—Jimmy es un nombre: Hombre de las Nieves tiene dos nombres.

—Entonces ¿se llama Jimmy de las Nieves?

—Sí —respondió Toby, anticipando que se llamaría precisamente así a partir de ese momento.

—¡Jimmy de las Nieves! ¡Jimmy de las Nieves! —se repetían los unos a los otros.

—¿Y por qué dos? —preguntó alguien, aunque los demás ya se concentraban en la siguiente palabra misteriosa:

—¿Qué es *medicinas*?

—Lo necesario para que Jimmy de las Nieves se ponga mejor.

Sonrieron: eso les parecía bien.

—Entonces vamos con vosotros —dijo el que tenía visos de estar al mando, un craker alto con la piel pardoamarillenta y nariz aquilina—. Nosotros llevaremos a Jimmy de las Nieves.

Dos de ellos cargaron con Jimmy sin dificultad. Toby se inquietó al verle los ojos: dos delgadas ranuras blancas entre los párpados.

—Estoy volando... —musitó cuando los crakers lo levantaron en vilo.

Toby encontró el pulverizador de Jimmy y se lo dio a Ren no sin antes ponerle el seguro. Era consciente de que ella no sabía cómo funcionaba aquel artilugio —¿cómo iba a saberlo?—, pero no estaba de más que lo llevase a mano por lo que pudiera pasar.

Suponía que tan sólo los dos crakers que se habían ofrecido voluntarios la acompañarían en el camino de regreso al caserón, pero el grupo entero se sumó al viaje, niños incluidos: todos querían estar junto a Hombre de las Nieves. Los varones se turnaban para llevarlo y los demás, antorchas en alto, rompían a cantar de cuando en cuando con sus inquietantes voces cristalinas.

Cuatro de las mujeres caminaban junto a Ren y Amanda dándoles palmaditas, acariciándoles brazos y manos.

—Oryx cuidará de ti —le decían a Amanda.

—Que ninguno de esos putos pollazules vuelva a tocarla —dijo Ren con rabia.

—¿Qué es *putos*? —preguntaron atónitas—. ¿Qué es *pollazules*?

—Da igual, que no lo hagan y punto, ¡o se arrepentirán! —les contestó.

—Oryx cuidará de ella —dijeron las crakers no sin cierta vacilación—. ¿Qué es *arrepentirán*?

—Estoy bien —le dijo Amanda a Ren con voz débil—. ¿Y tú cómo estás?

—¡No estás bien! ¡Ni de coña! Lo mejor es que te llevemos al refugio de los maddaddámidas —indicó Ren—. Allí hay camas, una bomba de agua, todo lo que hace falta. Podremos lavarte, y a Jimmy también.

—¿Jimmy? ¿Ese de ahí es Jimmy? Pensaba que había muerto, como todos los demás.

—Sí, lo mismo pensaba yo, pero hay muchos que siguen vivos. Bueno, unos cuantos. Zab no ha muerto, ni tampoco Rebecca, ni tú, ni yo, ni Toby, ni...

—¿Adónde han ido esos dos? —quiso saber Amanda—. Me refiero a los paintbalistas. Tendría que haberles machacado los sesos sin pensármelo dos veces. —Soltó una risita débil sin más propósito que sacudirse el dolor de encima: la risa de sus viejos tiempos de plebiquilla—. ¿Tendremos que andar mucho? —preguntó.

—Pueden llevarte en brazos —dijo Ren.

—No, así estoy bien.

• • •

Las polillas revoloteaban en torno a las hogueras y la brisa de la noche agitaba las hojas de los árboles. ¿Cuánto rato estuvieron caminando? *Horas y más horas*, pensaba Toby, pero no es fácil calcular el tiempo a la luz de la luna. Avanzaban hacia el oeste a través del Heritage Park y el rumor de las olas iba atenuándose a su espalda. Había un sendero, pero no sabía bien por dónde iban; por fortuna, los crakers sí parecían saberlo.

Caminaba en la retaguardia de la procesión con el dedo en el gatillo del fusil y el oído atento, esforzándose en detectar una posible pisada, el crujido de una ramita en el suelo, un gruñido. Percibió el croar de una rana, los trinos de uno o dos pájaros nocturnos. Era consciente de la oscuridad a su espalda: su sombra se alargaba mucho, fundiéndose con otras aún más lóbregas.

# Adormidera

Por fin llegaron al enclave del caserón de adobe. Una solitaria bombilla iluminaba el patio y, al otro lado de la valla reforzada, Crozier, Manatí y Tamarao montaban guardia armados con pulverizadores. Llevaban linternas de cabeza alimentadas por batería: el botín cosechado en alguna tienda para ciclistas.

Ren echó a correr hacia ellos.

—¡Somos nosotros! ¡Todo en orden! ¡Hemos encontrado a Amanda!

La linterna en la frente de Crozier osciló arriba y abajo cuando éste abrió el portón.

—¡Bien hecho! —exclamó.

—¡Estupendo! ¡Voy a contárselo a los demás! —Tamarao echó a correr hacia la edificación principal.

—¡Croze! ¡Lo hemos conseguido! —Ren dejó caer el pulverizador y se abrazó a él.

Crozier la alzó en volandas, la hizo girar en el aire, la besó y volvió a depositarla en el suelo.

—Oye, ¿y de dónde has sacado ese pulverizador? —preguntó.

Ren rompió a llorar.

—Pensé que esos dos iban a matarnos, ¡pero tendrías que haber visto a Toby: se puso hecha una fiera! Los amenazó con su viejo rifle, los golpeamos con una piedra y luego los atamos a un árbol, pero entonces...

—¡Tremendo! —dijo Manatí mientras observaba a los crakers, que se habían agrupado en la puerta y hablaban entre sí—. Aquí llega el circo de la cúpula del Paralíseo.

—Son ellos, ¿verdad? —intervino Crozier—. Los raritos desnudos que se inventó Crake, ¿no? Los que viven a la orilla del mar...

—Lo de «raritos» mejor no lo digas muy alto —repuso Ren—, te pueden oír.

—No fue Crake solo —precisó Manatí—: todos nosotros estuvimos trabajando con él en el Proyecto Paralíseo; Zorro del Desierto, Pico de Marfil, yo...

—¿Cómo es que vienen con vosotras? —preguntó Crozier—. ¿Qué es lo que quieren?

—Sólo intentan ayudar —aseguró Toby. De pronto estaba muy cansada, ansiaba meterse en su cubículo, tumbarse un rato, quedarse dormida—. ¿Se ha presentado alguien más?

Zab se había ido del caserón al mismo tiempo que ella, en busca de Adán Uno y de aquellos Jardineros de Dios que pudieran seguir con vida. Lo que Toby quería saber era si Zab había vuelto, pero prefería no ser tan directa. Como decían los Jardineros: quien languidece lloriquea, y ella no tenía por costumbre abrirle su corazón a nadie.

—Tan sólo esos cerdos otra vez —respondió Crozier—: trataron de colarse bajo el vallado, los apuntamos con los focos y salieron en estampida. Saben lo que es un pulverizador.

—Desde que a un par de ellos los convertimos en beicon —observó Manatí—, o mejor: en frankenbeicon, ya que esos puercos son un apaño genético. Aún no me acostumbro a comer su carne: llevan tejido cerebral humano.

—Hablando de monstruitos a lo Frankenstein, espero que esos engendros de Crake no estén pensando en quedarse a vivir con nosotros —dijo una mujer rubia que acababa de salir del caserón en compañía de Tamarao.

Toby la había visto durante su corto paso por allí, antes de partir en busca de Amanda. Zorro del Desierto, eso era.

Tendría treinta y pico años, pero iba vestida con un camisón con volantes más propio de una niña de doce. ¿De dónde lo habría sacado? ¿Lo habría robado de alguna tienda de Atuendo Pekkeminoso, de un Todo a Cien Dólares?

—Tienes que estar agotada —le dijo Tamarao a Toby.

—No sé por qué has traído a esa gente contigo —reprochó Zorro del Desierto—: son un montón, no vamos a tener comida para todos.

—Ni falta que hará —indicó Manatí—. Os recuerdo que se alimentan de hojas. Crake los diseñó así a propósito para que no les hiciera falta la agricultura.

—Cierto —convino Zorro del Desierto—. Estuviste trabajando en ese módulo mientras yo estaba asignada a los cerebros: a los lóbulos frontales, a la modificación de las percepciones sensoriales. No me gustaba que fuesen tan sosos, pero Crake al final se salió con la suya: nada de agresividad, ni sentido del humor siquiera. Un montón de patatas con patas, eso es lo que son.

—Son muy agradables —dijo Ren—. Las mujeres, por lo menos.

—Supongo que los hombres trataron de aparearse con vosotras: es lo que hacen. No me obliguéis a tener unas palabras con ellos y punto —dijo Zorro del Desierto—. Me vuelvo a la cama. Buenas noches a todos, que lo paséis bien con las lechugas. —Bostezó, se estiró y se marchó contoneándose un poco, sin apresurar el paso.

—¿Qué mosca le habrá picado? —se preguntó Manatí—. Lleva así todo el día.

—Las hormonas, supongo —apuntó Crozier—. ¿Os habéis fijado en ese camisón que lleva?

—Le viene pequeño —dijo Manatí.

—Te has dado cuenta —repuso Crozier.

—Igual tiene otras razones para estar de mal humor, no sólo las hormonas —opinó Ren—: las mujeres no nos reducimos a eso, por si no lo sabíais.

—Perdona —dijo Crozier y le pasó el brazo sobre los hombros.

Cuatro de los crakers varones se separaron del grupo y fueron detrás de Zorro del Desierto con los penes azulados oscilando arriba y abajo. Se agacharon a coger unas flores, empezaron a cantar...

—¡No! —dijo Toby al momento, como si se dirigiera a un perro—. ¡Quedaos donde estáis, con Jimmy de las Nieves!

¿Cómo hacerles entender que, por muchas flores y mucho balanceo de penes que ofrecieran, no era cuestión de abalanzarse en grupo sobre la primera no craker cuyo olor les resultara invitador? Aun así, ya habían doblado la esquina del edificio principal.

Los dos que cargaban con Jimmy lo dejaron en el suelo. Parecía un bulto informe frente a sus rodillas.

—¿Dónde se quedará Jimmy de las Nieves? —preguntaron—. ¿Dónde podemos ronronear sobre él?

—Lo mejor es que ocupe una habitación para él solo —respondió Toby—. Vamos a buscar una cama libre y luego iré a por las medicinas.

—Iremos contigo y ronronearemos. —Unos levantaron a Jimmy del suelo y otros entrelazaron los brazos para formar un asiento.

Los demás fueron apiñándose en derredor.

—Todos a la vez no —indicó Toby—, lo que necesita es descansar.

—Que lo haga en el cuarto de Croze —sugirió Ren—. ¿Te parece bien, Croze?

—¿Y éste quién es? —preguntó Crozier mientras escudriñaba a Jimmy, quien tenía la cabeza ladeada; un hilillo de baba le caía sobre la barba. Había sacado una de sus manos astrosas por entre los rosados pliegues del sayo para rascarse. Apestaba—. ¿De dónde habéis sacado a ese tío? ¿Y qué hace vestido de rosa? ¡Si parece una bailarina de ballet!

—Es Jimmy —aclaró Ren—. ¿Recuerdas que te hablé de él? ¿De mi antiguo novio?

—¿El que te amargó la existencia? ¿Tu novio del instituto? ¿El que andaba detrás de las crías como tú?

—No digas esas cosas: yo ya no era ninguna cría, y el pobre tiene fiebre.

—¡No vayáis, no vayáis! —exclamó Jimmy—. ¡Volvamos al árbol!

—¿Ahora vas a defenderlo? ¿Después de cómo te dejó tirada?

—Bueno, eso es verdad, aunque ahora es una especie de héroe: ayudó a salvar a Amanda y por poco muere en el intento, ¿sabes?

—Amanda —dijo Croze—. No la veo. ¿Dónde está?

—Ahí la tienes —dijo Ren señalando en su dirección.

Se encontraba en el centro de un círculo de mujeres craker que la acariciaban ronroneando suavemente. Ren se acercó y le abrieron paso.

—¿Ésa es Amanda? —preguntó Crozier—. ¡No me jodas! Parece estar...

—No digas más —zanjó Ren mientras rodeaba a Amanda con los brazos—. Mañana tendrá mucho mejor aspecto, o si no la semana que viene.

Amanda rompió a llorar.

—Ella ya no está —dijo Jimmy—. Se fue... escapó... los cerdones...

—¡Caramba! —soltó Crozier—. Esto es una puta locura.

—Croze, todo es una puta locura —dijo Ren.

—Ya, bueno, lo siento. Mi turno de guardia está a punto de acabar, ¿y si...?

—Creo que lo mejor es que vaya a ayudar a Toby ahora mismo —lo cortó ella.

—Algo me dice que voy a dormir en el suelo: parece que ese capullo medio lelo se quedará con mi catre —le dijo Croze a Manatí.

—Crece de una vez, por favor —lo instó Ren.

*Lo que nos faltaba*, pensó Toby. *Celitos de adolescentes.*

• • •

Llevaron a Jimmy al cubículo de Croze y lo acostaron. Toby les pidió a las dos mujeres craker y a Ren que iluminaran la diminuta estancia con las linternas que había llevado de la cocina. Encontró el botiquín de primeros auxilios en el estante donde lo había dejado antes de partir en busca de Amanda e hizo lo posible por curar a Jimmy: le frotó el cuerpo con una esponja para eliminar lo peor de la suciedad; aplicó miel en los cortes superficiales y elixir de hongos para atajar las infecciones, adormidera y adelfa para paliar el dolor y para que pudiera descansar y pequeños gusanos grises en la herida del pie para que diesen buena cuenta de la carne infectada. A juzgar por el olor, los gusanos tenían trabajo que hacer.

—¿Qué es eso? —preguntó la más alta de las dos mujeres craker—. ¿Por qué le pones esos animalitos a Jimmy de las Nieves? ¿Se lo están comiendo?

—Hacen cosquillas... —murmuró Jimmy. Tenía los ojos entornados: la adormidera estaba haciendo efecto.

—Oryx los ha enviado —repuso Toby. Esa respuesta pareció satisfacerlas, porque ambas sonrieron—. Se llaman «gusanos» —prosiguió— y se comen el dolor.

—¿A qué sabe el dolor, oh, Toby?

—¿Nosotras también deberíamos comer el dolor?

—Si nos comemos el dolor, ¿eso ayudaría a Jimmy de las Nieves?

—El dolor huele muy mal, ¿sabe bien?

Toby se dijo que más valía evitar las metáforas.

—Tan sólo tiene buen sabor para los gusanos —explicó—. Así que no: mejor que no os comáis el dolor.

—¿Se curará? —preguntó Ren—. ¿Tiene gangrena?

—Espero que no —respondió Toby.

Las dos mujeres craker posaron las manos sobre Jimmy y se pusieron a ronronear.

—Cayendo... la caída... —murmuró él—. Mariposa... ya no está...

Ren se acercó y, con delicadeza, le apartó los cabellos de la frente.

—Duerme, Jimmy —dijo—. Te queremos.

# El caserón de adobe

# Por la mañana

Toby sueña que está en casa, en su camita de siempre. El león de peluche descansa a su lado en la almohada, junto al enorme oso greñudo que toca una cancioncilla. Su vieja hucha en forma de cerdito está sobre el escritorio, al lado de la tableta que usa para hacer los deberes, los rotuladores y el teléfono móvil con unas margaritas dibujadas en la funda. De la cocina le llega la voz de su madre llamando al desayuno, la de su padre, que le responde, y el olor de los huevos friéndose en la sartén.

Sueña con animales: un cerdo, pero con seis patas; un gato, pero con complejos ojos de mosca; un oso, pero con cascos de caballo. Esos animales no son ni hostiles ni amigables. De pronto, la ciudad empieza a arder: puede oler el fuego, siente el miedo en el aire. «Es el fin, es el fin...», dice una voz parecida al tañido de una campana. Uno tras otro, los animales se acercan a ella y comienzan a lamerla con lenguas cálidas y rasposas.

A punto de despertar, manotea en busca del sueño que se esfuma: la ciudad en llamas, los mensajeros enviados para avisarla. El mundo ha cambiado de arriba abajo, todo lo que le resultaba familiar ha desaparecido, todo cuanto amaba le ha sido arrebatado de golpe.

Como Adán Uno acostumbraba a decir: «El destino de Sodoma está cada vez más cerca. De nada sirve arrepentirse:

hay que evitar convertirse en estatua de sal, no conviene mirar atrás.»

Despierta y se encuentra con que una mohair está dándole lengüetazos en la pierna; es pelirroja y tiene los largos cabellos humanos anudados en trenzas, cada una atada con un lacito: la obra de algún maddaddámida tirando a cursilón. Seguramente ha escapado del redil.

—Aparta —le dice Toby empujándola un poco con el pie con cuidado de no hacerle daño.

El animal se la queda mirando con desconcierto y reproche; las mohairs no son muy espabiladas que digamos. Finalmente se marcha traqueteando por el umbral. *Unas puertas no estarían de más*, piensa Toby.

La luz matinal se filtra por el retal de tela que cubre la ventana en un fútil intento de mantener alejados a los mosquitos. ¡Si tuviesen unas mosquiteras! Pero antes sería necesario instalar marcos en las ventanas, porque el caserón no se construyó para ser habitado; en su día no pasaba de ser un pabellón del pequeño parque, destinado a albergar fiestas y eventos. Tan sólo lo ocupan porque se trata de un lugar seguro: está lejos de los escombros urbanos, de las calles desiertas y los incendios eléctricos que surgen donde menos te lo esperas, de los ríos soterrados cuyos caudales empiezan a rebosar tras las averías en las bombas de drenaje. No hay ningún edificio semirruinoso que amenace con desplomarse encima y no tiene más que un piso de altura, así que no es de esperar que se venga abajo.

Toby se desembaraza de la sábana, húmeda por la mañana, estira los brazos y comprueba que no tiene contracciones ni desgarros musculares. Sigue sintiéndose exhausta, le cuesta levantarse: está demasiado cansada, demasiado desanimada, demasiado irritada consigo misma por el fiasco junto a la hoguera de la víspera. ¿Qué va a decirle a Zab cuando vuelva? Suponiendo que vuelva: Zab es avispado, pero no invulnerable.

Lo único que le queda esperar es que haya tenido mayor suerte que ella en su búsqueda. No puede descartarse que algunos de los Jardineros de Dios hayan sobrevivido porque, si alguien estaba capacitado para superar la pandemia que ha matado a casi todos los demás, ese alguien son ellos. Durante los años pasados en su compañía —como invitada primero, como aprendiz después, como Eva de alto rango finalmente— los había visto prepararse para la catástrofe. Construían refugios escondidos en los que almacenaban vituallas: miel, soja y setas deshidratadas, escaramujos, compota de bayas de saúco y conservas de todas clases, semillas que plantar en el mundo nuevo y depurado que —estaban seguros— terminaría por llegar. Quizá habían pasado la pandemia encerrados en uno de sus refugios, en uno de sus Ararats, con la esperanza de seguir con vida mientras durase lo que llamaban el Diluvio Seco. Después de lo sucedido con Noé, Dios había prometido no volver a recurrir a las aguas torrenciales, pero, en vista de lo avieso del mundo, algo tenía que hacer, ¿no? Ése era el razonamiento de los Jardineros. Aunque, ¿cómo podría encontrarlos Zab entre las ruinas de la gran ciudad? ¿Por dónde comenzar?

«Visualiza el más profundo de tus deseos y se manifestará», solían decir los Jardineros. No siempre funciona, o no de la forma deseada: su mayor anhelo es que Zab vuelva ileso, pero si lo consigue tendrá que enfrentarse de nuevo a la sensación de que es «territorio neutral» para él. No hay atracción emocional ni sexual entre ambos: son amigos sin derecho a roce. Ella es tan sólo una camarada en la que se puede confiar, una batalladora nata siempre dispuesta a echar una mano... y punto.

Y además, tendrá que admitir delante de él que ha fallado. «Me comporté como una estúpida, pensé que no podía matarlos porque era la Festividad de Santa Juliana y escaparon con un pulverizador»: se lo contará sin lloriquear ni buscar excusas. Zab seguramente no dirá mucho, pero se sentirá decepcionado.

«No seas tan dura contigo misma», solía decirle Adán Uno, siempre paciente y comprensivo, fijando en ella sus ojos azules. *Todos cometemos errores, es verdad,* le responde ella ahora, *pero hay errores que matan.* Si uno de esos dos paintbalistas acaba con Zab, la culpa la tendrá ella. *Imbécil, imbécil y mil veces imbécil.* Se daría de cabezazos contra la pared de adobe.

Su única esperanza es que los paintbalistas estuvieran lo bastante aterrados como para huir muy lejos, pero ¿van a mantenerse alejados? Tienen que comer. Quizá se las arreglen para encontrar algún desecho que llevarse a la boca en las casas y tiendas abandonadas si las ratas no los han devorado ya, si alguien no ha arramblado con ellos antes. También podrían abatir algún animal —un mofache, un conejo verde, un cordeleón— aunque, cuando se les acabe la carga de munición, se verán obligados a encontrar repuestos.

Y saben que en la cabaña de los maddaddámidas los hay. Más tarde o más temprano se decidirán a atacar buscando el punto más débil: le echarán el guante a un niño craker y ofrecerán intercambiarlo igual que antes ofrecieron intercambiar a Amanda. Exigirán pulverizadores y cargas de munición, y una mujer joven o dos de propina: Ren o Lotis Azul, Nogal Antillano o Zorro del Desierto; Amanda no, pues ya la han exprimido hasta la última gota. Quizá una mujer craker en celo, ¿por qué no? Para ellos supondría una novedad: una hembra con el abdomen de un azul reluciente. No es que esos crakers tengan mucha conversación, pero eso a los paintbalistas les da lo mismo. Y también le exigirán su rifle.

Los crakers pensarán que siempre es bueno compartir. «¿Quieren el palo de hierro?», dirán. «¿Eso los pondría contentos? ¿Por qué no se lo das, oh, Toby?» ¿Cómo explicarles que no puedes proporcionarle un arma mortal a un asesino? Ni se imaginan que alguien pudiera violarlos («¿Qué es *violar*?»), rebanarles el cuello («Oh, Toby ¿por qué iba a hacer eso?») o abrirlos en canal y devorarles los riñones («¡Oryx no lo permitiría!»).

Supongamos que los crakers no les hubiesen soltado las ataduras, ¿qué habría hecho ella entonces? ¿Llevar a los dos paintbalistas presos al caserón y mantenerlos encerrados hasta que Zab regresara, asumiera el control de la situación e hiciera lo que era preciso hacer?

Zab lo debatiría un poco con ella por puro formulismo y luego mandaría a los dos a la horca, o quizá se dejaría de zarandajas, empuñaría una pala y acabaría con ellos a golpes alegando que no era cuestión de ensuciar una buena cuerda. Al final, el resultado sería el mismo que si ella hubiese acabado con ambos de buenas a primeras sin pensárselo un minuto, a la luz de la hoguera.

Pero basta ya de balances en los que sale perdiendo. Ya es de mañana: hay que poner fin a esas ensoñaciones en las que Zab actúa como un auténtico líder y hace lo que ella tendría que haber hecho. Hay que levantarse del camastro, salir, unirse a los demás, remediar lo irremediable, reparar lo irreparable, matar a quien debe morir. Hay que defender la fortaleza.

# Desayuno

Columpia las piernas sobre el borde de la cama, las posa en el suelo, se levanta. Le duelen los músculos, tiene la piel como papel de lija, pero una vez de pie va sintiéndose algo mejor. Se acerca al estante y escoge una sábana del montón —de color lavanda, con lunares azules—. En cada uno de los cubículos hay tantas sábanas como toallas en los hoteles de antaño. El sayo rosa del balneario InnovaTe está andrajoso y puede que hasta contaminado de lo que sea que haya provocado la enfermedad de Jimmy, sea cual sea. Lo mejor será quemarlo. Cuando tenga tiempo coserá algunas de las sábanas y se hará un ropaje con mangas y capucha, pero por ahora se contenta con llevar la sábana color lavanda a modo de toga.

Hay sábanas en abundancia: los maddaddámidas han cosechado una enorme cantidad, suficiente para un buen tiempo, en las viviendas abandonadas de la ciudad, y también cuentan con una provisión de pantalones y camisetas para el trabajo físico. Pero las sábanas son más frescas y con ellas no hay problemas de tallas, motivo por el que casi todos los maddaddámidas las visten. Una vez que estén ajadas, se verán obligados a buscar otras alternativas, pero faltan años para que eso suceda; decenios enteros, si es que los maddaddámidas consiguen sobrevivir durante todo ese tiempo.

Lo que Toby necesita es un espejo, de otro modo no resulta fácil saber lo desastrada que una anda. Quizá pueda arreglárselas para incluir unos espejos en el listado de la próxima cosecha; eso y un cepillo de dientes.

Se echa al hombro el morral con los productos medicinales: los gusanos, la miel, el elixir de hongos, la adelfa y la adormidera. Se propone curar a Jimmy, si es que sigue vivo, pero antes ha de desayunar algo: no se siente con fuerzas para hacerle frente al día —y menos aún al supurante pie de Jimmy— con el estómago vacío. Empuña el rifle y sale a la mañana deslumbrante.

Aún es temprano, pero el sol brilla al rojo blanco. Se echa una punta de la sábana sobre la cabeza como protección y contempla el patio del caserón. La mohair pelirroja sigue campando a sus anchas, mirando las hortalizas del huerto situado al otro lado de la valla mientras rumia una hebra de kudzu. Sus hermanas en el redil no se contentan con mirarla, sino que balan al unísono: mohairs plateadas, azules, verdes y rosa, morenas y rubias; de todos los colores. «Pelo para hoy, mohair para mañana», proclamaba el lema publicitario cuando las lanzaron al mercado.

Los cabellos que ella luce hoy en día de hecho fueron un transplante de mohair: no nació con este pelazo color ala de cuervo. Quizá por eso la mohair se metió en su cubículo para lamerle la pierna: no la atrajo la sal, sino el tenue olor a lanolina. Pensó que ella era de la familia.

*Esperemos que uno de los machos no la emprenda a cornadas*, piensa. Tendrá que ir con cuidado, no andar aborregada ni de corderita por la vida. Rebecca se habrá levantado ya, estará ocupada preparando el desayuno en la cabaña que hace las veces de cocina, y hasta es posible que le quede algo de champú floral en algún rincón de la alacena.


Junto al huerto, Ren y Lotis Azul charlan sentadas a la sombra. A su lado, Amanda permanece en silencio y con la mirada perdida. Está «en barbecho», como dirían los Jardineros: ése es el diagnóstico que dan a una larga serie de enfermedades, desde la depresión hasta el estrés postraumático pasando por el cuelgue perpetuo de las drogas. En teoría, el barbecho sirve para aunar energías y conservarlas, para fortalecerte por medio de la meditación, de la imbricación con el universo a través de raicillas invisibles. Ella espera sinceramente que sea el caso de Amanda; de pequeña, cuando estudiaba en la escuela de los Jardineros en el Jardín del Edén en el Tejado, era una niña encantadora. ¿Cuánto hace de eso? ¿Diez, quince años? Es sorprendente la rapidez con que el pasado se torna idílico.

Pico de Marfil, Manatí y Tamarao están reforzando el vallado exterior. A la luz del día, tiene un aspecto endeble, franqueable. Han cubierto el esqueleto de la vieja cerca de hierro labrado con materiales de todo tipo: tramos de vallado de alambre entrelazados con cinta plateada, unos cuantos postes, una hilera de afiladas estacas. Manatí está clavando más; Pico de Marfil y Tamarao se encuentran al otro lado de la cerca con sendas palas, se diría que están tapando un agujero.

—Buenos días —saluda ella.

—Fíjate en esto —le indica Manatí—: han tratado de excavar un túnel durante la noche. Los centinelas no han visto nada: estaban ocupados en ahuyentar a esos cerdones del demonio en la parte delantera.

—¿Hay huellas? —pregunta Toby.

—Puede que haya sido otro grupo de puercos —responde Tamarao—. Son muy listos: ha sido una maniobra de distracción para colarse por detrás, pero se han quedado con las ganas.


Unos metros más allá del vallado, unos varones craker han formado un semicírculo y orinan mirando hacia fuera. Un hombre envuelto en una sábana a franjas que parece ser Crozier —que de hecho es Crozier— se halla a su lado, participando en la meada colectiva.

¿Qué será lo siguiente? ¿Crozier está volviéndose como ellos? ¿Cuánto tiempo tardará en desvestirse por completo, sumarse al coro musical y desarrollar un enorme pene que se vuelva azulado en la época del celo? Si los dos primeros pasos fueran prerrequisito para el tercero, los daría sin vacilar. De seguir así las cosas, todos los maddaddámidas varones ansiarán estar igual de bien dotados y, una vez puesto en marcha ese proceso, no tardarán en surgir rivalidades y conflictos, guerras abiertas incluso, a resolver con garrotes, palos y piedras, hasta que...

*Echa el freno, Toby*, se ordena. *No te agobies antes de tiempo. Lo que necesitas, pero ya, es café del tipo que sea: raíces de dientes de león tostadas, Cafeliz o aguachirri negruzca, si eso es lo que hay.*

Y si hubiera alcohol a mano, se metería un buen lingotazo en el cuerpo.


Han dispuesto una gran mesa alargada junto a la cabaña de la cocina, a la sombra de un toldo que deben de haberse agenciado en algún patio trasero abandonado. Es de suponer que todos los patios traseros se encuentran en un estado lamentable a estas alturas, con las piscinas vacías y resquebrajadas, u obturadas por las malas hierbas. Las ventanas de las cocinas deben de tener los cristales rotos, y las habrán invadido verdes tallos de hiedra en permanente expansión. Seguramente, en cada rincón de las casas habrá nidos hechos con retales de moqueta masticada en cuyo interior se retorcerán y chillarán las lampiñas crías de rata. Las termitas deben de haberse entregado a la minería en las vigas de los techos y los murciélagos se lanzarán sobre las polillas en los rellanos de las escaleras.

«Una vez que las raíces de un árbol irrumpen», solía decir Adán Uno a sus Jardineros de mayor confianza, «una vez que se agarran con fuerza, no hay construcción humana que pueda con ellas. Pueden reventar en un año el asfalto de una carretera. Bloquean los conductos del alcantarillado, lo que ocasiona que los sistemas de bombeo fallen; entonces, el agua va debilitando los cimientos de cualquier estructura

57

que se halle arriba, y si se trata de una central eléctrica, y ya no digamos de una central nuclear...».

—Entonces ya sólo queda darle un beso de despedida a la tostada del desayuno —comentó Zab cierta mañana tras oír la letanía.

Justo acababa de volver por sorpresa de una de sus misteriosas misiones de enlace. Parecía exhausto, y había visibles desgarrones en su chaqueta de policuero. Daba clases de Limitación de Derramamiento de Sangre en Entorno Urbano a los niños de los Jardineros, pero no siempre se atenía a sus propias enseñanzas.

—Vale, vale, lo pillo. Estamos acabados, pero bueno, ¿queda algo de esa tarta de bayas? Me muero de hambre.

Zab no siempre le guardaba el debido respeto a Adán Uno.


En su día —largo tiempo atrás, brevemente—, las especulaciones sobre la suerte del mundo una vez que el ser humano perdiera el control fueron una forma bastante morbosa de entretenimiento popular. Incluso hubo programas de televisión en la red dedicados al tema en los que aparecían imágenes generadas por ordenador de ciervos pastando en Times Square, así como expertos que aleccionaban a los espectadores sobre las erróneas decisiones tomadas por la especie humana y añadían que nos lo habíamos ganado a pulso.

El público tan sólo podía aguantar los pronósticos de una inminente extinción hasta cierto punto, a juzgar por los porcentajes de audiencia, que al principio se dispararon y después cayeron en picado. Prefirieron reservar sus *likes* para concursos de ingestión de perritos calientes en directo (si eran amantes de los viejos clásicos), pícaras comedias protagonizadas por mejores amigas (si les gustaban los animalitos de peluche), combates de artes marciales mixtas a cara de perro (si disfrutaban viendo orejas arrancadas a mordiscos) o bien (si preferían las emociones a tope) para los suicidios emitidos en *streaming* en el programa *Dulcesueños*, el porno con menores de *Pekkeminoso* o las ejecuciones en tiempo real de *Rebanacuellos*: cualquiera de esas cosas era más digerible que la verdad desnuda.

—Sabes que siempre he tratado de encontrar la verdad —dijo Adán Uno aquel día en el tono dolido con que a veces se dirigía a Zab, un tono que no empleaba con nadie más.

—No, si lo tengo claro: «Buscad y hallaréis», ya se sabe. Un día de éstos... Por tu parte, ya has encontrado la verdad. Y tienes razón, no voy a discutírtelo. Te pido disculpas: estaba pensando en voz alta mientras comía y simplemente se me escapó.

Pero su tono decía más bien: «Yo soy así y lo sabes, y vas a tener que aguantarte.»

*Ojalá Zab estuviera aquí*, piensa Toby. Durante un segundo vuelve a verlo desaparecer bajo una cascada de esquirlas de cristal y fragmentos de hormigón procedentes de otro rascacielos que se viene abajo; lo ve aullar cuando la tierra se abre bajo sus pies y cae en vertical hacia un torrente subterráneo que ya no se somete a alcantarillas ni bombas de drenaje; lo ve tararear como si nada mientras a su espalda aparece un brazo, una mano, un rostro, una piedra, un cuchillo...

Pero es demasiado temprano para ponerse a pensar en estas cosas y, además, tampoco sirve de nada, así que se esfuerza en dejarlo correr.

En torno a la mesa hay una serie de sillas disparejas: de cocina, de plástico, tapizadas, giratorias. En el mantel —con estampado de florecillas y pajaritos— hay platos y vasos, algunos ya usados, tazas y cubiertos. La estampa lleva a pensar en un cuadro surrealista del siglo XX: cada objeto parece perfectamente sólido, nítido y definido pero, al mismo tiempo, todos resultan claramente fuera de lugar.

*¿Y qué?*, piensa Toby. *¿Por qué no iban a estar aquí?* Nada del mundo material desapareció cuando sus propietarios murieron. Antes había demasiada gente y las cosas escaseaban,

aunque hoy sucede al revés. Sin embargo, los objetos físicos se han liberado de sus ataduras —lo «mío», lo «tuyo», lo «suyo»— y ahora van por libre. Se diría que es la prolongación de aquellos disturbios que aparecían en los informativos de principios del siglo XXI, cuando los jóvenes se convocaban por medio de sus teléfonos móviles y procedían a romper escaparates e invadir las tiendas para llevarse los artículos en venta con el único límite del peso que pudieran acarrear.

*Lo mismo pasa ahora*, se dice. *Nos hemos declarado propietarios de estas sillas, tazas y vasos, y los hemos traído aquí. Ahora que ha llegado el fin de la historia, vivimos sumidos en el lujo material: tenemos todos los bienes que queremos.*

Los platos parecen antiguos, o por lo menos caros, pero podría hacerlos añicos y nadie se inmutaría, como no fuese ella misma.

Rebecca sale de la cabaña-cocina con una bandeja.

—¡Corazón! —saluda—. ¡Has vuelto! ¡Y me han dicho que encontraste a Amanda! ¡Eres la bomba!

—No está en su mejor forma —dice Toby—: esos dos paintbalistas por poco la matan, y después, anoche... Me temo que está en estado de shock, en barbecho.

Rebecca es veterana en los Jardineros, entiende lo del barbecho.

—Amanda es dura de pelar —responde—, se recuperará.

—Es posible —conviene Toby—. Esperemos que no haya cogido alguna enfermedad y que no tenga lesiones internas. Ya lo has oído, supongo: los paintbalistas escaparon, y para colmo armados con un pulverizador. La verdad es que metí la pata hasta el fondo.

—Unas veces se gana y otras se pierde —sentencia Rebecca—. No sabes cuánto me alegro de que sigas viva: estaba convencida de que esos dos mamones iban a matarte, y a Ren también. Me entraban náuseas sólo de pensarlo. Pero aquí te tenemos. Eso sí, tienes un aspecto terrible: estás hecha polvo.

—Gracias, muy amable —dijo Toby—. Bonita vajilla.

—Sírvete lo que quieras, guapa. Hoy tenemos carne de cerdo en tres de sus variantes: beicon, jamón y chuletas.

—Toby se dice que no han tardado mucho en desdecirse del juramento vegano de los Jardineros: la propia Rebecca está encantada de comer cerdo—. También hay costillitas de perro y, como guarnición, raíz de bardana y dientes de león: si sigo atiborrándome de proteína animal, voy a ponerme como un tonel, más gorda de lo que ya estoy.

—No estás gorda —responde Toby.

Rebecca siempre ha sido corpulenta, ya lo era cuando trabajaban juntas en el SecretBurgers, antes de hacerse Jardineras.

—Yo también te quiero —dice Rebecca—. En fin, que no estoy gorda, y oye: estas copas son de cristal tallado. ¡Mira que me gustan! En su momento costaban un dineral. ¿Te acuerdas con los Jardineros? Adán Uno solía decir que la vanidad mata, así que era vajilla de loza o nada. Tal como están las cosas, llegará el día en que ni nos molestaremos en poner platos: comeremos con las manos y punto.

—La elegancia sencilla siempre tiene su lugar, incluso entre los más puros y desprendidos, eso también solía decirlo Adán Uno.

—Ya, pero ese lugar a veces es el cubo de la basura. Tengo un montón de buenas servilletas de hilo, pero no puedo plancharlas porque no hay plancha, ¡y me fastidia! —Rebecca se sienta, se sirve un trozo de carne con el tenedor.

—Yo también me alegro de que estés viva —dice Toby—. ¿Hay café?

—Sí, siempre que no te fijes en las ramitas, raíces quemadas y demás porquerías. Tampoco tiene cafeína, viene a ser un placebo. Una cosa: anoche te presentaste con un montón de gente, con esos... ¿cómo los llamas?

—Son personas —dice Toby. *O eso creo*, piensa—. Son crakers: así es como los llaman los de MADDADDAM, y supongo que están bien informados.

—Está claro que no son como nosotros —sostiene Rebecca—. Ni por asomo. Ese cabroncete de Crake... menudo estropicio el suyo.

61

—Quieren estar cerca de Jimmy, han cargado con él durante todo el camino.

—Sí, eso he oído. Tamarao me ha puesto al día. Pero esa tropa tendría que irse a... adondequiera que vivan.

—Dicen que tienen que ronronear sobre él —informa Toby.

—¿Que tienen qué? —pregunta Rebecca, a quien se le escapa la risa—. ¿Es uno de sus retorcidos numeritos sexuales?

Toby suspira.

—No es fácil explicarlo, lo mejor es que lo veas con tus propios ojos.

# Hamaca

Concluido el desayuno, Toby va a ver cómo se encuentra Jimmy. Está suspendido entre dos árboles, en una hamaca improvisada con cinta plateada y cuerdas. Tiene las piernas cubiertas con una pequeña colcha infantil cuyo estampado aúna unos gatos violinistas, risueños perrillos, platos con cara que estrechan las manos de unas cucharas sonrientes y vacas con cencerros al cuello que brincan sobre unas lunas que miran con lascivia sus voluminosas ubres. *Justo lo que hace falta cuando estás alucinando*, se dice Toby.

Tres crakers —dos mujeres y un varón— están sentados junto a la hamaca en unas sillas que en su día debieron de ir a juego con la gran mesa donde comen: de madera oscura, con respaldos en forma de lira al viejo estilo y tapicería satinada a franjas marrones y amarillas. Los crakers no terminan de encajar con esas piezas de anticuario, pero se los ve felices y contentos, como si estuvieran tomando parte en una pequeña aventura. Sus cuerpos relucen como forrados de licra dorada y, en torno a sus cabezas, unas enormes polillas rosadas revolotean formando halos vivientes.

*Son tan enigmáticos como hermosos*, piensa Toby. *No como nosotros. Seguramente nos ven como infrahumanos, con estas incómodas y aparatosas segundas pieles con que nos recubrimos, con nuestros rostros que envejecen, con nuestros cuerpos llenos de defectos: demasiado flacos, demasiado gordos, demasiado peludos, protuberantes, irregulares. La perfección tiene su precio, pero son los imperfectos quienes tienen que pagarlo.*

Cada uno de los crakers tiene una mano posada en el cuerpo de Jimmy. Ronronean, y el zumbido resultante se hace más fuerte conforme Toby se acerca.

—Saludos, oh, Toby —dice la más alta de las dos mujeres.

¿Cómo es que saben su nombre? Es posible que anoche estuvieran escuchando con mayor atención de lo que pensaba. ¿Y qué se supone que debe responderles? ¿Cómo se llaman ellos? ¿Preguntárselo podría suponer una falta de tacto?

—Saludos —se limita a decir—. ¿Cómo ha amanecido Jimmy de las Nieves?

—Está recuperando fuerzas, oh, Toby —afirma la más bajita, y los demás sonríen.

Es verdad que Jimmy ofrece mejor aspecto: tiene la piel más sonrosada y todo indica que le ha bajado la fiebre. Duerme como un tronco. Lo han arreglado un poco: le han lavado los cabellos y la barba. Lleva una baqueteada gorra roja de béisbol, un reloj de pulsera con la esfera vacía y, en equilibrio precario sobre el puente de la nariz, unas gafas de sol a las que les falta un cristal.

—Quizá estaría más a gusto sin eso —sugiere Toby señalando la gorra y las gafas de sol.

—Tiene que llevarlas puestas —responde el varón—: son las cosas de Jimmy de las Nieves.

—Las necesita —apunta la mujer más baja—. Crake dice que debe llevarlas puestas. Mira —lleva la mano al reloj de pulsera—: esto sirve para escuchar a Crake.

—Y esto para ver a Crake —asegura el varón señalando las gafas de sol—. Sólo él puede verlo.

A Toby le entran ganas de preguntar para qué sirve la gorra de béisbol, pero se contiene.

—¿Por qué lo habéis sacado? —quiere saber.

—No le gustaba estar ahí dentro, en ese sitio oscuro —responde el varón y señala la casa con la barbilla.

—Jimmy de las Nieves puede viajar mejor aquí fuera —explica la más alta.

—¿Jimmy está viajando? —pregunta Toby—. ¿Mientras duerme, quieres decir?

*¿Se refieren a un sueño o algo parecido, a lo que suponen que Jimmy está soñando?*

—Sí —responde el otro—, está viajando hacia aquí.

—Está corriendo, a veces más rápido, a veces menos rápido. A ratos camina porque está cansado. A ratos los Ser Dones lo persiguen porque ellos no comprenden. A veces trepa a un árbol —indica la más bajita.

—Cuando llegue aquí, despertará —vaticina el varón.

—¿Y dónde estaba cuando emprendió ese viaje? —pregunta Toby con cautela, disimulando su incredulidad.

—Estaba en el Huevo —dice la más alta—, donde todos estábamos al principio. Estaba con Crake y con Oryx: bajaron del cielo para encontrarse con él dentro del Huevo y contarle más historias, para que él nos las cuente a nosotros.

—De allí vienen las historias —añade el varón—, pero ahora el Huevo está demasiado oscuro: Crake y Oryx pueden estar allí, pero Jimmy de las Nieves ya no puede estar allí.

Los tres le sonríen a Toby con gesto amistoso, como si estuvieran seguros de que entiende lo que le están diciendo.

—¿Puedo ver el pie herido de Jimmy de las Nieves? —pregunta cortésmente.

No ponen objeción, aunque no retiran las manos y retoman sus ronroneos.

Ella examina los gusanos que se retuercen bajo la tela con que le vendó el pie. Están metidos en faena, eliminando la carne muerta. La hinchazón y la supuración han disminuido. Esta tanda está llegando a la madurez: mañana tendrá que hacerse con algo de carne podrida que dejará al sol para atraer a las moscas y crear nuevas larvas.

—Jimmy de las Nieves está acercándose —dice la más bajita—, pronto podrá contarnos historias de Crake, como hacía cuando vivía en su árbol, pero hoy tienes que contárnoslas tú.

—¿Yo? —pregunta Toby—. ¡Pero si no conozco las historias de Crake!

—Te las aprenderás —asegura el varón—. Tiene que ser así porque Jimmy de las Nieves es el aprendiz de Crake y tú eres la aprendiz de Jimmy de las Nieves, por eso.

—Debes ponerte esta cosa roja —dice la más bajita—, se llama «gorra».

—«Gorra», sí —corrobora la alta—. Por la tarde, a la hora de las mariposas nocturnas, te pondrás la gorra de Jimmy de las Nieves y esa cosa brillante y redonda en el brazo, para escuchar lo que tenga que decirte.

—Sí. —La otra mujer asiente con la cabeza—. Y por tu boca hablará Crake. Así es como lo haría Jimmy de las Nieves.

—¿Ves? —El hombre señala la leyenda en la tela de la gorra: RED SOX—. Esto lo hizo Crake. Él te ayudará... y Oryx también, si en la historia aparece un animal.

—Luego traeremos un pescado, cuando empiece a oscurecer. Jimmy de las Nieves siempre come un pescado, pues así se lo mandó Crake. Entonces te pondrás la gorra y escucharás a Crake y contarás las historias de Crake.

—Eso, eso: nos contarás cómo Crake nos creó en el Huevo y cómo eliminó el caos de los hombres malos. Y cómo salimos del Huevo y llegamos aquí caminando con Jimmy de las Nieves porque aquí había más hojas con que alimentarnos.

—Comerás el pescado y luego contarás las historias de Crake, como siempre hacía Jimmy de las Nieves —dice la bajita.

La miran con sus extraños ojos verdes y le sonríen llenas de confianza: se diría que no tienen la menor duda de que ella será capaz de hacer lo que le piden.

*¿Y qué otra opción me queda?*, se pregunta Toby. *No puedo responder que no: si lo hago, es posible que se lleven una decepción y se marchen por su cuenta, que vuelvan a la playa, donde estarán a merced de los paintballistas. Serían presa fácil, los niños sobre todo. Eso no puedo permitirlo.*

—De acuerdo —responde—. Volveré por la tarde y me pondré la gorra de Jimmy... de Jimmy de las Nieves, quiero decir, para contaros las historias de Crake.

—Y para escuchar lo que dice la cosa que brilla —dice el varón—, y para comerte el pescado.

Parece un ritual de algún tipo.

—Tres veces sí —conviene Toby.

*Mierda*, piensa. *Espero que por lo menos cocinen el pescado.*

# Historia

Mientras recogía los platos del desayuno, Rebecca creyó ver un rostro ceñudo observándola desde la arboleda. *Habrá sido una falsa alarma*, considera Toby. Los paintbalistas no han aparecido por ahí, no le han disparado a Rebecca con un pulverizador ni se han llevado a rastras a un niño craker bañado en lágrimas para perderse luego entre la vegetación. Sin embargo, todos están tensos.

Les pide a las madres craker que no se alejen mucho del caserón. Como la miran con sorpresa, explica que se trata de un mensaje de Oryx.

La jornada va transcurriendo sin mayores incidencias. Ninguno de los ausentes se presenta de regreso: ni Shackleton, ni Rinoceronte Negro, ni Katuro; tampoco Zab. Ella pasa el resto de la mañana en el huerto, ocupada en remover la tierra y arrancar las malas hierbas: unas labores que no exigen pensar, que sosiegan y distraen. Los guisantes de pollo han empezado a germinar y las hojas de las espinacas se proyectan hacia arriba, al igual que las algodonosas umbelas de las zanahorias. Su rifle está a pocos pasos, amartillado y presto a ser utilizado.

Crozier y Zunzuncito sacan a las mohairs del cercado y las llevan a pastar. Portan sendos pulverizadores consigo, lo que supondría una ventaja en caso de enfrentamiento con los paintbalistas: dos armas contra una, a no ser que los otros los pillen por sorpresa. Toby espera que se acuerden de mirar a lo alto si se adentran entre los árboles: los paintbalistas seguramente sorprendieron a Amanda y Ren de esa forma, lanzándose sobre ellas desde arriba.

A menudo la guerra recuerda a una sucesión de bromas pesadas, se dice. Uno se esconde tras unos matorrales y se abalanza sobre el otro por sorpresa: no hay mucha diferencia entre el ¡buuu! o el ¡bang!, más allá de la sangre. El sorprendido cae dando un grito y en su rostro se dibuja una expresión de estupidez: la boca abierta, los ojos idos. En la Biblia se cita a antiguos reyes que pisoteaban el cuello del conquistado, que colgaban al monarca rival de un árbol, complacidos al ver las pirámides hechas con cabezas del enemigo; como niños que disfrutan haciendo trastadas, podría decirse.

*Quizá fue lo que empujó a Crake a actuar*, se dice Toby. *Quizá se había propuesto acabar con todo aquello para siempre, ponerle punto final a esa maldad burlona y primigenia que llevamos dentro, empezar de cero.*

Da cuenta del almuerzo temprano y a solas, pues está previsto que monte guardia con el rifle durante la hora de comer. Ese día, el menú consiste en carne fría de cerdo y raíz de bardana con una galleta Oreo procedente de un paquete cosechado al vuelo en un pequeño comercio, una rara delicia que hay que racionar cuidadosamente. Abre la galletita y lame el relleno blanco y dulzón antes de comerse las dos mitades con sabor a chocolate: un placer culpable.

Por la tarde, antes de que estalle la tormenta, cinco crakers cargan con Jimmy y lo llevan a la casa de adobe cubierto por su colcha con aquel estampado que remite a una nana infantil. Toby se sienta a su lado mientras llueve, examina su herida, se las arregla para levantarle la cabeza y hacer que beba un poco de elixir de hongos a pesar de que sigue inconsciente. Está quedándose sin suministros y no sabe dónde puede encontrar los hongos y las setas necesarios para preparar una nueva pócima.

Uno solo de los crakers se queda con ellos para ronronear, los demás se van: las casas no les gustan, prefieren mojarse que estar encerrados entre cuatro paredes. Cuando deja de llover, otros cuatro crakers entran, cargan con Jimmy y lo sacan al exterior.

Las nubes se abren, sale el sol. Crozier y Zunzuncito vuelven con el rebaño de mohairs. No ha pasado nada, dicen... o nada alarmante, cuando menos. Los animales estaban nerviosos, no ha sido fácil mantenerlos juntos, y los cuervos no han cesado de armar jaleo, pero ¿y qué más da? Los cuervos siempre arman jaleo por cualquier cosa.

—¿Nerviosos, cómo? —pregunta Toby—. ¿Y qué tipo de jaleo?

No consiguen precisar más.

Vestida con una camisa de tela vaquera sobre los hombros encogidos y cubierta con una pamela de lona, Tamarao trata de ordeñar una de las mohairs lecheras. No resulta fácil, el animal patea, bala quejumbroso y termina por volcar el balde y derramar la leche.

Crozier les enseña el manejo de la bomba manual a los crakers: lo que antes era un elemento decorativo de estilo retro hoy es la fuente de su agua potable. A saber qué hay en ella, se dice Toby: es agua de origen subterráneo y cabe esperar que esté contaminada por todos los vertidos tóxicos en la comarca. Por su parte, se contentará con agua de lluvia, al menos para beber, aunque, con tantos incendios en la lejanía, por no hablar de la posibilidad de accidentes nucleares que estén lanzando partículas inmundas a la estratosfera, a saber qué contendrá esa agua también.

Los crakers están entusiasmados con la bomba; los niños corretean en derredor, pidiendo a gritos que les bombeen agua encima. A continuación, Crozier les muestra el único dispositivo solar que los maddaddámidas han conseguido poner en marcha. Está conectado a un par de bombillas eléctricas: en la cabaña-cocina la una, en el patio la otra. Trata de explicarles por qué se encienden las luces, pero los crakers se sienten confusos: para ellos, las bombillas son como las lumirrosas o como los conejos verdes que salen de sus madrigueras al atardecer; refulgen porque Oryx los hizo así.

La cena tiene lugar en torno a la gran mesa alargada. Nogal Antillano, cubierta con un delantal con estampado de pajaritos, y Rebecca, envuelta en una toalla de baño malva sujeta con una cinta satinada amarilla, terminan de servir la comida y se sientan a la mesa. En uno de los extremos, Ren y Lotis Azul instan a Amanda a probar bocado. Los maddaddámidas que no están montando guardia hacen un alto en sus tareas y acuden uno tras otro.

—Saludos, Rascón —dice Marfil.

Le divierte dirigirse a Toby por el nombre de guerra que solía utilizar en MADDADDAM. Lleva una sábana con dibujo de tulipanes en torno al cuerpo flacucho y se cubre con una suerte de turbante hecho con una funda de almohada a juego. En el rostro coriáceo, la angulosa nariz hace pensar en el pico de un pájaro. *Es curioso*, piensa Toby: *los maddaddámidas tenían por costumbre escoger nombres en clave que reflejaban algo de sí mismos.*

—¿Cómo está nuestro famoso paciente? —se interesa Manatí, que lleva un sombrero de paja con el ala ancha propio del dueño regordete de una plantación.

—No está muerto —responde Toby—, pero tampoco ha recobrado la consciencia.

—Si es que alguna vez la tuvo —interviene Pico de Marfil—. Antes lo conocíamos como Thickney. —El nombre inglés para un pájaro australiano ya extinguido—. Era su alias en MADDADDAM.

—Hizo de esbirro de Crake cuando el Proyecto Paralíseo —recuerda Tamarao—. Cuando se despierte, va a tener que explicarnos muchas cosas... y luego me lo cargo sí o sí. —Suelta un cómico bufido para dejar claro que no habla en serio.

—Tiene tan pocas entendederas como su alias —sentencia Manatí—. No creo que tuviera puñetera idea de lo que pasaba, sólo era una marioneta.

—Siendo justos, es natural que no lo tuviésemos en gran estima —dice Pico de Marfil—: se apuntó al Proyecto porque quiso, no como nosotros. —Clava el tenedor en un trozo de carne—. Mi querida señorita —añade dirigiéndose a Nogal Antillano—. ¿Tendrías la amabilidad de decirme qué sustancia es ésta?

—Pues no, a decir verdad —responde ella con su característico acento británico.

—Éramos esclavos —advierte Manatí alanceando su propio tajo de carne—. Cerebrines especializados en temas científicos a los que Crake utilizaba para operar sus máquinas de la evolución. Tenía delirios de grandeza, estaba convencido de que podría perfeccionar a la humanidad. Aunque hay que reconocerle el genio.

—No era el único que se había fijado ese objetivo —recuerda el esbelto Zunzuncito—: las biocorporaciones estaban detrás del asunto porque el volumen de negocio era mareante. La gente pagaba verdaderas fortunas por aquellas manipulaciones genéticas. Había quien customizaba a sus chavales, quien encargaba rasgos de ADN como si fueran ingredientes de una pizza para llevar.

Zunzuncito lleva gafas bifocales. *Cuando se agoten los artículos en las ópticas, entonces sí que habremos vuelto a la Edad de Piedra*, piensa Toby.

—Ya, pero resulta que Crake era el que lo hacía mejor —dice Manatí—. Sus crakers incluían unas prestaciones en las que nadie había pensado antes, como el repelente para insectos incorporado de serie: una idea brillante.

—¿Y qué me dices de las mujeres que nunca dicen que no porque no pueden resistirse? Eso de echar mano de un componente hormonal que las hace cambiar de color según el grado de calentura... Para quitarse el sombrero —opina Zunzuncito.

—Los problemas que planteaba programar un amasijo de carne suponían todo un desafío —le explica Pico de Marfil a Toby—. Déjame que me explique. —Habla como si estuvieran en un simposio académico mientras corta las judías verdes en cuadraditos de idéntico tamaño—. Utilizar molleja de conejo, por ejemplo, combinada con la estructura genética del babuino para conseguir vincular ciertas propiedades cromáticas al sistema reproductivo...

—O sea, que se vuelvan azules cuando... —aclara Zunzuncito a Toby.

—Yo estaba encargada de la composición química de la orina —dice Tamarao—: el componente destinado a disuadir a los carnívoros. No era fácil ponerlo a prueba porque no había un solo carnívoro en el Proyecto Paralíseo.

—A mí me tocó trabajar con la laringe, la fonación —recuerda Manatí—: un asunto complicado.

—Es una lástima que no programaras algún comando para cancelar sus canturreos —observa Pico de Marfil—, esas salmodias suyas me ponen de los nervios.

—Lo de los cánticos no fue idea mía —contesta Manatí enfurruñado—, y no había forma de eliminarlos sin convertirlos en unos calabacines andantes.

—Tengo una pregunta —interviene Toby.

Se la quedan mirando, algo sorprendidos por su intervención.

—¿Sí, señorita? —dice Pico de Marfil.

—Antes me han pedido que les cuente una historia: la historia de cómo los creó Crake. Pero... ¿quién creen ellos que era Crake y cómo piensan que fueron creados? ¿Qué les contaron en su momento en la cúpula del Paralíseo?

—Tienen a Crake por una especie de dios —responde Crozier—, pero desconocen qué aspecto tiene.

—¿Y tú cómo lo sabes? —interviene Pico de Marfil—. Tú no estabas con nosotros en el Paralíseo.

—Lo sé porque me lo han dicho, joder. Ahora soy su colega, incluso me dejan participar de sus meadas colectivas; es algo así como un honor.

—Menos mal que nunca van a poder conocer a Crake —comenta Tamarao.

—Es una puta suerte, sí —conviene Zorro del Desierto, quien acaba de sentarse a la mesa—. Si tuvieran ocasión de ver al chiflado de su creador, se tirarían del rascacielos más próximo... siempre que quede alguno en pie, claro está —puntualiza con humor fúnebre.

Bosteza aparatosamente al tiempo que estira los brazos hasta situarlos detrás de la cabeza haciendo alarde de sus pechos, que se proyectan hacia arriba y hacia delante. Lleva el cabello pajizo recogido en una cola de caballo sujeta con una banda elástica de ganchillo color azul celeste. La sábana con la que se cubre tiene un delicado ribete de margaritas y mariposas, pero la lleva asegurada a la cintura con un ancho cinturón rojo. Es como juntar una nube angelical con un cuchillo de carnicero: un toque de lo más llamativo.

—De nada sirve lamentarse, mi querida señorita —observa Pico de Marfil fijando la mirada en Zorro del Desierto. Toby da por hecho que su pomposidad irá creciendo en paralelo a la barba que se ha dejado—. *Carpe diem*: hay que disfrutar el momento, vivir la vida como viene. Ya lo decía Robert Herrick: «Coged las rosas mientras podáis.»

Sonríe de forma algo lasciva y sus ojos se deslizan hacia el cinturón rojo. Zorro del Desierto lo mira inexpresiva.

—Cuéntales un cuento con final feliz sin dar muchos detalles —sugiere Manatí—. Era lo que solía hacer Oryx, la amiguita de Crake, en el Paralíseo. Eso los calmaba. Lo único que espero es que ese cabronazo de Crake no empiece a obrar milagros desde la tumba.

—Como ocasionar una epidemia mundial de diarrea —dice Zorro del Desierto—. Uy, perdón, olvidaba que eso ya lo hizo. ¿Queda más café?

—Mucho me temo que se ha agotado, mi querida señorita —responde Pico de Marfil.

—Rebecca dice que va a tostar no sé qué tipo de raíz —explica Manatí.

—Para entonces nos habremos quedado sin leche que echar en la taza —vaticina Zorro del Desierto—. Habrá que conformarse con babas de oveja. Es como para clavarse un picahielos en el cráneo.

· · ·

La luz se ha atenuado y las mariposas nocturnas han empezado a revolotear: rosa apagado, gris apagado, azul apagado. Los crakers se han reunido en torno a la hamaca de Jimmy para que Toby les hable sobre Crake y les cuente cómo salieron del Huevo.

Dicen que Jimmy de las Nieves también quiere escuchar la historia. Lo mismo da que se halle inconsciente, están seguros de que puede oírla.

La historia ya la conocen, de hecho, lo que quieren es que sea Toby quien se las cuente, que se coma delante de todos el pescado que han llevado, requemado por fuera y envuelto en hojas de árbol, que se ponga la astrosa gorra roja de béisbol de Jimmy y su reloj de esfera muda, que se lo lleve al oído. Debe empezar por el principio, debe presidir la creación, hacer que llueva. Debe eliminar el caos, sacarlos a todos del Huevo y conducirlos a la orilla del mar.

Llegados al final, quieren que les hable de los dos hombres malos, de la hoguera en el bosque, de la sopa hecha con un hueso apestoso: el hueso de marras los tiene obsesionados. Luego debe contarles cómo ellos mismos desataron a los dos hombres malos, cómo éstos se adentraron corriendo en el bosque y cómo podrían volver en cualquier momento y hacer más cosas malas. Esa parte los pone tristes, pero se empeñan en oírla de todos modos.

Cuando Toby termina de relatar la historia, insisten en que la cuente otra vez, y otra, y otra más... Asumen el papel de apuntadores teatrales y le dan indicaciones, la interrumpen, retoman los episodios que ha olvidado mencionar. Quieren que lo cuente todo de corrido y que les dé más información, la que sepa o pueda inventarse. Es una triste sustituta para Jimmy de las Nieves, pero se desviven por ayudarla a pulir su narración.

Cuando está relatando por tercera ocasión cómo se las arregló Crake para eliminar el caos, de pronto se vuelven todos a la vez, olisquean el aire y anuncian:

—Vienen unos hombres, oh, Toby.

—¿Unos hombres? —repite ella—. ¿Los dos que huyeron, queréis decir? ¿Por dónde llegan?

—No, no esos dos que huelen a sangre.

—Otros hombres, más de dos. Tenemos que ir a saludarlos.

Se levantan todos a un tiempo.

Toby sigue la dirección de sus miradas. Los hombres son cuatro: cuatro siluetas que se acercan por la calle sembrada de cosas viejas que bordea el parque donde se encuentra el caserón de adobe. Llevan linternas de cabeza. Cuatro siluetas oscuras, cada una proyectando una luz cegadora.

Toby nota que su cuerpo deja de estar agarrotado, que el aire entra suave y largamente en sus pulmones. ¿Un corazón puede brincar? ¿Es posible sentirse mareada por el alivio?

—Oh, Toby, ¿estás llorando?

# La vuelta a casa

Sus deseos se han hecho realidad: es Zab. Ha llegado más corpulento y desastrado, más avejentado y encogido de lo que ella recordaba, aunque apenas hace unos días que lo vio por última vez. ¿Qué le ha pasado? Rinoceronte Negro, Shackleton y Katuro van con él. Al verlos de cerca advierte que están exhaustos. Dejan caer las mochilas al suelo mientras los demás los rodean: Rebecca, Pico de Marfil, Zorro del Desierto y Beluga; Manatí, Tamarao, Zunzuncito y Nogal Antillano; Crozier, Ren y Lotis Azul; incluso la propia Amanda, unos pasos por detrás.

Todo el mundo habla a la vez, al menos todos los seres humanos: los crakers se quedan al margen, muy juntos, mirándolo todo bien con los ojazos abiertos. Ren llora y abraza a Zab. Es comprensible: al fin y al cabo es su padrastro. Cuando estaban con los Jardineros, Zab convivió durante un tiempo con Lucerne, la seductora madre de Ren... *Quien no lo valoró como debía*, piensa Toby.

—Todo está en orden —le dice Zab a Ren—. ¡Vaya! ¡Habéis conseguido traer a Amanda! —Extiende el brazo y Amanda deja que pose la mano en ella.

—Fue gracias a Toby —informa Ren—, por suerte iba armada.

Toby guarda silencio un momento y termina por acercarse.

—Buen trabajo. Está claro que tienes buena puntería —la elogia Zab, por mucho que no llegara a disparar a nadie.

—¿No los habéis encontrado? —les pregunta ella—. ¿A Adán Uno y a...?

Zab la mira con expresión sombría.

—A Adán Uno, no —responde—, pero sí que encontramos a Philo.

Los demás se acercan para escuchar mejor.

—¿A Philo? —pregunta Zorro del Desierto.

—Un viejo Jardinero —le aclara Rebecca—, uno que siempre estaba fumándose sus... Digamos que le gustaba embarcarse en viajes visionarios. Cuando los Jardineros se dividieron, se quedó con Adán Uno. ¿Dónde estaba?

Por la expresión de Zab, comprenden que no hallaron a Philo con vida.

—Vimos que unos buitres sobrevolaban en círculos un aparcamiento —cuenta Shackleton—, el aparcamiento que había cerca de la antigua Clínica de Estética —precisa—, y fuimos a echar un vistazo.

—¿Donde íbamos a clase? —dice Ren.

—Aún estaba bastante fresquito —apunta Rinoceronte Negro.

*Lo que significa,* piensa Toby, *que por lo menos algunos de los Jardineros desaparecidos sobrevivieron al primer embate de la plaga.*

—¿No encontrasteis a ninguno de los otros? —pregunta—. ¿A nadie más? ¿Philo murió a causa de la...? ¿Había enfermado?

—Ni rastro de ellos —responde Zab—, pero algo me dice que siguen por allí, incluso el propio Adán. ¿La comida está lista? Ahora mismo me comería un oso. —Se nota que ahora mismo prefiere no responder a las preguntas de Toby.

—¡Se come un oso! —cuchichean los crakers entre sí—. ¡Sí! ¡Justo lo que Crozier nos dijo! ¡Zab se come un oso!

Zab saluda con la cabeza a los crakers, quienes lo miran sin saber muy bien qué esperar.

—Veo que tenemos compañía.

—Os presento a Zab —les dice Toby—, es un amigo.

—Estamos contentos, oh, Zab. ¡Te saludamos!

—¡Es él, es él! El que nos dijo Crozier. ¡Se comió un oso! Sí, estamos contentos. —Sonríen de forma vacilante—. Pero, oh, Zab, ¿qué es un *oso*? Oh, Zab, dinos: ¿es un pescado? ¿Tiene un hueso apestoso?

—Han venido con nosotros desde la costa —le explica Toby—. No había forma de evitarlo, querían estar con Jimmy... con Hombre de las Nieves: así lo llaman ellos.

—¿El amigo de Crake? —dice Zab—. ¿El de la época del Proyecto Paralíseo?

—Es una larga historia —responde Toby—, lo mejor es que comas.

Queda algo de estofado y Manatí se dispone a servir un plato. Los crakers retroceden para mantenerse a una distancia prudencial: no les gusta cómo huele lo que comen los carnívoros. Shackleton devora su ración y va a sentarse junto a Ren, Amanda, Crozier y Lotis Azul. Rinoceronte Negro se come dos platos seguidos y va a darse una ducha. Katuro se ofrece a ayudar a Rebecca a ordenar los contenidos de los paquetes. Se han hecho con nuevas provisiones de sojadinas, unos rollos de cinta de fontanero, unos cuantos paquetes de ChickenDeli congelado y barritas energéticas Virichoc y otro más de galletas Oreo.

—Es un milagro —dice Rebecca.

Resulta casi imposible encontrar paquetes de galletas sin mordiscos de roedores.

—Vamos a ver cómo está el huerto —le propone Zab a Toby.

A ella le da un vuelco el corazón: si Zab quiere hablar con ella en privado, debe de tratarse de malas noticias.

Las luciérnagas han hecho su aparición. La lavanda y el tomillo están en flor, impregnando la atmósfera con sus aromas. Unas cuantas lumirrosas silvestres brillan con luz tenue junto al vallado mientras un pelotón de centelleantes conejos verdes mordisquea sus hojas inferiores. Gigantescas mariposas nocturnas de color gris surcan el aire como cenizas al viento.

—No fue la plaga lo que mató a Philo —le advierte Zab—: alguien le cortó el cuello.

—Ay... —dice Toby—. Entiendo.

—Poco después vimos a los paintbalistas, los mismos que raptaron a Amanda: estaban ocupados en destripar a uno de esos cerdos monstruosos. Les disparamos, pero consiguieron huir, así que dejamos de buscar a Adán y volvimos aquí a marchas forzadas, por si acaso andaban por la zona.

—Lo siento.

—¿El qué?

—Atrapamos a esos que dices hace dos noches —explica ella—, los atamos a un árbol, pero decidí no matarlos: era Santa Juliana y me resultó imposible hacerlo. Escaparon armados con un pulverizador.

Se ha puesto a llorar. De repente resulta tan patética como una cría ciega, sonrosada y gemebunda de ratón. No es su costumbre, pero se ha puesto a llorar.

—Vamos, vamos... —le dice Zab—. Todo saldrá bien.

—No —contesta Toby—, no saldrá bien.

Se vuelve para marcharse: si es cuestión de lloriquear, lo mejor es hacerlo a solas. Y el hecho es que no puede sentirse más sola: siempre va a sentirse sola. *Estás acostumbrada a la soledad*, se dice. *Más te vale ser estoica.*

Y de pronto, un abrazo.

Llevaba tanto tiempo esperándolo que se había cansado de esperar. Era lo que ansiaba, diciéndose que se trataba de un imposible, pero ahora no puede resultar más fácil, tan fácil como volver al hogar, si eras de los que tenían un hogar. Es como atravesar el umbral y encontrarte en un sitio que te resulta profundamente familiar, que abre sus puertas para ti, que cuenta las historias que más falta te hacía escuchar, que les cuenta historias a tus manos, también, y a tu boca.

—Te he echado tanto de menos...

¿Quién de los dos lo ha dicho?

Una silueta tras la ventana en medio de la noche, el centellear de un ojo. El latido oscuro de un corazón.

—Sí, por fin eres tú.

# Operación Oso

# La historia de cuando Zab se perdió en las montañas y se comió al oso

—Y así fue como Crake fue eliminando el caos para crear un lugar en el que pudierais vivir a salvo, y entonces...

—La historia de Crake ya la sabemos, la hemos escuchado muchas veces. Ahora cuéntanos la historia de Zab, oh, Toby.

—¡La historia de cuando se comió un oso!

—¡Sí! ¡Cuando se comió un oso! ¡Un oso! ¿Qué es un *oso*?

—Queremos oír la historia de Zab y el oso. El oso que se comió.

—Crake quiere que la escuchemos. Si Jimmy de las Nieves estuviera despierto nos la contaría, seguro que sí.

—De acuerdo, pues. Dejadme escuchar un momento esta cosa redonda y brillante que me ha dejado Jimmy de las Nieves, para escuchar lo que tengo que decir...

»Hago lo que puedo por escuchar, pero me resulta difícil entender algo si os ponéis a cantar.

»Bien. Ésta es la historia de Zab y el oso. Al principio de la historia sólo aparece Zab, él solo. El oso viene después. A lo mejor el oso viene mañana: tratándose de osos, hay que ser pacientes.

•  •  •

Zab estaba perdido. Se sentó bajo un árbol. El árbol estaba en un lugar grande y abierto, parecido a una playa, sólo que sin arena ni mar. En su lugar había unas cuantas charcas de agua helada y un montón de musgo, musgo por todas partes. Y alrededor, aunque muy lejos, había montañas.

¿Que cómo llegó allí? Llegó volando en un... bueno, eso da igual: esa parte tiene que ver con otra historia. No, Zab no puede volar como un pájaro; ya no, al menos.

¿Las montañas? Las montañas son piedras enormes, altísimas. No, eso que decís no son montañas, son edificios. Los edificios se derrumban, y entonces hacen mucho ruido. Las montañas también se derrumban, pero muy poco a poco. No, las montañas no se derrumbaron sobre Zab, nada de eso.

De manera que Zab contempló las lejanas montañas a su alrededor y se preguntó: «¿Cómo voy a arreglármelas para cruzarlas? Son enormes, y muy altas.»

Necesitaba cruzar las montañas porque la gente se encontraba al otro lado: lo que quería era encontrarse con la gente. No tenía ganas de estar solo. Lo normal, ¿no? A nadie le gusta estar solo.

No, esa gente no era como vosotros, iban vestidos con ropa. Con mucha ropa, porque donde vivían hacía mucho frío. Sí, todo esto sucedió en los tiempos del caos, antes de que Crake lo eliminara.

Así que Zab contempló las montañas, las charcas y el musgo, y se preguntó: «¿Qué voy a comer?» Entonces pensó que en aquellas montañas sin duda habría muchos osos.

Un oso es un animal enorme, cubierto de pelo, con grandes garras y colmillos afilados. Más grande que una linceta, sí; más grande que un loberro; más grande que un cerdón; así de grande.

El oso habla a gruñidos y, cuando tiene mucha hambre, rompe todo lo que encuentra.

Sí, los osos son Hijos de Oryx. No sabría deciros por qué los creó tan grandes y con esos colmillos afilados.

Sí, tenemos que ser buenos con los osos. La mejor forma de ser bueno con un oso es no acercarse demasiado.

No creo que haya osos por aquí cerca, no.

Y Zab se dijo: *Es posible que un oso me haya olido y esté acercándose en este mismo momento porque tiene hambre, está muerto de hambre, y quiere comerme. Si es el caso, tendré que luchar contra el oso, y lo único que tengo es este cuchillo, tan pequeño que da risa, y esta vara capaz de agujerear las cosas. Si es el caso, tendré que ganar la pelea y matar al oso, y después tendré que comérmelo.*

El oso pronto hará su aparición en esta historia.

Sí, Zab ganará la pelea. Zab siempre se las arregla para ganar la pelea. Porque es lo que siempre pasa.

Sí, se daba cuenta de que Oryx se pondría triste. Lo sentía por el oso. No quería hacerle daño, pero tampoco que el oso se lo comiese. A vosotros tampoco os gustaría que os comiese un oso, ¿verdad? Ni a mí.

Porque a los osos no les basta con comer hojas y hierbas. Porque entonces enferman.

Sea como sea, si Zab no se hubiera comido al oso, entonces habría muerto, y entonces ya no estaría aquí con nosotros, y eso también sería una lástima, ¿verdad?

Si no dejáis de llorar, no puedo seguir contando la historia.

# Trueque de pieles

Por un lado está la historia, por otro, lo que ocurrió realmente, y por último lo que acabó contándose; y luego está la parte que no cuentas, pero que también forma parte de la historia. Al narrar la historia de Zab y el oso, Toby no menciona al hombre muerto, cuyo nombre era Chuck. Éste también se había perdido entre las charcas y el musgo, entre las montañas y los osos. Y, al igual que Zab, no sabía cómo salir de allí. Es injusto no mencionarlo, borrarlo del tiempo, pero incluirlo en la historia supone más complicaciones de las que ella está dispuesta a asumir. Por ejemplo, ella ni siquiera sabe cómo fue que el muerto llegó a involucrarse en la historia.

—Es una lástima que el muy cabrón se cayera muerto —observa Zab— porque se lo hubiera sacado a golpes.

—¿El qué?

—Para quiénes trabajaba, qué era lo que querían, adónde pensaban llevarme.

—Algo me dice que lo de «caerse muerto» es un eufemismo: no creo que le diera un infarto.

—No me vengas con ésas: tú ya me entiendes.

Zab se había perdido. Se sentó bajo un árbol.

Quizá no estaba totalmente perdido. Tenía una vaga idea del lugar donde se encontraba: en algún punto en los páramos de las montañas Mackenzie, a centenares de kilómetros del puesto de comida rápida más cercano. Y de hecho no estaba bajo un árbol, más bien se hallaba a un lado; tampoco era un árbol exactamente, sino más bien una especie de arbusto grande, un arbusto más espinoso que otra cosa, sin demasiado follaje, una suerte de yuca con espinas. Zab se fijó en los detalles del tronco, en las ramitas muertas cubiertas de un liquen que hacía pensar en las bragas de una puta: grisáceo, traslúcido y lleno de volantes...

—¿Y qué sabes tú sobre las bragas de las putas? —pregunta Toby.

—Más de lo que te gustaría —responde Zab—. Pero bueno, cuando te concentras en esa clase de detalles, en minucias que sin embargo ves claramente, aunque no vayan a servirte de nada, está claro que te encuentras en estado de shock.


El helizóptero de Operación Oso aún estaba ardiendo. Por suerte, Zab había logrado salir antes de que reventara o, mejor dicho, antes de que lo hiciera su componente aerostático, y gracias a que el dispositivo digital de liberación de los cinturones de seguridad seguía funcionando, de lo contrario habría muerto.

Chuck estaba tumbado panza abajo en la tundra con la cabeza torcida en un ángulo antinatural, como si estuviera mirando por encima del hombro a ciento ochenta grados, igual que una lechuza. No miraba a Zab, sino el cielo. No había ángeles, o al menos todavía no se presentaba ninguno.

Zab se había abierto una herida en alguna parte de la cabeza: notaba la tibieza de la sangre que goteaba por su rostro. Una herida en el cuero cabelludo, no peligrosa, pero sí aparatosa, con mucha sangre. El sociópata de su padre siempre se lo decía: «Tú estás mal de la cabeza; y del cerebro, desde luego. Por no hablar del alma, si es que Dios te dio una, cosa que dudo.» A su padre, el reverendo, le encantaba todo ese asunto de las almas y, para colmo, se creía su jefazo supremo.

Y ahora Zab estaba preguntándose si Chuck habría tenido alma y si ésta seguiría flotando sobre su cadáver como un débil olor.

—Has hecho el puto gilipollas, Chuck —le dijo en voz alta.

Si le hubieran dado la orden de secuestrarse a sí mismo en nombre de los rastrillacerebros lo habría hecho bastante mejor que el imbécil de Chuck.

De todas formas, era una lástima que la hubiese palmado —alguna cosa buena tendría, vete tú a saber; igual le gustaban los cachorritos—, pero ahora había un capullo menos en el mundo, lo que tampoco era moco de pavo, ¿no? Un punto para el casillero de las fuerzas de la luz... o de la oscuridad, según quien llevara el tanteo del enfrentamiento moral.

En todo caso, Chuck no había sido un capullo como cualquier otro; no era malhumorado ni agresivo, como él mismo cuando se ponía en plan capullo. Más bien todo lo contrario: demasiado amistoso, demasiado gregario y cumplidor, siempre atento a las consignas que llegaban de arriba: «el ser humano se ha vuelto obsoleto, nos hemos condenado a la extinción, hay que restaurar el equilibrio de la naturaleza» y bla, bla, bla. Se pasaba de frenada hasta resultar ridículo, lo que, en un grupo como el de Operación Oso, atiborrado de grotescos ecolocos angustiados por la suerte de los osos —«angusti-osos», los llamaba él—, no dejaba de tener su mérito.

No todos eran angusti-osos, en todo caso: algunos aseguraban estar allí por la aventura. Amantes de las emociones fuertes, todo les importaba un carajo; iban por libre, cubiertos de tatuajes, con las grasientas colas de caballo propias de los motoristas de las películas viejas, haciendo alarde de músculos y de agallas, con las suelas de las botas demasiado calientes como para caminar a paso pausado. Así fue como Zab se hizo un hueco: a base de ganar volumen con esteroides de origen natural, hacer lo que hubiera que hacer, no achantarse ni quedarse atrás. Necesitaba el dinero y le gustaba moverse en la penumbra de los márgenes, donde no había funcionarios que pudieran meterte los tentáculos en el bolsillo en el que, con suerte, llevabas oculto el dinero que habías hackeado de las cuentas bancarias de un par de infelices.

Los angusti-osos convencidos arrugaban sus ecologistas narices en presencia de Zab y los de su calaña, pero tampoco se hacían los estrechos: necesitaban la mano de obra adicional porque, al fin y al cabo, en el mundo había pocos individuos dispuestos a transportar cargamentos de basura biológica en helizóptero u otros cacharros semejantes para verterlos en las tierras del extremo norte con la idea de que un hatajo de úrsidos piojosos se pegaran un festín gratuito.

—Eso era antes de que el petróleo empezara a escasear de verdad, ¿no? —pregunta Toby—. Antes de que despegara el negocio del basuróleo carbónico. De lo contrario, no os habrían dejado malgastar una materia prima tan valiosa regalándosela a los osos.

—Todo eso pasó antes de muchas otras cosas —se limita a decir Zab—, aunque el precio del petróleo ya empezaba a ponerse por las nubes.


Operación Oso contaba con cuatro helizópteros de modelo antiguo comprados en el mercado gris. La escuadrilla tenía un nombre pintoresco: los Peces Globo Voladores. Los helizópteros se habían fabricado recurriendo al biodiseño: tenían un globo aerostático de helio/hidrógeno dotado de un revestimiento que absorbía o expulsaba moléculas como la vejiga natatoria de un pez, contrayéndose o dilatándose de forma que facilitaba el transporte de cargas pesadas. Además, tenían unas aletas ventrales estabilizadoras, un par de aspas para planear y cuatro alas similares a las de los pájaros que los hacían maniobrables a bajas velocidades. Las ventajas: consumo mínimo de combustible, enorme capacidad de carga, posibilidad de volar lentamente a baja altitud. La desventaja: un vuelo en helizóptero se hacía interminable, el software interno fallaba cada dos por tres y pocos pilotos sabían cómo reparar aquellas bestias pardas. Era necesario contratar a digimecánicos o, más bien, llevarlos de tapadillo desde Brasil, donde prosperaba la delincuencia digital.

Si ibas a Brasil, antes de darte los buenos días ya te habían hackeado las cuentas. Había quienes se hacían de oro explotando historiales médicos y secretos sórdidos de los políticos, u operaciones de cirugía estética de los famosos, pero eso en realidad era calderilla; el negocio de verdad estaba en el espionaje industrial: si estabas al frente de una corporación de las gordas, tus peores pesadillas con frecuencia se convertían en realidad, por mucho que hubieras pagado a otra corporación de las gordas para que te cubriera las espaldas digitales.

—Algo me dice que estuviste metido en esa clase de líos —dice Toby.

—Sí, estuve viviendo allá abajo un tiempo, buscándome la vida como todo el mundo —responde Zab—. Es uno de los motivos por los que me apunté a Operación Oso: necesitaba alejarme lo más posible de Brasil.


Operación Oso era un timo, por lo menos en parte, y bastaba tener dos dedos de frente para darse cuenta. Ciertamente, a diferencia de otros timos no estaba pensado para enriquecer a nadie, pero no por ello dejaba de ser una estafa. Se basaba en las buenas intenciones de ciertos urbanitas con emociones de usar y tirar a quienes les gustaba pensar que estaban salvando algo: un vestigio andrajoso de su pasado ancestral, un minúsculo retazo de su alma colectiva envuelta en una bonita piel de oso. La idea era simple: los osos polares están muriéndose de hambre porque los hielos casi han desaparecido y ya no pueden cazar focas; hay que alimentarlos con nuestros desperdicios hasta que aprendan a adaptarse a la nueva situación.

—Si recuerdas, por entonces todo el mundo hablaba de la necesidad de «adaptación», aunque quizá no tengas los años suficientes. Seguramente todavía llevabas falditas de colegiala y estabas aprendiendo a encandilar a los chavales meneando tu pequeño cepo.

—Deja de coquetear, anda —dice Toby.

—¿Por qué? Si te encanta.

—Me acuerdo de lo de la «adaptación» —precisa ella—. Era otra forma de decirles: «mala suerte, hay que fastidiarse» a quienes no tenías pensado ayudar.

—Justamente. En todo caso, eso de echar basura a los osos no hizo que se adaptaran, sólo les enseñó que el alimento cae del cielo. No tardaron en relamerse cada vez que oían el ruido de un helizóptero; digamos que establecieron su propio culto del cargamento, como los que florecieron en Nueva Guinea.

»Y allí es donde entramos en terreno resbaladizo: era verdad que el hielo se había fundido en su mayor parte y que algunos osos polares habían muerto de inanición, pero los demás estaban replegándose al sur y apareándose con los osos pardos, de los que se habían separado hace la friolera de doscientos mil años. Así que estaban surgiendo unos osos de pelaje blanco con grandes manchas pardas o de pelaje pardo con manchas blancas. Otros eran completamente blancos o completamente pardos, pero el caso es que su apariencia ya no servía para predecir su comportamiento: los polardos por lo general evitaban al ser humano, como los osos pardos; los pardolares casi siempre atacaban, como los polares. Nunca sabías qué clase de bicho tenías delante y sólo tenías clara una cosa: más valía que tu helizóptero no entrase en barrena sobre una lugar poblado de osos.

Justo lo que le pasó a Zab.

—Puto gilipollas —le espetó de nuevo a un imaginario Chuck—. Y el que te contrató, puto gilipollas al cuadrado —agregó sabiendo que nadie iba a escucharlo.

*O igual sí*, pensó con un estremecimiento.

# Accidente aéreo

Operación Oso iba sobre ruedas hasta que apareció Chuck... bueno, también es verdad que él ya se había metido en algún que otro lío por aquel entonces.

—¿Sólo por aquel entonces? —ironiza Toby.

—¿Ahora te ríes de mí? ¿De que haya tenido una juventud complicada porque los maltratos de mi padre me obligaron a crecer de golpe?

—¿Te parece que me reiría de algo así?

—Pues sí, ahora que lo dices —replica Zab—: tienes el corazón duro como el pedernal. Lo que necesitas es algo más duro todavía que se abra paso por tu interior...

Zab se había metido en algún que otro lío por aquel entonces, claro, pero en la central de Operación Oso no lo sabían o les daba lo mismo porque la mitad del personal estaba metido en líos, así que era en plan: «Ni tú me preguntas ni yo te cuento.»

El protocolo estaba claro: cargar los desechos comestibles en Whitehorse o en Yellowknife, a veces incluso en Tuk, donde los buques cisterna de las plataformas del mar de Beaufort tiraban las basuras de a bordo (cuando no las vertían en otros lugares, saltándose todas las prohibiciones habidas y por haber). En las plataformas petrolíferas se seguían produciendo cantidades industriales de desechos con proteína animal porque era costumbre mimar a los operarios y marineros, y a ellos les gustaba comer carne de cerdo en cualquiera de sus variantes y presentaciones, así como pollo y demás. Y si había que servirles carne cultivada, de laboratorio, siempre era de la mejor calidad, disimulada en forma de hamburguesas o salchichas para que no se dieran cuenta. Cargabas las sobras de la cantina en el helizóptero, te tomabas una cerveza y pilotabas el zóptero a las zonas de descarga de Operación Oso, donde dejabas caer la carga volando a baja altura y emprendías el vuelo de regreso. El trabajo era pan comido si no había mal tiempo o problemas mecánicos, en cuyo caso te veías obligado a aterrizar haciendo lo posible por no pegártela contra las laderas de las montañas. Una vez en tierra, era cuestión de esperar a que el tiempo mejorase o se presentasen los de Reparaciones. Y a por la siguiente: todo bastante rutinario. La peor parte era escuchar los interminables sermones que te soltaba el ecoloco angusti-oso de turno en los bares del circuito mientras tú sólo querías ponerte ciego del matarratas que dispensaban en aquellos tugurios.

Lo demás se reducía a comer, dormir y, si la suerte acompañaba, echar un revolcón con una camarera u otra, aunque él se andaba con ojo, pues algunas eran de armas tomar y otras estaban pilladas: no quería meterse en peleas, no le veía la gracia a eso de liarse a mamporros en un bar con un mentecato loco de celos y convencido de contar con derechos a perpetuidad sobre el coño de su chica sólo por tener una polla entre las piernas y no ser un total adefesio; y además, igual tiraba de cuchillo, uno nunca sabía. No era de esperar que cargara con una pistola porque en esa época SegurMort ya había empezado a confiscar las armas por doquier con el pretexto de la seguridad ciudadana y el bien común, iniciativa que con el tiempo les llevó a detentar el monopolio de la muerte a distancia. Algunos tipos escondían la Glock u otras armas de calidad bajo un montón de piedras en el campo por si un día les hacía falta, pero precisamente por ello era poco probable que fueran a sorprenderte encañonándote de pronto; con la salvedad de que, en aquellos parajes dejados de la mano de Dios, no todos se atenían a las leyes y normativas vigentes. En el norte, el respeto a la ley era un tanto relativo y circunstancial, nunca podías estar seguro del todo. En cualquier caso: las chicas. Si el instinto le decía que un culo femenino —pequeño, mediano o descomunal, daba lo mismo— venía con el cartelito de NO TOCAR, él no tocaba en absoluto. Pero si una chica se colaba en su cuarto del hostal en mitad de la noche, tampoco era cuestión de ponerse a llorar, ¿no? De niño le decían que tenía tan pocos escrúpulos morales como una musaraña y ¿quién era él para llevar la contraria a sus mayores? Sin olvidar que el rechazo podía dañar la autoestima de la muchacha de turno. Algunas no eran muy guapas que digamos: más valía no encender la luz del cuarto, pero se acordaba de una que tenía un culo tan desbordante como sensacional y de otra con un par de tetazas como dos pelotas de baloncesto en una bolsa de redecilla, y de otra más que...

—No me hacen falta tantos detalles —lo interrumpe Toby.

—No te pongas celosa —le contesta—. Están todas muertas: no puedes tener celos de unas mujeres que llevan tiempo criando malvas.

Toby no dice nada. El voluptuoso cadáver de Lucerne, la antigua amante de Zab, se cierne entre ambos, invisible, innombrable y, desde luego, nunca enterrado del todo, para ella por lo menos.

—Vivo es mejor que muerto —opina Zab.

—Eso está claro. Aunque, bien pensado, igual no lo sabes hasta que lo pruebas.

Zab ríe.

—Por cierto, tu culo también es la bomba —afirma—. Ni mucho menos desparramado: sólido y compacto.

—Cuéntame lo de Chuck —lo corta Toby.

• • •

Chuck entró a trabajar en la central de Operación Oso como quien se cuela de puntillas en un lugar fingiendo que tiene derecho a estar allí: de un modo furtivo, pero resuelto. En opinión de Zab, su ropa era demasiado nueva; cualquiera habría pensado que acababa de salir de unos almacenes vestido con prendas de aventura a la última, con un montón de cremalleras, cierres velcro, bolsillos... El conjunto daba para un videojuego destinado a pervertidos: primer premio para el que desnude al personaje del todo quitándole una prenda tras otra hasta sacar a la luz el monstruito que lleva dentro. Nunca hay que fiarse de un hombre con ropa nueva.

—Pero la ropa tiene que ser nueva en algún momento —arguye Toby—. Al menos así era en aquellos días: no la fabricaban usada.

—Los hombres de verdad saben lo que tienen que hacer para ensuciarse en cuestión de un segundo —contesta Zab—: basta con revolcarse en el barro. En fin, dejando aparte la ropa, el hombre tenía los dientes demasiado grandes y blancos. Cuando veo una dentadura de esa clase, me entran ganas de darle con una botella para ver si es de verdad o de pega, si se rompe o no. Mi padre, el reverendo, tenía los dientes así: se los blanqueaba con un producto especial. Entre los dientes y el bronceado, parecía uno de esos horribles peces abisales medio fosforescentes o una calavera de caballo como las que puedes encontrarte en medio del desierto. Y era peor cuando sonreía.

—Dejemos de hablar de tu infancia —sugiere Toby—: no hay que hacerse mala sangre.

—¿Mala sangre, yo? Y un atún de palangre. No me vengas con sermones, nena.

—Pues a mí me funciona lo de no hacerme mala sangre.

—¿Estás segura?

—Entonces Chuck...

—Sí. También tenía unos ojos raros. Laminados, por decirlo de algún modo; duros y relucientes como si, además de los párpados que tenemos todos, él tuviera otros transparentes que mantenía casi siempre cerrados.

• • •

Lo conoció en la cantina de la organización. Chuck se acercó a su mesa con la bandeja en las manos y le preguntó:

—¿Te importa si me siento contigo?

Y, mientras esperaba la respuesta, lo examinó de arriba abajo con sus ojos laminados como quien escanea un código de barras.

Zab levantó la vista y se lo quedó mirando. No dijo ni que sí ni que no; emitió un gruñido multiusos y siguió trabajándose la gomosa y problemática salchicha que tenía en el plato. Era de esperar que Chuck tratase de romper el hielo viniéndole con preguntas personales —«¿de dónde eres?», «¿cómo has venido a parar aquí?», etcétera—, pero no lo hizo: su táctica pasaba por hablar de Operación Oso. Proclamó su entusiasmo, dejó claro que le parecía una iniciativa formidable y, cuando notó que su interlocutor lo oía como quien oye llover, confesó que en realidad se había apuntado al asunto porque estaba atravesando un bache; en fin, cosas que pasan; y no estaba de más desaparecer del mapa una temporada hasta que la situación se calmara.

—¿Qué fechoría cometiste? ¿Meterte el dedo en la nariz? —le espetó Zab, y Chuck esbozó una sonrisa con muchos dientes, a lo jamelgo difunto.

Aseguró que había creído que Operación Oso era para tipos como... en fin, que era una especie de legión extranjera, pero Zab se limitó a hacerle otra pregunta:

—¿La legión qué?

Y ahí quedó todo.

De todas formas, mostrarse grosero no bastó para quitarse al fulano de encima. Fue menos insistente, pero continuó haciéndose presente de un modo u otro. A lo mejor él estaba en el bar currándose la resaca y de pronto aparecía Chuck haciéndose el simpático, insistiendo en pagar la siguiente ronda; o estaba soltando lastre en el meadero y Chuck se materializaba de súbito, cual ectoplasma, echando una meada a su vez dos urinarios más allá; o torcía por una esquina en la zona más sórdida de Whitehorse y, como por arte de magia, Chuck emergía por la esquina siguiente. Era casi seguro que se había dedicado a husmear en el armario de su cuarto un día que él había salido.

—Espero que se divirtiera al hacerlo —le dice Zab—. Encontraría ropa sucia, pero los trapos sucios de verdad los llevo metidos en el coco.

Aun así ¿qué se traía entre manos? Porque era evidente que alguna cosa se traía entre manos. Al principio, sospechaba que Chuck era gay y le había echado el ojo al paquete en sus pantalones, pero no, no se trataba de eso.

Durante las semanas siguientes, hicieron un par de vuelos juntos. En los peces globo siempre iban dos pilotos que dormitaban por turnos. Él hizo cuanto estuvo en su mano para que no lo emparejasen con Chuck, quien a esas alturas le provocaba un intenso repelús, pero un día el piloto previsto para acompañarlo tuvo que marcharse de urgencia para asistir al funeral de una tía suya y Chuck se las compuso para que lo escogieran como sustituto, y otra vez el acompañante designado sufrió una intoxicación alimentaria. Por supuesto, era posible que Chuck hubiera sobornado al uno y al otro para que pidieran la baja, o igual había estrangulado a la querida tía de marras y contaminado la pizza con *E. coli* en aras del realismo.

Una vez en el aire, se mantuvo a la espera de que Chuck sacase la cuestión a relucir. Quizá estaba al corriente de algunas de sus antiguas travesuras y quería obligarlo a trabajar para una banda clandestina de delincuentes digitales que estaban tramando un golpe de los que te pueden meter en un lío bien gordo, o quizá se trataba de un grupo de extorsionadores que tenían a un plutócrata en el punto de mira, o de un mercenario relacionado con ladrones de patentes que necesitaban de un profesional que los ayudara a rastrear digitalmente al cerebrín de alguna corporación al que tenían planeado secuestrar.

O quizá se trataba de una encerrona, de una trampa: Chuck le propondría un negocio delictivo, grabaría a Zab diciéndole que sí y las gigantescas tenazas de langosta de lo que pasaba por ser el sistema judicial lo atraparían sin remisión; o quizá era una simple tentativa de chantaje pensada con los pies, como si fuera posible hacer que una piedra cagara dinero. Sin embargo, nada fuera de lo corriente ocurrió durante ninguno de los dos vuelos. Quizá el objetivo era que se confiara, que pensara que Chuck era inofensivo. ¿Esa afabilidad podía ser una tapadera?

Si era el caso, empezaba a funcionar: comenzó a decirse que lo suyo era pura paranoia, que estaba viendo fantasmas preocupándose por un misterioso don nadie como Chuck.

Aquella mañana —la mañana del accidente— empezó como de costumbre, con el desayuno habitual: un emparedado de vete tú a saber qué, un par de tazas de una sustancia que contenía cafeína o algo similar, una tostada con sabor a serrín... En Operación Oso no gastaban en provisiones: consideraban que su causa era tan noble y magnífica que lo menos que podías hacer era agachar la cabeza y engullir aquella bazofia sin rechistar. En comparación, los osos comían mejor.

Después, a cargar la casquería: sacos biodegradables de vísceras transportados con una carretilla a motor al vientre del pez globo. El piloto que iba a volar con Zab esa mañana se había caído de la lista: al parecer, la noche anterior había ido a un burdel local y no se le había ocurrido nada mejor que bailar descalzo sobre cristales rotos para demostrar lo machote que era. Se rumoreaba que iba puesto hasta las cejas con un medicamento. En principio, iba a sustituirlo otro piloto llamado Rodge, un tío muy majo, pero cuando él se presentó en la pista, el que lo estaba esperando no era otro que Chuck, bien emperifollado con sus cremalleras y sus bolsillos con velcro, y mostrando la blanca y caballuna dentadura pero, según notó, sin sonreír con sus ojos laminados.

—No me digas más: a Rodge acaban de llamarlo porque se ha muerto su abuela —se burló él.

—Su padre, en realidad —respondió Chuck—. Hace un día bonito, ¿eh? Y oye, te he traído una cerveza.

Y otra más para él, con intención de dejar claro que era uno más, uno como todos.

Zab respondió con un gruñido, agarró la cerveza y desenroscó el tapón.

—Tengo que ir a mear —dijo.

Una vez en el váter, vació la botella en el urinario. Daba la impresión de que el tapón estaba perfectamente enroscado, pero siempre era posible trucar esas cosas —casi todo se podía trucar—, y no tenía intención de beberse nada que hubiera pasado por las manos de Chuck.

El despegue de los peces globo siempre resultaba complicado: las aspas de helicóptero y el globo de helio/hidrógeno facilitaban la propulsión, pero el truco estaba en alcanzar la altura suficiente para activar el aleteo y en detener las heliaspas en el momento preciso; en caso contrario, el aparato podía inclinarse y entrar en espiral.

Esa mañana no hubo problemas y el vuelo transcurrió con absoluta normalidad: cubrieron los valles encajonados entre los montes Pelly y sus alrededores, bombardeando el paisaje una y otra vez con viandas para los osos. A continuación, se dirigieron a los páramos de mayor altitud circundados por las montañas Mackenzie, cuyas cimas nevadas eran una preciosidad digna de postal turística, y dejaron caer un par de cargas más antes de sobrevolar el viejo camino Canol, salpicado aquí y allá de postes telefónicos de la Segunda Guerra Mundial.

El helizóptero respondía bien. Dejó de aletear y empezó a planear sobre las zonas de descarga con la trampilla abierta, como tenía que ser, y arrojó la biobasura. En el último punto de alimentación, dos osos —uno casi completamente blanco, otro casi completamente pardo— se dirigían a todo correr hacia su vertedero particular mientras el helizóptero se aproximaba. Zab podía ver el tremolar de su pelaje, que hacía pensar en una tupida alfombra que alguien estuviera sacudiendo. Verlos tan de cerca siempre resultaba emocionante.

Hizo virar el helizóptero y puso rumbo al suroeste, en dirección a Whitehorse. Al cabo de un rato, cuando el reloj indicó que le había llegado el turno de echar una cabezadita, le pasó los mandos a Chuck. Se arrellanó en el asiento, infló el cojín circular para el cuello y cerró los ojos, pero sin dejar que el sueño lo venciera porque Chuck llevaba todo el vuelo extrañamente alerta y en tensión: uno no suele andar tan acelerado en el curso de una misión de rutina.

Habrían recorrido las dos terceras partes del trayecto hasta el primero de los angostos valles de montaña cuando Chuck finalmente pasó a la acción. Con los ojos entrecerrados, Zab vio cómo su mano se acercaba sigilosamente a su muslo con un canutillo reluciente entre los dedos. Se enderezó en el asiento con brusquedad y lo golpeó en la tráquea; no lo bastante fuerte, al parecer, pues Chuck emitió un resoplido —no exactamente un resoplido, cuesta describirlo—, dejó caer lo que fuera que sujetaba, se abalanzó sobre él y lo cogió del cuello. Él respondió con un nuevo trompazo. Por supuesto, ya nadie manejaba los mandos y, enzarzados como estaban, seguramente los rozaron con una pierna, una mano o un codo, y el aparato plegó dos de sus cuatro alas repentinamente, se inclinó y empezó a caer.

El caso es de pronto se encontró sentado bajo un árbol contemplando el tronco. Uno se quedaba atónito al ver los volantes que formaba el liquen: de un gris claro, con cierto matiz verdoso y un reborde más oscuro y más intrincado aún...

*Levántate*, se ordenó. *Tienes que ponerte en marcha.*

Pero su cuerpo no respondió.

# Avituallamientos

Mucho tiempo después —o eso le pareció: tenía la sensación de estar vadeando una masa de fango transparente—, rodó hacia un lado, puso las manos en el suelo y se levantó como pudo. A continuación, de pie junto a aquella especie de yuca espinosa, vomitó. No se había sentido mareado hasta ese momento: el vómito sobrevino de golpe.

—A muchos animales les ocurre en las situaciones de estrés —dice—. Así no tienen que dedicar energías a la digestión. Sueltan lastre, por así decir.

—¿Tenías frío? —se interesa Toby.

Estaba tiritando, los dientes le castañeteaban. Despojó a Chuck de su chaleco de plumón y se lo puso por encima del que llevaba puesto. No tenía demasiados rotos. Rebuscó en los bolsillos, encontró un móvil y se dispuso a hacerlo trizas con una piedra para evitar cualquier posible rastreo mediante escucha o GPS. El cacharro empezó a sonar justo antes de que lo hiciera y tuvo que echar mano de voluntad para no responder haciéndose pasar por Chuck. Al cabo de un minuto se le ocurrió que quizá tendría que haber contestado y dicho que Zab estaba muerto: quizá se hubiese enterado de algo. Al cabo de dos minutos, su propio teléfono sonó. Esperó a que parara y también lo destrozó con la piedra.

Chuck tenía algún que otro juguetito más, pero nada que no tuviera él también: una navaja, un aerosol de repelente contra osos, otro de repelente contra insectos, una manta térmica de supervivencia de plástico plateado diseñada en la era de la astronáutica, ese tipo de cosas. Era una verdadera suerte que la pistola antiosos que siempre llevaban consigo en previsión de aterrizajes de emergencia hubiera salido despedida del aparato junto con el propio Chuck. Las antiosos seguían estando autorizadas a pesar de las nuevas disposiciones que prohibían la tenencia de armas porque incluso los cuadriculados burócratas de SegurMort sabían que en estos parajes necesitabas una sí o sí. Le tenían manía a Operación Oso, pero no habían intentado acabar con ella, y mira que habrían podido hacerlo en un abrir y cerrar de ojos. Les resultaba útil: era un proyecto que comunicaba cierta esperanza, que distraía a la gente de lo que de verdad estaban haciendo, pasar una aplanadora sobre el planeta entero y quedarse con todo cuanto tuviera algo de valor. Les parecía perfecto que Operación Oso siguiera anunciándose como de costumbre: con un angusti-oso ecoloco todo sonrisas que recitaba las bondades del proyecto antes de pedir una donación al espectador «para no convertirse en cómplice de osicidio». Los de SegurMort incluso llegaron a donar dinero.

—Eso fue hace mucho tiempo —precisa Zab—, cuando todavía les interesaba ganarse la confianza de la gente. Una vez que se hicieron con todo el poder, ya no tuvieron que preocuparse por eso.

Casi dejó de tiritar al ver la pistola antiosos. Le entraron ganas de besarla: ahora tenía media oportunidad de salir con vida de aquel atolladero. No llegó a encontrar la jeringa que Chuck se disponía a clavarle; una lástima, porque le habría gustado averiguar qué contenía. Probablemente una pócima de las que te dejan fuera de combate en el acto, o uno de esos brebajes que te paralizan pero te mantienen despierto y consciente, en el estado idóneo para poderte llevar al punto de encuentro convenido —algún agujero inmundo, sin duda— donde los rastrillacerebros al servicio de quién sabe quién estarían esperándote para extraer tus datos neuronales, para succionar hasta el último retazo de información que hubieras obtenido pirateando cuentas ajenas, exprimirte como a un limón y dejarte tambaleante y amnésico en las inmediaciones de un estercolero en el quinto carajo, donde los lugareños no tardarían en robarte hasta la camisa y arrancarte los órganos para revenderlos.

Pero bueno, de haberle echado mano a la inyección, ¿qué habría hecho con ella? ¿Inyectársela por probar? ¿Clavársela a un lemming?

—Habría podido quedármela y llevarla encima para emergencias —responde Zab.

—Para emergencias —repite Toby sonriendo en la oscuridad—. ¿Es que tu situación no era de emergencia?

—Para emergencias de verdad —se reafirma él—: por si me tropezaba con alguna otra persona por aquellos parajes. Eso sí que sería una emergencia porque, fuera quien fuese, tendría que estar loco de remate.

—¿Había algo de cordel en los bolsillos? —pregunta Toby—. Nunca sabes cuándo te puede hacer falta un poco de cordel o de cuerda.

—¿Cordel? Pues sí, ahora que lo dices, y también llevábamos siempre encima un rollo de sedal de pescador con un puñado de anzuelos, y pastillas para encender fuego, y unos prismáticos de bolsillo, y una brújula: el material que Operación Oso nos entregaba por defecto, cosas propias de los boy-scouts, pertrechos de supervivencia. No me quedé la brújula de Chuck porque ya tenía la mía, no necesitaba otra.

—¿Chocolatinas? —pregunta Toby—. ¿Barritas energéticas?

—Sí, también: un par de Virichoc mierdosas, de sucedáneo de frutos secos, y una cajita de pastillas para la tos. Todo eso me lo quedé. Y algo más... —Se detiene.

—¿Qué más? —pregunta ella—. Dímelo.

—De acuerdo, pero aviso: es algo repelente. Me quedé con un trozo de Chuck que corté, o más bien aserré, con la navaja multiusos y envolví en la tela de su propio impermeable plegable. En aquellos páramos no había mucho que comer, como sabíamos bien; algo habíamos aprendido trabajando para Operación Oso. Seguro que habría cuatro conejos, alguna que otra ardilla terrestre, setas, pero no tenía tiempo para ponerme a cazar. Y además, puedes morirte si sólo comes carne de conejo. «De inanición conejil», como solíamos decir: esos bichos no tienen ni un gramo de grasa. Al final te encuentras como los que seguían aquello, cómo se llamaba... la «dieta proteínica», eso es. Pierdes masa muscular, el corazón se reduce...

—¿Y qué parte de Chuck te llevaste? —pregunta Toby.

No está asqueada, algo que le extraña: seguramente en su día habría sentido asco, cuando ponerse quisquilloso aún era una opción.

—La parte con más grasa, sin hueso —es la respuesta de Zab—: la que tú misma te habrías llevado, o cualquiera con un poco de sentido común.

—¿Te entraron remordimientos? —dice ella—. Y deja de darme palmaditas en el culo.

—¿Por qué? No, no tuve remordimientos: él habría hecho lo mismo. ¿Qué tal si te acaricio, así?

—Estoy demasiado flaca —contesta Toby.

—Un poco más de chicha no te vendría mal, es cierto. Te traeré una caja de bombones, si encuentro alguna, para cebarte un poco.

—Regálame unas flores, de paso. Pórtate como todo un caballero; seguro que no lo has hecho en la vida.

—Te sorprenderías —asegura Zab—, a más de una la impresioné con unos ramos preciosos o cosas por el estilo.

—Sigue contándome —le insiste ella, que prefiere no pensar en esos preciosos ramos; ¿cómo serían?, ¿a quién se los regalaría?—. ¿Por dónde íbamos? Estabas perdido entre las montañas, una parte de Chuck yacía a tus pies y otra la tenías en el bolsillo. ¿Qué hora sería?

—Hacia las tres de la tarde, quizá, o igual eran las seis, o incluso las ocho, joder. Había perdido la noción del tiempo: lo único que tengo claro es que aún no había anochecido.

No sé si he mencionado que estábamos a mediados de julio. A esas alturas del año, el sol casi ni llega a ponerse en aquellas latitudes. Digamos que se esconde un poco bajo el horizonte, dejando ver un bonito semicírculo rojizo, y al cabo de pocas horas vuelve a salir. El lugar del que te hablo no está por encima del círculo polar ártico, pero se encuentra tan al norte que todo alrededor es tundra. Hay unos sauces de doscientos años que hacen pensar en enormes vides horizontales, y las flores silvestres se abren todas de golpe porque el verano tan sólo dura un par de semanas. Aunque no puedo decir que en ese momento estuviera muy atento a las flores silvestres.

Pensó que no estaría de más esconder a Chuck. Volvió a ponerle los pantalones y lo metió bajo una de las alas del helizóptero. Intercambió sus botas con las de él —que de hecho eran mejores y le venían más o menos bien—, y lo acomodó de manera que un pie asomara bajo el ala, para que quien mirase desde lejos creyera era Chuck, y no él mismo, quien estaba tumbado en el suelo. *Mejor estar muerto*, se decía, *al menos de momento*.

Cuando advirtieran que se había interrumpido la comunicación, los de Operación Oso enviarían a alguien; gente de Reparaciones, probablemente. Y cuando vieran que no quedaba nada por reparar y que no había nadie ocupado en disparar bengalitas y agitar en alto un pañuelito blanco, se irían por donde habían llegado. Ése era el espíritu: nada de malgastar combustible en cadáveres, la naturaleza —entiéndase: los osos, los lobos, los glotones, los cuervos y demás— ya se encargaría de reciclarlos.

Aunque cabía la posibilidad de que los de Operación Oso no fuesen los únicos en acudir a echar un vistazo: era evidente que Chuck no había urdido el plan de robarle la información cerebral en comandita con los de Operación Oso. Si hubiera sido el caso, no habría vacilado en intentarlo en la propia base, donde habría contado con cómplices, y él a esas horas sería una especie de zombi aparcado en algún pueblucho medio desierto —una antigua población minera o petrolera— con un pasaporte falso y sin huellas dactilares.

De hecho, ni siquiera se tomarían tantas molestias con él; al fin y al cabo ¿quién iba a echarlo en falta?

Por consiguiente, los jefes de Chuck estaban en otro lugar, desde donde lo telefoneaban. ¿Y ese lugar estaría cerca? Podría ser Norman Wells, Whitehorse, cualquier sitio con pista de aterrizaje. Tenía que poner tierra por medio cuanto antes, alejarse del helizóptero accidentado a la voz de ya, encontrar un lugar donde esconderse, lo que no resultaba fácil en aquella tundra, si no desnuda del todo, prácticamente en cueros.

Los osos —los polardos y los pardolares— se las apañaban para camuflarse y lo superaban con mucho en tamaño... y en experiencia, claro.

# El barracón

Echó a andar. El helizóptero se había estrellado sobre una pequeña ladera que descendía hacia el oeste, y al oeste se dirigió. Tenía un rudimentario mapa de la zona en la cabeza. Por desgracia, no contaba con el mapa en papel que siempre llevaban abierto sobre las rodillas al volar, por si se producía un apagón digital.

No era fácil caminar por la tundra esponjosa, anegada, puntuada de charcas ocultas, de musgo resbaladizo, de montículos con traicioneros terrones herbosos. Algunas piezas y fragmentos de viejos aviones sobresalían del terreno: una riostra por aquí, la pala de una hélice por allá, los detritos dejados por los temerarios pilotos que recorrieron aquellos parajes desolados en el siglo XX y se vieron sorprendidos por la niebla o los vientos repentinos largo tiempo atrás. Vio una seta, pero ni siquiera la tocó: no sabía mucho sobre hongos, pero tenía claro que algunos eran alucinógenos. Lo último que le faltaba era un encuentro con alguna deidad fúngica mientras unos osos de peluche verdes y granate llegaban volando con unas alitas de juguete y las rosadas encías a la vista: el día ya había resultado lo bastante surrealista.

Llevaba la pistola antiosos cargada y el aerosol presto para el disparo: cuando lo pillabas por sorpresa, algún oso siempre iba a por ti. El aerosol no servía de nada hasta que pudieras verle los ojos inyectados en sangre, así que tenías un par de segundos para responder: lo rociabas y, a continuación, disparabas. Si se trataba de un oso polardo, desde luego: un pardolar te seguía a hurtadillas y te atacaba por la espalda.

En un gredal húmedo vio la huella de una garra y, algo más allá, encontró una boñiga fresca. Lo más seguro era que los osos estuviesen observándolo en ese mismo momento. Sabían que, por muy envuelto en ropas que fuera, bajo ellas había un bulto de carne y de sangre: podían olerlo, y también podían oler su miedo.

Ya tenía los pies empapados, pese a llevar las botas de Chuck, de mejor calidad. Para colmo, no le iban tan bien como había pensado: sus pies podían estar convirtiéndose en una masa blancuzca y cubierta de ampollas bajo los calcetines. Para no pensar en ellos —ni en los osos, ni en el fiambre de Chuck, ni en ninguna otra cosa— y para hacer algo de ruido que avisara a los polardos de su llegada para que ni ellos ni él se llevaran una sorpresa, se puso a cantar. Era una costumbre que tenía desde su juventud —o equivalente—, cuando solía silbar en la oscuridad sin importar cuál fuese la oscuridad en la que se hallara encerrado: la oscuridad, las tinieblas, las tinieblas que seguían ahí incluso aunque hubiera una luz encendida.

*Papá es un monstruo, mamá una arpía,*
*vete a la cama, que se acabe el día.*

Pero no, en ese momento no iba a dormirse, y eso que estaba exhausto. Tenía que seguir adelante a marchas forzadas.

*Idiota, idiota, idiota, idiota, idiota.*
*Quizá estoy mal, más loco que una chota.*

Al pie de la ladera, una franja de vegetación más densa señalaba la presencia de un arroyo. Se dirigió hacia allí salvando montículos y atravesando zonas cubiertas de musgo o de grava —allí donde el hielo del crudo invierno había ido expulsando los guijarros hacia arriba—. Aquél no era un día particularmente frío —de hecho, al sol hacía calor—, pero Zab de tanto en tanto tiritaba y se estremecía como un perro mojado. Se ajustó lo más que pudo el chaleco de Chuck, que llevaba puesto sobre el suyo.

Cuando estaba a tiro de piedra del arroyo —un río, más bien, con mucha corriente—, se le ocurrió que el famoso chaleco podía llevar un minúsculo transmisor encajado en una de las costuras. Pensarían que Chuck estaba vivo y en movimiento, por extraño que fuese que no respondiera al teléfono, y enviarían a alguien para rescatarlo.

Se quitó esa prenda, vadeó el arroyo hasta el punto donde la corriente era más fuerte y la sumergió bajo el agua, pero en cuanto la soltó, el aire del interior la hizo emerger. Siempre estaba a tiempo de meter unas cuantas piedras en los bolsillos, pero al final se contentó con dejar que se alejara flotando. La miró navegar río abajo como una especie de monstruosa medusa... y se dio cuenta de que acababa de hacer una estupidez. *No piensas*, se dijo, *se te va la cabeza*.

Cogió un poco de agua fría con el cuenco de las manos y se la llevó a la boca. *No bebas demasiada, no vayas a hincharte el estómago*. Como a un castor se le hubiera ocurrido defecar por ahí cerca, a lo mejor pillaba giardiasis. Pero no, por allí no debía de haber castores. ¿Los lobos podían transmitirte algo? La rabia, pero no por beber agua. A saber lo que contendrían los cagarros disueltos de alce, ¿unos gusanos minúsculos que te perforaban las tripas? ¿Unos parásitos que se te alojaban en el hígado?

*¿Qué haces de pie en medio del agua, hablando solo?*, se preguntó. Más a la vista, imposible. *Ve por el valle*, se ordenó. *Mantente escondido entre la vegetación*. Empezó a hacer cálculos mentales: ¿cuánto tiempo les llevaría presentarse después de que Chuck no respondiera a su llamada? Unas dos horas, teniendo en cuenta el estupor inicial, la reunión que sin duda convocarían —presencial o remota—, la inevitable sucesión de mensajes, la puesta en marcha del operativo entre discu-

siones sobre quién la había pifiado y recriminaciones veladas: las mierdas de siempre.

En la zona había hierbas y arbustos, y unos sauces que se alzaban apenas a la altura del hombro para protegerse del viento. Había moscas, moscas negras, mosquitos... Había oído que volvían locos a los caribúes, que cruzaban las ciénagas galopando sobre sus pezuñas anchas como raquetas para la nieve, corriendo hacia ninguna parte. Utilizó un poco de repelente de insectos —con cuidado: no era cuestión de agotarlo— y se abrió paso hacia el oeste, hacia donde recordaba —creía recordar— que se encontraban los restos de la carretera Canol. No quedaba mucho pero, según recordaba de las distintas ocasiones en que la había sobrevolado, por ahí había aún un par de edificios, un antiguo búnker, un par de cobertizos.

Echó a andar hacia un combado poste del telégrafo de los antiguos, de madera. A sus pies había un lío de cables, así como un esqueleto de caribú con la cornamenta retorcida; más allá, un bidón de gasolina, y otros dos, y un camión rojo en muy buenas condiciones, aunque sin neumáticos: lo más probable era que unos cazadores se los hubieran llevado en sus todoterrenos por la época en que todavía podían costear el combustible necesario para acercarse a esos parajes lejanos en busca de presas. De algo les servirían unos neumáticos como aquéllos. Por su silueta curvada y aerodinámica, típica de los años cuarenta, se diría que el camión llevaba allí desde la época en que construyeron la carretera, que debía de haber sido parte de un plan para transportar gasolina al interior por medio de un oleoducto durante la Segunda Guerra Mundial sin que los submarinos enemigos desplegados frente al litoral pudieran impedirlo. Habían transportado a un montón de soldados desde el sur para tender las tuberías, muchos de ellos negros que jamás se habían sometido a temperaturas bajo cero, ni a ventiscas de cinco días de duración ni a días enteros en que no salía el sol. Debían de haber pensado que se hallaban en el infierno. En la zona corría la leyenda de que la tercera parte de ellos se habían vuelto locos. Él mismo veía muy posible volverse loco en ese lugar, incluso sin las tormentas de nieve.

Uno de los pies empezaba a dolerle, muy probablemente por culpa de una ampolla, pero no tenía tiempo de detenerse a mirar. Avanzó a la pata coja por la desmigajada cinta de la carretera, flanqueada por arbustos cada vez más altos, y ahí estaba el barracón: una construcción alargada, de madera, sin puertas, pero aún techada.

Se apresuró a entrar en el penumbroso interior y se mantuvo a la espera. No se oía nada en absoluto.

Entrevió viejas planchas de metal y trozos de madera, alambres oxidados: ahí debían de haber estado las camas. Distinguió un sillón despanzurrado y lo que parecía haber sido la carcasa de una radio, con la forma redondeada, como de rebanada de pan, propia de la época, y con un único botón en su sitio. Reconoció una cuchara y los restos de una estufa de hierro. Notó un olor a cochambre. Un rayo de sol que se colaba por una grieta en el techo, filtrándose entre el polvo en suspensión, iluminaba apenas los jirones de una desolación antigua, de un dolor desvaído por el tiempo.

La espera resultaba peor que la caminata. Le palpitaba el corazón, le punzaba el pie, silbaba al respirar.

Y entonces se preguntó si él mismo no llevaría un dispositivo de seguimiento colocado a escondidas por Chuck, o un minitransmisor que le había deslizado en el bolsillo trasero en un momento de despiste. Si era el caso, ya podía darse por muerto y enterrado: en aquel mismo momento estarían oyéndolo respirar. Lo habrían oído cantar, incluso. Podrían ubicarlo con precisión absoluta, no tendrían más que disparar un nanocohete y ¡bum!, se acabó lo que se daba.

Nada que hacer.

Al cabo de un rato —¿una hora?— oyó un ornodrón pasar volando a baja altura. Sí, desde el noreste: desde Norman

111

Wells. Lo vio ir directo hacia los restos del accidente y efectuar un par de pasadas en derredor para transmitir un informe visual. Quienquiera que estuviera controlándolo desde la base tomó una decisión: el aparato lanzó un par de disparos sordos al ala rota, bajo la que Chuck estaba escondido, y después hizo saltar lo que quedaba del helizóptero por los aires.

Casi podía oír lo que decían los que lo manipulaban:

«No hay supervivientes.»

«¿Estás seguro?»

«Segurísimo: de ahí no ha podido salir nadie vivo.»

«¿Los dos? ¿Seguro?»

«Está más que claro.»

«Bueno, por si las moscas, tierra quemada a la voz de ya.»

Zab contuvo el aliento, pero el dron no siguió el rastro del chaleco flotante en el arroyo, e hizo caso omiso del barracón en ruinas junto a la carretera; sencillamente viró y puso rumbo al lugar de partida. La idea estaba clara: llegar al punto del estropicio los primeros y acabar con todo bicho viviente antes de que asomaran la cabeza los del equipo de Reparaciones de Operación Oso.

Éstos acabaron haciéndolo con la pachorra acostumbrada. *Vamos, terminad de una vez*, pensó él, *tengo hambre*. Los operarios deambularon en torno a la chatarra destrozada.

«¡Ay, por Dios, qué desgracia tan gorda, los pobres infelices, menuda putada!»

Como si los estuviera oyendo.

Hasta que finalmente se fueron también, con la proa apuntando hacia Whitehorse.

El rojo atardecer fue aposentándose, se espesó la niebla, la temperatura descendió. Él hizo un pequeño fuego sobre una plancha de metal para no incendiar el barracón; en el interior, para que el humo rebotara contra el techo y se dispersara sin una delatora columna de humo. Le sirvió para entrar un poco en calor. Luego se preparó algo que comer... y comió.

• • •

—¿Y ya está? —dice Toby—. Un poco salvaje, ¿no?

—¿El qué?

—Bueno, eso que hiciste... quiero decir que...

—¿Te molesta que comiera carne? ¿Estás viniéndome con el rollo vegetariano?

—No seas cruel.

—¿Y qué querías que hiciera? ¿Que rezara una oración fúnebre? «Te doy gracias, Señor, por hacer que Chuck fuera un tonto del culo y me proporcionara alimento de esa forma tan generosa, si bien involuntaria...»

—Te lo tomas a risa.

—Porque me vienes con la cantinela de los Jardineros.

—¡Oye! Conste que tú también fuiste un Jardinero en su día; la mano derecha de Adán Uno, nada menos, uno de los pilares de...

—No era ningún pilar, pero en fin, ésa es otra historia...

# Bigfoot

No fue tan fácil, desde luego. Cortó la carne en tajos pequeños que ensartó en un alambre oxidado para asarla al fuego mientras se sermoneaba a sí mismo: *¡Hay que nutrirse como sea! ¡Nutrirse, con ene mayúscula! ¿O crees que vas a salir de ésta sin nutrirte?*
Pero no era fácil tragarse aquello. Por fortuna, tenía mucha práctica en abstraerse y distanciarse de cuanto se llevaba a la boca, como el rancho que servían en Operación Oso, por poner un ejemplo reciente, que casi seguro llevaba gusanos, tal cual. Era lo que se solía hacer para reforzar el contenido proteínico: incorporar gusanos a la bazofia de turno, desecados y convertidos en polvillo.
Las pruebas de ese tipo no eran una novedad para él. En su día, su padre, el reverendo, había recurrido a escarmientos comparables con la excusa de que quienes tenían la lengua llena de inmundicia también se merecían comerla, y del orinal. Uno aprendía a no oler, no saborear, no pensar, como los tres monos sabios que ni veían ni escuchaban ni hablaban, cuya figurilla su madre tenía en el tocador, sobre un bidón de aceite en miniatura, y cuyo ejemplo no dudaba en emular ella misma.
—¿Estás enfermo? ¿Qué tienes en la barbilla?
—Me ha dicho que soy un perro y que los perros se comen su propio vómito, y me ha empujado la cabeza hasta metérmela en...

—Vamos, Zabulón, deja de inventarte historias, ¡sabes que tu padre es incapaz de hacer una cosa así! ¡Tu padre te adora!

Cerró la trampilla y la aseguró con una roca que llevó rodando. Ahora, lo primordial era mantenerse caliente. En un rincón había un rollo de tela asfáltica; estaba en mal estado y no era mucha, pero igualmente era todo un regalo. La extendió en el suelo con la esperanza de que conservara algo de sus propiedades aislantes y retuviera un poco el calor. Y unos calcetines secos no estarían de más. Hizo un pequeño tipi con unos palos y colgó los calcetines mojados en lo alto, cerca de las ascuas del fuego, pero con cuidado de que no fueran a chamuscarse. A continuación calentó varias piedras de tamaño mediano en las brasas. Metió los pies fríos dentro del chaleco de plumón, desplegó las dos mantas reflectantes de supervivencia —la suya y la de Chuck—, se arrebujó en ellas y metió las piedras calientes bajo la tela brillante. Lo primordial era mantener la temperatura del cuerpo y evitar a toda costa que los pies se le congelaran. También convenía recordar que unas manos sin dedos no sirven de mucho a la hora de abordar tareas que requieren de los pequeños músculos especializados, como atarte los cordones de las botas, sin ir más lejos.

¿Se oyeron gruñidos de madrugada en el exterior del barracón? ¿El arañar de unas garras? El barracón no tenía puerta, por lo que cualquier bicho podía entrar: un glotón, un lobo, un oso. Quizá el humo los mantuvo alejados. ¿Llegó a pegar ojo? Tuvo que ser así: de pronto era de día.

Despertó cantando.

*«Volando voy, volando vengo»*
*en calzoncillos repito.*
*Pienso en mi novia, pienso en su pelo,*
*el que le cubre el coñito.*

Más que cantar, bramó como un colega libidinoso en una despedida de soltero, aunque funcionó: se sintió revitalizado. Quién sabía, a lo mejor los cavernícolas hacían algo parecido.

—¡Cierra el pico! —se dijo en voz alta—. ¿Quieres morir haciendo el payaso?

—Tampoco es que importe mucho: nadie me ve —se respondió él solo.

Los calcetines no estaban secos del todo, aunque sí más que la víspera. Había hecho el primo: tendría que haberse quedado con los de Chuck, habérselos quitado de aquellos pies blancuzcos tan muertos como inolvidables. Se puso los calcetines, plegó las mantas de supervivencia y se las guardó como pudo en los bolsillos —era imposible volver a meter las malditas mantas en los pequeños envoltorios una vez que las habías sacado—, recogió el pack de herramientas multiusos marca ACME, así como los restos de su pícnic, y asomó la cabeza por la puerta con precaución.

Niebla por todos lados, tan grisácea como el esputo de un fumador con enfisema. Tenía sus ventajas, pues la baja visibilidad dificultaría la llegada de posibles fisgones volantes; aunque también tenía sus contras porque le dificultaba orientarse. En cualquier caso, todo era cuestión de echar a andar por el camino de baldosas amarillas, por más que la carretera no tuviera baldosas por ninguna parte ni condujese a Ciudad Esmeralda.

Tan sólo podía seguir dos direcciones: al noroeste hacia Norman Wells, una ruta difícil por una pista en mal estado y sembrada de peñascos procedentes de los glaciares; o al suroeste, en dirección a Whitehorse, a través de los gélidos valles montañosos cubiertos de niebla. Ambos destinos estaban pero que muy lejos y, si hubiera tenido que apostar, no lo habría hecho a favor de su propia supervivencia. Con todo, al llegar al Yukón, la ruta hacia Whitehorse enlazaba con una carretera de verdad por la que seguían circulando vehículos a motor: allí tendría mayores oportunidades de hacer autostop y que algún conductor lo recogiera; o algo por el estilo, lo que fuese.

Echó a andar entre la niebla, sin salirse de la deteriorada superficie de gravilla. Si hubiera sido una película, seguiría un fundido en blanco hasta que su imagen desapareciera, dando paso a los rótulos de crédito. Pero no nos precipitemos: todavía estaba vivo.

—Disfruta del momento, hombre —se dijo.

*Me gusta tocar los panderos de las fulanas*
*e ir cantando con ganas:*
*«A follar, a follar, que el mundo se va a acabar.»*

—No te tomas la situación en serio —se regañó.

»Cierra la bocaza —se contestó—: esa cantinela me la sé de memoria.

Lo de hablar con uno mismo nunca es bueno, y menos en voz alta. Por lo menos, aún no estaba delirando... aunque ¿estaba seguro?

Empezó a soplar viento y hacia las once la neblina se había disipado. El cielo se tornó azul. Dos cuervos iban siguiéndolo; se elevaban tanto como podían y después descendían en picado para escudriñarlo mejor, comentando entre ellos toda clase de groserías. Sólo esperaban a que algún animal lo atacara para posarse encima de él y pegar unos bocados. Los cuervos no eran muy duchos a la hora de practicar las incisiones iniciales, motivo por el cual siempre estaban pendientes de otros cazadores. Él se comió una barrita Virichoc y poco después llegó a los márgenes de un torrente. El puente que lo cruzaba se había derrumbado, así que tendría que elegir: botas mojadas o pies congelados. Se decantó por mojar las botas y se quitó cuidadosamente los calcetines. El agua no estaba fría, sino directamente gélida.

—¡Está helada! —exclamó, y no le faltaba razón.

Enseguida tuvo que escoger entre ponerse los calcetines otra vez y empaparlos o meter los pies desnudos en las botas hasta que las ampollas se convirtieran en auténticas llagas. Por lo demás, aquellas botas tampoco durarían mucho tiempo.

—Vas haciéndote a la idea, ¿no? —pregunta—. Seguí adelante como pude, no había otro remedio.

—¿Qué distancia caminaste? —pregunta Toby.

—Ni idea. Allá arriba, los kilómetros no cuentan. Digamos que no avancé lo suficiente y las fuerzas comenzaban a fallarme.

Pasó la noche acuclillado entre un par de peñascos, tiritando como un pajarito a pesar de las dos mantas térmicas de supervivencia y del fuego encendido con hojas secas y ramitas de sauce que encontró en la orilla del torrente.

El rojizo amanecer lo sorprendió sin más provisiones de comida. Los osos ya no lo inquietaban; de hecho, anhelaba tropezarse con uno, cuanto más rollizo mejor, para hincarle el diente. Imaginaba glóbulos de grasa que surcaban el aire como copos —o mejor: como pellas— de nieve y se posaban sobre él; cada rincón de su cuerpo los absorbía y engordaba. Su cerebro necesitaba el estímulo del colesterol. Casi podía ver el interior de su cuerpo, las costillas rodeando un estómago vacío que mostraba los dientes como un perro. Si en ese momento hubiera sacado la lengua, el aire le habría sabido a sopa de pollo.

Bajo el crepúsculo apareció un caribú. Intercambiaron miradas. Pero estaba demasiado lejos como para dispararle, y era demasiado rápido para salir corriendo tras él. Con sus anchas pezuñas, se las arreglaban para deslizarse por la tundra como si estuvieran esquiando.

El día siguiente amaneció soleado y casi caluroso; a lo lejos, las cosas se estremecían ligeramente, como si fueran un espejismo. ¿Seguía teniendo hambre? No era fácil decirlo. Las palabras emergían de su interior y el sol las quemaba: pronto se quedaría sin palabras, y entonces ¿sería posible seguir pensando? No y sí, sí y no. Tendría que enfrentarse a todo aquello que ocupaba un lugar en el espacio sin el velo de las palabras, sin la mampara de cristal que separaba lo que era él mismo de lo que era otra cosa. Lo otro estaba infiltrándose en su interior, irrumpiendo a través de sus defensas, de sus lindes, carcomiendo las formas, haciendo crecer minúsculas raíces en su cabeza como cabellos del revés. Acabaría por recubrirlo del todo: sería uno con el musgo. Necesitaba seguir en movimiento, no desdibujarse, definirse por la estela de ondas cinéticas que dejaba en el aire al avanzar; mantenerse alerta, seguir prestando atención constante a... ¿a qué exactamente? A lo que pudiera atacarlo por sorpresa y matarlo en un dos por tres.

Al llegar al siguiente puente en ruinas, un oso cobró forma entre los matorrales junto al río. Un instante no estaba y al otro estaba ya, irguiéndose sobre las patas traseras, sorprendido, ofreciéndose. ¿Oyó un gruñido, percibió un hedor? Sin duda, pero no lo recuerda. Lo más seguro es que le rociara los ojos con el aerosol antiosos y le disparase a bocajarro, aunque no hay fotos ni vídeos que lo certifiquen.

Lo siguiente que recuerda es que estaba haciendo de carnicero con la navajita de tres al cuarto; abriéndose camino por la piel y la grasa del animal con las manos llenas de sangre hasta encontrar el premio gordo: la carne. Los dos cuervos se mantenían inmóviles a distancia, graznando a la espera de que les llegase el turno: él iba a comerse sus buenas tajadas, pero ellos no se quedarían sin su tentempié.

—No te pases —se dijo sin dejar de masticar, consciente del peligro que implica atiborrarse de comida a un estómago vacío—. Poco a poco.

Su propia voz le llegaba amortiguada, como si estuviera telefoneándose desde algún lugar subterráneo. ¿Qué sabor tenía aquella carne? ¡Y qué más daba! Ahora que se había comido el corazón, ¿sabría hablar el lenguaje de los osos?


Hay que imaginarlo al día siguiente, o al otro, o cuando fuera, a mitad de camino, dondequiera que se hallara, si es que estaba en alguna parte, aunque eso seguía creyendo, inexplicablemente. Tiene calzado nuevo: unas tiras de piel con el pelaje hacia dentro y atadas con unos cordeles en zigzag que lo asemejan a un estilizado hombre de las cavernas salido de un tebeo para niños. Anda envuelto en una capa de piel y cubierto con un gorro de piel, tan aparatosos como pesados y pestilentes, que también le sirven de mantas para dormir. Carga con una provisión de carne y una gran paca de grasa. Si tuviera tiempo, la fundiría y se la embadurnaría por todo el cuerpo, pero por ahora se contenta con llevarse puñados a la boca: combustible inmediato para el cuerpo; combustible del bueno, además. Está aprovechándolo: nota su calor corriendo por las venas. Canta:

*Adiós a todas mis penas...*

Los cuervos lo siguen allá adonde va, camina bajo su sombra. Ahora son cuatro: se ha convertido en una especie de flautista de Hamelín para ellos. Les canta una canción canadiense sobre un pájaro azul posado en el alféizar. A su madre le encantaban esas cancioncillas sentimentaloides al viejo estilo, al igual que los himnos religiosos destinados a elevar el espíritu.

Un ciclista aparece a lo lejos, avanzando en dirección a él por un tramo relativamente llano del camino. Seguro que es uno de esos fanáticos de la bici de montaña adictos a las endorfinas. De vez en cuando pasan por Whitehorse, compran pertrechos en las tiendas especializadas y luego se dirigen pedaleando a las montañas para poner a prueba su capacidad de resistencia en el viejo camino Canol. Suelen ir hasta el antiguo búnker y regresar a golpe de pedal, más flacos y consumidos, más idos todavía. Algunos cuentan historias de abducciones extraterrestres, de zorros que hablan, de voces humanas o cuasihumanas que resuenan en la tundra durante la noche haciendo lo posible por atraerlos.

No es un ciclista, sino dos. Uno va algo adelantado. *Dos amantes que han estado discutiendo*, especula: lo normal sería que avanzasen en paralelo.

Esas bicicletas de montaña son unos artefactos interesantes. Al igual que sus alforjas... y lo que pudiera haber dentro de ellas.

Se esconde entre la maleza que bordea el arroyo a la espera de que pase el primero de los dos: una mujer rubia luciendo los ceñidos pantalones típicos de los ciclistas. Su muslamen es el de una diosa de acero inoxidable: dura de pelar, sin duda. Observa su casco aerodinámico, las gafitas a la última que protegen sus ojos entornados del viento que sopla de cara, la boca crispada, y la ve alejarse pedaleando, dale que te pego, con el culo tan firme como una teta de silicona. Detrás va el chico, manteniéndose a distancia, con las comisuras de los labios hacia abajo. Se nota que ha cabreado a su compañera y ahora está pagando por ello: carga sobre sus hombros un sufrimiento que él puede aliviar.

—¡Aaarj! —gruñe Zab. Eso o algo por el estilo.

—¿Aaarj? —repite Toby riendo.

—Tú ya me entiendes.

En resumidas cuentas: sale de entre la maleza de un salto, envuelto con las pieles de oso, y se abalanza sobre el tipo al tiempo que gruñe. Su presa suelta un grito ahogado y cae al suelo entre un sordo ruido metálico. No hace falta darle al pobre infeliz en la cabeza: ya ha perdido el conocimiento. Sólo tiene que afanarle la bici con las dos alforjas sobre la rueda posterior y salir volando cuanto antes.

Sin embargo, cuando mira atrás resulta que la chica se ha detenido. Si antes tenía la boca crispada, ahora forma una O con ella: una O de «¡DiOs míO!». Ahora se arrepiente de haberle dicho cuatro verdades al pobre desgraciado. Regresa pedaleando a toda prisa con sus macizas ancas de jaca, se arrodilla junto a él, pone su cabeza en el regazo, lo acaricia, le pasa los dedos por los rasguños de la cara mientras llora a lágrima viva. El tipo no tardará en despertar y mirarla a los ojos —ahora sin las gafas—, el muy panoli, y todo se habrá arreglado entre los dos, fuera lo que fuese. Y a continuación utilizarán el teléfono de la chica para llamar pidiendo ayuda.

¿Qué van a contar? Él ya se lo imagina.

· · ·

Una vez que se ha perdido de vista tras torcer por una curva ladera abajo, se pone a inspeccionar el interior de las alforjas. Menudo botín: un puñado de Virichoc, un sucedáneo de queso, un chubasquero de repuesto, un hornillo con su cilindro de gas, un par de calcetines secos, un par de botas con las suelas gruesas —le van pequeñas, pero las abrirá por delante con el cuchillo—, un teléfono móvil. Y lo mejor de todo: una identidad. Qué más se puede pedir. Destroza el teléfono y lo esconde bajo una roca, sale del camino y avanza tundra a través dándoles a los pedales de la bici.

Por suerte, cerca hay un montículo que un pardolar enfurecido debe de haber formado excavando la tundra helada en busca de ardillas de tierra. Se hace un hueco entre los terrones negros y se esconde con la bicicleta de tal forma que puede observar la zona sin dificultad. Al cabo de una larga y húmeda espera, ve aparecer un helicóptero que da unas pasadas en torno al punto donde los dos jóvenes ciclistas deben de estar abrazándose, trémulos y agradecidos, y luego deja caer la escalerilla. Los tortolitos suben como pueden, el aparato remolonea unos segundos y empieza a alejarse, fum, fun, fum, paquidérmico por obra del globo pegado a su fuselaje. ¡Vaya una historia que van a contar!

Y la cuentan. Una vez en Whitehorse, tras haberse despojado de las pieles de oso —que de inmediato hundió en una charca— y haberse puesto las ropas nuevas brindadas por la diosa Fortuna, después de ponerse a hacer autostop con éxito, de asearse muy concienzudamente, de cambiarse el peinado por completo, de piratear ciertos detalles de la identidad del ciclista y de hacerse con algo de liquidez accediendo a determinada puerta trasera que conservaba en la memoria, lee la noticia en detalle.

Al final resulta que los Bigfoots son una realidad. No sólo eso, sino que además han migrado a las desoladas mesetas de la cordillera Mackenzie. No, de ninguna manera pudo tratarse de un oso, pues no hay oso capaz de retirarse a lomos de una bici de montaña. Además, esa cosa medía más de dos metros, tenía unos ojos que parecían de hombre, olía de modo repulsivo y daba muestras de contar con una inteligencia casi humana. Incluso hay una foto hecha con el móvil de la joven: un borrón marronáceo con un círculo rojo alrededor que lo distingue del resto de los borrones marronáceos que aparecen en el encuadre.

Al cabo de una semana, del mundo entero han llegado defensores de la existencia del Bigfoot. Montan una expedición y parten hacia el lugar de los hechos, donde pasarán días peinando el terreno en busca de huellas, mechones de pelo y boñigas. El que corta el bacalao asegura que no tardarán en contar con una muestra de ADN que constituirá la prueba definitiva. ¡Los escépticos y los malintencionados que se burlaban de ellos pronto van a quedar como los falsarios y fósiles que en realidad son!

Pronto, muy pronto.

# La historia de Zab, gracias y buenas noches

Gracias por traerme este pescado.

*Gracias* significa que... significa que me habéis hecho un bien, o que al menos ésa era vuestra intención. El bien que me habéis hecho: darme un pescado. Eso me pone contenta, pero lo que más contenta me pone es que hayáis tratado de alegrarme el día. Eso es lo que significa *gracias*.

No, no, no hace falta que me deis otro pescado, con uno estoy contenta de sobra.

¿No queréis saber qué fue lo que le pasó a Zab?

En tal caso, tenéis que escucharme.

Tras volver de las altas, enormes montañas con cumbres nevadas, después de haberle quitado la piel al oso y habérsela puesto por encima, Zab le dio las gracias al oso, al espíritu del oso.

Porque el oso no se lo había comido, sino que, al contrario, había dejado que Zab se lo comiera a él y, además, le había dado su piel para que se cubriera con ella.

Un *espíritu* es la parte de vosotros que no muere cuando vuestro cuerpo muere.

*Morir* es... eh... es lo que hace el pez una vez que lo habéis pescado y lo estáis cocinando al fuego.

No, los peces no son los únicos en morir, las personas también mueren.

Sí, todo el mundo.

Sí, vosotros también. En algún momento. Aún no. Todavía falta mucho tiempo.

No sé por qué. Porque Crake lo hizo así.

Porque...

Porque si nada muriera nunca y todos siguieran teniendo más y más hijos, el mundo estaría lleno hasta los topes y no habría espacio libre.

No, nadie va a cocinaros al fuego cuando muráis.

Porque no sois unos pescados.

No, el oso tampoco era un pescado, y murió como los osos suelen morir, no como lo hace un pescado. Al oso no lo cocinaron al fuego.

Sí, es posible que Zab también diera gracias a Oryx, tal como se las dio al oso.

Porque Oryx dejó que Zab se comiera a uno de sus hijos. Oryx sabe bien que algunos de sus hijos se comen a otros porque son como son. Los que tienen los dientes afilados. Así que sabía que Zab bien podía comerse a otro de sus hijos, pues estaba muerto de hambre.

No sé si Zab dio gracias a Crake. Quizá podríais preguntárselo a él mismo la próxima vez que lo veáis. De todas formas, Crake no está a cargo de los osos, la que está a cargo de los osos es Oryx.

Zab se cubrió con la piel del oso para abrigarse.

Porque tenía mucho frío. Porque en aquel lugar hacía mucho más frío. Porque las montañas que lo rodeaban estaban cubiertas de nieve.

*Nieve* es agua helada en trocitos que se llaman *copos*. El agua helada es el agua que se ha puesto dura como una roca.

Me llevo las manos a la frente porque tengo jaqueca. *Jaqueca* quiere decir que me duele la cabeza.

Gracias, estoy segura de que vuestros ronroneos van a serme de ayuda, aunque también ayudaría que dejaseis de hacerme tantas preguntas.

125

Sí, creo que a Amanda también le duele la cabeza, o que le duele algo. Quizá no estaría de más que fueseis a ronronearle un rato.

Creo que por esta noche ya hemos tenido bastante de la historia de Zab. Mirad, la luna está en lo alto: es vuestra hora de ir a la cama.

Ya sé, ya sé que no tenéis camas, pero yo sí. Así que me voy a la cama. Buenas noches.

*Buenas noches* significa que espero que durmáis bien, que por la mañana os despertéis perfectamente, que no os ocurra nada malo.

Eh... pues... ahora que lo decís, no sé qué de malo os podría pasar.

Buenas noches.

# Cicatrices

# Cicatrices

Ha tratado de ser discreta a la hora de escabullirse por las noches, después de contarles a los crakers la historia que querían escuchar, para encontrarse con Zab lejos de las miradas ajenas. Aun así, no ha logrado engañar a nadie, al menos no entre los otros humanos.

Como es natural, los demás lo encuentran divertido, los más jóvenes, por lo menos: Zorro del Desierto, Lotis Azul, Croze, Shackie, Zunzuncito... incluso Ren —lo más probable—, incluso Amanda. Los amoríos entre dos individuos entrados en años siempre mueven a risa. Para los jóvenes, la pasión romántica y las arrugas no pegan, o al menos no sin algo de comedia. Hay un punto a partir del cual lo que es suave y delicioso se vuelve tieso y reseco, el fértil oleaje pasa a ser un arenal estéril, y sin duda piensan que ella ha pasado ese punto. Preparar brebajes, recoger setas, aplicar gusanos, cuidar de las abejas, quitar verrugas ajenas: tales son las tareas asignadas a las viejas brujas. A eso debería dedicarse ella.

En cuanto a Zab, más que risa debe de causarles extrañeza: desde su perspectiva biosocial, tendría que estar haciendo lo que caracteriza a los machos alfa: echarse encima de las jovencitas a las que tiene deslumbradas, que son suyas por derecho; cepillárselas, transmitir sus genes a través de mujeres que están en edad de parir, no como ella. Entonces ¿cómo se explica que esté malgastando de esta forma su valioso esperma? Lo razonable sería que lo destinase, por ejemplo, a la plenitud ovariana de Zorro del Desierto. Eso debe de pensar ella también, casi seguro, a juzgar por su lenguaje corporal: las caídas de ojos, el discreto pero evidente lucimiento de los senos, el toquetearse el pelo, el afán de mostrar las axilas. Sólo le falta ir exhibiendo un trasero azul al modo de los crakers: babuinos en todo su esplendor.

*Déjalo ya*, se dice. Así es como empiezan los malos rollos entre los náufragos, los exiliados, los perseguidos: celos, disensiones, socavamiento de la perspectiva grupal. Lo que sigue es la irrupción del enemigo, del asesino: la sombra que se cuela por la puerta que olvidamos cerrar porque lo peor de nosotros nos tenía medio atontados, porque nos pasábamos el día cultivando nuestros mezquinos resentimientos, discutiendo a gritos, haciendo trizas los platos.

Los grupos sitiados son propensos a las murmuraciones, a las disputas intestinas. En la época de los Jardineros era habitual organizar sesiones de conciencia plena para manejarse con este problema concreto.


Desde que son amantes, Toby sueña que Zab se ha ido, y lo cierto es que él, en efecto, se ha ido ya cuando ella tiene esos sueños, pues no hay espacio para los dos en el camastro duro como una losa que Toby ocupa en su diminuto cuartucho. De manera que él se escabulle en mitad de la noche como un personaje de vodevil, andando a tientas en la oscuridad hasta llegar a su propio cuartucho minúsculo.

Pero en los sueños Zab se marcha de verdad, muy lejos, sin que nadie sepa adónde, y ella se ve a sí misma de pie junto al vallado del caserón de adobe, contemplando el camino ahora sembrado de malas hierbas y obstaculizado por fragmentos de casas desmoronadas y vehículos hechos polvo, y oyendo unos débiles balidos, ¿o son lloros?

«No va a volver», asegura una voz de acuarela. «No va a volver nunca.»

Es una voz de mujer, ¿la de Ren, la de Amanda, la de ella misma? El escenario del sueño es un tanto sentimentaloide, cursilón como una postal con un dibujo al pastel. De estar despierta, le molestaría, pero en los sueños la ironía no existe. Llora a rabiar; tanto que la ropa se le empapa de lágrimas, de unas lágrimas luminosas que parpadean como las verdeazuladas y minúsculas lenguas de un fuego alimentado por gas en medio de la oscuridad. ¿O está dentro de una cueva? Y en ese momento, un animal parecido a un gato se dirige a consolarla. Se frota contra ella, ronroneando como el viento.

Toby despierta y se encuentra con que un niño craker está junto a ella en el cuarto: acaba de levantar la sábana húmeda y retorcida y está acariciándole la pierna. Huele a naranjas y a algo más. *A aerosol ambientador con olor a cítricos, eso es.* Todos los crakers huelen así, los más jóvenes sobre todo.

—¿Qué haces? —le pregunta ella con toda la calma que puede reunir.

*Tengo las uñas de los pies sucias a más no poder,* piensa. *Sucias y desiguales, hechas un asco. Necesito unas tijeras de tocador, a ver si me acuerdo de anotarlas en la lista de la cosecha.* Su piel es áspera en comparación con la absoluta suavidad de la mano del niño. ¿El pequeño brilla por dentro o tiene la piel tan lisa que refleja la luz?

—Oh, Toby, tienes piernas debajo de tu ropa —dice el niño—, como nosotros.

—Sí —responde ella—, es verdad.

—Oh, Toby, ¿también tienes pechos?

—Sí, sí, claro —responde con una sonrisa.

—¿Tienes dos? ¿Dos pechos?

—Sí —le contesta reprimiendo el impulso de agregar «hasta ahora».

¿Qué es lo que el niño esperaba? ¿Que tuviera un pecho, tres, quizá cuatro o seis, como una perra? ¿Alguna vez habrá visto una perra de cerca?

—Después de que te pongas azul, ¿te saldrá un niño de entre las piernas, oh, Toby?

¿Qué es lo que quiere saber? ¿Si las personas de otro tipo, las que no son crakers, pueden tener hijos o si ella en particular puede tenerlos?

—Si fuera más joven, sería posible que me saliera un bebé de entre las piernas —explica—, pero ya no.

En realidad, la edad no es el factor decisivo: si su vida hubiera sido otra, si no le hubiera hecho tanta falta el dinero, si hubiera vivido en otro universo...

—Oh, Toby —añade el pequeño craker—. ¿De qué estás enferma? ¿Te duele?

Levanta sus bellos bracitos para estrecharla. ¿Han brotado unas lágrimas de sus extraños ojos verdes?

—Todo está bien —responde ella—, ya no me duele.

En su día, cuando vivía en una de las plebillas, antes de que los Jardineros de Dios la aceptasen en su seno, vendió algunos óvulos para pagar el alquiler. Sufrió una infección y quedó descartado que pudiera tener hijos. Hace años que se sacudió esa tristeza en particular; y si no, más vadría que lo hiciera de una vez por todas: en vista de la situación general —la situación de la que solía considerarse la especie humana—, mejor desembarazarse de esas emociones absurdas.

Está a punto de decir que lleva muchas cicatrices en su interior, pero se detiene porque el niño sin duda le preguntaría:

«¿Qué es una *cicatriz*, oh, Toby?»

Y entonces tendría que explicárselo:

«Una cicatriz es como una inscripción en el cuerpo: un mensaje sobre algo que en su momento te sucedió; por ejemplo, un corte en la piel que te hizo sangrar.»

Pero entonces, él le preguntaría:

«¿Qué es una *inscripción*, oh, Toby?»

«Una inscripción es una serie de signos que pones en un papel, en una piedra, en una superficie lisa como la arena de una playa. Cada uno de esos signos representa un sonido, y los sonidos reunidos forman una palabra, y las palabras reunidas forman...»

«¿Y cómo pones esos signos, oh, Toby?»

«Bueno, pues con un teclado... no: antes lo hacías con un lápiz o un bolígrafo. Un lápiz es... en fin, también puedes ponerlos con un palo.»

«Oh, Toby, no lo entiendo. ¿Coges un palo, pones un signo con él en tu piel, te haces una herida en la piel, de la herida sale una cicatriz y esa cicatriz se convierte en una voz? ¿La cicatriz habla, nos dice cosas? Oh, Toby, ¿podríamos oír lo que nos dice la cicatriz? ¡Enséñanos cómo hacer esas cicatrices que hablan!»

No, lo mejor es olvidarse de contarles el rollo de las cicatrices. Ni mencionarlo. Los crakers son muy capaces de empezar a rajarse la piel para ver si sale una voz.

—¿Cómo te llamas? —le pregunta al chiquitín.

—Me llamo Barbanegra —responde él muy serio.

¿Barbanegra, como el famoso pirata sediento de sangre? ¿Este niñito tan dulce? Quien por lo demás no va a tener barba cuando sea mayor, pues Crake hizo que su nueva especie careciese de vello corporal. Es verdad que muchos de los crakers tienen nombres raros. Según Zab, Crake fue quien les dio sus nombres; Crake y su retorcido sentido del humor. Por otra parte, ¿qué tiene de malo que sus nombres resulten extraños? Encaja bien: los propios crakers son seres extraños.

—Me alegro de conocerte, oh, Barbanegra —dice Toby.

—¿Tú también te comes tus excrementos para digerir mejor las hojas de los árboles, oh, Toby? —pregunta Barbanegra—. ¿Te los comes igual que nosotros?

¿De qué excrementos le está hablando? ¿De unos zurullos comestibles? ¡Eso no lo sabía!

—Creo que es mejor que vuelvas con tu madre, oh, Barbanegra —sugiere—. Debe de estar preocupada.

—No, oh, Toby: ya sabe que estoy contigo. Dice que eres buena y amable. —Sonríe mostrando unos dientes pequeños y perfectos. Su sonrisa es irresistible. ¡Son todos tan guapos! Parecen un anuncio de cosméticos hecho con un aerógrafo—. Eres tan buena como Crake, tan amable como Oryx. ¿Tú tienes alas, oh, Toby?

El pequeño estira el cuello tratando de ver si tiene algo en la espalda. Su abrazo de antes quizá era intencionado, para detectar con disimulo si tiene unas protuberancias aladas por detrás.

—No —aclara Toby—, no tengo alas.

—Cuando sea mayor me aparearé contigo —promete Barbanegra—. Incluso... incluso si sólo estás un poco azul. ¡Y entonces tendrás un bebé! ¡Crecerá en la gruta entre huesos y estarás muy contenta!

«Si sólo estás un poco azul.» Seguramente lo dice porque entiende que es bastante mayor que él, por más que los crakers no conozcan la palabra *vieja*.

—Gracias, oh, Barbanegra —le dice Toby—. Y ahora vuelve con tu madre: me espera mi desayuno, y luego voy a ir a ver a Jimmy, a Jimmy de las Nieves, para ver si ya se encuentra mejor.

Se sienta en el borde del camastro y pone los pies en el suelo para indicarle al crío que es hora de irse, pero él no capta la indirecta.

—¿Qué es *desayuno*, oh, Toby? —pregunta.

Pues claro, lo había olvidado: esas gentes no comen a horas prefijadas; se limitan a pacer, como los herbívoros.

El pequeño se fija en los prismáticos de Toby, palpa el montón de sábanas sobre el lecho, luego da un paso hacia el rincón y pasa la manita sobre su rifle. Es lo que un niño humano haría: curiosear, toquetearlo todo.

—¿Esto es *desayuno*?

—¡No lo toques! —le dice ella quizá con excesiva severidad—. Eso no es el desayuno, es una cosa especial que sirve para... El desayuno es lo que comemos por las mañanas las personas como yo, las que nos cubrimos con una segunda piel.

—¿Es un pescado? —apunta el niño.

—A veces sí, pero hoy voy a desayunar una parte de un animal, de animal con pelaje. Igual me como su pata. Dentro

134

hay un hueso apestoso y tú no querrías ver un hueso apestoso, ¿verdad?

Ahora sí que va a quitárselo de encima.

—No... —dice el crío, aunque no de forma tajante.

Arruga la nariz con asco, pero parece tener cierta curiosidad morbosa. Y se explica: ¿a quién no le gustaría observar desde detrás de la cortina uno de esos repugnantes festines que se pegan los bichos raros como ella?

—Bueno, pues lo mejor es que te vayas —agrega Toby.

Sigue haciéndose el remolón.

—Jimmy de las Nieves dice que, durante el caos, los hombres malos se comían a los Hijos de Oryx. Los mataban y los mataban y se los comían todo el rato, siempre estaban comiéndoselos.

—Sí, es verdad —dice Toby—, pero ellos se los comían mal.

—¿Los dos hombres malos también se los comían mal? Los dos que escaparon...

—Sí, ellos también.

—¿Y cómo te comes tú la pata de un hijo de Oryx, oh, Toby? —Clava sus ojazos en ella como si fueran a crecerle los colmillos de golpe, como si fuera a abalanzarse sobre su cuerpecito.

—Tal como hay que comerlas —se limita a responder con la esperanza de que no le pregunte cuál es esa forma precisa.

—Antes he visto un hueso apestoso. Detrás de la cocina. ¿El hueso es un desayuno? ¿Los hombres malos comen huesos apestosos? —quiere saber Barbanegra.

—Sí —contesta Toby—, y también hacen otras cosas malas, muchas, y mucho peores que comerse un hueso apestoso. Debemos tener cuidado y no adentrarnos solos en el bosque. Si ves a esos dos hombres malos o a otros como ellos, ven y dímelo de inmediato, o díselo a Crozier, a Rebecca, a Ren, a Pico de Marfil, a cualquiera de nosotros.

Toby les ha dado esas mismas instrucciones a los crakers un montón de veces; a niños y a adultos, pero no está segura de que hayan terminado de entenderlas. La miran y asienten con la cabeza, rumian como si estuvieran pensando, pero no parecen asustados, y esa falta de temor resulta preocupante.

—Ni a Jimmy de las Nieves ni a Amanda —afirma el crío—: a ellos no podemos decírselo porque están enfermos.

—Eso al menos lo ha captado. Hace una pausa, lo piensa bien y agrega—: Pero Zab hará que los hombres malos se vayan... y ya no habrá peligro.

—Sí —dice Toby—, ya no habrá peligro.

Los crakers ya han empezado a construir un formidable conjunto de creencias en torno a Zab. Éste no tardará en volverse omnipotente y capaz de arreglar todos los males del mundo, y eso puede ser fuente de problemas porque Zab no es ni lo uno ni lo otro, claro está. *Ni siquiera en lo que a mí respecta*, piensa Toby.

Pero la sola mención del nombre de Zab le da ánimos a Barbanegra. De nuevo sonríe, levanta la mano y saluda con cierta contención, como un presidente de antaño, como una reina en un desfile, como una estrella de cine. ¿De dónde habrá sacado ese gesto? Medio de lado, medio de espaldas, va retirándose hacia el umbral sin dejar de mirar a Toby hasta que desaparece.

*¿Lo habré asustado?*, se pregunta ella. Es posible que vuelva corriendo junto a los suyos para explicarles las maravillosas asquerosidades de las que acaba de enterarse, como hacen los niños de verdad... como hacen los niños, y punto.

# El biodoro violeta

La mañana va avanzando fuera del caserón. Los demás seguramente han desayunado ya, por mucho que Pico de Marfil y Zorro del Desierto sigan sentados a la mesa, sin duda ocupados en coquetear al viejo estilo; ella para practicar, él haciendo lo que puede y patéticamente en serio.

Toby busca a Zab con la vista, pero no se lo ve por ninguna parte, quizá esté duchándose. Crozier se dispone a salir con el rebaño de mohairs. Zunzuncito camina unos pasos por detrás armado con un pulverizador, cubriéndole las espaldas. Jimmy está tumbado en la hamaca bajo el árbol; tres de los crakers cuidan de él.

Lotis Azul y Ren están trabajando en la construcción de un anexo al caserón. Los maddaddámidas han decidido, por votación, ampliar el número de cubículos disponibles para dormir. La estructura primaria, construida en un falso estilo antiguo, a estas alturas hace pensar en un gran dinosaurio de hormigón. En su día albergó el mercado de materias primas naturales Árbol de la Vida. Toby recuerda haber ido allí en compañía de los Jardineros de Dios para vender jabones reciclados, vinagre, miel y setas, verduras de toda clase cultivadas en los terrados, cuando aún existía el comercio y había gente que compraba y vendía cosas.

*No estaría de más mirar si por aquí hay abejas,* piensa. A lo mejor algunas escaparon y sobreviven en los árboles. Contar con unas colmenas de las que ocuparse le resultaría relajante, y también sería útil.

La obra del anexo al caserón se desarrolla por fases. Esta mañana, Ren y Lotis Azul se encargan de mezclar barro, paja y arena en una piscina infantil de plástico decorada con dibujos de Mickey Mouse. La estructura de madera ya está en pie, ahora es cuestión de ir agregando las capas de adobe día a día. Todas las tardes hay chaparrones, por lo que al principio el secado resultaba problemático, hasta que tuvieron la suerte de encontrar unos plásticos grandes con que cubrirlas.

Amanda está sentada junto a los dos con las manos en el regazo, sin hacer nada. A eso se dedica las más de las veces. *Quizá está intentando superar lo sucedido a su manera, como quien cocina un plato a fuego lento*, piensa Toby. Tal vez sea lo mejor, finalmente. Al menos ha ganado algo de peso, y en los últimos dos o tres días ha estado haciendo alguna que otra cosa: arrancar un puñado de malas hierbas, sacrificar una babosa, un caracol. En el antiguo Jardín del Edén en el Tejado habría obrado de otra forma, limitándose a realojar a nuestros compañeros moluscos gasterópodos más abajo en la calle, pues se consideraba que las babosas también tenían derecho a la vida, aunque en el lugar indicado, claro, no en un cuenco de ensalada, por ejemplo, donde corrían el riesgo de que un comensal distraído les hincase el diente. Pero se han reproducido de forma tan abrumadora —se diría que babosas y caracoles brotan en las plantas por generación espontánea—, que por tácito acuerdo los agarran y los meten en agua salada.

Amanda parece disfrutar de esa labor, a pesar de que los pobres bichos se retuercen y babean. Sin embargo, el trabajo de construcción la supera, o eso parece. Y mira que antes era fuerte, no le tenía miedo a nada. Toda la vida fue una plebiquilla valiente, tan despierta como acostumbrada a buscarse la vida por su cuenta, echada para adelante, capaz de enfrentarse a lo que fuera. De las dos, Ren era la más débil y tímida. Sea lo que sea lo que le haya pasado —lo que los paintbalistas le hayan hecho—, tiene que haber sido espeluznante.

Unos cuantos niños craker se han acercado para mirar cómo mezclan el adobe. Previsiblemente, no cesan de hacer preguntas:

—¿Por qué hacéis esto?

—¿Estáis creando un caos?

—¿Qué son esas cosas que tienen unos círculos negros en la cabeza?

—¿Qué es un Mickey Mouse?

—Pero no se parece a un ratón: yo he visto un ratón y no tiene manos grandes y blancas...

Etcétera.

Cada cosa nueva que encuentran en el territorio de los maddaddámidas los maravilla. Ayer, Crozier se las arregló para agenciarse un paquete de cigarrillos mientras pastoreaba el rebaño. Los crakers se quedaron alucinados.

—¡Mirad! ¡Acaba de pegarle fuego a ese palito blanco!

—¡Se lo ha puesto en la boca!

—¡Está respirando el humo!

—¿Por qué haces eso, oh, Crozier?

—El humo no es para respirar, el humo es para cocinar un pescado.

Etcétera.

Toby acudió en su ayuda:

—Tú diles que es un designio de Crake.

Y eso les dijo. Los designios de Crake lo mismo servían para un barrido que para un fregado.

Algunos de los crakers —unas cuantas de las mujeres, muchos de los niños más pequeños— se encuentran en el antiguo parque de juegos situado al otro lado del vallado, mascando los tallos del kudzu que cubre el columpio como si fuera hiedra. El kudzu es una de sus verduras predilectas, lo que muestra hasta qué punto Crake era precavido, pues estos días hay kudzu para dar y regalar por todas partes. Casi han sacado el asiento de plástico rojo a la luz otra vez, y lo acarician como si fuese un ser vivo. ¿Quién iba a acordarse de que el asiento del columpio estaba allí desde siempre, antes de que ellos se pusieran a comerse el kudzu?

· · ·

Toby se dirige al biodoro violeta no sólo porque necesita ir, sino porque no quiere acercarse a la mesa del desayuno mientras Zorro del Desierto siga allí. Hace el esfuerzo consciente de evitar la palabra *fulana* al pensar en ella porque no es de recibo que una mujer piense en otra en esos términos, sobre todo sin un motivo concreto.

*¿En serio?*, contesta su voz interior, la que pugnaba por llamarla así. *Ya has visto qué miradas le echa a Zab. ¡Menudo aletear de pestañas! ¡Ni que fueran atrapamoscas diseñados por Venus! ¿Y esas miradas de soslayo dignas de un anuncio barato de prostibótica a la vieja usanza?* «*Cien por cien fibras bacteriorresistentes, ¡con sistema de expulsión de los fluidos, gemidos realistas y contraccionómetro incorporado para óptima satisfacción!*»

Respira hondo, recurre a las técnicas de meditación aprendidas con los Jardineros: visualiza su ira como un caracol que intenta abrirse paso hacia fuera de su piel empujando con sus cuernitos y, una vez en el exterior, se marchita y cae al suelo. Se vuelve hacia donde está Zorro del Desierto sonriendo amablemente mientras piensa: *Lo único que andas buscando es un polvo de aquí te pillo aquí te mato, llevártelo a la cama para dejar claro tu poderío, para sumarlo a tu colección de trofeos. No sabes quién es, ni te quita el sueño saberlo. Pero él no te pertenece y no tienes idea de cuánto lo he estado esperando...*

Da igual: a nadie le importa un rábano. No hay justicia en el mundo, nadie le pertenece a nadie. Ella no tiene derecho a nada. Si Zab se mete en la cama con Zorro del Desierto —aunque lo haga entrando de puntillas en su cubículo y colándose en silencio bajo las sábanas, como un ladrón—, ella no tiene derecho a reprocharle nada. Hasta donde sabe, él ya está jugando a dos bandas: después de irse a dormir con ella en plan hermanitos —aunque con una camaradería que a veces le permite albergar alguna esperanza—, se levanta a hurtadillas, sale por una puerta y entra por otra para deslizarse con voracidad dentro de la voraz Zorro del Desierto.

Pensar esas cosas le resulta insoportable, mejor no hacerlo. No va a pensar en eso, se lo jura.

Los biodoros violeta ya estaban en el antiguo parque: tres cubículos para hombres, tres para mujeres. Las células solares siguen en funcionamiento y activan las luces led ultravioletas, así como los pequeños motores ventiladores. Mientras los biodoros continúen funcionando, los maddaddámidas no se verán obligados a excavar unas letrinas a cielo abierto. Por fortuna, es fácil cosechar papel higiénico en las inmediaciones: hay rollos a carretadas, pues los saqueadores acostumbraban a pasarlo por alto durante la fase descontrolada de la epidemia. ¿Qué podías hacer con un palé de papel higiénico? Emborracharte con él no, desde luego.

Las paredes de los biodoros siguen cubiertas de las pintadas típicas de la plebilla, generación tras generación. En otros tiempos, los que aún respetaban la propiedad privada a veces trataban de repintar los cubículos, pero a los chavales empeñados en expresarse anárquicamente les bastaba una hora para volver a dejar hecha unos zorros la superficie que a los operarios les había tomado tres días neutralizar.

Daryn, sy tu puta, tu m Rey.
T ♡ + q nada
**Puto SegurMort**
Loris s 1 guarra creída
**Que te foyen 100000 pit bulls**

Los que escriben en el váter son unos kampeones, los demás me vais a comer los kojones

Llamame / cobro poco hago de todo / fliparas / te voy a aogar en mi leche
AL QUE SE META COMIGO LO RAJO

Y, por último, escrito con timidez, inacabado:

141

Prueba el amor, el mundo necesit

*Qué comer, dónde cagar, cómo ponerse a cobijo, a quién y qué matar, ¿a esto se reduce todo?*, reflexiona Toby. *¿En esto nos hemos convertido? ¿A esto nos hemos rebajado? ¿A este punto del pasado hemos vuelto?*

*Y tú, ¿a quién quieres? ¿Y quién te quiere a ti? ¿Y quién no te quiere en absoluto? Y, ya puestos, ¿quién te odia, quién te odia de verdad?*

# Parpadeo

Jimmy sigue dormido a la sombra de los árboles. Toby le toma el pulso: bien; le cambia los gusanos: la herida del pie ya no supura; le hace tragar elixir de hongos mezclado con un poco de adormidera.

Alrededor hay un óvalo de sillas, como si Jimmy fuera el plato fuerte en un banquete: un salmón descomunal, un jabalí en bandeja de plata. Tres crakers, dos hombres y una mujer, ronronean sobre él por turnos. Oro, marfil, ébano. Cada pocas horas llegan otros tres y los relevan. ¿Sólo pueden ronronear un rato, como si tuvieran que recargarse las pilas? Como es natural, han de tomarse su tiempo para pastar e hidratarse, pero ¿sus ronroneos responden a una especie de frecuencia eléctrica?

*Nunca vamos a saberlo*, se dice mientras le aprieta el puente de la nariz a Jimmy para obligarlo a abrir la boca. Ya no hay manera de conectar sus cerebros a algún aparato para que los investigadores saquen sus conclusiones, eso se ha acabado. Mejor para ellos: en los viejos tiempos una corporación rival del Proyecto Paralíseo los habría raptado para ponerles inyecciones, someterlos a descargas, sondearlos y trocearlos a fin de averiguar cómo estaban hechos, cómo funcionaban, qué los llevaba a ronronear, de qué pie cojeaban, de qué enfermaban, llegado el caso. Habrían acabado convertidos en muestras de ADN en un congelador.

Jimmy traga, respira hondo, su mano izquierda se agita nerviosamente.

—¿Cómo se encuentra hoy? —les pregunta Toby a los tres crakers—. ¿Ha estado despierto en algún momento?

—No, oh, Toby —dice el de tonalidad dorada—. Está viajando.

Ese craker tiene el pelo de un color rojo llameante y las extremidades largas y estilizadas; a pesar del color de su piel, parece salido de un cuento infantil, de un cuento tradicional irlandés.

—Pero ahora ha parado —observa el de la tez de ébano—: se ha subido a un árbol.

—No a su árbol de siempre —matiza la mujer marfileña—, no al árbol en el que vive.

—Se ha parado a dormir en ese árbol —le aclara el de ébano.

—¿Queréis decir que está durmiendo mientras duerme, soñando mientras sueña? —pregunta Toby; parece difícil de creer.

—Sí, oh, Toby —responde la mujer de marfil.

Los tres se la quedan mirando con sus ojos verdes restallantes, como unos gatos algo aburridos que la contemplasen mientras ella da vueltas a un trozo de cordel.

—Quizá duerma mucho tiempo —opina el craker dorado—. Se ha quedado allí parado, en el árbol. Si no despierta y viaja hasta aquí, al final no despertará nunca más.

—¡Pero está mejor, va recuperándose! —exclama Toby.

—Tiene miedo —dice como si tal cosa la mujer de marfil—: tiene miedo a lo que hay en este mundo. Les tiene miedo a los hombres malos, les tiene miedo a los Ser Dones. No quiere despertar.

—¿Podéis hablar con él? —pregunta Toby—. ¿Podéis decirle que es mejor estar despierto?

Nada se pierde con probar: es posible que los crakers tengan algún medio inaudible de comunicarse que pueda llegar hasta donde Jimmy se encuentra. Una longitud de onda, determinada vibración.

Sin embargo, han dejado de mirarlo: contemplan a Ren y a Lotis Azul, que se acercan. Tras ellas aparece Amanda, como si se guareciera tras ellas.

Se sientan en tres sillas desocupadas; Amanda después de titubear. Ren y Lotis Azul vuelven sucias del barro de la obra en construcción, pero ella no puede estar más limpia y aseada: las otras dos chicas la duchan por las mañanas, le cambian las sábanas con las que se cubre, le trenzan los cabellos.

—Hemos pensado en tomarnos un descanso de la obra y venir a ver cómo está Jimmy, eh... quiero decir, Jimmy de las Nieves —explica Ren.

La marfileña les dedica una amplia sonrisa y sus dos acompañantes también sonríen, aunque menos decididamente: a estas alturas, los crakers varones sienten cierto nerviosismo al verse ante las jóvenes del caserón. Una vez enterados de que las desmadradas cópulas grupales no son admisibles allí, no saben muy bien qué esperar de ellas. Se ponen a hablar entre sí en voz baja; la marfileña es la única que sigue ronroneando.

—¿Ella es Azul? Una es Azul.

—Aquellas otras dos estaban azules, ¿te acuerdas? Aunque cuando juntamos nuestro azul con el suyo no se pusieron contentas.

—No son como nuestras mujeres: no están contentas, están rotas.

—¿Las haría Crake? ¿Por qué las haría así, no contentas?

—Oryx cuidará de ellas.

—¿Oryx cuidará de ellas si no son como nuestras mujeres?

—Cuando Jimmy de las Nieves despierte se lo preguntaremos.

*Me encantaría estar allí cuando eso pase*, piensa Toby. Tendría su gracia escuchar lo que se inventa Jimmy para tratar de justificar las decisiones de Crake.

—¿Jimmy... esto... Jimmy de las Nieves va a ponerse bien? —pregunta Lotis Azul.

—Creo que sí —responde Toby—, todo depende de su...

Se contiene antes de pronunciar las palabras *sistema inmunológico* porque los crakers las escucharían, y ya se sabe: «¿Qué es *sistema inmunológico*?» «Es una cosa que llevamos dentro y nos hace fuertes.» «¿Dónde podemos encontrar un sistema inmunológico? Si se lo pedimos a Crake, ¿nos enviará un sistema inmunológico?», etcétera, etcétera.

—Todo depende de sus sueños —termina por decir y los crakers no hacen preguntas: bien—, pero estoy segura de que no tardará en despertarse.

—Tiene que comer algo —interviene Lotis Azul—. ¡Está hecho un palo de escoba! No puede alimentarse sólo del aire.

—Es posible sobrevivir mucho tiempo sin comer —dice Ren—. Los Jardineros practicaban el ayuno durante días, durante semanas enteras, ¿no es así? —Se acerca a Jimmy, lo mira, le alisa los cabellos—. Ojalá pudiéramos limpiárselos con un poco de champú: empieza a oler mal.

—Me parece que acaba de decir algo —indica Lotis Azul.

—Nada con sentido. Podríamos bañarlo con una esponja. —Ren se acerca más a él—. Se lo ve encogido. Pobre Jimmy... no quiero que se muera.

—Estoy hidratándolo y estoy dándole de comer miel —le recuerda Toby; ¿por qué suena como una enfermera jefe?—. Estamos lavándolo todos los días —agrega a la defensiva.

—Es verdad que ya no tiene tanta fiebre —concede Lotis Azul—. Le ha bajado la temperatura, ¿verdad?

Ren pone la mano sobre la frente de Jimmy.

—No sé... —dice—. Jimmy, ¿puedes oírme? —Todos están mirándolos; Jimmy no mueve un músculo—. Creo que aún tiene fiebre. Amanda, ¿tú qué crees?

Ren hace lo posible por involucrar a Amanda, por conseguir que se interese por algo: Ren siempre fue una niña buena.

—Si Lotis es Azul, ¿deberíamos aparearnos con ella?

—No. No deberíamos cantar para ellas, ni recoger flores para ellas, ni menear el pene para ellas: éstas se asustan y gritan, no aceptan ni siquiera si les damos una flor, no les gusta ver cómo se menea un pene.

—No las ponemos contentas, quién sabe por qué gritan. Pero a veces no gritan de miedo, a veces...

—Voy a acostarme un rato —dice Amanda.

Se levanta de la silla y echa a andar hacia el caserón con paso inseguro.

—Estoy muy preocupada por ella —confiesa Ren—. Esta mañana ha vomitado y ni siquiera ha probado el desayuno. El suyo es un barbecho muy profundo.

—A lo mejor es un bicho —aventura Lotis Azul—, algo que ha comido y le ha sentado mal. Tenemos que lavar mejor los platos, el agua de por aquí no...

—¡Mira! —indica Ren—. Jimmy acaba de pestañear.

—Te está oyendo —afirma la mujer de marfil—: está oyendo tu voz y se ha puesto a andar. Está contento, quiere estar contigo.

—¿Conmigo? —dice Ren—. ¿En serio?

—Sí. Mira, ahora sonríe.

Y es verdad que en su rostro se dibuja una sonrisa, *la sombra de una sonrisa*, piensa Toby. Aunque también pueden ser gases, como les pasa a los bebés.

La marfileña espanta con la mano un mosquito que se ha posado en la boca de Jimmy.

—Pronto despertará —asegura.

# Zab en la oscuridad

# Zab en la oscuridad

Primera hora de la noche. Toby se las ha arreglado para no tener que contarles nuevas historias a los crakers: esas sesiones la dejan agotada. No sólo ha de ponerse el absurdo gorro rojo y comerse el pescado ritual —no siempre bien cocinado—, sino que además se ve obligada a inventarse un montón de cosas. No le gusta contar mentiras deliberadamente, pero prefiere no mencionar los detalles más desagradables y enmarañados de la realidad. Digamos que pretende hacer una tostada sin que se le queme ni un milímetro del pan.

—Mañana vendré —les ha prometido—, esta noche tengo que hacer algo para Zab, algo importante.

—¿Qué es eso importante que tienes que hacer para Zab, oh, Toby? Nos gustaría ayudarte.

Por lo menos no le han preguntado qué significa *importante*. Parecen haber captado la idea por su cuenta: algo que está a mitad de camino entre lo peligroso y lo delicioso.

—Gracias —les responde—, pero tengo que hacerlo yo sola.

—¿Tiene que ver con los hombres malos? —quiere saber el pequeño Barbanegra.

—No. Hace días que no hemos visto a los hombres malos. Es posible que se hayan ido, que estén muy lejos, pero tenemos que seguir yendo con cuidado. Si los vemos, hay que decírselo a los demás.

151

Una de las mohairs ha desaparecido: la pelirroja con las trenzas. Crozier se lo ha dicho en secreto, pero es posible que se haya extraviado mientras pastaba o que se la haya comido un cordeleón...

*Un cordeleón o algo peor,* piensa Toby: *algo humano.*

El día ha sido sofocante y la tormenta vespertina no ha disipado el bochorno. En circunstancias normales —pero ¿qué significa *normal?*—, un tiempo así ahuyentaría toda lujuria: lo lógico sería que Zab y ella se sintieran flojos, enervados, exhaustos, pero lo que han hecho es escabullirse de los demás incluso antes de lo habitual, ebrios de deseo, y revolcarse como dos tritones en una charca.

El crepúsculo avanza y de las entrañas de la tierra brota una oscuridad de color violeta; los murciélagos vuelan como mariposas coriáceas, las flores nocturnas se abren impregnando el aire de su perfume. Están sentados en el huerto, disfrutando de la escasa brisa del atardecer. Tienen las manos entrelazadas y ella nota que entre ambos sigue circulando una tenue corriente eléctrica. Diminutas polillas iridiscentes revolotean sobre sus cabezas. *¿A qué oleremos para ellas?, se pregunta. ¿A hongos? ¿A pétalos de flor machacados? ¿A rocío de la mañana?*

—Tienes que echarme una mano, Zab —dice de pronto—. Necesito ayuda con los crakers: tienen una curiosidad insaciable, quieren saber más de ti.

—¿Y qué quieren saber?

—Eres su héroe. Quieren conocer la historia de tu vida: tus orígenes milagrosos, tus hazañas sobrenaturales, tus comidas preferidas. Te tienen por un rey.

—¿Y a qué viene esa fijación conmigo? Creía que Crake había puesto fin a ese tipo de cosas: se supone que no tendrían que interesarles.

—Pues les interesan, y mucho. Están obsesionados contigo: eres su estrella de rock, por así decirlo.

—La puta que los parió. ¿No puedes inventarte cuatro chorradas que contarles?

—No es tan fácil: me interrogan como si fueran abogados —explica ella—. Por lo menos tengo que saber lo principal, lo fundamental.

¿De verdad está pidiéndoselo por los crakers o más bien por ella misma? Las dos cosas a la vez; sobre todo la segunda.

—Soy un libro abierto —asegura Zab.

—No me vengas con evasivas.

Zab suspira.

—Detesto volver a pensar en el pasado. Bastante tuve con vivirlo, lo último que quiero es revivirlo. ¿A quién le importa todo eso?

—A mí —responde Toby. *Y a ti también sigue importándote*, piensa—. Soy toda oídos.

—No eres de las que se rinden, ¿eh?

—Tengo toda la noche. Y bueno: naciste y...

—Nací, sí: es un hecho. —Vuelve a suspirar—. Muy bien, lo primero que debes saber es que me tocó la madre que no era.

—¿La madre que no era? ¿Qué quieres decir? —le pregunta al rostro que ya casi no acierta a ver: al contorno de un pómulo, a una sombra, al destello de un ojo.

# La historia del nacimiento de Zab

Me he puesto el gorro rojo de Hombre de las Nieves, me he comido el pescado, he estado escuchando esta cosa brillante... Ahora voy a contaros la historia del nacimiento de Zab. No hace falta que cantéis.

Zab no procede de Crake, al contrario que Hombre de las Nieves. Y tampoco lo creó Oryx, a diferencia de los conejos. Sencillamente nació, lo mismo que vosotros. Creció en una gruta entre huesos, como vosotros, y salió por un túnel entre huesos, como vosotros.

Porque bajo nuestras segundas pieles somos igual que vosotros. Casi iguales.

No, nosotros no nos ponemos azules, aunque a veces sí que podemos oler azul. Por lo demás, nuestra gruta entre huesos es igual que la vuestra.

No creo que ahora mismo haga falta hablar de penes azules.

Ya sé que son más grandes, gracias por recordármelo.

Sí, las mujeres tenemos pechos.

Sí, dos.

Sí, por delante.

No, no os los voy a enseñar.

Porque esta historia no va de pechos: es la historia de Zab.

· · ·

Mucho tiempo atrás, en los días del caos —antes de que Crake lo eliminara—, Zab vivía en la gruta entre huesos de su madre, donde Oryx también lo cuidaba, como a todos los que están en una de esas grutas entre huesos. Después, vino a este mundo a través del túnel entre huesos, fue un bebé y luego creció.

Tenía un hermano mayor llamado Adán, pero la madre de Adán no era la misma que la de Zab.

Porque, cuando Adán era pequeño, su madre huyó. *Huir* quiere decir que se marchó muy deprisa a un lugar distinto. No necesariamente corriendo, ojo: es posible que se fuera andando o conduciendo un... el caso es que Adán nunca más volvió a verla.

Sí, sin duda para él fue muy triste.

Su madre se fue porque quería aparearse con más de un hombre, no sólo con el padre de Zab. Al menos eso fue lo que su padre le explicó a Zab.

Sí, lo que quería era razonable, y a la mujer le hubiera gustado vivir con vosotros. Hubiera podido aparearse con cuatro machos a la vez, como es vuestra costumbre. ¡Nada le hubiera gustado más!

Pero el padre de Zab veía las cosas de otra manera.

Porque había formado con ella algo que se llama *matrimonio* y, cuando se forma un matrimonio, se supone que el hombre está con una sola mujer y la mujer con un solo hombre. No siempre es el caso, pero es lo que se supone.

Porque entonces era un caos. Eran cosas del caos, por eso sois incapaces de entenderlas.

El matrimonio ya no existe: Crake acabó con él porque lo consideraba una estupidez.

*Estupidez* quiere decir que a Crake no le gustaba. Para Crake, muchas cosas eran pura estupidez.

Sí, Crake es bueno, Crake es amable. Pero si seguís canturreando os dejo de contar la historia.

Porque hacéis que me olvide de lo que estoy diciendo.

Gracias.

Y bien, el padre de Adán encontró a otra mujer con la que contrajo matrimonio y entonces nació Zab. El pequeño

Adán ya no estaba solo, ahora tenía un hermanito. Adán y Zab se llevaban bien, se ayudaban en cuanto podían, pero el padre de Zab a veces les hacía daño.

No sé por qué. Supongo que pensaba que el dolor era bueno para los niños.

No, no era tan malo como esos dos hombres malos que tanto daño le hicieron a Amanda, pero tampoco era una buena persona.

No sé por qué había personas que no eran buenas. Eran cosas del caos.

La madre de Zab, por su parte, no se ocupaba mucho de sus hijos. Prefería echar la siesta o hacer otras cosas que le gustaban más. Les decía: «Sois mi perdición, me estáis matando.»

Lo de *perdición* es complicado de explicar. Lo que quería decir es que no le gustaban las cosas que hacían.

No, Zab no mató a su madre. «Me estáis matando» sólo es algo que ella decía, y lo decía a menudo.

¿Por qué lo decía, si no era verdad? Lo decía porque... porque aquellas gentes hablaban así: no todo era verdad o mentira, algunas cosas estaban a mitad de camino. Era su modo de comunicar un sentimiento que podían tener. Una forma de hablar, vaya. *Una forma de hablar* significa...

Sí, tenéis razón: la madre de Zab tampoco era buena persona. A veces ayudaba al padre de Zab a encerrar al niño en el armario.

*Encerrar* quiere decir... *armario* significa... era un cuarto muy pequeño, a oscuras, del que Zab no tenía forma de salir, o eso pensaban ellos, pues Zab muy pronto aprendió a manejarse con las puertas, a abrirlas con facilidad.

No, su madre no sabía cantar. Al contrario de vuestras madres, y vuestros padres, y vosotros mismos.

Pero Zab sí que cantaba. Era una de las cosas que hacía cuando estaba encerrado en el armario: cantar.

# Los mocosos de los Santos Petróleos

La madre de Zab, Trudy, era casi una santa, mientras que la de Adán, Fenella, era una pelandusca, un zorrón verbenero. Al menos eso afirmaban el reverendo y la propia Trudy. Como no dejaban de repetirle a Zab que era un cero a la izquierda y, en vista de que ambos eran sendos dechados de virtudes, éste terminó por suponer que lo habían adoptado, puesto que estaba claro que no podía proceder de dos fuentes de ADN tan portentosas.

Se sumía en ensoñaciones e imaginaba que Fenella lo había abandonado; que Fenella, una inútil como él mismo, era su verdadera madre. Probablemente se había visto obligada a huir en el momento menos pensado y lo había dejado en una caja de cartón frente a la puerta de la primera casa que encontró. Por eso la tal Trudy —quien de madre nada de nada, por mucho que dijese lo contrario— lo había metido en su casa y se había dedicado a pisotearlo a conciencia. Dondequiera que estuviera, Fenella seguro que se arrepentía amargamente de haberlo abandonado y se proponía regresar a buscarlo tan pronto como le fuera posible. Entonces se irían lejos, muy lejos, y ella lo dejaría hacer absolutamente todas las cosas que aparecían en el extenso listado de prohibiciones compilado por su padre, el reverendo. Ya se veía sentado con Fenella en el banco de un parque hinchándose a comer espirales de regaliz y hurgándose la nariz, por poner un par de ejemplos.

Pero eso fue en la niñez: una vez que supo cómo funcionaban los genes, Zab llegó a la conclusión de que en algún momento Trudy debía de habérselo montado con algún manitas que llevaba una doble vida como ladrón o ratero de poca monta, o quizá con un jardinero: Trudy solía emplear a inmigrantes ilegales tex-mex llegados del sur del río Grande que eran tan morenos como él mismo. Les pagaba una miseria por ir con la carretilla echando tierra por todas partes, por arrancar los hierbajos y poner más rocas en su jardín de rocas, que era lo único que le inspiraba verdadero cariño, al menos hasta donde él alcanzaba a ver. Se pasaba la vida arrancando las malas hierbas con la azadilla y echando vinagre caliente en los hormigueros.

—También es posible que ese rollo delincuente lo heredase del propio reverendo: ya te digo yo que tenía los cromosomas indicados —opina Zab—, aunque siempre se las arreglaba para nadar y guardar la ropa, para hacer de las suyas y seguir manteniendo una fachada respetable, mientras que yo no engañaba a nadie. Él lo hacía todo de tapadillo; yo, delante de todo el mundo.

—No seas tan duro contigo mismo —le pide Toby.

—No lo pillas, guapa: estoy alardeando.


El reverendo había establecido su propio culto. Por entonces, era el procedimiento habitual si querías hacerte de oro y se te daba bien sermonear y achantar a todo el mundo, echar pestes sobre lo que fuera o azuzar a la gente, lo que hiciera falta, y, por el contrario, carecías del talento necesario para triunfar en otros sectores más turbios donde el negocio era fabuloso, como la especulación en el mercado de futuros, pongamos por caso. Se trataba de decirle a la gente lo que quería escuchar, insistir en que la tuya era la única Iglesia verdadera y exprimirles todo el dinero posible mediante llamadas automatizadas y campañas bien montadas en la red; dirigir tus propios medios de comunicación y utilizarlos sin pudor para tus propios fines, hacerte amigo de los políticos o extorsionarlos con amenazas, evadir impuestos a base de bien. El hombre se lo montaba de fábula, hay que reconocerlo. Era más retorcido que un sacacorchos, un cabronazo metido en la mierda hasta el cuello, un baboso y un farsante que iba de santurrón por la vida, pero tonto no era. Y acabó por triunfar a lo grande. Por la época en que Zab vino al mundo, el reverendo estaba al frente de una megaiglesia en la región de las praderas, una iglesia con paneles de cristal deslumbrante, bancos de falsa madera de roble y muros de granito de pega: la Iglesia de los Santos Petróleos, afiliada a la denominación más o menos aceptada de los Petrobaptistas. A estos últimos por entonces les iba mejor que nunca, pues el petróleo empezaba a escasear y su precio estaba por las nubes, con el consiguiente desespero de la gente de las plebillas. Muchos peces gordos de las corporaciones hablaban desde el púlpito los domingos, en calidad de invitados: daban gracias al Creador por bendecir el mundo con los humos y demás toxicidades y alzaban los ojos al cielo como si en él hubiera una gasolinera colosal. Eran más piadosos que el demonio.

—«Más piadosos que el demonio» —dice Zab—. Me gusta la expresión. Desde mi humilde punto de vista, lo uno va con lo otro: son las dos caras de la misma moneda.

—¿Tu «humilde punto de vista»? —repite Toby—. ¿Desde cuándo eres humilde?

—Desde que te conozco —responde Zab—: basta echar una mirada a ese culo tuyo, uno de los milagros de la creación, para darse cuenta de que en comparación estoy hecho un adefesio. Me tienes besando el suelo que pisas. Dame un poco de cuartel antes de que me arrepienta.

—Bueno, igual te dejo echarle un humilde vistazo un día de éstos, pero ahora sigue, anda.

—¿Puedo darte un beso en la clavícula?

—Dentro de un minuto, después de que llegues al meollo de la cuestión.

Esto de coquetear la pilla por sorpresa, pero lo está disfrutando.

—¿Que vaya al meollo? ¿Te has propuesto ponerme cachondo?

—Eso luego, ahora tienes que seguir contando —le responde ella.

—Vale, tenemos un trato.

El reverendo se había inventado la doctrina indicada para forrarse por todo lo alto. Naturalmente, sustentada en las Sagradas Escrituras, concretamente, en Mateo 16, 18: «Tú eres Pedro y sobre esta piedra edificaré mi Iglesia.»

—Según el reverendo, no había que ser un lince para comprender que el nombre de Pedro significa precisamente «piedra» y que la piedra fundacional de la Iglesia no podía ser otra que el petróleo, es decir: el óleo, el aceite que procede de las piedras. «Amigos míos», decía, «en ese versículo no hallamos tan sólo una referencia a san Pedro, ¡se trata de una profecía sobre el advenimiento de la Era del Petróleo! ¡Basta con tener ojos para verlo! Porque, decidme, ¿qué nos resulta más precioso que el petróleo?». El viejo cabrón se las sabía todas, hay que reconocerlo.

—¿De verdad predicaba esas cosas? —pregunta Toby. No sabe si echarse a reír y quiere que el tono de Zab la ayude a discernirlo.

—No pierdas de vista la parte de los óleos, que era más importante que la que se refería a Pedro. El reverendo podía pasarse horas hablando sobre los óleos: «Amigos míos, como todos sabemos, la palabra *oleum*, "aceite", aparece muchísimas veces en la Biblia y designa algo sagrado. ¿Con qué, si no con esos Santos Óleos, se ungía a los sacerdotes, reyes y profetas? ¡Con ese sagrado crisma se señalaba a los elegidos de Dios!

»¿Qué más pruebas necesitáis sobre el carácter sagrado de nuestro petróleo, la preciada materia que Dios sembró en el mundo para que los hombres de fe hicieran uso especial de ella a fin de multiplicar Su obra? ¡Sus aparatos para la extracción de esos Óleos se encuentran hoy en los cuatro puntos cardinales, forman parte integral de nuestra existencia! ¡Hemos sido bendecidos con la munificiente dádiva de los Óleos! ¿O es que la Biblia no dice "vosotros sois la luz del mundo; una ciudad asentada sobre un monte no se puede esconder"? ¿Y qué combustible es más idóneo para iluminar que el petróleo? No cabe esconder el Santo Óleo bajo un monte... En otras palabras, ¡es una aberración dejarlo bajo las piedras! ¡Hacerlo supondría quebrantar el mandato divino! Elevemos nuestras voces al cielo para que el Santo Óleo fluya con mayor ímpetu que nunca, ¡para que lo haga de una forma tan torrencial como bendita!

—¿Lo estás imitando?

—Exactamente. Y te aseguro que lo hago de maravilla: me aprendí el numerito de memoria, te lo podría repetir empezando por el final. Tuve que escucharlo infinidad de veces, y también Adán.

—Se te da bien.

—Adán lo hacía mejor todavía. El caso es que, en la iglesia del reverendo, y hasta sentados a la mesa del reverendo, nosotros no rezábamos para conseguir el perdón o para hacer que lloviese, aunque Dios sabe que el perdón o las lluvias no nos habrían venido nada mal, lo que pedíamos era petróleo. Bueno, y gas natural, que el reverendo incluyó en el listado de los dones que Dios concedía a los elegidos. A la hora de bendecir la mesa, nunca dejaba de subrayar que el petróleo era lo que permitía que tuviésemos esos alimentos, pues la gasolina era lo que movía los tractores que araban los campos y los camiones que transportaban los productos a las tiendas, así como el automóvil con que nuestra querida madre, Trudy, se desplazaba al supermercado para comprarlos, y también era el combustible que nos permitía cocinar. De algún modo estábamos comiendo y bebiendo petróleo, ¡y alabado sea el Señor!

»Llegados a ese punto del discurso, Adán y yo empezábamos a darnos patadas por debajo de la mesa. Con fuerza, con la idea de que el otro diera un respingo o gritara, pero intentando no hacerlo porque el que hacía ruido a la mesa se llevaba un guantazo, tenía que beberse sus meados o hacer cosas peores. Pero a Adán nunca se le escapaba un grito, y yo lo admiraba por eso.

—¿Hablas en serio? —pregunta Toby—. ¿Os hacía beber meados?

—Palabrita del Niño Jesús —le responde Zab—. Con permiso del Niño Jesús, claro.

—Pensaba que Adán y tú os llevabais bien.

—Y así era: lo de las patadas bajo la mesa era una niñería, cosas de chavales.

—¿Cuántos años teníais por entonces?

—Demasiados —responde Zab—, pero Adán era mayor; un par de años tan sólo, pero era lo que los Jardineros describirían como un alma antigua. Adán era sabio, mientras que yo era medio tonto. Siempre fue así.


Adán era más bien debilucho y estaba hecho un alfeñique. Aunque menor que él, Zab era más fuerte físicamente desde que cumplió los cinco años. Adán era de temperamento metódico y reflexivo, lo pensaba todo con gran detenimiento, mientras que Zab era impulsivo, no tenía pelos en la lengua, se dejaba llevar por la rabia. Eso lo metió en una serie de problemas y también lo ayudó a salir de ellos una y otra vez.

En conjunto, funcionaban de maravilla. Eran como el yin y el yang, por así decirlo. Zab era el chico malo al que se le daba bien hacer cosas malas; Adán era el chico bueno al que se le daba mal hacer cosas buenas o, mejor dicho, que hacía cosas buenas para encubrir las malas que también hacía. Adán y Zabulón, en los extremos del alfabeto, pero indispensables uno y otro como dos sujetalibros. La vistosa simetría entre la A y la Z fue una ocurrencia del reverendo, al que le gustaban todas las cosas dignas de un parque temático.

Siempre estaban poniendo a Adán como ejemplo: ¿por qué Zab no podía comportarse como Dios manda, tal como hacía su hermano? Trudy no dejaba de repetirle: «Siéntate derecho, deja de revolverte»; «come como es debido, la mano no es un tenedor»; «no te limpies los mocos con la manga»; «haz lo que te dice tu padre»; «di "sí, gracias" y "no, gracias"», etcétera; pero lo hacía en tono casi suplicante: lo único que quería era paz y tranquilidad en el hogar, no le gustaban las consecuencias que acarreaban las contestaciones insolentes y las malas maneras de Zab —los verdugones, los cardenales y las cicatrices—. Ella no era una sádica de verdad, en eso se diferenciaba del reverendo, pero sí que era el centro absoluto de su propio universo. Le gustaba vivir bien y tener de todo, y el reverendo era la fuente inagotable del dinero que pagaba lo que hiciera falta.

Después de subrayarle a Zab lo ejemplar del comportamiento de Adán, muchas veces se iba de la lengua y comentaba que la actitud de Adán era doblemente encomiable si se tenía en cuenta que... Nunca llegaba a terminar la frase, pues ni ella ni el reverendo pronunciaban jamás el nombre de Fenella si podían evitarlo. Habría sido de esperar que recurriesen al recuerdo de aquella mujerzuela para ensañarse con Adán y mofarse de su herencia genética, pero nunca lo hacían: él era demasiado convincente a la hora de dárselas de alma cándida e inocente, con sus ojazos azules y su carita de santo.

Un día, Zab encontró unas viejas fotos de Fenella en un lápiz USB olvidado en una caja en el fondo del armario donde acostumbraban a encerrarlo. A esas alturas ya se las había ingeniado para esconder una linternita ahí dentro, de modo que encontró el lápiz y de inmediato se lo metió en el bolsillo. Más tarde, lo conectó al ordenador del reverendo para ver qué pasaba. El vetusto dispositivo de memoria seguía funcionando, y contenía una treintena de fotos de Fenella, algunas acompañada de Adán —muy pequeñín por entonces—, otras junto al reverendo —sin que ninguno de ellos sonriera demasiado—. Lo del lápiz de memoria tuvo que ser un descuido, pues en la casa no había ninguna otra foto de Fenella. No tenía en absoluto pinta de putón, sino la misma cara angulosa, los mismos ojos grandes y la misma mirada sincera que Adán.

Zab la encontró guapísima: se quedó prendado. Ansiaba hablar con ella y abrirle su corazón, contárselo todo. Ella sin duda se pondría de su lado, encontraría aquel ambiente familiar tan deleznable como él mismo. En su día, seguramente ya se lo había parecido: por algo se había ido de casa, ¿no? Y eso que no tenía pinta de ser de las que escapan, no parecía lo bastante fuerte.

A veces sentía celos al pensar que Adán era hijo de una mujer como Fenella, mientras que a él le había tocado en suerte Trudy. En momentos así, se dejaba llevar por el resentimiento que le provocaba la infalible capacidad de su hermanastro para eludir todo castigo y hacía que se las pagara cuando nadie estaba mirando: un cagarro en las sábanas, un ratón muerto en el lavamanos, un súbito chorro de agua fría cuando estaba en la ducha; en fin, trastadas de chavales. El reverendo había hecho una fortuna con sus acciones en compañías petroleras —por no hablar del pozo sin fondo de las donaciones de sus feligreses— y para entonces vivían en una casa enorme donde, por más que Adán gritara, el reverendo y Trudy jamás habrían llegado a oírlo; pero, en cualquier caso, su hermanastro no gritaba jamás: se contentaba con dirigirle una de aquellas miradas en las que se mezclaban el reproche y el perdón, lo que le resultaba diez veces más irritante.

A veces, se metía con Fenella para fastidiarlo: seguro que tenía tatuajes por todas partes, incluidas las tetas; que era adicta a la farlopa; que se había largado de casa con un motero... no, con toda una pandilla de moteros, y se lo montaba con todos ellos uno detrás del otro; que a esas alturas debía de estar haciendo la calle en Las Vegas, tirándose a drogadictos en las últimas y a chulos enfermos de sífilis. ¿Cómo podía decir tal sarta de barbaridades acerca de la mujer a quien tenía por su otro yo, por su ángel de la guarda, por la particular diosa de su olimpo o poco menos? Quién sabe.

Lo más curioso era que Adán ni se revolvía ni se inmutaba: se limitaba a sonreír con aire de listillo, como si supiera algo que él ignoraba por completo.

Tampoco se chivó jamás: incluso entonces, ya era propenso al secretismo. Pero bueno, en general se compenetraban y se llevaban bien. En el colegio —el Instituto Petropreparatorio, un centro privado sólo para chicos financiado por una de las macrocorporaciones petroleras— eran conocidos como los Mocosos de los Santos Petróleos, dada la relevancia de su padre. Sin embargo, nadie se metía con ellos sin más, no desde que Zab creció lo suficiente. A solas, Adán habría sido un blanco fácil, tan flacucho y esmirriado como era, pero si alguien le ponía un dedo encima, Zab lo zurraba de lo lindo. Sólo tuvo que hacerlo un par de veces: enseguida se corrió la voz.

# Las manos de Schillizzi

Adán y Zab formaban equipo para evadirse del incesante lavado de cerebro al que Trudy y el reverendo los sometían. ¿Para librarse de los castigos? No sólo: de cualquier cosa que apuntara a la santurronería y el fariseísmo, al Camino de los Santos Petróleos sobre el que Trudy y el reverendo no cesaban de darles la lata.

En el caso de Adán, la respuesta era mentir de una forma descarada. Su actitud de inocente corderito ojiazul engañaba a todo el mundo a excepción de Zab. Éste, por su parte, tenía los instintos de un ratero. Pasar tantas horas encerrado en el armario tenía su lado positivo, las horquillas para el pelo tenían su utilidad y no tardó en dominar secretamente la casa. Registraba los cajones y leía a hurtadillas los correos electrónicos de sus padres mientras ellos lo creían encerrado con llave entre los abrigos de invierno y los cacharros electrónicos obsoletos. Abrir puertas se convirtió en su afición favorita y, al poco, con ayuda de sesiones clandestinas en los ordenadores de la escuela además del tiempo libre invertido en la biblioteca pública, el pirateo informático se reveló como su vocación. En sus ensoñaciones, no existía puerta que no pudiese cruzar ni contraseña que no fuese capaz de descubrir, y la fantasía fue trocándose en realidad a medida que pasaban los años e iba ganando experiencia.

Al principio se limitaba a colarse en las páginas porno de pago y pirateaba tanto acid rock como música freak, todo ello prohibido por la Iglesia, ni que decir tiene: la Iglesia exigía una vestimenta púdica y votos públicos de castidad, y la música que promovía era más asquerosa que mil babosas gigantes llegadas del espacio exterior. Así que se ponía los auriculares y escuchaba a los Cadáveres Fosforescentes, a Cáncer de Páncreas o a las Tenias Albinas Bipolares, al tiempo que recorría la red en busca de partes astutamente desplegadas de cuerpos femeninos jóvenes y siempre nuevos, lo que no podía ser malo de por sí, teniendo en cuenta que aquellas chicas ya habían grabado los vídeos, así que él se limitaba a efectuar una especie de viaje en el tiempo sin causar nada.

Un día, cuando se creyó lo suficientemente preparado, decidió ir más allá y poner sus dotes a prueba de verdad.

La Iglesia de los Santos Petróleos empleaba siempre la última tecnología y contaba con una decena larga de cuentas en las redes sociales y sitios web para facilitar que los fieles aflojaran la pasta e hicieran donaciones veinticuatro horas al día siete días por semana. Se suponía que la seguridad de esas cuentas y páginas era de lo mejorcito, con dos capas de seguridad que el cibermangante en potencia debía franquear para echar mano al dinero, y sin duda funcionaba a la hora de mantener a raya a los ladrones informáticos, pero nada podía hacer contra un ataque efectuado desde dentro como el que Zab se las arregló para poner en práctica con éxito espectacular poco después de cumplir los dieciséis.

El talón de Aquiles del reverendo era que se creía invulnerable, así que era descuidado y, como no tenía buena memoria para las combinaciones de cifras y letras, anotaba las contraseñas en papelitos que escondía en lugares tan tontos que daban pena: en la cajita de los gemelos de sus camisas, por ejemplo, o en los zapatos de los domingos. *Hay que ser memo y antiguo*, pensaba Zab negando con la cabeza mientras sacaba el papelito, memorizaba las claves y volvía a dejarlo en su lugar.

Una vez en poder de las llaves del reino, lo primero que hizo fue desviar el flujo de donativos —no en su totalidad: sólo el 0,09 por ciento, achacable a un margen de error, ¡tampoco había perdido el juicio!— a distintas cuentas que había abierto, siempre asegurándose de que los donantes recibían el acostumbrado mensaje mezcla de agradecimiento untuoso y arenga eclesiástica cuya finalidad era que el primo de turno siguiera sintiéndose culpable, a las que se añadían una o dos pullas dirigidas a los enemigos jurados de Dios y de la Iglesia de los Santos Petróleos: «Las placas solares son la obra de Satán», «¿Por qué lo llaman "ecología" cuando quieren decir "tontología"?, «El diablo quiere que te mueras de frío en la oscuridad», «El calentamiento global es la patraña predilecta de los asesinos en serie».

Para ocultar sus cuentas, se inventó una identidad urdida a partir de elementos fragmentarios obtenidos mediante ataques por sorpresa a objetivos deficientemente defendidos: portales de *gaming* en 3D, páginas de organizaciones biobenéficas sacacuartos, como Adopta Un Pez, y los locales de pornografía virtual de MásAdentro en los centros comerciales de la periferia («La retroalimentación háptica te brinda una auténtica y estimulante sensación de piel contra piel. Di adiós a los gritos y gemidos fingidos, ¡esto es sexo de verdad! Precaución: no expongas los terminales electrónicos a la humedad, no los insertes en tu boca ni en otros orificios membranomucosos: hay riesgo de quemaduras graves»).

Zab no se sorprendió cuando, en el curso de una de sus expediciones por los bajos fondos de la red, descubrió que el mismísimo reverendo era aficionado a los servicios de MásAdentro, aunque él se contentaba con aliviarse en la intimidad del hogar —ni por asomo podía correr el riesgo de que lo vieran entrando en uno de aquellos establecimientos en los centros comerciales— y escondía los terminales receptores dentro de la bolsa con los palos de golf. También le gustaban las páginas especializadas en látigos, penetración con botellas y chamuscado de pezones, y le chiflaban las de recreación de famosas decapitaciones de la historia, que no eran precisamente baratas, pues los costos de vestuario y atrezo eran considerables («María Estuardo: una pelirroja tan caliente que chorrea hasta por el cuello»; «Ana Bolena: ¡la guarrilla que un rey se merece! Se lo monta contigo, con su propio hermano y con quien haga falta... Está preparada para perder la cabeza por ti»; «Catalina Howard: una zorra insolente a más no poder. Demuéstrale quién manda y pégale un buen corte», «Lady Jane Grey: una señoritinga virgen que está mal de la cabeza. ¡Así que fuera con ella! Venda opcional en los ojos»). Pero por fin podías hacer tu sueño realidad, asestar un mandoble con el hacha y estremecerte de placer al decapitar a una mujer («¡Divertido! ¡Histórico! ¡Educativo!»).

Si pagabas un extra podías decapitarlas desnudas, lo que se consideraba todavía más excitante. Zab, tras robar la contraseña del reverendo, probó unas cuantas veces para comparar entre las ejecuciones con ropa y sin ropa. ¿Qué tenía de fascinante una mujer desnuda de rodillas a punto de perder la cabeza? ¿Es que él era un desalmado, un psicópata o algo parecido? No: según le había contado Adán, a quien le gustaba leer sobre esos temas, a los psicópatas les faltaba un chip en el cerebro y, por tanto, eran incapaces de sentir empatía. Los gritos y las lágrimas no los conmovían en absoluto: para ellos no pasaban de ser unos ruidos molestos, de modo que no se sentían culpables ni perversos al hacer ese tipo de cosas, a diferencia de él mismo.

Sopesó la posibilidad de piratear el programa y modificar el código para que al asestar el hachazo no tuvieras la sensación correspondiente en las manos, sino en el cuello. ¿Qué se sentiría cuando el filo te traspasaba? ¿Te dolería o la conmoción mitigaría el dolor? ¿Sentirías un atisbo de empatía? Aunque un exceso de empatía podía resultar peligroso: igual se te paraba el corazón.

Aquellas mujeres desnudas y arrodilladas a punto de perder la cabeza ¿eran reales o no? Él pensaba que no, porque la realidad en la red era distinta de la realidad cotidiana, donde las cosas te hacían daño de verdad. Y tampoco iban a permitir que asesinaran a unas mujeres de carne y hueso en la pantalla, ¿no? Sin duda estaba prohibido. No obstante, los efectos especiales y el 3D eran tan alucinantes que agachabas la cabeza para esquivar el chorro de sangre.

Adán no le vio la gracia a estos pasatiempos cuando Zab cedió a la tentación de informarlo sobre la vida secreta del reverendo, una vida secreta que, hasta cierto punto, ahora también era la suya.

—Es un depravado —dijo.

—¡Pues claro! ¡De eso se trata! ¿Qué pasa, eres gay? —le espetó Zab, pero él se limitó a sonreír.

El reverendo seguramente necesitaba una válvula de escape para sus frustrados bajos instintos, pero a esas alturas Zab era demasiado grandullón y tenía demasiada mala leche como para que pudiera desahogarse con él: en una de ésas podía devolverle el golpe o el latigazo de turno, y en el fondo era un cobarde, por lo que los cintarazos, las ingestiones de orines y los encierros en el armario habían pasado a la historia. Trudy tampoco era una opción pues —a pesar de su interesado servilismo—, ni loca iba a dejar que le pusieran un ronzal de cuero o unos anillos de acero en los pezones, ni que la flagelasen con una palmeta o la obligaran a comerse sus propios excrementos. En cualquier caso, como la información es poder, Zab le dio gracias a la diosa Fortuna por haber encontrado en la red aquellos portales con retroalimentación háptica, tomó nota del número de visitas que había hecho el reverendo y tuvo buen cuidado de guardar esos datos, esa especie de regalo navideño anticipado, para su uso futuro. Entretanto, cabía la posibilidad de que el reverendo se las compusiera para electrocutarse poniéndose el terminal de MásAdentro en la polla —que se le reventaría como un perrito caliente olvidado en el fuego—. Si ese fiasco hilarante ocurría al final, no quería perdérselo por nada del mundo. Tonteó con la idea de modificar el cableado de los terminales hápticos para conseguir ese efecto preciso, pero no estaba seguro de cuánto voltaje se necesitaría para conseguir algo así, y si en lugar de morirse el reverendo sencillamente acababa requemado hasta las cejas si bien más o menos vivito y coleando él se encontraría con un problemón de los gordos: su padre sin duda adivinaría quién le había hecho aquella jugada.

A esas alturas, Zab era un experto en programación informática, y tenía tanta magia al teclado como Mozart al piano. Los códigos más complejos eran pan comido para él, se las arreglaba para atravesar los cortafuegos tal como los tigres del antiguo circo pasaban a través del aro en llamas: sin chamuscarse un pelo del bigote. Siguiendo unos cuantos pasos precisos, podía colarse sin dificultad en los archivos que contenían los libros de contabilidad de la Iglesia de los Santos Petróleos —la contabilidad oficial y la B, que era la de verdad—, y lo hacía de manera habitual. Siguió esa misma dinámica durante un par de años y los 0,09 por ciento fueron acumulándose. En paralelo, iba creciendo en estatura y tenía cada vez más vello en el cuerpo, un cuerpo que se trabajaba en el gimnasio del Instituto Petropreparatorio, donde tenía buen cuidado de no descollar en ningún tema, menos aún en informática, para que nadie sospechara que su capacidad para el pirateo en la red era verdaderamente estratosférica.

Su graduación sería en seis meses, ¿y qué iba a hacer entonces? Él tenía algunas ideas, aunque sus tutores legales también: el reverendo le había hecho saber que, mediante sus contactos, podía conseguirle un codiciado empleo en los campos de petróleo de los desiertos del norte conduciendo una de las máquinas colosales que procuraban grava bituminosa impregnada en crudo. Allí se haría todo un hombre, afirmaba sin terminar de precisar lo que para él era «todo un hombre» (¿un torturador de niños?, ¿un buscavidas y estafador religioso?, ¿un decapitador de féminas en la red?). Y no sólo eso, sino que el sueldo era realmente interesante: después de trabajar una temporada en aquellos parajes, podría decidir a qué iba a dedicarse el resto de la vida.

En realidad, esos buenos deseos ocultaban tres conclusiones que el reverendo se guardaba para sí: 1) quería que Zab se fuera muy lejos porque empezaba a tenerle miedo, y con razón; 2) con un poco de suerte, enfermaría de cáncer de pulmón, le saldría un tercer ojo o tal vez escamas de armadillo: en aquella región el aire era tan tóxico que las mutaciones sobrevenían en menos de una semana; y 3) Zab no era lo suficientemente inteligente: no podía compararse para nada con Adán, a quien habían enviado a la Universidad de Spindletop con la idea de que un día cogiera el testigo del fraudulento chanchullo eclesiástico de papá. Se había matriculado en Petroteología, Homilética y Petrobiología, y esta última asignatura, por ejemplo, te obligaba a aprender biología con vistas a refutarla, lo que exigía una notable capacidad intelectual de la que su hijo mayor —estaba implícito— carecía por completo. Esclavo en galeras: eso era lo indicado para él.

—Me parece una idea fantástica —opinó Trudy—. Tendrías que estar agradecido a tu padre por tomarse tantas molestias: no todos los hijos tienen un padre como el tuyo.

*Sonríe*, se ordenó Zab.

—Lo sé —respondió.

Zab echaba en falta a Adán y sospechaba que a su hermano le pasaba lo mismo. ¿Con quién más podían hablar sobre los insólitos retruécanos de sus vidas? ¿Quién más podía hacer una imitación tan tronchante de la oración del reverendo a san Anthony Francis Lucas, a quien Dios había revelado la existencia de los Santos Petróleos?

Cuando estaban lejos, se abstenían de comunicarse mediante mensajes de texto, llamadas telefónicas y cualquier otro medio electrónico: era bien sabido que internet era un auténtico coladero, y el reverendo seguramente estaría espiándolos; si no a Adán, por lo menos a Zab. Sin embargo, cuando Adán iba a casa de vacaciones, todo volvía a ser como siempre: Zab lo recibía poniéndole un batracio en el zapato, un artrópodo en la cajita de los gemelos o un par de erizos primorosamente dispuestos en el interior de los calzoncillos, aunque aquello tenía más de ejercicio nostálgico que otra cosa, pues ambos empezaban a ser demasiado mayores para esa clase de gansadas.

Cogían sus raquetas, salían a la cancha de tenis y fingían que jugaban para poder conversar entre murmullos cada vez que coincidían junto a la red. Zab quería saber si Adán por fin había echado su primer polvo, cuestión sobre la que éste se mostraba escurridizo y jamás llegaba a esclarecer. Adán, por su parte, tenía curiosidad por saber cuánto dinero le había birlado Zab a la Iglesia últimamente y cuánto había en sus cuentas secretas, pues compartían el firme propósito de desaparecer para siempre de la prodigiosa vida del reverendo tan pronto como reunieran los fondos necesarios.


Un día, durante las últimas vacaciones que Adán pasó en casa antes de licenciarse, Zab estaba sentado frente al ordenador en el despacho de su padre con unos finos guantes de goma, tarareando una canción por lo bajini mientras su hermano montaba guardia junto a la ventana por si el reverendo se presentaba al volante de su cochazo quemagasolinas, propio del magnate que era, o por si Trudy hacía otro tanto en su Minihummer.

—Tienes unas manos como las de Schillizzi —comentó Adán en el tono neutro de costumbre. ¿Lo decía como un cumplido o se trataba de una observación sin más?

—¿Schillizzi? —dijo Zab distraído, y enseguida añadió—: ¡La puta de oros! ¡El mamonazo del viejo se ha superado a sí mismo con los desfalcos! ¡Mira esto, joder!

—Preferiría que no profirieras tanta palabra malsonante —repuso Adán sin levantar la voz.

—Que te den —le espetó Zab de forma automática—. ¡Y mira, lo está metiendo todo en una cuenta de las islas Caimán!

—Schillizzi fue un célebre ladrón de guante blanco del siglo XX, especialista en abrir cajas fuertes —explicó Adán, quien, a diferencia de Zab, siempre se había interesado por la historia—. Nunca recurrió a los explosivos: lo hacía todo con las manos. Era extraordinario.

—Apuesto a que el vejestorio está planeando largarse —opinó Zab—. Puede que mañana mismo esté pimplando martinis en una playa tropical, rodeado de pibones a las que les va mucho el chupachup, y a los putos fieles los va a dejar tirados con los pantalones por los tobillos.

—Pues no será a las Caimán —aventuró Adán— porque hoy en día casi todo el archipiélago está bajo el agua. Los bancos de por allí se han trasladado a las Canarias, donde hay más montañas, sólo que siguen manteniendo los nombres corporativos que tenían en las Caimán; para preservar la tradición, supongo.

—¿Crees que se llevará con él a la fiel y caduca Trudy? —preguntó Zab.

Lo había sorprendido que Adán conociera los intríngulis del sistema bancario así de bien pero, la verdad, no era de sorprender: resultaba muy difícil saber lo que sabía Adán.

—No piensa llevársela —aseguró Adán—: últimamente le está saliendo muy cara. Pero ella sospecha lo que se trae entre manos.

—¿Y tú cómo sabes todo eso?

—Lo deduzco. A la hora del desayuno, Trudy lo mira con cara de sospecha cuando él vuelve la cara, y no hace más que darle la lata sobre las próximas vacaciones. «¿Cuándo vamos a irnos de vacaciones otra vez?», insiste. No hace más que traer muestras de pinturas y papeles pintados a casa porque sigue ambicionando hacer carrera como decoradora de interiores, lo que implica que ha empezado a hartarse de hacer de esposa modélica delante de los fieles. Piensa que ya ha aportado su granito de arena al negocio familiar y quiere ampliar sus opciones.

—Lo mismo que Fenella —observó Zab—: también ella quería ampliar sus opciones. Por suerte se largó a tiempo.

—Fenella no fue a ninguna parte —repuso Adán en su acostumbrado tono neutro—: está enterrada debajo del jardín de rocas.

Zab se volvió en la silla ergonómica del reverendo.

—¡¿Que está qué?!

—Aquí llegan —avisó Adán—. El uno detrás del otro, circulando en convoy. Apaga eso.

# La extraña pareja

—Repite lo que me has dicho —dijo Zab una vez que estuvieron en la cancha de tenis, donde nadie podía oírlos. Ninguno de los dos era muy buen tenista, pero fingían estar practicando el saque. Lado a lado, intentaban que la pelota superara la red, aunque muchas veces no lo conseguían. Años atrás, Zab había descubierto micrófonos ocultos en sus habitaciones. Durante un tiempo dudó si quitarlos o inutilizarlos, pero disfrutaba proporcionándole información sesgada o errónea al reverendo a través del dispositivo incrustado en la lámpara de su escritorio —unos datos que después le llegaban de vuelta desde el ordenador paterno— y decidió dejarlos donde estaban.

—Has oído bien: Fenella está enterrada debajo del jardín de rocas —reiteró Adán.

—¿Estás seguro?

—Vi cómo la enterraban desde la ventana, sin que ellos me vieran a mí.

—¿No fue...? No lo habrás soñado, ¿verdad? ¡Tenías que ser prácticamente un feto por entonces, joder! —dijo Zab, y enseguida notó la molestia de su hermano: no sólo no le gustaba el lenguaje soez, sino que nunca acababa de acostumbrarse a oírlo—. Quiero decir que por entonces eras un crío —se corrigió—. Los niños se inventan cosas... —Por una vez en la vida se sentía estremecido, alterado; le costaba pensar con claridad.

Si lo que decía Adán era cierto —¿y por qué iba a inventárselo?—, él estaba obligado a replanteárselo todo de arriba abajo: su pasado —lo mismo que su futuro— giraba en torno a Fenella, pero ahora resultaba que Fenella no era más que un esqueleto, que llevaba años muerta, así que no había nadie ahí fuera esperando para ayudarlo en secreto: nunca lo hubo. No habría ningún miembro de la familia a quien recurrir una vez que se las arreglara para dar con una vía de escape, cortar amarras y salir por piernas del campo de concentración en miniatura establecido por el reverendo. Se vería obligado a dar saltos mortales sin colchoneta, totalmente solo salvo por su hermano, medio chiflado como él mismo, que cualquier día de éstos podía venirle con sermones y santurronerías de su propia cosecha, pues tenía dotes para el asunto. Y entonces se encontraría sumido en un vacío absoluto, a solas en la oscuridad y el frío, como un astronauta que ha salido despedido de la nave en uno de aquellos viejos peliculones de la era espacial. Estrelló un pelotazo contra la red.

—Tenía casi cuatro años, me acuerdo a la perfección —afirmó Adán en aquel tono redicho que tanto recordaba al del reverendo y tanto le desagradaba a su medio hermano.

—Nunca me lo contaste. —Zab se acababa de llevar un disgusto: Adán no había llegado a confiar en él del todo, y le dolía: se suponía que eran un equipo.

—Porque te habrías ido de la lengua —repuso Adán—, y a saber qué habrían hecho esos dos. —Lanzó la bola al aire y la envió al otro lado de la red sin dificultad—. Igual habrías acabado enterrado bajo el jardín de rocas tú también, por no hablar de mí.

—Un momento —dijo Zab—. ¿Los dos...? ¿Estás diciéndome que Trudy estaba en el puto ajo?

—Te lo acabo de contar... y las palabrotas están de más.

—Lo siento, es esta puta bocaza que tengo. —Ni por asomo iba a permitir que Adán le dijera cómo tenía que hablar—. ¿La santita de Trudy?

—Es de suponer que algo se sacaría —indicó Adán con ese tono suyo de «estoy por encima de tus provocaciones»—; como poco, material para futuros chantajes. O quizá sencillamente quería quitar a Fenella de en medio para tener pista libre. Sabes bien que la Iglesia de los Santos Petróleos no permite el divorcio, y creo que por entonces ya estaba embarazada de ti.

De manera que él era el responsable de la muerte de Fenella simplemente por haber tenido la mala idea de ser concebido. Menuda mierda.

—¿Cómo lo hicieron? —preguntó—. ¿Le pusieron arsénico en el té o...?

*No la decapitarían,* pensó sintiéndose culpable. *No se habrían atrevido.*

—No lo sé: sólo tenía cuatro años. Vi cómo la enterraban y punto.

—Entonces, eso de que era una fulana enganchada a las pastillas que abandonó a su bebé y demás...

—Era tan sólo lo que la congregación quería escuchar —completó Adán—. Y se lo tragaron: las historias de malas madres siempre les gustan mucho.

—Quizá lo mejor sea llamar a SegurMort, decirles que envíen a gente con palas.

—Yo no me arriesgaría —repuso Adán—: en SegurMort trabajan un montón de petrobaptistas y en el consejo de la Iglesia hay unos cuantos peces gordos de las corporaciones petroleras. Tienen un montón de intereses comunes y coinciden en que hay que evitar escándalos. Un mero asesinato en el hogar no supone una amenaza para ellos, pero un escándalo sí porque les restaría credibilidad. Creo que preferirían decir que tú y yo somos unos perturbados, que estamos mal de la cabeza. Nos encerrarían y atiborrarían de pastillas, o bien se encargarían de que alguien cavara dos nuevas tumbas en el jardín de las rocas, como te decía hace un momento.

—¡Pero el reverendo es nuestro padre: somos sus hijos! —exclamó Zab, aunque enseguida se dio cuenta de lo pueril de su protesta.

—¿Y crees que eso lo detendría? —dijo Adán—. El dinero tiene precedencia sobre la sangre. Seguramente recibiría un oportuno mensaje divino sugiriéndole sacrificar a un hijo por un bien mayor. Acuérdate de Isaac. El reverendo está perfectamente dispuesto a rebanarnos el cuello y pegarnos fuego si Dios no provee un cordero para el holocausto.

Zab nunca había oído hablar a su hermano con una voz tan lúgubre.

—En fin —dijo; estaba casi sin aliento, y eso que apenas se habían movido—. ¿Por qué me cuentas todo esto ahora?

—Porque quizá ya hemos acumulado suficiente dinero con tus desvíos de fondos —respondió Adán—, y también es posible que la iglesia termine por descubrirlos en cualquier momento. Lo mejor sería desaparecer ahora que aún estamos a tiempo, antes de que te envíen a morir en uno de esos campos petrolíferos y digan que fue un accidente.

Zab se sintió conmovido: Adán estaba cubriéndole las espaldas. Siempre había sido más listo que él a la hora de verlas venir.


Aguardaron hasta el día siguiente. El reverendo tenía una reunión con el consejo de la Iglesia y Trudy se había marchado a un encuentro del grupo femenino de oración. Fueron en taxisolar a la estación y, conscientes de que el conductor estaba a la escucha —casi todos los taxistas eran confidentes, informales u oficiales—, se las arreglaron para darle a entender que Adán iba de regreso a Spindletop y Zab simplemente lo acompañaba para despedirse de él en la estación. La historia no tenía nada de particular.

En el cibercafé de la estación, Zab procedió a saquear las cuentas secretas del reverendo en las islas Caimán mientras Adán vigilaba con disimulo, poniendo su mejor cara de bonachón, por si alguien curioseaba de forma sospechosa. A continuación, Zab le envió un par de mensajes tortuosos a aquel capullo infecto teniendo mucho cuidado de que ningún posible ciberesbirro pudiese rastrear su origen con rapidez: primero, se coló en un vídeo publicitario de la página web de un desodorante para hombres y clicó en el depilado y reluciente ombligo del modelo —no era la primera vez que se infiltraba en ese agujero de gusano informático—; después, se dirigió a un portal de venta de utensilios para casas y jardines —muy apropiado— e hizo lo mismo en la imagen de una pequeña pala de jardinero: desde allí envió los dos mensajes. El primero afirmaba: «Sabemos quién está debajo de las rocas. No nos busques.» El segundo incluía detalles sobre las cantidades que el reverendo había robado de los fondos para beneficencia recaudados por la Iglesia de los Santos Petróleos y le hacía otra advertencia: «No salgas de la ciudad o todo esto se hará público. Haz tu vida de siempre y espera instrucciones.» El vejestorio de los cojones se quedaría con la idea de que contactarían con él otra vez para someterlo a un chantaje —la supuesta motivación de todo el asunto—, y se contentaría con mantenerse a la espera.

—Eso debería bastar —consideró Adán, pero Zab no resistió la tentación de agregar un tercer mensaje con los pagos al portal de las decapitaciones con retroalimentación háptica. La predilecta del reverendo era Juana Grey, aquella reina de Inglaterra que ocupó el trono durante sólo nueve días: la había descabezado quince veces por lo menos.


—Me gustaría estar delante cuando abra el correo —dijo Zab, ya en el tren—. Y sobre todo cuando vea que su botín en las Caimán se ha esfumado.

—Regodearse demuestra falta de carácter —dijo Adán.

—Que te den.

Pasó el viaje mirando el cambiante paisaje por la ventanilla: urbanizaciones con acceso restringido y vigiladas veinticuatro horas al día, como la que acababan de abandonar; cultivos de soja; instalaciones de fracturación hidráulica; centrales eólicas; y, en las barriadas de las plebillas, cuyas chabolas estaban edificadas con material de derribo, pilas de gigantescos neumáticos de camión, o de gravilla; pirámides formadas por retretes de loza desechados; montañas de basura con decenas de personas rebuscando entre los restos; y chavales de pie en los techos, en lo alto de los basurales y las pilas de neumáticos, haciendo ondear banderas hechas con vistosos plásticos de colores o volando rudimentarias cometas, o mostrándote el dedo índice en ademán retador.

Aquí y allá zumbaba en lo alto el ocasional dron con cámara incorporada, se suponía que para controlar el tráfico rodado registrando las idas y venidas de a saber quiénes, pero, según circulaba en la red, si alguien andaba tras de ti esos aparatos eran un mal presagio.

Sin embargo, el reverendo no estaba buscándolos, todavía no: en ese momento se encontraba almorzando con los del consejo, dando buena cuenta de la carne de cultivo y del acostumbrado plato fuerte: mojarra de piscifactoría.

*Chucu-chucu-chu, en el tren con el botín.*
*No mires atrás, que mamá está en el jardín...*

Eso canturreaba Zab. Esperaba que Fenella hubiera muerto instantáneamente, sin que el reverendo hubiera tenido la ocasión de llevar a la práctica alguna de sus obsesiones más repulsivas.

Adán dormía a su lado, todavía más pálido y flaco que cuando estaba despierto, aún más parecido a una de esas infumables estatuas alegóricas que representan la Prudencia, la Sinceridad, la Fe.

Zab estaba demasiado acelerado como para pegar ojo y, muy a su pesar, también estaba nervioso: habían franqueado una línea de alambre de espino, le habían robado al ogro y habían huido con su tesoro, así que se pondría furioso. Tendrían que estar atentos.

*¿Quién coño mató a Fenella?*
*Una puta sanguijuela.*
*Le dio una buena paliza*
*esa infame sabandija.*

*Todo se tiñó de negro,*
*procedieron a su entierro.*

Algo corría por su mejilla, se lo secó con la manga. *Prohibidos los lloriqueos*, se dijo. No iba a darle esa satisfacción al viejo.

Una vez en San Francisco, Adán y Zab decidieron separarse.
—No va a quedarse quieto —opinó Adán—. Tiene un montón de contactos y va a hacer sonar la alarma. Juntos llamamos más la atención.

Cierto, eran demasiado distintos: moreno y paliducho, corpulento y delgado; la gente se fijaba en ese tipo de contrastes. Además, era probable que la descripción del reverendo fuera de los dos juntos, no de cada uno aparte.

Zab se puso a canturrear por lo bajini:

*Vaya extraña pareja.*
*Es el cuento de la vieja:*
*siempre hay motivo de queja...*

—Deja de cantar tonterías —le dijo Adán—. Estás llamando la atención y además desafinas.

Era verdad.

En una de las plebillas, entraron en un comercio del mercado gris donde te alquilaban los artículos y efectos necesarios para dejar de ser quien eras. Zab se encargó de crearles nuevas identidades. No soportarían un escrutinio a fondo ni resistirían demasiado tiempo en condiciones, pero bastarían para la próxima etapa del viaje. Adán se dirigió al norte, Zab, al sur; ambos con la idea de esconderse.

Acordaron intercambiar mensajes en un punto del ciberespacio: la rosa soplada por los céfiros en una reproducción de *El nacimiento de Venus* de Botticelli publicada en el portal promotor del turismo en Italia. Al principio, Zab se decantaba por el pezón izquierdo de la diosa, pero Adán le dijo que ni hablar: era demasiado obvio. Entrar en contacto antes de seis meses sería otra torpeza flagrante, agregó: el reverendo era vengativo y sin duda estaría muy asustado durante un tiempo. Zab especuló sobre las posibles consecuencias de ese miedo y esa sed de venganza. ¿Qué haría él mismo si dos hijos suyos que se las daban de listos, y a los que nunca había soportado, se hubieran fugado llevando como salvoconducto sus secretos más vergonzosos? Sin duda sentiría rabia ante la traición. «¡Después de todo lo que he hecho por Adán... y por Zab! Cierto: castigaba mucho a este último, ¡pero por su bien!» Era de esperar que el viejo siguiera engañándose a sí mismo con ese tipo de mierdas fariseas.

Entre otras cosas, contrataría los servicios de un equipo CADIRA (Captura Digital Rápida). Esos especialistas cobraban una pasta, pero tenían fama de obtener resultados. En general, ponían en marcha un algoritmo de búsqueda de perfiles similares en la red, por eso era obligatorio que Adán y él se mantuvieran alejados del mundo digital, y cuanto más mejor. Nada de navegar, nada de comprar cosas, nada de publicar en las redes sociales, nada de hacerse los listos en los foros, nada de vídeos porno...

—Sencillamente, trata de no ser tú mismo —le aconsejó Adán al despedirse.

# En las profundidades de la plebilla

Zab se cortó el pelo, dejó de afeitarse el bigote y se compró unas lentes de contacto bastante a la última en el mercado gris (tirando a negro) que no sólo cambiaban el color de los ojos, sino que te producían astigmatismo y transformaban los rasgos del iris. Seguramente bastarían para los escáneres más normalitos, pero no quería correr riesgos, y el distorsionador de huellas dactilares marca Deditos sin Datos era de pésima calidad, así que mejor evitar los trenes de alta velocidad, donde, además, viajaba sobre todo gente que seguía creyendo en la legalidad de la ley y el orden del orden establecido, por lo que estarían perfectamente dispuestos a informar de cualquier detalle sospechoso, tal como se les sugería hasta la extenuación.

Probó a viajar por carretera y consiguió llegar hasta San José, bastante más al sur, haciendo autostop en las áreas de descanso Parada y Fonda y esforzándose en aparentar más años de los que en realidad tenía. Más de un transportista insinuó la posibilidad de cobrarse el viaje con una mamada, pero él ya era lo bastante fornido como para que la cosa no pasara a mayores.

Otro peligro eran las profesionales de los bares de carretera, siempre a la busca de un trabajito rápido. Él sólo había probado el sexo en la red, a través de los portales con retroalimentación háptica: aún no estaba preparado para la carne de verdad. Además, no le convenía relacionarse con nadie, ni que fuera unos minutos, y a saber cuántas de esas mujeres comerciaban con información, además de hacerlo con sus cuerpos. Algunas no tenían en absoluto cara de pasar hambre e iban sospechosamente bien vestidas.

Eso por no hablar de los riesgos de enfermedades: lo último que necesitaba era verse de pronto inmovilizado en un hospital (suponiendo que aceptaran su documento de identidad) o que uno de los matones encargados de la seguridad le pegara una paliza (suponiendo que no lo aceptaran, que era lo más probable). Una vez que le arrancaran la verdad a palos, les faltaría tiempo para llamar al reverendo, lo echarían del hospital de inmediato y hasta era posible que lo transportaran esposado con bridas de plástico al hogar familiar, donde éste le cantaría las cuarenta: «Voy a enseñarte a respetarme, Dios me ha dado autoridad sobre ti y Él te detesta porque eres moralmente repulsivo. Pide perdón, arrodíllate y bebe lo que hay en el cubo. Ahora échate al suelo y pásame el listón de madera; si lo que necesitas es que te sacuda más fuerte aún, voy a hacerte aullar, ya lo creo que sí», etcétera, etcétera: la típica letanía sadicorreligiosa de aquel pervertido sin remedio, los acostumbrados jueguecitos de antes de acostarse.

El reverendo no se daría por satisfecho hasta dejarlo moral y físicamente destrozado, indefenso, tembloroso... Su destino sería el jardín de rocas, por supuesto, pero antes haría que traicionase a Adán y le revelase el camino digital que llevaba hasta él. Lo obligaría a dejarle en la red mensajes instruyéndolo a no revelar sus fechorías económicas y sexuales y solicitándole que se reuniera con él cara a cara y cuanto antes para explicárselo todo. Zab no se hacía ilusiones sobre su capacidad para resistir la clase de cosas que el reverendo y quienes lo ayudaran estarían encantados de hacerle.

Ésas serían las consecuencias de ir a parar al hospital por pillar algo en la entrepierna; la alternativa —no pasar por el hospital— tampoco era muy atrayente que digamos: infección en la polla, apergaminamiento del nabo, putrefacción peniana. En internet había un montón de páginas al respecto con fotos, en las que preponderaban el verde y el amarillo, y que te dejaban temblando de miedo, razón más que suficiente para hacer caso omiso de los tentadores cantos de las sirenas que pululaban por las áreas de descanso Parada y Fonda, por muy firmes que fueran los muslos que asomaban bajo los minúsculos pantalones cortos de polipiel rojo chillón, por altos que fueran los tacones de sus botas de plataforma de falso lagarto, por osados que resultasen sus tatuajes de dragones y calaveras, por bien implantadas que estuvieran las dos mitades de melón que rebosaban de sus tops negros de satén como si estuvieran hechas con masa de repostería pasada de levadura. Zab en realidad nunca había visto de cerca cómo se hacía el pan, pero sí que había visto algún que otro vídeo recóndito protagonizado por alguna mamá-ama de casa a la antigua. Al ver aquellas imágenes le habían entrado ciertas ganas de llorar sin saber bien por qué. ¿Alguna vez Fenella había hecho pasteles? Porque estaba claro que Trudy no había hecho uno solo en la vida.

Aquellas beldades con la pintura corrida en los labios, los ojos inyectados en sangre por el crack y el vientre flácido lo miraban y le espetaban:

—¿Qué haces tan solo, chicarrón? ¿Qué me dices de uno rápido detrás del quiosco de los dónuts?

Zab no respondía esto: «Mejor mañana», ni «Me gustaría, pero tengo cosas que hacer; otra vez será», ni tampoco: «¡¿Estás loca?!» Simplemente no decía ni pío.

Por si no bastara con el riesgo de enfermedades venéreas, tampoco estaba acostumbrado a navegar por los bajos fondos de las plebillas, y no quería seguir a una desconocida a un callejón oscuro, entrar en un motelucho de mala muerte e ir a parar a un cuarto lleno de chinches de donde bien podía salir en camilla o en un saco de tela plástica para cadáveres, y eso si llegaba a salir, porque lo más seguro era que dejasen su cadáver tirado en un solar para que las ratas y los buitres se encargasen de él. Ahora que habían privatizado casi todos los antiguos servicios públicos, no salía a cuenta enterrar debidamente a un vagabundo como él, ni aprehender —les encantaba usar esa palabreja: *aprehender*— a los rufianes que lo habían acuchillado para sacarse algo de calderilla.

Ni su envergadura física ni su incipiente bigotito eran de mucha ayuda a la hora de pasar desapercibido: era un extraño, un pardillo, un blanco fácil. Lo verían a la primera, y harían cola para buscarle las cosquillas. Las plebillas nada tenían que ver con los patios de escuela, en los que la corpulencia sí que importaba. («Cuanto más altos, más dura es la caída», le había soltado algún que otro renacuajo insolente. «Sí», solía replicarles, «pero los más bajitos caen con más frecuencia», y los aplacaba con una simple colleja: ni siquiera tenía que recurrir a los puños.)

En los bajos fondos incluso era improbable que las provocaciones verbales antecedieran a la pelea: nada de azuzar o injuriar a la víctima, allí te clavaban la faca o te rajaban la cara de buenas a primeras, y hasta podían pegarte un balazo con una de aquellas armas de fuego obsoletas que seguían en circulación pese a estar prohibidas. En la red explicaban que había que tener especial cuidado con las bandas de los Testapelusa y los Lomoahumados, por no hablar de los Fusión Oriental o los Tex-Mex, que habían aprendido montones de trucos atroces cuando las guerras contra el narco: cercenar cabezas o colgar cadáveres desmembrados en las marquesinas de los antiguos cines. Zab se imaginaba que habría un montón de tex-mex rondando por las áreas de descanso Parada y Fonda situadas más al sur, más cercanas a su territorio.

A pesar de sus reservas —de sus miedos, mejor dicho—, Zab tenía claro que a corto plazo no había mejor lugar para moverse sin dejar huellas que los barrios peligrosos de la ciudad. No convenía gastar demasiado dinero o los chacales acudirían atraídos por el olor: era lo bastante listo para saberlo. De manera que, una vez en San José, se mantuvo alejado de los bares y se confundió con la masa de marginales que pululaban por las plebillas menos recomendables como ratas por un contenedor, pugnando entre sí por hacerse con las migajas que pudieran conseguir.

. . .

Pasó un tiempo trabajando en un establecimiento de la cadena SecretBurgers sirviendo hamburguesas elaboradas con cuasicarne. Eran diez horas al día por menos del salario mínimo y estaba obligado a vestir la camiseta de la compañía y un gorrito absurdo, pero eso sí: los de SecretBurgers no hacían muchas preguntas acerca de tu pasado. Además, daban protección a los empleados contra las bandas callejeras y solían comprar a los chivatos —tanto profesionales como vocacionales—, así que nadie se metía con él. Le daban lástima las empleadas: cobraban menos, estaban obligadas a vestir camisetas ceñidas y tenían que soportar los embates de clientes y gerentes. Tendrían que haberles dado una especie de viseras de plástico rígido a modo de armaduras para las tetas.

Esa lástima, sin embargo, no le impidió vivir el primer, ansiado, encuentro carnal con una de las cárnicas muñecas empleadas en SecretBurgers, una morena llamada Wynette con unos ojazos surcados de ojeras en los que se adivinaba el hambre. Además de su atrayente personalidad, un eufemismo, reconoce hoy, para su magro coñito, que fue lo que lo atrajo de verdad —y se disculpa, pero es que no hay otra cuando eres un adolescente repleto de testosterona: así funciona la naturaleza ¡y además pensaba que estaba enamorado, joder!—, Wynette contaba con la ventaja adicional de un cuarto propio, si bien diminuto.

Casi ninguna de las chicas de SecretBurgers podía permitirse tan exorbitante lujo: vivían en pisuchos atestados, okupaban caserones medio en ruinas o hacían la calle en sus horas libres para mantener al niño, al yonqui de la familia o al chulo forrado de quincallería. Pero Wynette se andaba con cautela, era frugal y no malgastaba, por lo que podía costearse cierta privacidad. Su cuarto estaba sobre una tienda de la esquina, un badulaque que vendía un alcohol con sabor a mezcla de meados de trol y aguarrás, pero Zab por entonces se contentaba con poca cosa, por lo que acostumbraba a llevarse una botella para trabajarse un poco a Wynette antes del sexo, pues, como ella misma decía, un trago la ayudaba a relajarse.

—¿Te gustaba? —pregunta Toby.

—¿El alcohol?

—No, el sexo con Wynette. ¿Era tan bueno como decapitar a Juana Grey?

—Estás mezclando peras con manzanas —le contesta Zab—. No tiene sentido comparar.

—Inténtalo, anda —insiste ella.

—Venga, vale. Lo de Juana Grey lo podías repetir una y otra vez; la realidad es diferente. Y ya que tanto te interesa saberlo, las dos cosas tienen su gracia, cada una en su momento, aunque también pueden ser decepcionantes.

# La mejoría de Hombre de las Nieves

# Una sábana con estampado de flores

El sol irrumpe por el ventanuco del cubículo y la despierta. Oye el canto de los pájaros, las voces de los niños craker, el balar de las mohairs: todo hace pensar en la felicidad. Se sienta en el camastro e intenta recordar qué día es. ¿La Festividad de la Cianófita? *Gracias, Señor, por la cianófita, esa humilde alga verdeazulada en la que pocos se fijan, pues gracias a ella, hace millones y millones de años —lapso que para ti no es más que un abrir y cerrar de ojos—, llegó a formarse nuestra atmósfera rica en oxígeno, sin la cual no podríamos respirar, ni nosotros ni las demás zooformas que habitan la tierra, tan variadas y hermosas, tan nuevas siempre que, cada vez que posamos los ojos en ellas, tenemos un atisbo de tu gracia...*

O igual no, quizá hoy era Santa Jane Goodall. *Gracias, Señor, por bendecirnos con la vida de Santa Jane Goodall, intrépida amiga de los divinos seres de la selva, quien corrió tantos peligros y sufrió tantas picaduras de insectos en su empeño por salvar la brecha entre las especies y cuyo amor y dedicación a nuestros primos cercanos los chimpancés nos llevó a entender el valor de los pulgares oponibles y los dedos gordos de los pies, así como nuestros propios, profundos...*

*Nuestros propios, profundos... ¿qué?* Toby se esfuerza en dar con lo que sigue. Cada vez tiene peor memoria: tendría que anotar ese tipo de cosas, y llevar un diario como cuando estaba en InnovaTe. Incluso podría ir más allá y registrar las costumbres y los dichos de los Jardineros de Dios, hoy desaparecidos, de cara al futuro, «para las generaciones venideras», por utilizar la expresión que los políticos de antaño solían usar cuando andaban en busca de votos. Si es que hay generaciones venideras, claro; y que sepan leer, además. «Muy largo me lo fiáis», dice el dicho: ambas cosas son poco probables. Y si aún queda gente que sepa leer, ¿quién va a estar interesado en las peripecias de un culto oscuro y tirando a ecoloco que en su día fue prohibido y más tarde se desbandó?

Quizá fingir que cree en la posibilidad de un futuro contribuiría a crearlo: los Jardineros acostumbraban a sostener este tipo de cosas. No tiene papel a mano, pero puede pedirle a Zab que le lleve unas hojas la próxima vez que vaya a cosechar. Papel que no esté mojado, claro, ni mordisqueado por los ratones ni comido por las hormigas. También necesitaría lápices, o al menos un bolígrafo o un rotulador. Entonces podría ponerse con el asunto.

Aun así, no es fácil concentrarse en la posibilidad de un futuro: está demasiado inmersa en el presente. En el presente está Zab, puede que en el futuro no.

Ansía la llegada de la noche. Quisiera saltarse el día que acaba de empezar y sumergirse de lleno en la noche como quien se tira a una piscina en la que se refleja la luna. Ansía nadar en esa líquida luz lunar.

Pero vivir por y para la noche tiene sus peligros: las horas del día se tornan irrelevantes. Te puedes volver descuidada, pasar cosas por alto, perder el hilo. Últimamente hay días en los que de pronto se ve en medio de una habitación con una sandalia en la mano, preguntándose cómo ha ido a parar allí; o fuera, al pie de un árbol, se descubre contemplando las hojas que se mecen y se dice: *Muévete, vamos. Tienes que...* sin recordar qué es lo que tenía que hacer tan urgentemente.

No le pasa solamente a ella, y su intensa vida nocturna no es la única causa. Se ha fijado en que otros también andan medio atontados. De pronto se detienen sin venir a cuento, como si estuvieran escuchando a alguien que no está ahí, y momentos después sacuden la cabeza y se fuerzan a volver al universo tangible, se ponen a trabajar en el huerto, el vallado, las placas solares, el adosado del caserón... Resulta muy tentador dejarse llevar por la inercia, como se diría que hacen los crakers, quienes no tienen calendarios, festividades ni plazos límite, ningún objetivo a largo plazo.

Toby recuerda bien ese ánimo desvaído: se adueñó de ella mientras estuvo encerrada en InnovaTe a la espera de que se acabara la pandemia que estaba matando a todos los demás, y luego —cuando dejaron de oírse lloros, súplicas y puños que llamaban a la puerta, cuando ya nadie caía muerto en el césped— a la espera de una señal que le indicara que alguien más seguía con vida, a la espera de que el paso del tiempo volviese a cobrar sentido.

Se aferraba a una rutina: se obligaba a comer y beber lo necesario, llenaba las horas con pequeñas ocupaciones, escribía su diario. Se esforzaba en rechazar las voces que pugnaban por irrumpir en su cabeza, como es común cuando estás sumida en la soledad, en resistir la tentación de marcharse sin rumbo fijo, de deambular y perderse en los bosques, de abrirle la puerta a lo que fuera que fuese a sucederle o, más probablemente, a matarla, a ponerle punto final a todo.

Era como un trance, como un episodio de sonambulismo: «Ríndete», oía, «baja los brazos; *fúndete con el universo: está en tu mano.* Era como si algo o alguien le susurrara una cosa, tentándola a adentrarse en la oscuridad: «Ven aquí, anda. Acaba con todo. Será un alivio. Te sentirás plena por fin, y no dolerá mucho.»

Se pregunta si esa clase de voces empiezan a resonar en los oídos de los demás. Los ermitaños en el desierto las oyen, al igual que los prisioneros en las mazmorras. Pero quizá nadie esté oyéndolas ahora mismo: el caserón nada tiene que ver con el balneario InnovaTe ni es una celda de aislamiento: todos cuentan con otros, están acompañados. Y aun así, por las mañanas se sorprende a sí misma contando las cabezas a la vista para cerciorarse de que todos los maddaddámidas y los antiguos Jardineros siguen allí, que ninguno se ha ido a hurtadillas en mitad de la noche para adentrarse en el laberinto de hojas y ramas, de cantos de pájaros y soplar del viento, de silencio.

Unos golpecitos resuenan en la pared, junto a la puerta.

—¿Estás ahí dentro, oh, Toby? —Es el pequeño Barbanegra, que acude para ver si está bien. Quizá en algún sentido comparte sus miedos y no quiere que desaparezca.

—Sí —responde—, aquí estoy. Espera un segundo.

Corre a ponerse la sábana del día, menos austera y geométrica de lo acostumbrado, más sensual, con un estampado de flores: grandes rosas rojas con los tallos entrelazados. ¿Está siendo presumida? No, es una forma de celebrar su nueva vida, ésa es su excusa. ¿No está hecha un adefesio, una mujer madura disfrazada de quinceañera? Es difícil saberlo sin la ayuda de un espejo. Lo primordial es mantener los hombros erguidos, andar con paso firme. Se pasa los dedos para meterse el pelo detrás de las orejas, se hace un moño. *Ahí, ahí, nada de melenas al viento: hay que mostrar algo de moderación.*

—Voy a llevarte junto a Jimmy de las Nieves —dice Barbanegra dándoselas de importante, una vez que ella está lista—. Así puedes ayudarlo con los gusanos. —Se siente orgulloso de la palabra recién aprendida, por lo que la repite—: ¡Los gusanos! —Sonríe de oreja a oreja—. Los gusanos son buenos: los hizo Oryx. A nosotros no nos harán daño. —Levanta la vista y examina su rostro para asegurarse de que lo ha entendido todo bien, vuelve a sonreír y agrega—: Y pronto Jimmy de las Nieves dejará de estar enfermo. —La coge de la mano y tira de ella hacia la puerta. Se ha convertido en su pequeña sombra y se toma su misión muy a pecho: no pierde detalle.

*Si hubiera tenido un hijo, ¿sería como él?*, se pregunta Toby. *No, no sería como él. No te lamentes.*

• • •

Jimmy sigue dormido, pero tiene mejor color y menos fiebre. Toby le da unas cucharadas de miel rebajada con agua y luego el elixir de hongos. El pie se le está curando, muy pronto los gusanos ya no serán necesarios.

—Jimmy de las Nieves está caminando —le dicen los crakers que están cuidando de él esta mañana, tres hombres y una mujer—. Está caminando muy rápido dentro de su cabeza, no tardará en llegar.

—¿Llegará hoy? —pregunta ella.

—Hoy, mañana —responden—. Pronto. —Le sonríen.

—No estés preocupada, oh, Toby —afirma la mujer—: Jimmy de las Nieves ahora está a salvo. Crake nos lo está enviando de vuelta.

—Y Oryx también —añade el más alto de los tres varones.

*¿Abraham Lincoln, se llama?*, se pregunta Toby. Se reprocha no haberse aprendido sus nombres.

—Oryx les ordenó a sus hijos que no le hicieran daño —explica la mujer craker.

*¿Cómo era? ¿Emperatriz Josefina?*

—Aunque su pis es flojo. Al principio, no entendían por qué no podían comerse a Hombre de las Nieves.

—Nuestro pis es fuerte, el pis de nuestros hombres, y los hijos de Oryx entienden que no deben comernos.

—Los hijos de Oryx con dientes afilados se comen a los de pis flojo.

—Y también los que tienen grandes colmillos, a veces.

—Y los que son enormes y con garras, como un oso. Nosotros nunca hemos visto un oso. Zab se comió uno, él sí sabe cómo es un oso.

—Pero Oryx les dijo que no se lo comiesen.

—Que no se comiesen a Jimmy de las Nieves.

—Crake envió a Jimmy de las Nieves para que cuidase de nosotros, y Oryx también lo envió.

—Sí, Oryx también lo envió —convienen los demás.

Uno de ellos empieza a cantar.

# Cosas de chicas

La mesa del desayuno está muy animada esta mañana. Pico de Marfil, Manatí, Tamarao y Zunzuncito han limpiado sus platos y están enfrascados en una conversación acerca de epigenética. ¿Hasta qué punto el comportamiento de los crakers responde a la herencia, hasta qué punto es de origen cultural? ¿Tienen siquiera una cultura propia, ajena a la simple expresión de sus genes, o son como las hormigas? ¿Y esa costumbre de cantar? Sí, claro, tiene que ser una forma de comunicación, pero ¿con finalidad territorial, como el canto de los pájaros, o podría describirse como arte? Esto último seguramente no, dice Pico de Marfil. Crake, aduce Tamarao, jamás consiguió explicar esos canturreos, y de hecho no le gustaban, pero fue incapaz de eliminarlos sin correr el riesgo de producir individuos sin capacidad afectiva, sin libido, destinados a extinguirse en poco tiempo.

El ciclo de apareamiento es evidentemente genético, asegura Zunzuncito, al igual que los cambios en la pigmentación abdominal y genital femenina que denotan el estado de celo, así como sus equivalentes masculinos, lo que redunda en los actos polisexuales. Lo del «estado de celo» es propio de los animales, observa Pico de Marfil, de los ciervos o las ovejas. En el caso de los crakers, ¿el fenómeno varía según las circunstancias? No tuvieron ocasión de hacerles pruebas en la cúpula del Paralíseo, y todos están de acuerdo en que fue una lástima porque habrían podido crear algunas variantes y estudiarlas a fondo, como subraya Manatí. Crake lo sometía todo a un estricto control, recuerda Tamarao, gobernaba con mano de hierro, y también era muy dogmático: no quería ni oír hablar de las ideas ajenas sobre posibles mejoras. Él, y sólo él, estaba en situación de mejorar la especie, y lo último que quería era que su experimento estelar se fuera al garete por la introducción de segmentos posiblemente inferiores, dice Zunzuncito, porque los crakers estaban destinados a ser una fabulosa fuente de ganancias; al menos eso decía, apunta Tamarao.

—Una trola tras otra, está claro —dice Zunzuncito.

—Ya, aunque conseguía resultados —repone Pico de Marfil.

—Y vaya unos resultados —afirma Manatí—. El muy cabrón.

—La cuestión no es tanto cómo, sino por qué. —Pico de Marfil mira al cielo como si Crake fuese a responder enviando una tormenta con rayos y truenos—. ¿Por qué lo hizo? ¿Cómo se explica lo del virus mortal en las pastillas Gozza-Pluss? ¿Por qué se propuso extinguir a la especie humana?

—Es posible que estuviera muy muy pasado de vueltas —aventura Manatí.

—Supongamos... es una hipótesis, solamente para hacerle justicia... que pensaba que el mundo entero estaba fatal —propone Tamarao—. El ser humano estaba acabando con la biosfera, las temperaturas no hacían más que subir...

—Y si los crakers eran su solución, se sentiría obligado a protegerlos de los humanos como nosotros, de nuestra agresividad rayana en lo homicida —opina Pico de Marfil.

—Ésa es la clase de cosas que piensan los putos megalómanos como él —dice Manatí.

—Seguramente pensaba que los crakers eran una especie de pueblo indígena —considera Pico de Marfil—, y que el *Homo sapiens sapiens* venía a ser el equivalente de los codiciosos y rapaces conquistadores de otros tiempos. Y ahora que lo pienso, en cierto sentido...

—A ver, también produjimos a Beethoven —recuerda Manatí—, y las principales religiones del mundo, entre muchas otras cosas. Me temo que estos memos lo tienen mal para crear cosas parecidas.

Nogal Antillano está sentada a la mesa con ellos y los mira con atención, pero sin escuchar, al menos en apariencia. Toby se dice que si hay alguien que escucha voces, tiene que ser ella. Es una linda muchacha, quizá la más guapa de todos los maddaddámidas. El día anterior propuso practicar yoga y meditación en grupo por las mañanas, pero nadie le hizo caso. Hoy viste una sábana gris con estampado de lirios blancos y lleva el cabello negro recogido en un moño.

Amanda, también a la mesa, sigue pálida y apática. A su lado, Lotis Azul y Ren la cuidan, intentan que coma algo.

Rebecca bebe una taza de lo que han convenido en llamar «café». Se vuelve hacia Toby cuando ésta se sienta.

—Hay jamón, otra vez —le dice—, y crepes con kudzu. Ah, y también hay Choconutrino, si te apetece.

—¿Choconutrino? —repite Toby—. ¿De dónde lo habéis sacado?

El Choconutrino apareció poco después de que la cosecha mundial de chocolate se fuera al garete. Lo lanzaron, un poco a la desesperada, como un cereal de sabor más o menos aceptable para el desayuno de los niños. Se decía que contenía soja requemada.

—Zab, Rino y Shackie lo cosecharon por ahí —explica Rebecca—. No es fresco, desde luego: más vale no fijarse en la fecha de caducidad. Lo mejor es comérselo cuanto antes.

—¿Tú crees? —pregunta Toby.

Los Choconutrinos están en un cuenco. Son como pequeños guijarros de color marrón que parecen proceder de Marte. La gente comía ese tipo de cosas sin parar, recuerda ella: a nadie se le ocurría que un día podría no haber más.

—Es la última oportunidad de probarlos —dice Rebecca—, algo así como un viaje nostálgico. En su momento yo también los encontraba asquerosos, pero con leche de mohair no están del todo mal, y están enriquecidos con vitaminas y minerales, al menos eso es lo que pone en la caja. Así que podemos librarnos de comer barro una temporada.

—¿Barro? —pregunta Toby intrigada.

—Ya sabes, por los oligoelementos —responde Rebecca.

Toby a veces no sabe si habla en broma o no. En todo caso, prefiere las crepes con jamón y kudzu.

—¿Dónde están los demás? —pregunta en tono deliberadamente neutro.

Rebecca hace el recuento: Crozier ya ha terminado de desayunar y se ha ido a pastorear las mohairs con Beluga y Shackleton cubriéndole las espaldas armados con un pulverizador. Rinoceronte Negro y Katuro montaron guardia por la noche, así que están durmiendo.

—¿Y Zorro del Desierto? —pregunta Toby.

—Está tomándose su tiempo —le contesta Rebecca—. Aún duerme. Anoche la oí retozar entre los arbustos con un caballero o dos.

Su sonrisa dice: «Lo mismo que tú.»

Zab aún no ha aparecido y Toby contiene las ganas de mirar en derredor. ¿Seguirá dormido también?

Casi se ha terminado ya su pseudocafé amargo cuando Zorro del Desierto llega y se sienta a la mesa. Viste una camisola de muselina clara y pantalones cortos, lleva un gorro flexible verde y rosado, y el pelo recogido en dos coletas sujetas por sendos broches Hello Kitty. Diríase que va disfrazada de colegiala, *cosa que antaño no hubiera osado hacer*, piensa Toby. En su día fue una prestigiosa especialista en genética, y el temor al ridículo y el descrédito la obligaban a vestir como una adulta para dejar bien clara su posición en la sociedad. Ahora que aquel prestigio y aquella posición se han esfumado para siempre, ¿qué es exactamente lo que quiere comunicar con su atavío?

*No seas tan dura con ella*, se dice Toby. No hay que olvidar que también asumió unos riesgos enormes: trabajaba de manera encubierta para los maddaddámidas, a los que proporcionaba información, antes de que Crake la raptara, la enfundara en una bata blanca y la pusiera a trabajar a sus órdenes en la cúpula del Paralíseo, junto con los demás maddaddámidas secuestrados, que eran casi todos.

Pero no Zab: Crake nunca consiguió darle caza y someterlo porque Zab era un experto en borrar sus huellas.

—Hola a todos —dice Zorro del Desierto mientras estira los brazos proyectando los pechos en dirección a Pico de Marfil—. ¡Ah...! ¡Me volvería a acostar ahora mismo! Espero que hayáis dormido bien; ¡yo no, joder! Tenemos que hacer algo con los insectos.

—Aún queda algo de ese mejunje de cítricos en aerosol —responde Rebecca.

—El efecto no dura mucho, y entonces vienen los bichos, te pican y te despiertan, y empiezas a oír a la gente hablar o hacer lo que sea que estén haciendo, como en uno de esos moteluchos de baja estofa con los tabiques de cartón piedra. —Vuelve a sonreírle a Pico de Marfil ignorando a Manatí, quien no cesa de mirarla con los labios apretados y fruncidos.

¿Esa mirada es de desaprobación o de deseo? Toby no sabría decir. En el caso de algunos hombres, no es fácil discernir la diferencia.

—No estaría de más implantar un toque de silencio —prosigue Zorro del Desierto mirando a Toby de soslayo.

Esa mirada suya dice bien a las claras: «Esta noche te he oído. Si una matrona tan ajada como tú se empeña en hacer el ridículo y darse al sexo, ¿es mucho pedir que por lo menos le pongas sordina al asunto?» Toby advierte que se ha ruborizado.

—Mi querida señorita —dice Pico de Marfil—. Espero que nuestros acalorados debates nocturnos no te hayan despertado. Manatí, Tamarao y yo estuvimos...

—Vamos, vamos. No me refiero a vosotros, ni tampoco a un debate —zanja Zorro del Desierto—. ¿Eso de ahí son Choconutrinos? Recuerdo que una vez, por la época en que aún tenía resacas, vomité un tazón entero.

Amanda se levanta del asiento, se tapa la boca con la mano y sale corriendo. Ren la sigue.

—Esa chica no está bien —dice Zorro del Desierto—. Yo creo que no le funciona la cabeza. ¿Siempre fue así de mema?

—Sabes lo que le ocurrió, ¿no? —le pregunta Rebecca frunciendo el ceño.

—Sí, claro, pero ya va siendo hora de que pase página y se ponga a trabajar como hacemos los demás, ¿no?

Toby se indigna: Zorro del Desierto siempre remolonea cuando tiene que hacer las tareas de la casa, y en su vida ha estado en contacto con un paintbalista. No la han utilizado como si fuera una prostibot, no la han llevado atada de una correa como una perra, no han estado a punto de reventarle las tripas. Amanda vale lo que diez como ella. Pero, dejando todo eso aparte, Toby comprende que se siente resentida por sus malintencionadas indirectas de hace un minuto, y que tiene envidia de su camisola de muselina y de esos pantalones cortos que tan bien le sientan. Por no hablar del armamento pectoral que utiliza a discreción, en combinación con las coletas de niñita. *No pegan con las patas de gallo*, tiene ganas de decir en voz alta. *Los bronceados pasan factura*.

Zorro del Desierto vuelve a sonreír, pero no a Toby, sino más allá de ella. Es toda una exhibición de dentadura y hoyuelos en las mejillas.

—Hola... —dice en voz más queda.

Toby se vuelve en la silla: Rino y Katuro acaban de llegar. Y Zab, claro está.

—Buenos días a todos —saluda Zab sin dirigirse a Zorro del Desierto en particular, ni tampoco a Toby: la noche es la noche y el día, el día—. ¿Alguien quiere alguna cosa? —pregunta—. Vamos a salir a recorrer la zona durante un par de horas para echar un vistazo. Pasaremos por un par de tiendas.

No explicita la verdadera naturaleza de la salida, ni falta que hace: todos saben que va en misión de patrulla, a buscar huellas de los paintbalistas.

—Bicarbonato —pide Rebecca— o levadura en polvo, cualquiera de las dos cosas. Si vais a entrar en un minisúper...

—¿Sabéis que el bicarbonato procede de unos depósitos de trona que hay en Wyoming? —dice Pico de Marfil—. Antes procedían de allí, por lo menos.

—¡Ay, Pico de Marfil! —exclama Zorro del Desierto sonriéndole—, a tu lado no hay Wikipedia que valga.

Él sonreía también: se lo ha tomado como un cumplido.

—Si aún queda harina —pide Zunzuncito—, puedes usar levadura natural para fermentar la masa.

—Creo que sí queda —apunta Rebecca.

—Os acompaño —indica Zorro del Desierto a Zab—: necesito una farmacia.

Se produce una pausa y todos se la quedan mirando.

—Danos un listado y ya está —dice Rinoceronte Negro mirando las piernas desnudas de Zorro del Desierto con un mohín de disgusto—. Te lo traeremos todo.

—Son cosas de chicas —arguye ella—, no sabéis dónde están. —Su mirada se traslada a Ren y Lotis Azul, que están junto a la bomba de agua, ocupadas en limpiar a Amanda con una esponja—. Voy a cosechar para todas nosotras.

Una nueva pausa. *Compresas*, piensa Toby. Y tiene sentido: en la despensa de la casa ya casi no quedan, y a nadie le hace gracia usar jirones de sábanas, o musgo. *Aunque sólo es cuestión de tiempo que tengamos que usarlo.*

—No lo recomiendo —dice Zab—: esos dos tipos siguen en la zona y tienen un pulverizador. Ya han pasado tres veces por el Paintbala Arena y no les queda ni un ápice de empatía. Lo último que te hace falta es que te rapten, porque no se andan con contemplaciones. Ya viste lo que le hicieron a Amanda: tuvo suerte de escapar con los riñones intactos.

—No puedo estar más de acuerdo. Efectivamente, no es recomendable que se aventure al exterior de este nuestro tan seguro refugio. Iré en su lugar —propone Pico de Marfil con galantería—. Si me haces entrega de una lista de los artículos que necesitas, yo...

—Pero tú estarás a mi lado —le dice Zorro del Desierto a Zab—. Me protegerás, ¿no? —agrega agitando las pestañas—. ¡Contigo estoy a salvo!

Zab se vuelve hacia Rebecca.

—¿Queda algo de café o como sea que llaméis a esa bazofia?

—Muy bien, pues: voy a cambiarme de ropa —apunta Zorro del Desierto con repentina urgencia en la voz—. Por mí no os preocupéis, que no voy a ser un estorbo, y sé manejarme con un buen... eh... con un buen pulverizador —agrega con la voz algo ronca mientras baja la mirada, pero enseguida levanta los ojos como quien ha tenido una ocurrencia feliz—: ¡Oye, podríamos llevarnos unos emparedados y montar un pícnic en algún sitio!

—Pues espabila, que ya tardas —responde Zab—, salimos en cuanto acabemos de desayunar.

Rino hace amago de decir alguna cosa, Katuro está contemplando el cielo.

—No creo que vaya a llover —comenta.

Rebecca mira a Toby y levanta las cejas, pero ella se esfuerza en no mostrar expresión alguna. Zorro del Desierto está observándola de reojo.

*Zorro por nombre, zorra por naturaleza*, piensa Toby. *Y sabe manejarse con un buen pulverizador, no hace falta que lo repita.*

# La mejoría de Hombre de las Nieves

—¡Oh, Toby, ven a ver ahora mismo!

El pequeño Barbanegra está tironeando de su sábana.

—¿Qué pasa? —pregunta Toby esforzándose en ocultar su irritación.

Lo que quiere es quedarse donde está para poder despedirse de Zab, aunque no vaya a marcharse ni muy lejos ni por mucho tiempo; unas pocas horas, tan sólo. Lo que quiere es dejar alguna clase de impronta en él delante de las narices de Zorro del Desierto. Quiere besarlo, darle un abrazo como diciendo: «Es mío, ni te acerques a él.»

Pero no serviría de nada. Se pondría en ridículo.

—¡Oh, Toby! ¡Jimmy de las Nieves está despertando! ¡Está despertando ahora mismo! —insiste Barbanegra.

En su voz se mezclan la ansiedad y la ilusión, como les pasaba a los niños cuando había un desfile callejero o un castillo de fuegos artificiales: un acontecimiento breve y milagroso. No quiere decepcionarlo, así que deja que la conduzca hacia allí. Mira de soslayo y ve a Zab, Rino y Katuro comiendo con apetito. Zorro del Desierto se aleja a paso rápido para quitarse el estúpido gorrito y los pantalones cortos que se ha puesto para lucir muslamen y ponerse alguna otra prenda que le tape un poco el culo para que la cosa no resulte tan obvia.

*Toby, contrólate, no estamos en el instituto*, se dice. Pero en cierta forma se parece al instituto.

Una pequeña multitud se apiña en torno a la hamaca de Jimmy. Los crakers están casi todos presentes, grandes y pequeños, más contentos y animados que nunca. Algunos se ponen a cantar.

—¡Ha vuelto con nosotros! ¡Jimmy de las Nieves vuelve a estar con nosotros!

—¡Ha vuelto!

—¡Nos comunicará las palabras de Crake!

Toby se abre paso hasta la hamaca. Dos mujeres craker ayudan a Jimmy a enderezarse; tiene los ojos abiertos, parece aturdido.

—Salúdalo, oh, Toby —afirma el craker alto, Abraham Lincoln. Todos miran y escuchan, no pueden estar más atentos—. Ha estado con Crake y va a comunicarnos sus palabras. Nos contará una historia.

—Jimmy —dice ella—, Hombre de las Nieves. —Le pone la mano en el brazo—. Soy yo, Toby. Nos vimos junto a la hoguera, cerca de la playa, ¿te acuerdas? Estábamos con Amanda y aquellos dos hombres.

Jimmy levanta la vista y la mira. Tiene los ojos sorprendentemente claros, la esclerótica blanquísima, las pupilas algo dilatadas. Parpadea. No la ha reconocido.

—Chorradas —dice.

—¿Qué es *chorradas*, oh, Toby? —inquiere Abraham Lincoln—. ¿Son palabras de Crake?

—Está cansado —explica Toby—. No, no, *chorradas* no significa que esté cansado.

—Mierda... —masculla Jimmy—. ¿Dónde está Oryx? Estaba aquí, estaba en el fuego.

—Has estado enfermo —aclara Toby.

—¿He matado a alguien? A uno de esos... Creo que he tenido una pesadilla.

—No, no has matado a nadie.

—Creo que he matado a Crake —dice él—. Estaba sujetando a Oryx y tenía un cuchillo en la mano. Le rebanó el... Ay, Dios. Había sangre por todas partes, hasta las mariposas rosa terminaron por embadurnarse, y entonces yo... entonces le disparé.

Toby se inquieta. ¿Qué ha querido decir? Más importante aún, ¿qué van a pensar los crakers? Nada, o eso espera. No van a encontrarle el menor sentido: les parecerá un simple galimatías porque Crake reside en el cielo y ni por asomo puede estar muerto.

—Has tenido una pesadilla —le dice.

—No, ni hablar. Esto no lo he soñado, joder... —Se echa hacia atrás en la hamaca, cierra los ojos—. Oh, joder.

—¿Quién es Joder? —Abraham Lincoln se interesa—. ¿Por qué le habla a Joder? Aquí no hay nadie con ese nombre.

Toby termina por captarlo: al oírlo decir «oh, joder» en lugar de simplemente «joder», los crakers creen que está dirigiéndose a alguien, como ellos al decir «oh, Toby». ¿Cómo explicarles lo de «oh, joder»? Son incapaces de entender que ese verbo que designa la cópula también puede implicar algo malo, ser una expresión de disgusto, una reacción a un insulto o a un error. Que ella sepa, para los crakers no hay nada mejor en la vida.

—Vosotros no podéis verlo —dice Toby a la desesperada—. Sólo Jimmy... eh, Jimmy de las Nieves, quiero decir: sólo él puede verlo. Es...

—¿Joder es amigo de Crake? —pregunta Abraham Lincoln.

—Sí —responde ella—, y también de Jimmy de las Nieves.

—¿Y Joder está ayudándolo? —pregunta una de las mujeres.

—Sí —responde Toby—: cuando surge un problema, Jimmy de las Nieves lo llama para que venga en su ayuda.

—Lo que no deja de ser cierto.

—¡Joder está en el cielo con Crake! —exclama Barbanegra con voz triunfal.

—Nos gustaría escuchar la historia de Joder —dice Abraham Lincoln en tono cortés— y de cómo ayudó a Jimmy de las Nieves.

Jimmy vuelve a abrir los ojos y enseguida los entorna. Baja la vista y mira la colcha que lo cubre, su estampado infantiloide. Acaricia el gatito en la tela, el violín, la luna sonriente...

—¿Y esto qué es? La puta de oros... tengo la cabeza hecha un desastre. —Hace visera con la mano para protegerse de la luz.

—Quiere que os apartéis un poco —indica Toby a los crakers y se acerca a él con la idea de que no puedan oír lo que diga a continuación.

—La he jodido hasta el fondo, ¿verdad? —Por suerte, lo dice en un susurro—. ¿Dónde está Oryx? ¿Estaba aquí, justo a mi lado?

—Mejor que duermas un poco —recomienda ella.

—Los putos cerdones casi me devoran.

—Ahora estás a salvo.

No es infrecuente que quien despierte de un coma tenga alucinaciones, pero ¿cómo explicar qué son las alucinaciones a los crakers? «Es lo que sucede cuando ves algo que no está ahí», les diría. «Pero si no está ahí, ¿cómo puedes verlo, oh, Toby?», le responderían.

Sin apartar la mirada de Jimmy, y le pregunta pacientemente:

—¿Qué has dicho que casi te devora?

—Unos cerdones —responde él—. Esos puercos enormes, ya sabes. Creo que al final lo hicieron. Perdón, estoy que no me aclaro: tengo la cabeza hecha un desastre. ¿Y quiénes eran esos tipos? Esos a los que no les disparé.

—Ahora no te preocupes por eso —le sugiere Toby—. ¿Tienes hambre? —Lo mejor será empezar por alimentarlo poco a poco: es lo más prudente después de un largo ayuno. Ojalá hubiera plátanos.

—El puto Crake... dejé que me jodiera vivo. La cagué hasta el fondo. Mierda.

—Todo está bien —dice ella—, hiciste lo que pudiste.

—Y una mierda —le contesta Jimmy—. ¿Puedo beber algo?

Los crakers han estado manteniéndose a una distancia respetuosa, pero van acercándose.

—¡Tenemos que ronronear para que recupere fuerzas, oh, Toby! —dice Abraham Lincoln—. Tiene algo enredado en la cabeza.

—Cierto —conviene ella—: tiene algo enredado en la cabeza.

—Es porque ha estado soñando todas esas cosas y ha venido andando hasta aquí —afirma Abraham Lincoln—. Vamos a ronronear.

—Y luego nos comunicará las palabras de Crake —interviene la mujer de ébano.

—Y las palabras de Joder —añade la marfileña.

—Y le cantaremos a Joder.

—Y a Oryx.

—Y a Crake. Crake es bueno, Crake es amable...

—Voy a traerle un poquito de agua y de miel —señala Toby.

—¿Hay licor del fuerte? —pregunta Jimmy—. Carajo... estoy hecho una mierda.


Ren, Lotis Azul y Amanda están sentadas en el murete de piedra junto a la bomba de agua.

—¿Cómo está Jimmy? —pregunta Ren.

—Ha despertado —responde Toby—, pero no está muy lúcido. Lo normal, después de tanto tiempo inconsciente.

—¿Qué ha dicho? ¿Ha preguntado por mí?

—¿Crees que podríamos ir a verlo? —se interesa Lotis Azul.

—Dice que tiene la cabeza hecha un desastre —avisa Toby.

—Ya la tenía así antes —afirma Lotis Azul y suelta una carcajada.

—¿Lo conocías? —le pregunta Toby; que ella supiera, Jimmy y Ren se conocían, y Jimmy y Amanda también, pero ¿Jimmy y Lotis Azul?

—Ya nos imaginábamos que despertaría así —indica Ren—, o al menos Lotis Azul.

—Éramos compañeros de clase en el instituto Vita-Morfosis —cuenta ésta—. De hecho, yo era su pareja en el laboratorio de Bioquímica: Introducción a la Biotecnología de Nanoformas. Fue poco antes de que cogiera el tren bala con mi familia rumbo a California.

—Wakulla Price —afirma Ren—. ¡Jimmy me dijo que estaba colado por ti! Y también que le rompiste el corazón. Pero él no era tu tipo, ¿verdad?

—Siempre le gustó contar mentiras. —Lotis Azul habla con afecto, como quien se refiere a un niño revoltoso pero adorable.

—Y después, él me rompió el corazón a mí —revela Ren—, y a saber qué le contó a Amanda después de que me dejara. Que yo le rompí el corazón a él, eso es lo más probable.

—Me parece que tenía problemas para comprometerse —dice Lotis Azul—. Conocí a unos cuantos como él.

—Le gustaban los espaguetis —recuerda Amanda. Toby no la ha oído decir tantas palabras seguidas desde la noche de los paintbalistas.

—En el instituto lo volvían loco las barritas de pescado —rememora Ren.

—¡Veinte por ciento de pescado auténtico! —exclama Lotis Azul—. ¿Te acuerdas? Vete tú a saber qué más tenían dentro. —Rompen a reír las dos.

—Tampoco estaban tan mal, qué quieres que te diga —confiesa Ren.

—La carne de cultivo también tenía su aquél —dice Lotis Azul—. Además ¿nosotras qué sabíamos? Comérnoslo, nos lo comíamos todo.

—Ahora mismo no me importaría darle un bocado a una cosa de ésas —asegura Ren—, ¡y a un pastelillo Twinkie de chocolate! —Suspira y agrega—: Eran todo un homenaje al neo-retro.

—Eran como comerse el fieltro de un cojín...

—Voy a ver a Jimmy. —Amanda se levanta, se alisa la sábana y se echa el cabello hacia atrás—. Deberíamos ir a saludarlo, ver si necesita algo. Lo ha pasado mal.

*Por fin*, se dice Toby: un atisbo de la Amanda de siempre, de la joven que conoció con los Jardineros; algo de su energía y de su empuje acostumbrados. Siempre fue «echada para delante», como solía decirse. Era la atrevida, la transgresora. Por entonces, incluso los chicos más grandullones se lo pensaban dos veces antes de buscarle las cosquillas.

—Vamos contigo —dice Lotis Azul.

—Le daremos una sorpresa —apunta Ren, y a las dos se les escapa la risa.

*Vaya unos corazones rotos*, piensa Toby: no parece que Ren tenga nada roto; ya no, o por lo menos no a causa de Jimmy.

—Quizá sería mejor esperar un poco —aconseja.

En su estado actual, ¿le vendría bien a Jimmy abrir los ojos y encontrarse a tres de sus antiguas parejas cerniéndose de súbito sobre su rostro, como las tres Moiras? ¿Qué pensaría? ¿Que se disponen a exigirle su amor eterno, sus disculpas, su sangre en un platillo de comida para gatos? O peor todavía, ¿la oportunidad de hacerle de mamás, de enfermeras, de abrumarlo a besos? Aunque a lo mejor le gustaría.

No valía la pena preocuparse: cuando las tres aparecen junto a la hamaca, Jimmy tiene los ojos cerrados. Acunado por los ronroneos de los crakers, ha vuelto a dormirse.


La pequeña expedición ha echado a andar por la calle, por lo que antes era la calle. Zab va delante, seguido por Rinoceronte Negro y Zorro del Desierto; Katuro en la retaguardia. Caminan con cautela, sin apresurarse, fijándose en todo mientras avanzan entre los escombros. Tratan de detectar posibles emboscadas, no quieren correr el menor riesgo. A Toby le entran ganas de correr detrás de ellos como una niñita abandonada. Quisiera gritar: «¡Esperadme! ¡Esperadme! ¡Dejadme ir con vosotros! ¡Tengo un rifle!», pero sería perder el tiempo.

Zab no le ha preguntado si quería que le llevara algo. Si lo hubiera hecho, ¿qué le habría pedido? ¿Un espejo? ¿Un ramo de flores? Al menos tendría que haberle pedido el papel y los lápices, pero por la razón que sea no ha sido capaz de hacerlo.

Y acaban de perderse de vista.

Avanza el día. El sol se levanta y cruza el cielo, las sombras se alargan, hay comida en la mesa, y se la comen; conversan; recogen y lavan los platos. Los centinelas montan guardias por turnos. El anexo en construcción ahora es un palmo más alto, el vallado que lo rodea tiene una concertina de alambre de espino, en el huerto hay menos malas hierbas, han puesto la colada a secar. Las sombras comienzan a alargarse otra vez, las nubes van agolpándose en el cielo vespertino. Llevan a Jimmy al interior, y llueve, llueve con estrépito, con unos truenos que impresionan. Luego los cielos se abren, los pájaros vuelven a competir entre sí, las nubes van tornándose escarlata al oeste.

Ni rastro de Zab.

Las mohairs vuelven con sus pastores: Crozier, Beluga y Shackleton, tres machos cargados de testosterona a sumar a la heterogénea población del recinto. Crozier se queda dando vueltas por ahí para estar cerca de Ren y Shackleton hace lo propio con Amanda; Zunzuncito y Beluga no cesan de lanzar miradas a Lotis Azul. El amor va entretejiendo sus intrigas: sucede lo mismo entre los jóvenes que entre los caracoles que plagan las lechugas y los escarabajos que asuelan el sembrado de coles rizadas. Murmullos, encogimientos de hombros, pasos adelante y atrás...

Toby continúa con sus labores como si estuviese en un monasterio, diligentemente, incesantemente, cumpliendo sus horarios.

Zab sigue sin aparecer.

¿Qué puede haberle sucedido? Mejor no pensarlo. Eso intenta, cuando menos. Puede haber sido un animal con afilados dientes y garras; un vegetal: un árbol que se ha desplomado; un mineral en forma de cemento, acero, vidrios rotos; o un ser humano.

¿Qué pasaría si Zab de pronto ya no estuviera? Toby siente como si se abriera un vórtice: se esfuerza en cerrarlo. Dejando de lado lo que ella perdería, ¿cuánto no perderían los demás seres humanos? Zab tiene unas cualidades y unos conocimientos insustituibles.

Son tan pocos en ese lugar, se necesitan tanto los unos a los otros. A veces parece que estuvieran de vacaciones allí, pero no es el caso: no están escapando de la rutina diaria, ahora viven aquí.


Habla con los crakers y les dice que esa noche no va a contarles ninguna historia porque Zab lleva su historia en la cabeza y hay detalles difíciles de entender, así que necesita hablar con él para aclararlos y contarles las cosas como tiene que ser. Preguntan si un pescado podría ser de ayuda, les dice que ahora mismo no. Se marcha al huerto, se sienta a solas.

*Lo has perdido para siempre*, se dice. *Has perdido a Zab.* Zorro del Desierto sin duda lo ha atrapado y lo tiene atenazado con brazos y piernas, o con los orificios que mejor procedan. Pero Zab, por su parte, se la ha quitado a ella de encima como quien tira una bolsa de papel vacía al suelo. ¿Y por qué no iba a hacerlo? En ningún momento se prometieron nada.

La brisa decae y la tierra expulsa un calor húmedo, las sombras se entremezclan, los mosquitos zumban gemebundos. Ahí está la luna, no tan llena ya; otra vez es la hora de las mariposas nocturnas.

No hay luces que se aproximen, no se oye ninguna voz. Nada, nadie en absoluto.

214

Cuando le llega el turno, a medianoche, monta guardia en el cubículo de Jimmy, cuya respiración escucha atentamente. Una sola vela encendida. A la luz de la llama, los pueriles estampados de la colcha tiemblan y se agitan: la vaca hace muecas, el perro se carcajea, el plato se da a la fuga del brazo de la cuchara.

# Amor de farmacia

Por la mañana, Toby evita sentarse con los demás a la mesa del desayuno. No está de humor para conferencias sobre epigenética, miradas de curiosidad o especulaciones acerca de cómo lleva el hecho de que Zab haya pasado de ella. Zab bien hubiera podido decirle claramente que no a Zorro del Desierto, pero no lo hizo: el mensaje está claro.

Da un rodeo y entra en la cocina, se sirve una porción de las sobras del día anterior: carne de cerdo fría con raíz de bardana. Ha estado marchitándose bajo un cuenco puesto al revés: Rebecca detesta tirar comida a la basura.

Se sienta a la mesa y mira a su alrededor. En el patio a su espalda, las mohairs deambulan algo nerviosas a la espera de que Crozier las saque del redil y las lleve a pastar los hierbajos que crecen junto a los caminos. Y Crozier aparece envuelto en una sábana y con una larga vara en la mano, como un personaje de la Biblia.

Al lado de los columpios, Ren y Lotis Azul pasean a Jimmy de aquí para allá formando un extraño conjunto de seis piernas. Jimmy sigue teniendo la musculatura debilitada, pero no tardará en recobrar fuerzas; a pesar de todo, continúa siendo un hombre joven. Amanda está por ahí también, sentada en un columpio. Varios crakers contemplan la escena mascando los inevitables tallos de kudzu; parecen algo sorprendidos, pero en absoluto asustados.

Desde la distancia, la escena tiene algo de bucólica, aunque sigue habiendo motivos para la desazón: la mohair huida o desaparecida continúa huida o desaparecida; Amanda se muestra apática y mira al suelo; Crozier, a juzgar por sus hombros rígidos y su insistencia en darle la espalda a Ren, tiene celos de los cuidados que ésta no cesa de procurarle a Jimmy. La propia Toby está de un ánimo oscuro, por mucha calma que se obligue a aparentar —gracias a su larga experiencia con los Jardineros, sabe cómo mantener el rostro inexpresivo y la sonrisa amable.

Pero ¿dónde está Zab? ¿Cómo es que aún no ha vuelto? ¿Habrá encontrado a Adán Uno? Si está herido, tendrían que cargar con él, lo que ralentizaría el regreso. ¿Qué está pasando en la ciudad en ruinas que ella no puede ver? Ojalá los teléfonos móviles funcionaran aún, pero los repetidores se han desplomado, y aunque hubiera forma de reconectarlos a la red eléctrica nadie de por allí sabría repararlos. En el caserón hay una vieja radio de emergencia a manivela, pero tampoco funciona.

*Tendremos que volver a recurrir a las señales de humo*, se dice. *Una señal: me quiere, dos: no me quiere, tres: una rabia humeante.*

Pasa el día trabajando en el huerto con la idea de distraerse y tranquilizarse un poco. Ojalá hubiera unas colmenas de las que ocuparse: podría compartir las noticias del día con las abejas, tal como la vieja Pilar y ella solían hacer en la terraza ajardinada de los Jardineros de Dios. Podría pedirles consejo, pedirles que salieran volando a explorar los alrededores y volvieran para contárselo, como si fuesen ciberabejas.

*En este día honramos a san Jan Swammerdam, el primero en descubrir que la abeja reina no era un rey y que todas las abejas obreras de una misma colmena son hermanas; y a san Zosima, patrón oriental de las abejas, quien se retiró al desierto y vivió allí una solitaria vida monástica, no muy distinta de la nuestra; y a san C. R. Ribbands, por su meticulosa observación*

217

*de sus modos de comunicación. Y damos gracias al Creador por la existencia misma de los antófilos, por el regalo de su miel y de su polen, por su impagable labor de fertilización de nuestras frutas, frutos secos y verduras, así como por el consuelo que nos brindan en los momentos difíciles, «aquel leve murmullo de innumerables abejas...» sobre el que escribió Tennyson.*

Pilar le había enseñado a frotarse la piel con jalea real antes de ponerse a trabajar con abejas porque así dejaban de verla como una amenaza: se posaban en sus brazos y su rostro, con sus minúsculas patitas tan acariciantes como pestañas, tan livianas como una nube pasajera. «Las abejas son mensajeras», acostumbraba a decir Pilar. «Llevan noticias de un lado a otro entre el mundo visible y el invisible. Si un ser querido ha cruzado la línea de sombra, serán las primeras en decírtelo.»

Y resulta que hoy, de repente, hay decenas y decenas de abejas melíferas en el huerto, revoloteando entre las flores de las judías. Seguramente hay un nuevo enjambre silvestre en las inmediaciones. Una de ellas aterriza en su mano, saborea la sal en su piel. *¿Zab ha muerto?*, le pregunta Toby en silencio. *Dímelo ahora mismo.* Pero la abeja remonta el vuelo sin transmitir mensaje alguno.

¿Se tragó todo aquello, las leyendas populares que la vieja Pilar le contaba? No, no del todo, no exactamente. Es probable que ni siquiera la propia Pilar se las creyera a pies juntillas; eso sí, resultaban reconfortantes: venían a decir que los muertos no habían muerto del todo, sino que estaban vivos de otra manera; de una manera algo precaria, claro, y no demasiado alegre, pero manteniendo la capacidad de enviar mensajes que una simplemente tenía que reconocer como tales y descifrar. «La gente necesita escuchar historias así», sentenció Pilar una vez, «pues por muy oscura que resulte, una oscuridad llena de voces resulta preferible a una oscuridad completamente muda».


A media tarde, después de la tormenta, los cosechadores están de vuelta. Toby los ve llegar andando por la calle, rodeando los camiones y coches solares abandonados, recortándose bajo el sol poniente. Aún no puede verles las caras, pero cuenta las siluetas. Son cuatro, sí. No falta ninguno, pero tampoco va nadie más con ellos.

Cuando llegan ante el vallado que circunda el caserón, Ren y Lotis Azul corren a recibirlos seguidas por un puñado de niños craker. Amanda también corre hacia ellos, si bien con menor rapidez. Toby echa a andar.

—¡Ha sido toda una experiencia! —anuncia Zorro del Desierto sin detenerse—. Pero por lo menos encontramos una farmacia. —Tiene el rostro enrojecido, algo sudoroso, sucio, jubiloso. Deja la mochila en el suelo, la abre—. ¡Mirad lo que he traído!

Zab y Rinoceronte Negro parecen exhaustos, Katuro no tanto.

—¿Qué ha pasado? —pregunta Toby a Zab. No le dice: «Estaba muerta de miedo»; Zab sin duda ya lo sabe.

—Es largo de explicar —responde él—. Luego os cuento, primero tengo que ducharme. ¿Todo en orden por aquí?

—Jimmy ha despertado —informa ella—. Está algo débil y ha perdido bastante peso.

—Muy bien —dice Zab—. Vamos a hacer que engorde y se ponga en marcha otra vez. No nos vendría mal la ayuda de otra persona. —Sin decir más, camina hacia la parte posterior del caserón.

Toby siente que la rabia la recorre de pies a cabeza. Ese tipo ha estado casi dos días desaparecido, ¿y no tiene nada más que decir? Ella no está casada con él, no tiene derecho a quejarse y protestar, pero casi puede verlo revolcándose con Zorro del Desierto en uno de los pasillos de la farmacia abandonada, despojándola de las ropas de camuflaje entre los frascos de acondicionador y champú en tinte («¡Más de treinta vivas tonalidades!»), o quizá un par de pasillos más allá, entre los envoltorios de condones y lubrificantes para el máximo placer, o apretujándose contra la caja registradora, o sobre un manto de artículos para bebé, para terminar secándose las salpicaduras con toallitas húmedas. Algo de ese tenor ha sucedido, tiene que haber sucedido: la expresión engreída de Zorro del Desierto no puede ser casualidad.

—¡Analgésicos, cepillos de dientes, lacas para las uñas! ¡Y hasta unas pinzas para las cejas! —está diciendo.

—Has saqueado la farmacia entera, o eso parece —suelta Lotis Azul.

—No quedaba casi nada. Se veía que ya habían pasado por ahí para llevarse medicamentos, sobre todo: oxicodona, pastillas GozzaPluss, todo lo que llevara codeína...

—Se ve que los artículos para el cabello no les interesaban especialmente —constata Lotis Azul.

—Pues no. Ni las cosas para chicas. —Zorro del Desierto empieza a sacar compresas, tampones y similares—. Hice que estos señores las trajeran en sus mochilas. Se las arreglaron para agenciarse unas cervezas por el camino: algo así como un milagro.

—¿Por qué habéis tardado tanto en volver? —pregunta Toby.

Zorro del Desierto la mira y sonríe, aunque no con segundas. Su alegría es espontánea, como una quinceañera que hubiera hecho una pequeña trastada.

—Nos hemos metido en un lío —explica—. Estuvimos mirando por todas partes y cogiendo cosas pero, por la tarde, justo cuando nos disponíamos a volver, nos encontramos con una piara de esos cerdos inmensos, como los que estuvieron colándose en el huerto, y tuvimos que matar a alguno que otro con los pulverizadores.

»Al principio se contentaron con merodear a nuestras espaldas, pero nada más salir de la farmacia arremetieron contra nosotros. Corrimos a refugiarnos en la farmacia otra vez, pero los escaparates estaban hechos añicos, así que entraron sin dificultad. Nos las arreglamos para subir al tejado por una pequeña trampilla que había en el techo de la trastienda: por suerte, son incapaces de trepar.

—¿Parecían hambrientos? —pregunta Ren.

—¿Cómo saberlo, tratándose de cerdos? —dice Zorro del Desierto.

220

*Esos bichos son omnívoros,* piensa Toby. *Pero no matan sólo por hambre, sino porque sí; o por venganza: porque hemos estado comiéndonoslos.*

—¿Y qué hicisteis entonces?

—Quedarnos en el tejado —responde Zorro del Desierto—. Cuando por fin salieron de la farmacia, los cerdones descubrieron que estábamos arriba. Habían encontrado una caja grande de cartón llena de bolsas de patatas fritas, la sacaron a la calle y estuvieron dándose el festín sin quitarnos ojo. Se regodeaban: debían de saber que estábamos hambrientos. Zab nos dijo que los contásemos por si en algún momento se dividían en dos grupos y uno de ellos nos distraía mientras el otro nos tendía una emboscada. Al final se marcharon hacia el oeste, no a paso tranquilo, sino al trote, como si tuvieran una idea concreta en mente. Al cabo de un rato miramos y vimos algo en el horizonte: humo.

Cada dos por tres, algún edificio se incendia en la ciudad a causa de un cortocircuito en una unidad solar que sigue en funcionamiento, porque la materia orgánica acumulada estalla espontáneamente, por un depósito de basuróleo de carbón recalentado por el sol... El humo no tenía por qué extrañarlos, opina Toby.

—Éste era distinto —matiza Zorro del Desierto—: no se trataba de una humareda, sino de un hilillo como el del fuego de un campamento.

—¿Por qué no les disparasteis a los cerdones?

—Zab consideraba que había demasiados, que sería perder el tiempo: no quería que malgastáramos las baterías de los pulverizadores. Dijo que sería buena idea ir a ver lo del humo, pero oscurecía ya, así que pasamos la noche en la farmacia.

—¿En el tejado? —pregunta Toby.

—En la trastienda: bloqueamos la puerta con cajas y cajones. No tuvimos más problemas, excepto porque había montones de ratas. Por la mañana fuimos al lugar donde suponíamos que había estado el fuego, y Zab y Rinoceronte Negro llegaron a la conclusión de que había sido cosa de los paintbalistas.

—¿Llegasteis a verlos? —quiere saber Amanda.

—Vimos los restos de su hoguera. Apagada, consumida por completo. Había huellas de cerdos por todos lados y encontramos los restos de nuestra mohair; la de las trenzas pelirrojas, ya sabéis: habían estado comiéndosela.

—Oh, no... —se lamenta Lotis Azul.

—¿Quiénes, los paintbalistas o los cerdos? —pregunta Amanda.

—Unos y otros —responde Zorro del Desierto—. Pero no llegamos a ver a esos dos tipejos. Zab cree que salieron corriendo espantados al ver que llegaban los cerdones. Encontramos un cochinillo muerto algo más allá, Zab lo inspeccionó y dijo que le habían dado con un pulverizador. Sólo se habían llevado uno de los cuartos traseros, y Zab considera que sería buena idea volver a por él a la que podamos porque es poco probable que los cerdones sigan rondando por ahí después de ver cómo mataban a una de sus crías. No estaría de más hacernos con algo de carne de puerco. Eso sí: oímos los ladridos de unos de esos horribles perros medio locos, así que a lo mejor tendremos que luchar contra ellos para quedarnos con la carne. Ahí fuera hay un zoológico al completo.

—Si fuera un zoológico de verdad, los animales estarían metidos en jaulas —puntualiza Lotis Azul—. Y una cosa: la mohair la robaron, ¿verdad? No se extravió. Esos dos individuos tuvieron que acercarse mucho, y no llegamos a verlos.

—Como para tener pesadillas —comenta Ren.

Zorro del Desierto no hace caso, ni las escucha.

—Mirad qué más he traído —dice—. Unas pruebas de embarazo, de esas que son un palito sobre el que hay que mear. Me dije que lo más seguro era que muchas fuésemos a necesitarlas; no todas, desde luego... —Sonríe al decirlo, pero sin mirar a Toby.

—Conmigo no contéis —dice Ren—. ¿A quién se le puede ocurrir traer un hijo a este lugar? —Con los brazos lo abarca todo: el caserón, los árboles, la precariedad—. Un lugar sin agua corriente... A ver quién es la guapa que...

—No sé si tienes elección —indica Zorro del Desierto—. A largo plazo, quiero decir. Por lo demás, creo que se lo debemos a la raza humana, ¿no os parece?

—¿Y quiénes van a ser los padres? —le pregunta Lotis Azul.

—Yo diría que cada una escoja —responde Zorro del Desierto—. Será cuestión de ponerse a la cola y elegir al que tenga la lengua más larga.

—Entonces creo que va a tocarte con Pico de Marfil —dice Lotis Azul.

—¿La lengua, he dicho...? —apunta Zorro del Desierto.

Se echa a reír, junto con Lotis Azul. Ren y Amanda no las secundan.

—A ver esos palitos en los que mear —sugiere Ren.

Toby escudriña la oscuridad. ¿Debería ir tras Zab? Es de suponer que habrá terminado de ducharse: las duchas en el caserón son breves, salvo en el caso de Zorro del Desierto, quien utiliza el agua calentada al sol hasta no dejar ni gota. Pero Zab no está a la vista.

Se dirige a su propio cubículo y se echa en la cama, pero sin dormirse, por si acaso. La luz de la luna platea sus ojos; las lechuzas se llaman, enamoradas de las plumas de sus compañeras; pero nada de eso le importa.

# Malas hierbas

Zab sigue sin aparecer durante toda la mañana. Nadie menciona su nombre y ella no pregunta.

Hay sopa con carne de algún tipo —¿carne de perro ahumada?— y kudzu con ajo, unas polifresas no maduras del todo y ensalada de verduritas.

—Lo que necesitamos es conseguir un poco de vinagre —comenta Rebecca—; entonces os haré una vinagreta de verdad.

—Primero habrá que hacer el vino —observa Zunzuncito.

—Por mí, perfecto —dice Rebecca.

Le ha puesto unas semillas de rúcula a la ensalada, a guisa de granos de pimienta. Se le ha ocurrido que deberían hacer una pequeña salina: montar un tanque de evaporación a la orilla del mar. Una vez que no haya moros en la costa, precisa. Una vez que los paintbalistas ya no constituyan una amenaza.

Terminan de comer, llega la hora de meterse entre cuatro paredes, a resguardo del sol lacerante. Los nubarrones vespertinos aún no han empezado a formarse, la humedad vuelve pegajoso el aire.

Toby se queda en su cuartucho y hace lo posible por dormir un poco, pero está enfurruñada. *Prohibido enfurruñarse*, se dice. *Nada de lamerse las heridas.* Ni siquiera tiene la seguridad de que haya heridas que lamer, aunque es un hecho que se siente herida.

A media tarde, después de la lluvia. No hay nadie en el patio excepto Crozier y Manatí, quienes montan guardia. Toby está de rodillas en el huerto, matando babosas. En otros tiempos, un exterminio semejante le hubiera dado remordimiento: «Pues las babosas también son seres de Dios», decía Adán Uno, «y tienen tanto derecho como nosotros a seguir respirando, siempre que lo hagan en otro lugar más indicado que nuestro Jardín del Edén en el Tejado». Pero ahora mismo, esa matanza de babosas le permite dar rienda suelta a su... ¿a su qué? Prefiere no pensarlo.

Lo que es peor, de vez en cuando le da por ensañarse. *¡Muérete de una vez, babosa repugnante!* Las va metiendo, una a una, en una lata llena de cenizas de madera quemada con algo de agua en el fondo. Antes usaban sal, pero ya casi no queda. Quizá sería más caritativo pegarles un golpe rápido con una piedra plana, pues morir asfixiadas por la ceniza tiene que ser doloroso, pero no está de humor para ponderar las bondades de uno u otro método de ejecución de babosas de jardín.

Arranca uno de los hierbajos. «¡Qué soberbios somos al maltratar las sagradas hierbas que Dios ha diseminado! Las consideramos "malas" por la sencilla razón de que nos estorban al entremezclarse con las plantas domesticadas. ¡Pero vale la pena tener en cuenta lo útiles y hasta comestibles y deliciosas que son en muchos casos!»

Puede ser, pero ésta no: es amarga. La tira al montón de hierbajos recién arrancados.

—Hola, escuadrón de la muerte —dice una voz.

Es Zab, sonríe de oreja a oreja.

Toby se levanta como puede. Tiene las manos sucias, no sabe bien qué hacer con ellas. ¿Ha estado durmiendo hasta ahora? No se atreve a preguntarle por lo sucedido entre él y Zorro del Desierto, si es que ha sucedido algo: lo último que quiere es que la tome por una especie de arpía.

—Me alegro de que hayas vuelto sano y salvo —dice.

Y se alegra de veras, más de lo que es capaz de expresar, pero lo que acaba de decir ha sonado a falso.

—Lo mismo digo: la expedición resultó movidita al final. He vuelto agotado y he dormido a pierna suelta, debo de estar haciéndome viejo.

¿Lo dice para encubrir lo sucedido o ella está pasándose de vueltas con sus sospechas?

—Te he echado de menos —dice Toby.

Ya está, tampoco ha resultado tan difícil.

Zab sonríe más aún.

—Eso ya lo sabía. Te he traído algo.

Es una polvera con un espejito redondo.

—Gracias.

Se las compone para sonreír. ¿Le está haciendo un regalo porque tiene mala conciencia? ¿Ha ido allí a disculparse? ¿Un ramo de flores para la esposa después de tirarse a escondidas a la compañera de trabajo? Pero ella no es su esposa.

—Y te he traído papel: un par de cuadernos escolares. Fue una suerte que en la farmacia siguieran vendiendo ese tipo de cosas; supongo que eran para los chavales de las plebillas que no tenían internet en casa. También te he traído un par de bolígrafos, unos cuantos lápices... y unos rotuladores.

—¿Cómo sabías que quería todo eso? —pregunta ella.

—En su momento trabajé como adivino. A los Jardineros os enseñaban caligrafía, ¿verdad? Y bueno, supuse que tendrías ganas de llevar un diario. Pero ya vale, ¿qué me dices de un abrazo?

—Te voy a poner perdido de barro —dice ella fundiéndose por dentro, sonriendo.

—He estado peor.

¿Cómo resistirse al impulso de estrecharlo, a pesar de que tiene los dedos viscosos debido a la baba de los bichos muertos?

El sol brilla en lo alto y las abejas zumban entre las flores amarillas de los calabacines.

—¿Sabes lo que me haría falta de verdad? —dice mirando la cenicienta barba de Zab, que es mucho más alto que ella—. Unas gafas de leer... y una colmena.

—Eso está hecho. —Una pausa—. Quiero enseñarte algo.

Hurga en su bocamanga y saca una sandalia hecha a mano con materiales reciclados: suela de neumático con tramos de la cámara interior de goma a modo de correas, ornada con recortes de cinta plateada de fontanero. Está manchada de tierra, pero no demasiado ajada.

—La sandalia de un Jardinero —le comenta Toby. Se acuerda bien de aquellas modas o, mejor dicho, de aquella manera de vestir contraria a todas las modas. Observa la sandalia y agrega—: Bueno, no estoy segura del todo; supongo que había otros que hacían sandalias del mismo tipo.

Una imagen acude a su mente: Adán Uno y los Jardineros supervivientes en uno de sus Ararats particulares —las antiguas bodegas donde cultivaban los champiñones, por ejemplo—, ocupados en manufacturar sandalias a mano a la luz de las velas, cual unos elfos en su cubil, alimentándose de las reservas de miel y bocaditos de soja mientras las ciudades en lo alto arden y se desmoronan, mientras la raza humana se disuelve hasta desaparecer. Ansía con todo el corazón que nada de eso sea cierto.

—¿Dónde la has encontrado? —pregunta.

—Cerca del lechón muerto —dice Zab—. Los demás aún no la han visto.

—Crees que la sandalia es de Adán, que sigue vivo y la dejó ahí adrede para que tú la encontrases, tú o algún otro. —No lo está preguntando.

—Y tú piensas lo mismo —responde Zab—. Lo mismo exactamente.

—No hay que albergar demasiadas esperanzas —afirma ella—. Las esperanzas pueden acabar contigo.

—Ya. Tienes razón, pero...

—Si lo que dices es verdad, lo lógico sería suponer que Adán está buscándote, ¿no?

# Luz negra

# La historia de Zab y Joder

—No hace falta contarles una historia cada noche. Esta noche mejor déjalo, ven conmigo. No va a pasarles nada si te saltas una noche.

—Ya me salté una noche. No es cuestión de decepcionarlos otra vez. Igual les da por marcharse y volver a la playa, donde nada sería más fácil que atacarlos por sorpresa. Esos paintbalistas los harían... y nunca me perdonaría que...

—Bueno, vale. Pero ¿puede ser una corta?

—No sé si será posible: hacen muchas preguntas.

—Diles que dejen de mear fuera de tiesto.

—No lo entenderían: para ellos, mear es estupendo por definición. Lo mismo que joder: creen que existe un ente invisible llamado Joder, alguien que ayuda a Crake en los momentos críticos. Y a Jimmy también, porque le oyeron decir: «¡Oh, joder!»

—Pues yo los apoyo: Joder, un ente invisible que ayuda en los momentos críticos, ¡claro que sí, faltaría más!

—Lo que quieren es que tú les hables de él; de él y de ti, en realidad. De vuestras aventuras juveniles. Sois las estrellas del momento para ellos y llevan días dándome la lata para que les cuente esa historia concreta.

—¿Puedo escuchar mientras se la cuentas?

—No, te echarías a reír.

—Mira mi boca: está sellada. Un poco de cola extrafuerte y listos. Se me ocurre que podría pegarla a tu...

—No seas retorcido.

—La vida es retorcida, me limito a seguirle el rollo.

Gracias por el pescado.

Como veis, llevo puesto el gorro rojo, y he estado escuchando lo que tenía que decirme esta cosa redonda y brillante que llevo en la muñeca.

Esta noche, tal como me habéis pedido, voy a contaros la historia de Zab y Joder.

Zab se fue de casa muy joven porque su padre y su madre no lo trataban bien, y de pronto se vio metido en el caos. No sabía adónde ir y no tenía ni idea de dónde estaba su hermano, Adán, el único amigo que tenía, el único que lo ayudaba.

Sí, Joder también era amigo suyo y lo ayudaba, pero a Joder no se lo podía ver.

No, lo que está escondido en la oscuridad detrás de los arbustos no es un animal: es Zab. No, no está riéndose, tiene un ataque de tos.

Y bien, el hermano de Zab, Adán, era su único amigo, el único amigo al que podía ver y tocar. ¿Adán se había perdido por el mundo? ¿Alguien lo había secuestrado? Él no lo sabía, y se sentía triste al pensarlo.

Pero Joder le hacía compañía y le daba consejos. Joder estaba en el aire, volaba como un pájaro, lo que le permitía encontrarse junto a Zab un segundo y al siguiente estar con Crake o con Jimmy de las Nieves. Era capaz de estar en muchos lugares en un santiamén. Si te metías en un lío y lo llamabas por su nombre, si decías: «Oh, Joder», aparecía a tu lado en el momento indicado. Bastaba pronunciar su nombre para que te sintieras algo mejor.

Sí, Zab tiene mucha tos, pero ahora mismo no hace falta que os pongáis a ronronear.

Sí, estaría bien tener un amigo que ayudara tanto como Joder. Ojalá yo lo tuviera.

No, Joder no es amigo mío, a mí no me ayuda como a los otros. Yo tengo otra amiga que me ayuda: se llama Pilar. Murió, se convirtió en una planta y ahora vive rodeada de abejas. Sí, hablo con ella por mucho que no pueda verla. Pero ella no es tan... tan descarada, por así decirlo: Pilar es más como una suave brisa que como un trueno.

Otro día os cuento la historia de Pilar.

Y bien, Zab no cesaba de meterse en sitios peligrosos en los que había muchos hombres malos que disfrutaban haciendo daño a los demás, siendo crueles con otros. Con el tiempo, llegó a un lugar donde cocinaban y se comían a los Hijos de Oryx, y él sabía que eso estaba mal. Llamó a Joder en busca de ayuda, y éste le dijo que se fuera de allí. Eso hizo, y empezó a vivir en una serie de casas rodeadas de agua por todas partes, y también conoció a una serpiente. De pronto se encontró en peligro. «¡Oh, Joder!», dijo, y Joder llegó volando por los aires, habló con él y prometió ayudarlo a salir de aquella situación complicada.

Y con esto basta por hoy. El resto de la historia ya la sabéis, o casi: sabéis que Zab sobrevivió, pues ahí lo tenéis sentado, ¿verdad? Lo alegra escuchar el relato de su vida, por eso ha dejado de toser y se ha puesto a reír.

Gracias por darme las buenas noches, me alegra que me deseéis que duerma tranquila, que no tenga malos sueños.

Buenas noches a vosotros también.

Sí, buenas noches.

¡Buenas noches, buenas noches!

Ya vale, ya está bien. Dejad de darme las buenas noches de una vez.

Gracias.

# El Mundo Flotante

Zab despertó una mañana junto a Wynette, la camarera del SecretBurgers, y advirtió que ella olía a carne chamuscada a la parrilla y a aceite de freír requemado. Como él mismo, por supuesto, pero con la diferencia de que tu propio olor siempre te molesta menos. Lo que no puede ser es que el objeto de tus deseos huela a rayos: se trata de un instinto primario, fundamental; han hecho experimentos al respecto y está más que comprobado, puedes preguntárselo a cualquiera de estos maddaddámidas biofriquis que corren por aquí.

Por no hablar del olor a cebolla cruda, y el de la asquerosa salsa color rojo que venía en botes de plástico. A los clientes los volvía locos, la engullían tan vorazmente como si contuviera crack, y quién sabe. Cuando algunos se ponían chulos y estallaba una pelea, siempre había quien echaba mano al frasco de la salsa y se ponía a rociar en derredor. Si le habían dado a alguien en la cabeza, la sangre que manaba de su cuero cabelludo se mezclaba con la salsa y nunca sabías si la herida era importante o era sólo un rasguño.

Trabajando donde trabajaban, no había forma de evitar aquella combinación de olores que impregnaba las ropas y los cabellos de ambos hasta meterse por los poros de la piel. No podías eliminar aquel hedor por muy a conciencia que te lavaras cuando aún había agua suficiente para ducharse, y esa peste no casaba muy bien con el perfume barato y dulzón que Wynette se frotaba por el cuerpo con la idea de enmascararla. Dalila, se llamaba el mejunje, disponible en loción y en agua de colonia, y al olerlo sentías como si estuvieras vadeando un mar de lirios muertos o cruzando entre un grupo de beatas asiduas a la Iglesia de los Santos Petróleos. Aquellos dos olores, el de SecretBurgers, el del Dalila, tenían un pase si estabas muy hambriento o muy cachondo. Si no era el caso, no había quien los aguantara.

*Joder,* se dijo Zab, recién despierto aquella mañana y olfateando el funesto popurrí. *Esto no hay quien lo aguante.*

No sólo eso, sino que el futuro cada vez era menos halagüeño: además de oler a mil demonios, Wynette se estaba convirtiendo en una metomentodo. En nombre del amor, y con el pretexto de saber quién era él en realidad, ansiaba explorar hasta el último recoveco de su ser (en sentido metafórico). Insistía en saber todo cuanto le rondaba por la cabeza. Si Wynette seguía insistiendo y terminaba por destapar todas las patrañas que él había ido articulando al buen tuntún —ahora caía en la cuenta, y se juraba que se lo trabajaría mejor la próxima vez que se emparejara con alguien—, si continuaba escudriñando en su interior, encontraría que, más allá de esas patrañas, no existía nada convincente ni agradable. Y si porfiaba más todavía, era posible que empezara a sospechar la verdad sobre su procedencia, sobre quién era él en realidad, y entonces sería sólo cuestión de tiempo que lo delatara para cobrar la recompensa extraoficial que los soplones omnipresentes en las plebillas sin duda llevaban tiempo ambicionando cobrar.

Porque Zab tenía clarísimo que había una recompensa. Hasta era posible que estuviesen circulando fotos biométricas de sus orejas, por ejemplo, o animaciones de su silueta destinadas a caracterizar su forma de caminar, o las huellas dactilares que le habían tomado en el colegio. Que él supiera, Wynette no tenía contactos entre las bandas de delincuentes, y por suerte era demasiado pobre para tener un ordenador o una tableta, pero siempre era posible entrar en un cibercafé y conectarse a la red por un par de monedas, y si un día se mosqueaba con él de verdad, era muy capaz de ir a uno, ponerse a navegar por la red y meterse en los portales para la identificación de sospechosos.

Era un hecho que Wynette estaba comenzando a salir del coma sexual de sus primeros tiempos juntos, de la catatonia creada por la explosiva magia de las gónadas adolescentes en ebullición constante y explosiva liberación. Los jóvenes no hacen ascos en lo tocante al sexo, no discriminan. Son como aquellos pingüinos que tanto escandalizaban a los victorianos: están hechos para penetrar en la primera cavidad que se les cruce, y Wynette fue la beneficiada en el caso de Zab. No era cuestión de fanfarronear, pero durante sus ardientes encuentros nocturnos, ponía los ojos en blanco hasta tal punto que más de una vez él se preguntó si no la habría palmado de pronto. Hacía más ruido en la cama que un grupo de rock pasado de amplificación, lo que provocaba continuas protestas —en forma de golpetazos contra suelo y tabiques— de los dependientes de la tienda de licores de abajo y los anónimos currantes que ocupaban el piso-patera de encima.

Pero ahora, para colmo, le había dado por confundir las energías animales de Zab con algo más profundo... y quería conversar después del fuki-fuki. Fundirse con él, compartir cuanto anidaba en sus respectivos espíritus. Había empezado a venirle con preguntas: quería saber si tenía los pechos lo bastante grandes, por qué ya no lo hacían dos veces por noche como al principio. Cada nueva pregunta era un nuevo barrote en la jaula, fuera cual fuese la respuesta. Tanto interrogatorio nocturno empezaba a resultar agotador. Llegó a una conclusión: lo que sentía por Wynette no era amor de verdad, y nunca lo había sido.


—No me mires con esa cara —dice Zab—. Yo era muy joven, y conviene recordar que nunca había aprendido a socializar de un modo más o menos normal.

—¿Que no te mire con qué cara? —dice Toby—. Aquí hay menos luz que en el interior de una cabra: no puedes verme.

—Pero noto el frío que se desprende de tu mirada glacial.

—Lo siento por la chica, eso es todo.

—No, no lo sientes porque, si me hubiera quedado con ella, ahora no estaría aquí contigo, ¿verdad?

—Bueno, sí. No vamos a engañarnos. Retiro lo de que lo siento, pero aun así...

Zab tampoco se portó como un mierda absoluto: le dejó algo de dinero junto con una nota que expresaba su amor eterno, y en cuya posdata le explicaba que su vida corría peligro a causa de cierto negocio sucio en el que se había metido —sin especificar cuál—, y que ni por asomo quería ponerla en un apuro.

—¿«En un apuro»? —pregunta Toby—. ¿Se lo dijiste con esas palabras precisas?

—Le gustaban las novelas románticas, de caballeros y damiselas, ya sabes. Cuando alquiló el cuarto, se encontró con una estantería llena de libritos por el estilo; bastante gastados, por cierto.

—No tenías ganas de ser su caballero andante, ¿es eso?

—El de ella no —responde Zab—. Por ti... —besa las puntas de los dedos de Toby—, por ti, estoy dispuesto a batirme en duelo con quien haga falta.

—No me creo nada, ¡acabas de confesar que eres un embustero redomado!

—Contigo por lo menos me tomo la molestia de mentir, y mentir resulta más trabajoso que contar la verdad pura y dura: es una forma de seducción como cualquier otra. Estoy envejeciendo mal, estoy un poco cascado, no tengo un rabo azul descomunal como el de los amigos crakers, así que tengo que echar mano al palique y el ingenio; lo que me queda de ellos...

· · ·

Zab tomó la ruta Parada y Fonda hacia el sur y se detuvo a descansar en lo que quedaba de Santa Mónica. El nivel cada vez más alto del mar había borrado las playas del mapa, y los hoteles y condominios antaño lujosos hoy estaban medio inundados. Algunas de las calles se habían convertido en canales y la cercana población de Venice hacía honor a la ciudad italiana de la que había tomado el nombre. En su conjunto, la zona ahora se conocía como el Mundo Flotante, y era verdad que casi todo flotaba la mayor parte del tiempo, sobre todo cuando la luna llena hacía subir la marea.

Ni uno solo de los antiguos propietarios seguía viviendo allí. Las compañías de seguros no los habían compensado —pues el desbordamiento del océano sólo podía achacarse a Dios, ¿no?—, por lo que se habían trasladado colinas arriba. En sus casas ahora residían okupas y vagabundos de toda laya, por mucho que los servicios municipales hubieran dejado de funcionar: la red de alcantarillado estaba hecha un desastre, y no había agua ni electricidad.

Paradójicamente, el barrio había adquirido fama de lugar vibrante y divertido —si te iban las emociones fuertes—, y a los jugadores de mediana edad de las zonas más adineradas de los barrios altos les gustaba bajar para disfrutar de la atmósfera entre canalla y bohemia. Descendían por las calles inundadas a bordo de minúsculas lanchas-taxi propulsadas por ruidosos motores alimentados por energía solar y se dedicaban a pasarlo bien apostando en las timbas clandestinas, colocándose con las sustancias ilegales a la venta, beneficiándose a las chicas y asistiendo a los números de carnaval que tenían lugar en un edificio en ruinas o en otro, dependiendo de si los bajos de una casa estaban demasiado anegados o si una violenta tempestad había vuelto a comerse parte del litoral y las propiedades inmobiliarias.

En el Mundo Flotante había de todo, o casi, y los negocios prosperaban, pues nadie pagaba alquiler ni impuestos. Había partidas de dados en marcha a todas horas del día y de la noche, con un cambiante elenco de ojerosos jugadores insatisfechos con la sosería de las apuestas online y necesitados del adictivo subidón que proporcionaba el riesgo en estado puro de los envites en vivo y en directo. Allí, además, se sentían libres de miradas indiscretas, pues daban por sentado que en internet había más mirones que en los moteles Parada y Fonda y no querían dejar rastros de su ADN virtual en la red.

En el barrio existía un garito de monadas con chiquitas de verdad y prostibots, en función de qué nivel de interacción preprogramada se anduviera buscando —aunque, la verdad, no siempre se podía apreciar la diferencia—. También había un grupo de acróbatas callejeros especializados en ejecutar números de alto riesgo con antorchas en cuerdas flojas tendidas sobre las calles inundadas. A veces caían y se rompían algo; el cuello, por ejemplo: la posibilidad de presenciar cómo alguien resultaba herido o moría era un imán para el público. A medida que el mundo online iba tornándose cada vez más preeditado y artificioso, en un momento en que muchos de los espectadores dudaban de la autenticidad de las imágenes subidas a los autodenominados «portales de realidad», el mundo físico en bruto y sin desbastar volvía a gozar de un atractivo místico.

Entre los números de feria descollaba el de un mago, un tipo de ojos tristes y unos cincuenta años de edad siempre vestido con uno de esos trajes de pantalones bombachos hasta las pantorrillas tan de moda a principios del siglo XX, que seguramente había adquirido en alguna tienda de caridad. No debía de ganar precisamente una fortuna: montaba su precario escenario en el entrepiso cada vez más mohoso de un antiguo hotel de categoría cinco estrellas de platino y hacía trucos con naipes, monedas y pañuelos; cortaba mujeres en dos con un serrucho o las hacía desaparecer en el interior de un cajón de madera; leía las mentes a los espectadores. Esa clase de espectáculos habían desaparecido de la televisión y las redes, pues, por muy elaborados que fueran, en el mundo virtual perdían toda credibilidad: ¿quién podía asegurar que todo aquello era algo más que una simple sucesión de efectos especiales? Sin embargo, cuando el mago del Mundo Flotante se metía un puñado de agujas en la boca, veías con tus propios ojos que las agujas eran auténticas, y cuando las sacaba unidas en una guirnalda podías tocar la guirnalda con los dedos, y cuando tiraba un mazo de naipes por los aires y el as de picas se quedaba pegado al techo lo veías todo en persona y en tiempo real.

El entrepiso se llenaba todos los viernes y sábados por la noche cuando el mago del Mundo Flotante montaba sus espectáculos. Se hacía llamar Slaight el Prestidigitador en homenaje a Allan Slaight, un historiador del siglo xx conocido por sus estudios sobre las artes herméticas, conexión que, desde luego, muy pocos entre el público captaban.

Zab sí que estaba al corriente, pues comenzó a trabajar para él. Durante las funciones era Lotario, el musculoso ayudante del mago, y llevaba un ridículo atavío confeccionado con falsas pieles de leopardo. Ayudaba a la chica a meterse en el armario donde la harían desaparecer y luego lo levantaba y lo volteaba a pulso para dejar claro que allí dentro no había nadie. Otras veces fingía ser uno más del público con intención de reunir datos que utilizar cuando Slaight el Prestidigitador procediera a leer las mentes de la concurrencia, o bien para expresar su asombro de forma ostensible, distrayendo de paso a los espectadores. Por el día hacía recados en las afueras del Mundo Flotante, donde seguía habiendo minisúpers y la gente no dormía de día.

—Aprendí un montón de cosas del viejo Slaight —asegura Zab.

—¿Como aserrar a una mujer en dos?

—También, aunque eso puede hacerlo cualquiera. El truco está en hacerlo sin que la chica deje de sonreír.

—Supongo que todo es cuestión de usar espejos y humo —comenta Toby.

—Juré no revelar ninguno de los secretos de Slaight el Prestidigitador. Lo más valioso que me enseñó fue fomentar el despiste, el lapsus de atención: hacer que el público mirase hacia otro lado y relajase la vigilancia un segundo. Si lo consigues, lo demás viene rodado. El viejo Slaight tuvo una sucesión de guapas ayudantes, pero a todas les ponía el mismo nombre: señorita Lapsus.

—¿Es posible que fuera incapaz de distinguir entre ellas?

—Es posible porque no le interesaban mucho, no en el sentido acostumbrado. Eso sí, debían tener buen aspecto vestidas de lentejuelas, cuantas menos lentejuelas mejor. La señorita Lapsus del momento era Katrina Wu, una chica con ojos de lince de origen asiático, aunque nacida en Palo Alto. Yo la llamaba Katrina la Uau, me parecía una preciosidad y enseguida traté de camelármela: Wynette, la camarera del SecretBurgers, me había abierto los ojos a la vida, y por entonces me sentía en ascuas. Sin embargo, la señorita Lapsus oriental no quería saber nada del asunto. La estrechaba entre mis brazos todos los fines de semana mientras la metía en el cajón o el armario de turno para que el mago la rebanara en dos o la hiciera esfumarse, la tumbaba en la mesa para que levitara, y de vez en cuando se me iba un poquitín la mano o le lanzaba de soslayo una mirada ardiente que se me antojaba irresistible, suficiente para fundir un iceberg; entonces, sin que la sonrisa se le borrara del rostro, ella lanzaba un bufido: «Para el carro.»

—Te ha salido bien el bufido. ¿Te paraste a pensar que eso de aserrarla cada dos por tres igual estaba dejándola sin energías?

—De eso, nada: el que la dejaba la energías era uno de los acróbatas-funambulistas. Entre semana, cuando no había funciones de Slaight el Prestidigitador, ese tío le daba lecciones con la idea de montar un número de *striptease* en lo alto del alambre. Katrina tenía dos modelitos distintos para la ocasión: un disfraz de pájaro y otro de serpiente. En el número de la serpiente interactuaba con una pitón medio lobotomizada a la que llamaba *Marzo*. Le había dado ese nombre porque consideraba que marzo era el mes de la esperanza, y tenía grandes esperanzas puestas en el numerito con el ofidio. Y disfrutaba al ensayarlo, o eso parecía: se ponía la pitón en torno al cuello y dejaba que se le fuera enroscando por el cuerpo. Con el tiempo hice buenas migas con *Marzo*. Atrapaba ratones para que comiera. Me imaginaba que con ese gesto acabaría por robarle el corazón a la señorita Lapsus, pero nada.

—¿A qué viene esa relación entre las mujeres y las serpientes, o entre las mujeres y los pájaros, para el caso? —pregunta Toby.

—A los hombres nos gusta creer que por dentro, bajo vuestra apariencia civilizada, sois fieras salvajes —responde Zab.

—¿Quieres decir estúpidas o infrahumanas?

—No me vengas con ésas: quiero decir fuera de todo control, ávidas y feroces en sentido positivo. Una mujer con escamas o plumas resulta muy atrayente: tiene algo ambiguo, algo que te lleva a pensar en una diosa. Algo extremo, arriesgado.

—Vale, vale, lo dejamos ahí. ¿Y qué pasó después?

—Lo que pasó fue que un día Katrina la Uau se dio el piro con el acróbata-funambulista... y con *Marzo*, la pitón. Me sentó muy mal; no por la serpiente, sino por la señorita Lapsus: cupido me había clavado un dardo bien clavado, hay que reconocerlo. Confieso que me deprimí.

—No te imagino llorando por los rincones —afirma Toby.

—Pues sí: estaba hecho un grano en el culo; y no es que lo fuera pregonando, más que nada era un grano en el culo conmigo mismo. Corrió el rumor de que Katrina y el acróbata-funambulista se habían ido al este en busca de fama y fortuna y, un par de años después, me enteré de que habían estado explotando el numerito de la serpiente y el ave, y que con el tiempo montaron un local de *striptease* bastante apañado al que llamaron Colas y Escamas. Empezaron con un solo garito que con el tiempo dio paso a una franquicia; eso, claro está, fue antes de que los de SegurMort se asegurasen el monopolio de la industria del sexo.

—¿Colas y Escamas? ¿Como aquel club de espectáculos sexuales que había en el Sumidero, cerca del Jardín del Edén en el Tejado?

—Exacto, ese en el que los chicos de los Jardineros solían colarse para cosechar las botellas de vino mediadas que necesitaban para fabricar el vinagre. Era parte de la misma franquicia: una franquicia que terminó por salvarme el pellejo en un momento complicado. Pero eso te lo cuento otro día.

—¿En esa historia salís tú y la mujer-serpiente? ¿Al final te la llevaste a la cama? Me muero por saberlo. ¿La pitón también se sumó al jolgorio?

—Calma: estoy tratando de seguir cierto orden cronológico. Y oye, no todo se reduce a mi vida sexual.

Toby está a punto de responder que no ha parado de hablar de su vida sexual, pero se muerde la lengua. Está exigiéndole que se lo cuente todo y no es cuestión de venirle con objeciones.

—Muy bien. Sigue, sigue —indica.

—Después de que Katrina la Uau se fuera del Mundo Flotante, el viejo Slaight se fue también, en pos de otra señorita Lapsus que la sustituyera y quizá también con la idea de encontrar un lugar menos precario donde actuar, cuyo escenario no fuera a inundarse la noche menos pensada. De un día para otro me encontré sin trabajo y sin nada que hacer. Me sentía bastante perdido, pero de hecho me vino bien, pues andaba con los ojos abiertos y las antenas desplegadas en busca de alguna forma de ganarme el sustento y me fijé en un par de tipos que se movían por el Mundo Flotante, pero se esforzaban demasiado en encajar y mezclarse con la chusma de la zona. Es evidente cuando un fulano no acaba de acostumbrarse a andar con el pelo largo y grasiento recogido en una coleta, o con el bigotón demasiado descuidado, o cuando el aro que lleva en la nariz está demasiado nuevo y reluciente... Aquellos tipos, además, llevaban unos pantalones que no pegaban ni con cola: no cometían el error de principiantes de llevarlos nuevos de fábrica, como Chuck, pero los desgarrones y las manchas en la tela vaquera no podían ser más artísticos, o eso me parecía. Así que puse tierra por medio: me largué con el primer camionero que me dejó subir a su cacharro.

»Esa vez no paré hasta llegar a México: me decía que, por largos que fueran, los tentáculos del reverendo no podían llegar al sur de la frontera.

# La Hackería

En México abundaban los narcotraficantes consumidos por la paranoia que enseguida pensaron que Zab era otro narco peligrosamente paranoico cuyos intereses sin duda chocaban con los de ellos. Tras una multitud de episodios con hombres cubiertos de arcanos tatuajes y con tulipanes dibujados a navaja en el cuero cabelludo que le lanzaban miradas asesinas y un par de incidentes con cuchillos que le dejaron las cosas definitivamente claras, se puso en marcha otra vez y se dirigió más al sur todavía. Lo pagaba todo en efectivo: lo último que quería era dejar un rastro digital de su paso, aunque fuesen las ciberhuellas de alguien que se llamaba John y después Roberto y a continuación Díaz.

Pasó por Cozumel y fue de una isla caribeña a otra hasta que se decidió a volver al continente, a Colombia. Por el camino había ido perfeccionando el arte de beber con desconocidos en los bares pero, aunque sobrevivió a esas experiencias —y a otras más— y aprendió unas cuantas lecciones, estaba claro que en Bogotá no tenía nada que hacer, por no hablar de que allí llamaba demasiado la atención.

Río de Janeiro era otra cosa. Por entonces, los entendidos conocían la ciudad como la Hackería, antes de que las operaciones de castigo con minidrones y los sabotajes de la red eléctrica obligaran a los peces verdaderamente gordos del sector de la piratería informática —los que sobrevivieron— a salir por piernas y establecerse en Camboya con la idea de volver a empezar de cero en el negocio. El caso es que en esa época Río de Janeiro estaba en su momento álgido: era la última frontera de los hackers, el salvaje Oeste de los ciberpiratas, y por sus calles pululaban jóvenes y mal afeitados ciberbandidos de todas las nacionalidades. Los clientes en potencia eran incontables: las empresas se espiaban entre sí, los políticos se tendían celadas los unos a los otros, por no hablar de la vertiente militar del asunto, que suponía el grueso del dinero. Por desgracia, los militares de uno u otro país investigaban el pasado de todo posible subcontratado por cuestión de seguridad, algo que a Zab no le convenía. De todas formas, en Río era posible ganarse la vida pero que muy bien: había demanda de especialistas y daba igual la pinta que tuvieses; allí te sentías como en casa siempre que fueras tirando a raro.

Zab había perdido práctica con los teclados después de haberse pasado meses trajinando hamburguesas, ayudando a Slaight el Prestidigitador en escena, babeando por la señorita Lapsus y luchando con una pitón, pero no tardó en volver a ponerse en forma y pronto encontró empleo en lo suyo.

Entró a trabajar en SufragiMagic, una empresa especializada en hackear máquinas de votación electrónica. Había sido fácil durante el primer decenio del siglo, y también lucrativo: si tomabas el control de las máquinas y la votación real era lo bastante ajustada, podías decantar el resultado a favor de determinado candidato. Sin embargo, hubo quienes se escandalizaron y protestaron, y, como por esos días seguía considerándose que valía la pena mantener la ilusión de la democracia, se instalaron cortafuegos electrónicos por doquier y la labor de hackeo se volvió más compleja... y también más aburrida: comparable a hacer ganchillo, pues tenías que manejarte con unas medidas de seguridad cuyo primoroso encaje era más aparente que real.

Era un milagro que Zab no se quedase dormido de aburrimiento, por eso aceptó tan deprisa la oferta que le hicieron los de Argolla; demasiado deprisa, como pronto resultó evidente. No estaba borracho, aunque sí que hubo unos vasos de vodka por medio: unos chupitos acompañados de muchas palmaditas en la espalda, mucho buen rollo entre machotes, mucha risa y mucho elogio. Los ofertantes eran tres tipos encantadores, uno de ellos con las manazas enormes, otro con un fajo de billetes no menos enorme y el tercero —que seguramente era el especialista en liquidaciones— que no decía ni mu.

La sede corporativa de Argolla era un yate de recreo anclado delante de las costas de Río que pasaba por un bazar donde era posible comprar todo tipo de servicios sexuales. Era y no era una tapadera porque allí podías adquirir lo que te apeteciese, desde mamadas cinco estrellas hasta copiosas corridas, en plan fino o en plan guarrindongo, con doble ración de gritos y aullidos si querías. Pasó cuatro semanas trabajando con los nervios de punta en aquella estrella de la muerte para un grupito de rusos que se dedicaban a la importación y el tráfico de coños, y que habían empezado a hartarse de las quejas y gimoteos de su mercancía humana, de sus pérdidas de sangre y de la lata de tener que alimentarla de vez en cuando, y querían aumentar sus ingresos de maneras que requirieran menos paños calientes.

Le encargaron a Zab que fuera colándose en las partidas de PachinkoPoker en la red con la idea de hacer saltar la banca un día; labor algo estresante, pues, como le dijeron los demás esclavos del código, la gente de Argolla era proclive a arrojarte a un banco de kril luminiscente si pensaban que ya tardabas en desenmarañar la maraña digital de turno o si te daba por hacerte demasiado amigo de las gatitas del lugar. Los empleados como él recibían unas cuantas fichas de juego, así como un par de cupones de disfrute semanales con bebidas y tentempiés incluidos. No había problema en maltratar un poco la mercancía siempre que no la dañaras —porque ése era un privilegio reservado a los clientes de pago—, pero las relaciones sentimentales estaban terminantemente prohibidas.

El bazar del sexo que formaba parte del negocio de Argolla iba más allá de lo sórdido, sobre todo en lo referente a los menores, raptados en las favelas y explotados de forma intensiva y con fecha de caducidad bastante próxima: tras hacerlos pasar por unos cuantos clientes, se convertían en alimento para los peces. Esto estaba demasiado cerca de los antiguos desmanes del reverendo como para ser del gusto de Zab, quien seguramente no conseguía ocultarlo, pues la inicial cordialidad de sus joviales camaradas iba desvaneciéndose con rapidez. Cuando no llevaba más que un mes en el nuevo empleo, se las arregló para huir a bordo de una lancha rápida después de tomarse unos vodkas con el ruso que montaba guardia. Lo liquidó a la que pudo, se hizo con su documentación y tiró el cadáver por la borda. Era la primera vez que mataba a alguien, y lo sintió por el vigilante, un tipo cabezón y obtuso que no tendría que haberse fiado de un jovenzuelo imberbe que no era precisamente bajito y sí —lógicamente, ya que trabajaba para Argolla—, taimado como Zab.

Se dio a la fuga con parte del código informático de Argolla y unas cuantas contraseñas que podían serle de utilidad. También se llevó a una de las chicas, a la que había estado dando palique hasta persuadirla de que se convirtiese en su propia señorita Lapsus personal e intransferible. Se valió de los cupones para reservar una hora a solas con ella e hizo que pasara andando frente al vigilante medio borracho vestida con lo que se suponía que era un salto de cama —un retal de tela traslúcida—, lo bastante apetecible y furtiva como para que el guardia se volviese un segundo para verla y decirle: «¿Tú adónde vas?»

Podría haber dejado a la chica en el barco de los mil placeres, pero le entró lástima: los camaradas terminarían por deducir que lo había ayudado a escapar a sabiendas o no, matiz este último que les daría igual: acabaría convertida en fosfatina. La habían llevado al barco desde su pueblo natal, en el ruinoso cinturón industrial de Michigan, valiéndose de falsas promesas y cuatro halagos no muy rebuscados; le habían asegurado que tenía talento y que la querían como bailarina.

Zab no fue tan corto como para conducir la lancha rápida a un puerto deportivo normal y corriente. A esas alturas, los camaradas de Argolla ya se habrían percatado de que en el barco faltaban dos personas —tres, contando al vigilante— y estarían en guardia y ojo avizor. Atracó en la dársena de uno de los hoteles costeros, donde mantuvo a la muchacha escondida tras una fuente ornamental mientras se registraba utilizando la identidad del vigilante. A continuación, averiguó la contraseña maestra y se coló en una de las suites, donde resultó que había de todo: se hizo con ropa para ella y una camisa para él. Le venía algo pequeña, pero lo disimuló arremangándose. Antes de salir, llevó a la práctica las enseñanzas de Slaight el Prestidigitador acerca de la importancia de marear la perdiz y, jabón en mano, garabateó un mensaje amenazador en el espejo del baño: «Volveré pronto, date por muerto.» Era de suponer que las nueve décimas partes de los tipos que se alojaban en establecimientos como ése habían conocido a más de un matón rencoroso y vengativo en el pasado; en consecuencia, podía esperarse que abandonasen el hotel con mucha celeridad, sin tiempo que perder quejándose por la desaparición de cuatro ropitas de nada.

O por la desaparición de las llaves de su coche... o de su coche.

En cuanto pusieron tierra por medio, Zab encontró un cibercafé donde, dando un inmenso y tortuoso rodeo, accedió a una de sus recónditas cuentas del 0,09 y transfirió buena parte de ese dinero a otra cuenta, que utilizó para hacerse un pago a sí mismo. Borró todas las huellas electrónicas, salió a la calle, encontró otro coche con las llaves en el contacto y se marchó al volante: la gente era descuidada.

Hasta ahí, todo bien, pero estaba la cuestión de la chica. Se llamaba Minta, nombre que hacía pensar en cierta goma orgánica de mascar. Y ciertamente, Minta estaba muy verde. Se había mostrado serena durante la huida; sin decir mucho,

249

sin perder los nervios, pero probablemente se debía a que estaba en shock, porque ese aplomo había durado más bien poco. No estaba nada bien, era evidente, aunque él no habría podido decir si era un problema físico o mental. Se comportaba cuando estaban en público, en la calle o en una tienda, y se las arreglaba para fingir normalidad a ratos, pero cuando estaban a solas en algún cuarto de hotel, o metidos en un coche y dirigiéndose al norte o el oeste según conviniera, entonces se dedicaba a sus dos especialidades: llorar a moco tendido y fijar la mirada en el vacío. La televisión no la distraía, ni tampoco el sexo. Comprensiblemente, no quería que él la tocara, aunque por gratitud y a modo de pago por su ayuda estaba dispuesta a tocarlo a él donde y cuando hiciera falta.

—¿Y le tomaste la palabra? —pregunta Toby esforzándose en que su voz suene tranquila y distendida. ¿Cómo puede estar celosa de aquella chica destrozada y espectral?

—Pues ya que quieres saberlo: no —le contesta Zab—. No tenía la menor gracia: para eso, mejor parar en un centro comercial y alquilar un prostibot pajillero. Prefería decirle que no era necesario, que no tenía por qué hacerlo y entonces ella dejaba que la abrazase un poquito. Yo suponía que así la calmaría, pero más bien la hacía estremecerse.

Minta comenzó a oír cosas raras —unas pisadas sigilosas, una respiración entrecortada, un clac metálico—, y se moría de miedo cada vez que salían del hotelucho de tres al cuarto en el que estuvieran alojados. Él tenía dinero para pagar establecimientos con más clase, aunque lo mejor era mantenerse en las sombras, en las plebillas más oscuras de todas.

Por desgracia, Minta acabó saltando por un balcón en San Diego. Él había salido un momento para llevarle un café, pero al volver vio un corrillo de curiosos, oyó una sirena y enseguida imaginó lo que había pasado. Se vio obligado a salir de la ciudad cuanto antes para eludir la investigación, en caso de que hubiera alguna. Si las autoridades se tomaban el caso en serio, algo que hacían cada vez con menos frecuencia, su descripción encabezaría el listado de sospechosos. No obstante, ¿por dónde iban a empezar? Desconocían la identidad de Minta y él, por su parte, no había dejado ninguna pertenencia personal en el hotel —tenía por costumbre llevarse absolutamente todo consigo cada vez que salía de la habitación—. ¿Habría cámaras de seguridad por la zona? En aquella plebilla dejada de la mano de Dios era poco probable, pero uno nunca sabía.

Esta vez se dirigió al norte y, una vez en Seattle, se fijó si había algo en el buzón de mensajes que compartía con Adán: la rosa soplada por céfiros en *El nacimiento de Venus*. Y en efecto había un mesaje: «Confírmame que no has abandonado la envoltura.» Adán a veces se las arreglaba para remedar el discurso del reverendo de una forma que daba repelús.

«¿La envoltura de quién?», escribió a su vez.

Era un chiste que solía hacer cuando quería mofarse del reverendo y sus peroratas funerarias sobre el alma que abandona la envoltura del cuerpo. Puso justamente eso para que Adán tuviera claro que era él, Zab, y no un falsario contratado para tenderles una trampa. Era casi seguro que Adán había escrito aquellas palabras exactas a sabiendas de que el genuino Zab le vendría con el chiste acostumbrado, mientras que un Zab de pega le daría una respuesta en serio: Adán solía ir unos pasos por delante de todos los demás.

Próxima parada: Whitehorse. En un bar de Río le habían hablado del proyecto Operación Oso y pensó que era su oportunidad de perderse de vista, pues a nadie se le ocurriría buscarlo por ahí. Los de Argolla, que seguían teniendo cuentas pendientes con él, ni soñarían con encontrarlo en aquellos parajes, más bien lo buscarían en otro punto del mapa frecuentado por los hackers del mundo entero: Goa, por ejemplo. Al reverendo tampoco le pasaría por la cabeza: Zab jamás había mostrado interés alguno por la naturaleza.

—Y así es como fui a parar a los páramos de la cordillera Mackenzie —dice—. Lo demás ya lo sabes: vestido con la piel de un oso, me abalancé sobre un ciclista con el resultado de que me tomaron por Bigfoot.

—Se entiende —dice Toby—: habrían pensado lo mismo aunque no llevases puesta la piel de oso.

—¿Te ríes de mí?

—Es un cumplido.

—Pues deja que me lo piense porque no sé cómo tomármelo. En fin, que las cosas habrían podido salir peor.

Pues eso: otra vez estaba en Whitehorse, aseado y con ropa limpia, y con las ideas claras en la medida de lo posible, teniendo en cuenta que se trataba de él. Se mantenía a distancia del cuartel general de Operación Oso y de los tugurios de siempre porque todos lo daban por muerto y no tenía sentido privarse de las ventajas que le brindaba residir en el más allá, de manera que pasaba gran parte del tiempo metido en un cuarto de motel, alimentándose de pseudocacahuetes y pizzas por encargo y viendo lo primero que programaran en cualquier canal mientras pensaba qué iba a hacer a continuación. ¿Adónde podía dirigirse desde Whitehorse? ¿Cómo salir de allí? ¿Qué nuevas sorpresas le deparaba el destino?

También se hacía preguntas. ¿Quién habría contratado a Chuck para que le inyectara aquello? De entre todos los que se la tenían jurada, ¿a quién se le habría ocurrido fichar a un macrocero a la izquierda como Chuck para asestar el venenoso pinchazo mortal de necesidad?

# El plato que se sirve frío

Zab existía en dos formas a la vez. En la forma actual: escondido entre la gente, uno cualquiera con un nombre falso, y en la anterior: achicharrado y convertido en carbonilla de resultas de un accidente de helizóptero. Una lástima de muerte prematura, dirían algunos, otros la encontrarían la mar de conveniente; él mismo, sin ir más lejos.

Pero no quería que Adán lo creyera muerto —y no se había comunicado durante su etapa en Operación Oso—, por lo que tenía que contactar con él antes de que le llegara la funesta noticia.

Se puso toda su ropa, incluyendo el casco de piloto, el chaquetón de falso plumón y las gafas de sol, y fue a uno de los dos cibercafés de la población, un próspero establecimiento llamado el Rincón de los Cachorros, conocido por servir desbordantes batidos de leche de soja orgánica, así como unos *muffins* descomunales que nunca terminaban de estar bien horneados. Pidió lo uno y lo otro, pues tenía por principio comer lo que fuera costumbre en el lugar donde se hallaba. Pagó en metálico media hora de conexión a internet y le puso un mensaje a Adán en el buzón acordado: «Un cabrón ha tratado de matarme. Todo el mundo piensa que estoy muerto.»

La respuesta le llegó en diez minutos: «El lenguaje soez es malo para la digestión. Mejor sigue bien muerto. Quizá haya un trabajo para ti: dirígete a la zona de Nueva Nueva York lo antes posible, contacta conmigo cuando hayas llegado.»

«Okey. ¿Te encargas de conseguirme el permiso de trabajo?», escribió Zab.

«Sí, lo tendrás preparado», respondió Adán.

¿Y dónde se encontraba? Ni idea. Por lo que parecía, en un lugar donde estaba a salvo completa o relativamente. Era un alivio saberlo: perder a Adán sería como perder un brazo y una pierna, y la parte superior de la cabeza.

Volvió al cuarto del motel y pensó en la mejor forma de ir a Nueva Nueva York. Muerto como estaba, y con la ayuda de la identidad falsa que se había inventado cogiendo trozos de aquí y de allá, podría embarcarse en un tren bala después de hacer la mayor parte del trayecto en autostop hasta Calgary, por ejemplo.

A la vez, no dejaba de darle vueltas a la cuestión fundamental de quién podía haber contratado a Chuck para enviarlo al otro barrio. Trató de eliminar posibilidades. En primer lugar, ¿quién podía haberse enterado de su paradero? ¿Quién lo había ubicado en Operación Oso? A esas alturas se llamaba Devlon, pero antes se había hecho llamar Larry y, antes de eso, Kyle —no tenía pinta de llamarse Kyle, pero a veces lo mejor era sorprender un poco—, y antes de ser Kyle había sido otros seis más.

Había comprado la mayor parte de las identidades falsas en el mercado gris tirando a muy negruzco, y a los traficantes no les salía a cuenta delatar a sus clientes a riesgo de quedarse sin negocio. Además, ¿a quién delatarían exactamente, y ante quién? Para ellos, él no era más que otro gandul fugitivo de lo que fuera: de unos a los que debía pasta, de una antigua esposa despechada, de una corporación a la que había estafado, de las autoridades —por robo de propiedad intelectual, por asalto a una licorería, por una serie de asesinatos cometidos en pleno delirio psicótico, vestido de mujer y armado con una barra de hierro—; y nada de eso les importaba lo más mínimo. Se habían conformado con hacer alguna que otra averiguación preliminar, pues fingían no rebajarse a comerciar con según quiénes —un follaniños, por ejemplo—, y él les sirvió un plato de patrañas sin pies ni cabeza, como ambas partes sabían a la perfección. De todas formas, por mucho que nadie se engañara, lo correcto era darles una justificación para que pudieran decirte: «Encantado de poder echarte una mano», aunque el verdadero mensaje fuera: «Enséñame la pasta.»

Sea como fuere, el ciberinvestigador obligado a abrirse paso entre toda aquella espesura de falsedades no lo había tenido nada fácil: debía de haberse visto obligado a usar todos los recursos a su alcance. Zab había borrado sus huellas con esmero, de modo que sólo quien supiera dónde mirar pudiera dar con él. Quienquiera que lo hubiese encontrado tenía que haber estado muy motivado y emplearse a fondo.

Así pues, los de SufragiMagic quedaban descartados: al fin y al cabo, ¿qué sabía él que realmente pudiera arruinarles el negocio si se filtraba? El hackeo de las máquinas de votación electrónicas era un secreto a voces y, aunque siempre había críticas en lo que se daba en llamar «prensa», nadie tenía ganas de volver a las urnas físicas: la corporación propietaria de las máquinas —que escogía a los ganadores y se llevaba los sobornos— había hecho una espléndida labor de relaciones públicas, de tal modo que quien protestaba con demasiada insistencia era tildado de comunista resentido y empeñado en aguarle la fiesta a todo el mundo, incluso a quienes aún no tenían nada que celebrar: les arruinaban su fiesta futura.

En resumen, Zab no le quitaba el sueño a la gente de SufragiMagic porque, incluso en el supuesto de que tratara de montar una especie de rebelión apelando a los alicaídos y marchitos restos de la sociedad civil, todo aquel que lo escuchara pronto sería señalado como un enfermo de herpes cerebral. De haber estado verdaderamente loco de remate, quizá hubiera podido reprogramar las máquinas haciendo que las próximas elecciones al Senado las ganara un candidato inventado, por poner un ejemplo, sólo para demostrar lo sencillo que era hacer algo así.

—Pero no estabas loco de remate —dice Toby.

—Si hubiera tenido tiempo, me habría puesto a ello sólo para echar unas risas, como una de esas travesuras que los genios de la informática gruñones como yo hacemos de vez en cuando para protestar inútilmente contra el sistema.

—Entonces, los de SufragiMagic estaban descartados, ¿y los de Argolla?

—Ellos sí podían tenérmela jurada —reconoce Zab—: arrojé a su vigilante a los peces, arramblé con su lancha, hice de Robin Hood con una de sus chicas y, lo peor de todo: los hice quedar en ridículo. Era posible que se hubiesen propuesto hacer un escarmiento para que todos lo vieran: colgarme de un puente sin una pierna y desangrado. Pero para capitalizar un anuncio público de ese tipo tendrían que revelar lo que les había hecho, así que seguirían quedando en ridículo.

»Por lo demás, tampoco los veía capaces de seguirme el rastro hasta Operación Oso, en un lugar tan remoto como Whitehorse. Aquello no podía estar más lejos de Río de Janeiro, y lo más probable era que lo imaginasen como un sitio rebosante de nieve e iglús, si es que llegaban a imaginar alguna cosa. Y lo más fundamental de todo: me resultaba imposible creer que un individuo tan relamido y remilgado como Chuck pudiera haber trabajado para unos tipos como los rusos. No me los figuraba tomando unas copas juntos en un bar. Antes de contratarte, los de Argolla te llevaban a un tugurio para sondearte y ver de qué pie calzabas, y Chuck no daba la talla. Para empezar, esa forma de vestir... Los de Argolla jamás habrían contratado a un tipo con esos pantalones de panoli.

Cuanto más pensaba Zab en el santurrón de Chuck y en su mojigatería, más convencido estaba de que ésa tenía que ser la clave del asunto: su amabilidad untuosa, su falsa cordialidad llena de sonrisas... Todo apuntaba a la Iglesia de los Santos Petróleos, aunque le parecía imposible que el reverendo y sus secuaces —aunque fuesen unos secuaces realmente profesionales— hubieran podido seguir su rastro, un rastro enmarañado a conciencia. Ni de puta broma.

Terminó por convencerse de que estaba examinándolo todo empezando por el final, cuando lo más práctico era comenzar por el principio: el reverendo, su Iglesia al completo más sus adláteres y asociados —como los Frutos Conocidos y sus colegas del mundo de la política— se la tenían jurada a los defensores del ecologismo. Publicaban anuncios en los que se veía a una linda niñita rubia junto a una especie en peligro de extinción particularmente fea y repelente, como un sapo de Surinam o un gran tiburón blanco, con la pregunta: «¿Esto o eso?» El mensaje era que las lindas niñitas rubias del mundo entero estaban en peligro de ser degolladas para que el sapo de Surinam siguiera hollando la tierra.

Por extensión, todo el que disfrutaba del olor de las margaritas y estaba a favor de que las margaritas continuaran existiendo, el que insistía en comer pescados sin mercurio o no quería tener hijos con tres ojos por culpa de los lodos tóxicos que ensuciaban el agua corriente era tildado de ser un siervo de Satán empeñado en volver a épocas oscuras, juramentado para acabar con el Estilo de Vida Americano y el divino PetrÓleo, dos cosas que eran una y la misma. Y los de Operación Oso, a pesar de sus estúpidas ideas y sus torpes procedimientos, operaban en un sector geográfico en el que a buen seguro podían descubrirse nuevas reservas petrolíferas o tenderse oleoductos con los consabidos e inevitables problemas técnicos, vertidos catastróficos y cortinas de humo corporativas.

Así que resultaba natural que el reverendo y su círculo trataran de infiltrarse en Operación Oso, una organización que hacía pocas preguntas a la hora de engrosar su plantilla. Seguramente Chuck era un fanático de la Iglesia de los Santos Petróleos enviado a aquel rincón del mundo para mantener vigilados a los amantes de los osos e informar de los desaguisados que se proponían cometer. No cabía esperar que anduviese buscándolo a él en particular, pero pudo haberlo reconocido al encontrárselo por allí. Quizá era cercano al reverendo y había visto las fotos de familia. «Ese hijo mío me pagó con su ingratitud», debía de haberle dicho el viejo;

«pero tú, en cambio... eres el hijo que siempre quise». Después, soltaría un hondo suspiro y, con una sonrisa melancólica, le pondría una mano en el hombro o le daría unas viriles palmadas en la espalda, ese tipo de cosas.

Y más tarde: el chivatazo, las instrucciones del reverendo, la obtención de la inyección letal, el intento fallido de matarlo en el helizóptero y los restos en llamas del aparato siniestrado.

Con sólo recordarlo, le entró rabia otra vez.

Volvió a ponerse toda la ropa encima y se aventuró a salir para enviar otra tanda de mensajes. Esta vez fue al otro cibercafé del pueblo, DigiNet, un negocio decididamente más cutre ubicado en un minicentro comercial. Justo al lado había un enorme local de sexo con retroalimentación háptica llamado MissMamitas. «¡Reales como la vida misma!», proclamaba el escaparate. «La máxima sensación sin riesgos! ¡Vicio y desparrame sin microbios!» Zab sintió una punzada de nostalgia, pero resistió el impulso de entrar. Dejó Miss-Mamitas atrás, se metió en DigiNet y accedió a la red.

Primero le envió un mensaje a uno de los miembros prominentes del consejo de la Iglesia de los Santos Petróleos adjuntando los datos que demostraban el fraude cometido por el reverendo e informándolo de dónde encontrarían el dinero: no en la cuenta de la sucursal canaria del banco de las islas Caimán —donde estaba en realidad—, sino bajo el jardín de rocas de Trudy, en forma de acciones bursátiles depositadas en una caja metálica. Le recomendaba que seis hombres se presentasen en ese lugar pertrechados con palas y escoltados por un grupo de efectivos de seguridad con pistolas táser, pues el reverendo estaba armado y podía resultar peligroso. Firmó con el nombre de Argos, pues se sentía identificado con el gigante de cien ojos de la mitología griega cuyas imágenes había visto en el mismo portal que albergaba *El nacimiento de Venus*, aunque reconocía que eso de tener cien ojos no te volvía muy agraciado. En el portal también había una diosa con un centenar de tetas cuya estampa volvía a confirmar que más no siempre es mejor.

Tras haberle amargado la velada al reverendo, o eso esperaba, limpió de fondos su cuenta secreta en las Caimán, a la que había estado echándole un ojo de vez en cuando con el fin de comprobar que efectivamente no tocaba ni un céntimo, tal como él le había ordenado.

Y en efecto, el dinero seguía allí. Transfirió la totalidad a una cuenta que le había abierto a Adán bajo el nombre de Rick Bartleby, un inexistente agente de pompas fúnebres de Christchurch, Nueva Zelanda. Le dejó a Adán un mensaje diciéndole que encontraría un número de cuenta, una contraseña y una sorpresa de las gordas en el pezón derecho de Venus. Le hizo gracia imaginar a Adán pellizcando —al fin— un pezón de mujer.

También pensó que era justo enviar otro mensaje a la gente de Operación Oso para hacerles saber que Chuck era un infiltrado y recomendarles que en el futuro comprobaran mejor la identidad de todo individuo redicho y zalamero que se presentara por sorpresa, sobre todo si llevaba ropa nueva con bolsillos, cremalleras y velcros por todas partes. Decidió que también procedía avisarlos de que no todo el mundo consideraba a los angusti-osos de Operación Oso tan fantásticos y adorables como ellos pensaban. Firmó el mensaje como Bigfoot y se arrepintió nada más darle a «Enviar»: ese indicio podía resultar demasiado transparente.

Volvió a su motel de mala muerte, se sentó a la barra del bar y esperó a que empezara el Gran Show del Reverendo en la pantalla plana instalada en la pared. Y así fue: el descubrimiento de los restos de Fenella era noticia destacada en los informativos vespertinos de todo el país. Ahí estaba el reverendo, tapándose la cara mientras se lo llevaban de su casa; ahí Trudy, dulce como una galleta con relleno de vainilla, enjugándose una lágrima mientras decía que nunca lo habría imaginado y que resultaba aterrador saber que habías estado viviendo con un asesino despiadado durante un montón de años.

La verdad es que había que quitarse el sombrero ante esa jugada maestra: al fin y al cabo, nadie podría demostrar nada en contra de Trudy. Seguramente estaba enterada de que el reverendo había transferido el botín a una cuenta secreta porque los del consejo de la Iglesia le habrían preguntado qué sabía sobre el dinero desaparecido, y había llegado a la conclusión de que él tenía planeado abandonarla y poner rumbo a una de aquellas casas seguras costeras donde podría tomar el sol a gusto y manosear a unos cuantos menores a capricho (o desollarlos vivos, si le daba por ahí: con él nunca sabías). Ni siquiera debía de haberse sorprendido del todo porque en el fondo sabía perfectamente que el reverendo era un ser retorcido, aunque prefiriera no darse por enterada.

Zab volvió a cubrirse con su atavío invernal al completo y fue andando al Rincón de los Cachorros, donde le envió un nuevo mensaje a Adán; uno breve, sólo la URL de una nota periodística sobre la detención. Adán se iba a llevar una alegría: ahora que el reverendo iba a estar entre rejas o, como poco, sometido permanentemente a una estrecha vigilancia, los dos vivirían con algo más de paz y tranquilidad.

Por su parte, tenía que irse de Whitehorse ya mismo: era muy posible que los agentes de la justicia o sus equivalentes trataran de rastrear la procedencia del mensaje enviado al líder del consejo de la Iglesia de los Santos Petróleos, y si la descubrían, no tardarían en ponerse a peinar Whitehorse, población que no era demasiado grande. No buscarían a Zab propiamente, pues se suponía que había muerto, pero la circunstancia de que buscasen a alguien era problemática de por sí, y tampoco tardarían mucho tiempo en ubicar el lugar de envío del mensaje con absoluta precisión. Quizá ya lo habían hecho: tenía un mal presentimiento.

No regresó al motel, se dirigió al área de descanso Parada y Fonda más cercana, se puso a hacer autostop y subió a un camión que se dirigía al este en convoy. Una vez en Calgary, se las arregló para colarse en el tren bala. Cambió de tren un par de veces y, antes de que tuviera tiempo de preguntarse si no estaba haciendo una idiotez, desembarcó en Nueva Nueva York.

—¿Una idiotez? —pregunta Toby.

—Eso de inculpar al reverendo y quedarme con todo su dinero a lo mejor no fue tan buena idea. El viejo sin duda comprendió que yo no estaba muerto, y ya sabes lo que suele decirse sobre la venganza: que es un plato que se sirve frío. Lo que significa que no tienes que apresurarte o corres el riesgo de cagarla.

—Pero tú no lo hiciste, no la cagaste.

—Pero casi. Al final tuve suerte —asegura Zab—. Mira, ha salido la luna. Hay quien lo encuentra romántico.

Y sí, es verdad, ahí está, alzándose sobre los árboles al este, casi llena, casi roja.

*¿Cómo es que la luna siempre nos pilla por sorpresa por mucho que sepamos que está a punto de salir?*, se pregunta Toby. Cada vez que la vemos, nos sentimos obligados a hacer una pausa y guardar silencio.

# Luz negra

Nueva Nueva York estaba en la costa de Nueva Jersey —en lo que a esas alturas era la costa—. En la Antigua Nueva York ya no vivía mucha gente, las autoridades desaconsejaban moverse por ahí y el alquiler de viviendas, por consiguiente, estaba prohibido, aunque seguía habiendo valientes dispuestos a correr los riesgos inherentes a habitar aquellos edificios anegados que amenazaban con venirse abajo. No era el caso de Zab, quien no tenía naturaleza anfibia y sí considerable apego a la vida; sin embargo, allí había mucha gente y, por tanto, más posibilidades de pasar desapercibido, de ser uno más en la multitud.

En cuanto se instaló, fue a un cibercafé mugriento en el que había restos de comida basura por todas partes y le envió un mensaje a Adán —«Ya estoy aquí. ¿Qué tienes pensado?»—, y se tomó un respiro mientras su hermano, allí donde coño anduviera y fuera lo que fuese en lo que estuviese metido, le respondía. Su última comunicación no podría haber sido más somera: «TBO pronto.»

Había aterrizado en un complejo de edificios que en su día había sido de lujo, con piscina y sala de fiestas. Se llamaba Estrella de Fuego, nombre que otrora probablemente emulaba una vistosa pirotecnia, pero que a esas alturas llevaba a pensar en los chamuscados restos de una colisión interestelar. Desde luego, el complejo había visto mejores años: el antaño costoso portón de hierro forjado y labrado servía hoy sobre todo de urinario para los perros, y los edificios mohosos y plagados de goteras habían terminado subdivididos en minipisitos de alquiler donde florecía un ecosistema coralino formado por camellos y adictos, buscavidas, borrachos, putas, expertos en estafas piramidales y desapariciones raudas, chacales de todo tipo, jugadores de ventaja, profesionales del impago del alquiler, etcétera, etcétera; cada uno de ellos parasitando a los otros.

Los propietarios del complejo, por su parte, se abstenían de hacer las necesarias reparaciones a la espera de que llegara el próximo tren gentrificador. Primero llegarían los artistas de medio pelo, llenos de resentimiento y mala leche y sumidos en el espejismo de que podían cambiar el mundo; después, los diseñadores gráficos con pequeños estudios a la alza, con la idea de que el aura canalla de la zona les diera cierto lustre de autenticidad; a continuación, las cuestionables boutiques de material genético, los proxenetas del sector de la moda, las pseudogalerías de arte y los restaurantes a la ultimísima con platos de fusión mix-molecular que empleaban hielo seco, carne de cultivo y quorn servidos con una diminuta, aunque sin duda atrevida, guarnición de especies en franca extinción: paté de lengua de estornino, por poner un ejemplo que estaba muy en boga por entonces. Los propietarios del complejo Estrella de Fuego sin duda se habían hecho de oro gracias a alguna macrocorporación y ahora invertían en bienes raíces; una vez que la fase paté de lengua de estornino terminara de asentarse, no se lo pensarían dos veces y derribarían los cuchitriles de alquiler en estado peor que malo para erigir un flamante complejo de pisos de lujo aprovechando que la zona se había puesto de moda.

Pero a Estrella de Fuego le quedaba mucho camino por recorrer, de manera que Zab estaba a salvo mientras no se metiera con nadie y siguiera arrastrando los pies al caminar para que todos lo tomaran por otro drogata medio lelo después de años de adicción. No se relacionaba con nadie: ya había tenido bastante con un Chuck en su vida.

Seguía las noticias y sabía que el reverendo había salido en libertad condicional y que proclamaba su inocencia a los cuatro vientos. Según él, era víctima de un montaje de izquierdistas enemigos de la religión y de la Iglesia de los Santos Petróleos que habían secuestrado y asesinado a aquella santa que fue su primera esposa y habían difundido el falso rumor de que ésta en realidad se había fugado de casa a fin de llevar una existencia inmoral, infundio que él mismo había tomado por cierto en su día y que había sido una tortura para él. Los muy ruines la habían enterrado en su patio con el propósito expreso de ensuciar su buen nombre y, por extensión, el de su Iglesia.

Teniendo en cuenta su situación legal, debía de estar viviendo en su casa de siempre, y lo más seguro era que siguiera contando con el apoyo de mucha gente; a lo mejor ya no de los verdaderos creyentes, que le habrían dado la espalda después de enterarse de la malversación, pero sí de los elementos más cínicos, los que estaban metidos en el asunto solamente por dinero. Sin duda, el reverendo ardería de rabia por dentro, de rabia y de ansias de vengarse de quien ya sospecharía que se había ido de la lengua sobre la lastimosa situación de los huesos de Fenella, convertidos en abono.

Por su parte, Trudy había aprovechado la ocasión para vender los derechos de su atribulada autobiografía, y concedía una entrevista tras otra en la red. ¡Qué decepción se había llevado con el reverendo! Se había casado convencida de que era un pobre viudo cuya única ambición era hacer el bien y quería ayudarlo en su pía labor y ser una madre para el hijo de Fenella, el pequeño Adán —no era de extrañar que el joven estuviera ilocalizable, pues siempre había sido de temperamento sensible y detestaba la publicidad y los focos mediáticos tanto como ella misma—. Al enterarse de la verdad sobre el reverendo, su mundo se había venido abajo. Desde entonces no hacía más que rezar por la salvación del alma de la difunta y suplicarle a ésta que la perdonase, pese a no tener culpa alguna. Como todo el mundo, había dado por cierta la versión de que Fenella se había fugado con un *latin lover* de baja estofa u otro indeseable por el estilo, y se avergonzaba de haberla juzgado tan mal.

Y ahora, algunos de los miembros de su propia Iglesia, a los que siempre había tenido por hermanos y hermanas, ni siquiera le dirigían la palabra y la acusaban de ser cómplice de las fechorías del reverendo, de su crimen y sus malversaciones. Tan sólo su fe la ayudaba a resistir tan dura prueba, y lo único que ansiaba era volver a ver, aunque fuera un segundo, a su querido hijo Zabulón, perdido y descarriado, algo comprensible teniendo en cuenta de qué padre estábamos hablando. Aun así, ella continuaba rezando por él, sin importar dónde se encontrara.

El hijo perdido tenía toda la intención de seguir perdido, aunque le entraban ganas de hackear uno de los interminables lloriqueos de Trudy en la red y, haciéndose pasar por el espíritu santo, desenmascararla como la farsante que era. Su ADN sí que era para echarse a llorar: mezcla de un padre psicópata y estafador y una madre egoísta, embustera y obsesionada con la pasta. Su única esperanza era que, además de su narcisismo y su codicia, en Trudy hubiera anidado alguna vez un ansia de ponerle los cuernos al reverendo, por ejemplo con un desconocido de piel y cabello oscuros, en el cobertizo para las herramientas del jardín. Si había sido el caso, cabía la posibilidad de que él hubiese heredado de su auténtico y desconocido padre —un jardinero itinerante propenso a tirarse a las ensortijadas y embrazaletadas señoronas de sus clientes más pijos— algunas de sus más dudosas cualidades: su gancho con las mujeres, la facilidad para entrar y salir por una ventana, ya fuera física o virtual, la preferencia por actuar de tapadillo y una capa de invisibilidad que no siempre resultaba del todo fiable.

Quizá por eso el reverendo lo odiaba tanto: sabía que Trudy le había encasquetado al hijo de otro, pero no podía hacérselo pagar de forma directa, pues estaba el detalle de la excavación hecha en secreto y a medias. O la mataba también o aguantaba sus maneras de putilla. Era una pena que no se le hubiera ocurrido afanar una muestra de ADN del

265

reverendo —unos cuantos pelos, unos recortes de uñas del pie— porque entonces podría someterla a análisis y quedarse tranquilo para siempre... o no, pero al menos tendría la certeza de quién era su padre en realidad.

El caso de Adán no ofrecía dudas, pues su parecido físico con el reverendo saltaba a la vista, aunque refinado por la aportación de Fenella, claro. La pobre seguramente era medio beata —las manos obsesivamente lavadas con agua y jabón, las uñas sin pintar, el pelo recogido en una coleta, las bragas blancas y sin encajes—, una joven siempre deseosa de hacer el bien y ayudar a los demás: la víctima perfecta. El reverendo seguramente le había comido el coco y la había convencido de que era la compañera de fatigas religiosas que necesitaba —¡la suya era una misión divina!—, no sin advertirla de que ya podía olvidarse de placeres efímeros y momentos de asueto si aceptaba sumarse a él. Zab adivinaba que el tipo no estaría para perder el tiempo con orgasmos femeninos, por lo que el sexo entre ambos tenía que haber sido una mierda, para decirlo fácil.

Eso pensaba mientras veía la tele en su oscura guarida en la Estrella de Fuego, o cuando se revolvía en el colchón deforme y lleno de manchas, insomne por culpa de las voces y el griterío que se sucedían al otro lado de la endeble puerta que daba al pasillo: arrebatos de bestialidad, ataques de risa irrefrenable inducidos por las drogas y, si no, odio, miedo, locura. Los gritos tenían su gradación: los que debían preocuparte de verdad eran aquellos que cesaban en seco.


Adán respondió al fin. Le dio la dirección y la hora de encuentro, así como instrucciones sobre cómo vestir: nada rojo, nada naranja; una anodina camiseta marrón, de ser posible. Nada verde tampoco: ese color denotaba un sesgo político, y los locos de la ecología últimamente corrían peligro.

La dirección: un Cafeliz del montón en Nueva Astoria, lo bastante lejos de los semisumergidos edificios en primera línea del mar, cuyo precario equilibrio resultaba peligroso.

Zab se embutió en una minisilla más propia de una escuela primaria —en las que tampoco cabía de pequeño— tras una de las monísimas mesitas características de esa cadena y pidió una taza de Cafelizzino y una barrita Virichoc para reponer fuerzas. Se preguntaba con qué ocurrencias iba a venirle Adán. Lo más seguro era que le hubiese encontrado un trabajo —de lo contrario no habría contactado con él para quedar—, pero ¿un trabajo de qué clase? ¿Recogedor de gusanos por las calles? ¿Vigilante nocturno en un criadero de chuchos? ¿Qué tipo de contactos habría estado cultivando Adán en uno u otro lugar?

Le había dado a entender que recurriría a un intermediario o mensajero en la reunión, cosa de la que él recelaba: nunca se habían fiado de nadie, salvo el uno del otro. Sí, claro, Adán se andaría con cautela, pero era tan metódico que bien podía delatarse: el único camuflaje seguro era mostrarse impredecible.

Sentado en la incómoda minisilla, Zab no dejaba de mirar la puerta con la idea de detectar al mensajero. ¿Se trataba de la rubia hermafrodita vestida con un escueto top y una tiara con tres cuernos sobre la frente? *Esperemos que no*, se dijo. ¿Y la mujer regordeta con pantalones cortos apretadísimos y el cinturón de cincha al estilo retro? Tenía cara de tonta —incluso mascaba chicle—, pero ése era el mejor disfraz de todos, por lo menos para las chicas. ¿Acaso era ese chaval con pinta de cerebrito que probablemente acabaría acribillando a sus compañeros de clase en el salón de actos? No, tampoco.

Aunque de pronto, sorpresa: ahí, delante de sus narices, estaba Adán en persona. Dio un respingo al verlo materializarse en la silla de enfrente, vacía un segundo antes, cual un ectoplasma, por decirlo de algún modo.

Su aspecto hacía pensar en una de esas fotos de carnet que el tiempo ha desvaído hasta reducirlas a luces y sombras. Se diría que acababa de regresar de entre los muertos; hasta tenía los ojos brillantes de los zombis de película. Llevaba puesta una camiseta beis y una gorra de béisbol sin leyenda, dibujo ni logotipo algunos. Había pedido un Mokka-feliz en el mostrador para dar la impresión de que él y Zab eran dos colegas que se tomaban una pausa en su labor de darle a la tecla o reunidos para hablar de la *startup* que acababan de poner en marcha, empresa que, en lugar de hacerlos ricos y famosos según lo previsto, estaba condenada a implosionar como un dirigible que se hunde en el mar. Lo de tomarse un Mokkafeliz no era muy propio de Adán, y Zab tenía curiosidad por ver si efectivamente iba a llevarse a la boca algo tan impuro.

—Habla en voz baja —fueron sus primeras palabras.

Después de una eternidad sin verse, a los dos segundos de encontrarse ya estaba dándole órdenes.

—Iba a ponerme a chillar, ¿no te jode? —le espetó él.

Se quedó a la espera de que Adán le reprochara el lenguaje soez, pero no picó el anzuelo. Zab lo miró atentamente: había algo diferente en él. Tenía los ojos azules y grandes de siempre, pero el pelo era más claro. ¿Estaría encaneciendo ya? La barba, también clara, era otra novedad.

—Me alegro de verte —dijo por fin esbozando una sonrisa fugaz, pero enseguida se puso serio y empezó a dar instrucciones—: Vas a ir a VitaMorfosis Oeste, cerca de San Francisco, como entrador de datos. Lo tengo todo arreglado. Al levantarte para salir, recoge la bolsa de la compra que hay junto a tu rodilla izquierda: en ella encontrarás todo lo que necesitas para obtener una identidad nueva, incluida una identificación y una dirección a la que tendrás que dirigirte para que inserten en ella tus huellas y el escaneo de tus iris. Me imagino que no hace falta que te recuerde que conviene que borres del todo tu antigua identidad, ¿verdad? Métete en la red y haz lo necesario.

—Ya, pero ¿dónde has estado? —preguntó Zab.

Adán sonrió de aquella manera tan suya, inocente y enloquecedora a la vez. Como si fuera incapaz de romper un plato, como si nunca en la vida hubiera roto uno.

—Alto secreto —respondió—: hay otras personas cuyas vidas podrían verse afectadas.

Cuando Adán le venía con respuestas de ese tenor, tenía más ganas que nunca de meterle un viscoso sapo en la cama.

—Vale, dame un cachete. Pero bueno, ¿dónde está Vita-Morfosis Oeste y qué se supone que voy a hacer allí?

—Se trata de un complejo de investigación y desarrollo de productos farmacéuticos: suplementos vitamínicos enriquecidos, materiales para hibridación y mejoras genéticas, en especial las mezclas y simuladores de hormonas. VitaMorfosis es una corporación poderosa que emplea a los mejores especialistas.

—¿Y cómo te las has arreglado para meterme ahí?

—Últimamente he conocido a varias personas —le dijo Adán volviendo a sonreírle a su manera peculiar—. Van a echarte una mano. Allí estarás seguro.

Volvió la cabeza a un lado y a otro y después consultó su reloj de pulsera, o eso dio a entender. Zab, que también era ducho en maniobras de despiste, sabía que en realidad estaba escudriñando el entorno, tratando de detectar sombras.

—Dejémonos de tonterías —le dijo—. Tú quieres que haga algo para ti.

Adán siguió sonriente.

—Vas a ser como una linterna de cabeza para mí: una linterna de luz negra —le indicó—. En cuanto empieces a trabajar en el complejo, debes tomar más precauciones que nunca a la hora de comunicarte conmigo a través de la red. Por cierto, vamos a usar un nuevo buzón de comunicación, en otro portal. No vuelvas a la página de la Venus, es posible que esté intervenida.

—¿Qué es la luz negra? —preguntó Zab.

Pero Adán se acababa de levantar de la sillita. Se alisó la camiseta beis y se encaminó hacia la salida. Ni había tocado el Mokkafeliz, de manera que Zab se lo bebió por él: un Mokkafeliz intacto podía suscitar extrañeza en una plebilla como ésa, donde sólo los proxenetas andaban sobrados de dinero.

Se tomó su tiempo antes de regresar al Estrella de Fuego. Notaba un cosquilleo en la nuca: estaba seguro de que alguien lo observaba. Pero nadie se metió con él ni intentó atacarlo. Una vez en su cuarto, buscó «luz negra» en el más reciente móvil de usar y tirar que había comprado. Resultó que la luz negra había sido bastante popular durante los primeros decenios del siglo. Te permitía ver en la oscuridad, o ver determinadas cosas en la oscuridad: el blanco de unos ojos, unos dientes, unas sábanas blancas, gel fosforescente para el pelo... Él no sabía que se empleara en las linternas de cabeza que vendían en las tiendas para ciclistas o aficionados a hacer acampadas —aunque ya casi nadie acampaba, como no fuera entre las ruinas de las casas—, pero en fin...

*Joder, Adán*, pensó. *No cabe duda de que contigo cada día se aprende algo.*

Abrió la bolsa de la compra que le había dado su medio hermano y encontró su «nueva piel» cuidadosamente preparada para él. Completados algunos trámites, sólo era cuestión de hacer autostop, subirse al primer camión que parase, llegar a San Francisco y empezar a utilizarla.

# Parásitos Intestinales, el juego

Adán lo había preparado todo pormenorizadamente: no tan sólo le había hecho un listado —que debía quemar después de leerlo— de las cosas que tenía que hacer, sino que le había puesto un gran sobre lleno del efectivo que iba a necesitar para pagarle al especialista del mercado gris que falsificaría sus documentos. También había una tarjeta para que se comprara el tipo de ropa que Adán consideraba necesaria y que le describía: prendas informales como las que llevaban los programadores de oficina, pantalones marrones de pana, camisetas lisas sin dibujos ni leyendas, camisas a cuadros grises y marrones, así como un par de gafas con montura circular y cristales sin graduar. Sugería usar botas con suela de goma y largos cordones cruzados, a medio camino entre las que llevaría un bailarín gay de la danza Morris y alguien que se había escapado de una sesión de *cosplay* inspirada en Robin Hood y sus alegres compañeros. Por sombrero, uno tipo hongo en la onda *steampunk*, de los que estuvieron de moda en la década de 2010 y últimamente volvían a hacer furor. Lo sorprendió que Adán conociera esa clase de detalles, cuando nunca había mostrado especial interés en la moda. Probablemente, ese desinterés denotaba un interés: debía de haberse fijado en lo que otros vestían para ponerse una ropa totalmente distinta.

Le había asignado el nombre de Set. Se trataba de una pequeña broma, desde luego, puesto que ese nombre bíblico

quiere decir «el designado», como ambos sabían perfectamente después de que el reverendo se hubiera pasado años
y años martillándoles la cabeza con historias bíblicas. Set
era el tercer hijo de Adán y Eva, designado por Dios para
sustituir al asesinado Abel, quien de hecho no estaba muerto
del todo, pues su sangre seguía clamando desde la tierra. El
caso es que, por designio de su medio hermano, «Set» iba
a reemplazar al desaparecido y supuestamente finado Zab.
Muy gracioso.

Adán le había pedido que probara el nuevo portal de
comunicación antes de empezar a trabajar en VitaMorfosis
y después entrara una vez por semana para dejar claro que
seguía habitando el mundo de los vivos, así que al día siguiente, mientras se dirigía —dando mil rodeos— a ver al
falsificador del mercado gris que iba a insertar sus huellas
dactilares y escaneados de los iris en sus documentos falsos,
entró en un cibercafé cualquiera y siguió la tortuosa ruta
digital indicada por Adán. «Apréndetela de memoria y des-
trúyela», había apuntado en la nota, como si estuviera dirigiéndose a un imbécil.

El acceso se encontraba en un juego para forofos de la
biología llamado Extintatón. Lo administraba cierto MAD-
DADDAM y, en la primera pantalla, decía: «Adán dio nombre
a los animales vivos. MADDADDAM se lo pone a los muertos.
¿Quieres jugar?» Zab introdujo el nombre de usuario que
Adán le había indicado —Oso Espíritu— y la contraseña
—«cordones»—, y al cabo de un momento se encontró metido en el juego.

Daba toda la impresión de ser una variante del viejo
programa de la televisión británica *Animal, vegetal, mineral*.
A través de las oscuras pistas suministradas por tu oponente,
tenías que identificar diversas especies extinguidas: escarabajos, peces, plantas, escíncidos y lo que hiciera falta; un no
parar de seres desaparecidos. El juego no podía ser más
aburrido, hasta el más motivado de los agentes de Segur-
Mort se quedaría roque al mirarlo, entre otras razones porque no daría con casi ninguna de las respuestas correctas. Eso

mismo le sucedía a él, por otra parte, a pesar de su etapa entre los amigos de los osos, que tantos aires se daban sobre sus conocimientos de biología. «No me digas que nunca has oído hablar de la vaca marina de Steller... Me cuesta creerlo», le decían con la consabida sonrisa de listillo.

Después de cinco minutos de Extintatón, el agente de SegurMort asignado a su monitorización tendría muchas ganas de salir corriendo para ir a meterse un par de buenos lingotazos entre pecho y espalda. A la hora de pasar desapercibido, un juego mortalmente tedioso era casi tan efectivo como una mirada vacía; sin contar con que ni soñarían con que algo pudiera estar escondido en una ubicación tan accesible, palmaria y evidente; y tan abiertamente ecofriqui, además. Sin duda preferirían continuar mirándose anuncios de bimplantes de pecho y portales en los que podías abatir animales exóticos online sin moverte de la silla del escritorio. *Chapó, Adán,* pensó Zab.

¿Era posible que el propio Adán hubiese diseñado el juego? El administrador llevaba su nombre, pero Adán nunca había mostrado gran interés por los animales, aunque, ahora que lo pensaba, ciertamente se había opuesto siempre a la interpretación del Génesis propugnada por el reverendo, según la cual Dios había creado a los animales exclusivamente para el uso y disfrute del hombre, por lo que éste tenía perfecto derecho a exterminarlos a capricho. ¿Extintatón sería un operativo de insurgencia antirreverenda ideado por Adán? ¿De un modo u otro, Adán había pasado a formar parte de los ecofriquis? A lo mejor se había convertido después de fumar alguna peligrosa sustancia alucinógena que lo había llevado a entrar en comunión con el espíritu de una planta, aunque no sonaba muy posible: él, y no su medio hermano, era el más proclive a correr riesgos psicodélicos. En todo caso, estaba claro que andaba en comandita con algunos, los que fuesen, porque esa clase de cosas jamás se le habrían ocurrido por su cuenta.

Continuó avanzando por el camino digital trazado por su medio hermano. La pantalla le preguntó si quería jugar.

«Sí», seleccionó, y al momento fue redirigido. «Bienvenido, Oso Espíritu. ¿Quieres jugar una partida general, o quieres jugar como Gran Maestro?» La segunda opción era la buena según las instrucciones recibidas, así que escogió ésa. «De acuerdo. Busca tu campo de juego. Ahí te encontrarás con MADDADDAM.»

El camino hasta el campo de juego resultaba complicado: era preciso avanzar zigzagueando por píxeles aparentemente anodinos de anuncios publicitarios y listados de esto o lo otro: «Las diez fotos de conejitos de pascua que más miedo te darán», «Diez películas para morirse de miedo», «Diez monstruos marinos que te meten el miedo en el cuerpo». Después de acceder por los prominentes dientes frontales de un enloquecido conejo de felpa granate con un niño aterrorizado en su regazo, pasó a la sepultura en un fotograma de *La noche de los muertos vivientes* y de allí al ojo de un celacanto; entonces se encontró en la sala de chat.

«Bienvenido al campo de juego de MADDADDAM, Oso Espíritu. Tienes un mensaje.»

Clicó en «Ver mensaje».

«Hola», decía el mensaje. «Ya ves que esto funciona. Aquí tienes las coordenadas de la sala de chat de la semana próxima. A.»

*Cabrón minimalista*, pensó Zab. *No va a anticiparme nada de nada.*


Compró las prendas y complementos sugeridos, aunque no todos: las gafas redondas le parecían excesivas, al igual que los zapatos. Después se dedicó a ajarlos cuidadosamente: los manchó de comida y pasó por la lavadora una y otra vez. A continuación, tiró su otra ropa en distintos contenedores y borró hasta donde pudo las biohuellas que había dejado en el cochambroso cuarto del Estrella de Fuego.

Tras pagar lo que debía —no era cuestión de que los especialistas en impagos se sumaran a sus perseguidores—, efectuó el trayecto transcontinental hasta San Francisco y, según lo convenido, se presentó en la sede de VitaMorfosis Oeste. Allí, mostró su fraudulenta documentación y escuchó sin un gesto el consabido: «Bienvenido, compañero, es un placer tenerte en nuestro equipo; haremos lo posible para que estés a gusto en la gran familia de VitaMorfosis Oeste», el cual le dedicó el empleado cara de pan que se encargaba de esos menesteres.

No hubo ningún pero: estaban esperando su llegada y lo aceptaron sin más. Perfecto.

Como miembro de la gran familia de VitaMorfosis Oeste, le correspondía un apartamento de soltero en un bloque residencial. ¡Qué diferencia con su antigua dirección! Allí no había cochambre por ninguna parte, el acceso desde la calle estaba primorosamente ajardinado, había piscina y, aunque la decoración del pisito era un tanto espartana, los enchufes y cañerías funcionaban como tenía que ser. La cama de matrimonio lo hizo albergar cierto optimismo: al parecer, en el mundo de VitaMorfosis Oeste, «soltero» no era sinónimo de «célibe».

Las oficinas estaban en un enorme rascacielos. En la cafetería, le dieron una tarjeta de plástico en la que irían anotando sus consumiciones. Todo el mundo tenía cierto número de puntos con los que podía pedir cualquier cosa de la carta. La comida era comida de verdad, no engrudos como los que había tenido que tragarse en Operación Oso, y había bebidas con alcohol, que era lo mínimo que podías exigirle a una bebida.

Las mujeres de VitaMorfosis siempre andaban a paso rápido: era obvio que tenían cosas que hacer y poco tiempo para la cháchara, menos aún para cutres intentonas de ligoteo. Decidió olvidarse de ellas. Sin embargo, y aunque se había jurado andarse con pies de plomo en las relaciones personales —que solían conducir a la formulación de preguntas incómodas—, tampoco estaba hecho de piedra: un par de jóvenes empleadas se habían fijado en el portanombre de plástico que llevaba en la pechera de su camisa —los portanombres eran toda una institución en VitaMorfosis— y una de ellas le había preguntado si era nuevo, pues no creía haberlo visto antes, y enseguida le había confesado que ella misma era tirando a nueva.

¿Al decirlo había meneado un poquito los hombros y parpadeado delatoramente? «Marjorie», leyó él sin demorar mucho la vista en el portanombre prendido sobre un pecho no demasiado prominente —los bimplantes, al menos los más obvios, brillaban por su ausencia en VitaMorfosis—. Marjorie tenía la nariz chata, los ojos oscuros y el rostro aquiescente de un spaniel, y en circunstancias normales Zab no se lo hubiera pensado dos veces, pero se limitó a decir que esperaba volver a verla por ahí, una esperanza que no ocupaba el número uno en su lista de esperanzas —la número uno era que no le echasen el guante—, pero que tampoco estaba a la cola de las demás.

La descripción de su empleo en VitaMorfosis: técnico informático de bajo nivel, uno de tantos; sus funciones: introducir datos en un programa lento como él solo que, sin embargo, cumplía con su cometido de registrar y comparar distintos datos que los cerebrines de VitaMorfosis no cesaban de aportar. O sea, que no pasaba de ser un chupatintas digital de tres al cuarto.

Sus labores no exigían mucho; en realidad podía hacer el trabajo con dos dedos de una mano en menor tiempo que el estipulado. Los gestores de proyecto de VitaMorfosis eran muy dados a supervisar: lo único que querían era que siguiera introduciendo datos al ritmo previsto, y eso le daba oportunidad para merodear por el banco de datos de la corporación sin que nadie se lo impidiera. Puso a prueba varias de las medidas de seguridad con intención de comprobar si había hackers intentando colarse: si los había, no estaría de más saberlo.

Al principio no encontró ninguno de los indicios habituales, pero en el curso de una exploración más a fondo dio con algo que parecía un túnel secreto. Se coló por él y de pronto, a costa de los múltiples e infernales cortafuegos instalados por VitaMorfosis, se descubrió en la sala de chat de Extintatón. Un mensaje estaba esperándolo: «Úsalo sólo en caso de necesidad. No te quedes mucho tiempo. Borra las huellas.» Cerró a toda prisa la sesión y procedió a eliminar todo rastro de su visita. Tendría que construir otro portal porque quienquiera que estuviese usando ese túnel podía darse cuenta de que otro había estado recorriéndolo.

Le pareció que convenía que Set fuese conocido como aficionado al *gaming*, por si alguien estaba espiando: con esa fama a cuestas, sus repetidas entradas en Extintatón serían fáciles de explicar. Era una razón operativa de peso, aunque además se daba la circunstancia de que le apetecía probar suerte en los juegos y ver hasta qué punto podía columpiarse en horario laboral sin que le cayera una bronca —se suponía que el personal no podía dedicarse a jugar, o no demasiado— y hasta qué punto era fácil hacer trampas: pensaba que le vendría bien tener un as en la manga.

Algunos de los juegos disponibles eran bastante normalitos: armamento, explosiones, etcétera, si bien otros los subía a la red el propio personal de VitaMorfosis Oeste: biofriquis que no por «bios» dejaban de ser tan friquis como el resto, de modo que también diseñaban sus propios juegos. Uno de los mejores se llamaba Enjuta y te permitía inventar y agregar rasgos funcionalmente inútiles a una bioforma, vincularlos a la selección sexual y ver a toda prisa qué engendros podía producir la máquina de la evolución: gatos con crestas de gallo, lagartos con labios besucones de color carmesí, humanos con un ojo izquierdo descomunalmente grande... cualquier atributo que favorecieran las hembras, cuyo mal gusto se podía manipular, igual que en la vida real. A continuación, podías hacer que los depredadores se las tuvieran con las presas. ¿Era posible que ciertas enjutas irresistibles para el sexo opuesto entorpecieran las dotes de cazador o ralentizaran la capacidad de huida? Si tu chico no era lo bastante sexy, nadie iba a echar un polvo con él, así que acababas por extinguirte; si lo era en demasía, entonces se lo comían ¡y también acababas por extinguirte! Sexo contra cena: el equilibrio era muy frágil. Los jugadores podían comprar paquetes de mutaciones aleatorias por una pequeña suma.

Monstruos Climáticos tampoco estaba mal: abatía fenómenos climáticos extremos sobre el esmirriado avatar del jugador o jugadora, que hacía lo que podía para mantenerlo vivo el mayor tiempo posible. Con los puntos que se iban ganando se podían comprar herramientas y pertrechos: un par de botas que permitían correr más rápido y saltar más alto, ropas a prueba de rayos, tablones flotantes en caso de inundación o tsunami, pañuelos mojados con los que cubrirse la nariz durante un incendio forestal, barritas Virichoc por si el avatar se veía atrapado bajo una masa de nieve de resultas de una avalancha, una pala, cerillas, un hacha... Si el avatar salía vivo del gigantesco alud de barro —una de las incidencias más temibles—, el jugador se llevaba una caja de herramientas entera y mil puntos extra para la próxima partida.

Si bien el juego predilecto de Zab era Parásitos Intestinales, una verdadera asquerosidad que los biofriquis encontraban divertidísima. Los parásitos eran horrendos: sin ojos y con una especie de ganchos con púas en torno a la boca, y había que exterminarlos mediante pastillas tóxicas o bien desplegar un arsenal de nanorrobots o moteínas sin darles tiempo a que pusieran millares de huevos dentro de ti o se te infiltraran en tu cerebro y se exfiltraran por los conductos lacrimales, o a que fueran subdividiéndose en segmentos autorregenerables hasta convertir tus entrañas en un purulento picadillo de carne. ¿Eran de verdad o se trataba de una invención de los biofriquis? O peor: ¿quién te decía que no estaban cortando y empalmando sus genes como parte de un proyecto bioarmamentístico? Era imposible saberlo.

El eslogan del juego era: «Si juegas demasiado a Parásitos Intestinales, tendrás pesadillas, ¡garantizado!» Rebelde como siempre, Zab no hizo caso, pasó demasiadas horas jugando y efectivamente tuvo pesadillas.

Eso no le impidió hackear el juego y hacer que una de aquellas bocazas repulsivas funcionase como portal de entrada. Ocultó el código de programación en un lápiz USB con triple candado de seguridad que ocultó en un cajón del escritorio de su supervisor, sobre un nido de gomas elásticas, pañuelitos de papel usados y algún que otro caramelo pasado: a nadie se le ocurriría mirar ahí dentro.

# La gruta entre huesos

# En cursiva

Toby está escribiendo en su diario. No es que tenga muchas ganas, pero Zab se tomó el trabajo de llevarle todo lo necesario y si no anota nada tarde o temprano se dará cuenta. Se trata de uno de aquellos cuadernos escolares baratos de venta en supermercados y otros lugares parecidos; en la tapa hay un niño y una niña rodeados de unas cuantas margaritas de color rosa bajo un radiante sol amarillo, dibujados en la forma rudimentaria que caracteriza los dibujos de los niños, o más bien los caracterizaba cuando aún había niños en el mundo. ¿Cuánto tiempo hace? Se diría que han transcurrido siglos enteros desde que la plaga se lo llevó todo por delante, y eso que no ha pasado ni medio año.

El niño del dibujo viste pantalones cortos azules, una gorra también azul y una camisa roja; la niña lleva dos trenzas, una falda triangular de color rojo y una camiseta azul. Ambos tienen los ojos como negros manchurrones circulares y las bocas gruesas, rojas y curvadas hacia arriba. Se tronchan de risa de una forma que resulta agresiva, como si supieran que están a punto de morir. No son más que unos niños de papel, pero parecen estar tan muertos como todos los niños de verdad. A ella no le gusta mirar la tapa de su cuaderno porque la imagen le resulta dolorosa.

Más vale que se concentre en la escritura: de nada sirve pensar en cosas funestas o ponerse a lloriquear. Mejor ir viviendo día a día.

· · ·

«Día de San Bob Hunter y Festividad del Rainbow Warrior»,
escribe. Puede que no sea esa fecha exactamente, que se equi-
voque por un par de días, pero ¿cómo asegurarse? Ya no hay
quien pueda oficializar un calendario. Es posible que Rebecca lo sepa, teniendo en cuenta que a cada fiesta y festividad
les correspondía un plato preciso, una receta en particular:
es posible que se las aprendiera de memoria y que se las esté
arreglando para llevar bien la cuenta.

«La luna: gibosa, en creciente. El tiempo: nada especial.
Cosas dignas de mención: un grupo de cerdos ha atacado a
Zab y a los otros cosechadores, que más tarde han encontrado un lechón muerto y parcialmente destazado, posiblemente por los paintbalistas. También una sandalia, posible pista
de Adán, pero aún no hay certeza de dónde están Adán Uno
y los Jardineros.»

Lo piensa un minuto y agrega: «Jimmy está consciente y
va mejorando. Los crakers siguen mostrándose amistosos.»

—¿Qué haces, oh, Toby? —Es el pequeño Barbanegra, no lo
ha oído entrar—. ¿Qué son esas líneas?

—Ven aquí, que no muerdo —le dice ella—. Mira, esto
que estoy haciendo es *escribir*. Te enseño.

Empieza por el principio:

—Esto se llama «papel», está hecho a partir de los árboles.

—¿Y al árbol no le duele?

—No, porque el árbol ya está muerto en el momento
de hacer el papel. —Una pequeña mentira, pero no importa—. Y esto es un bolígrafo. Dentro tiene un líquido negro
que se llama «tinta». Pero no siempre te hace falta un bolígrafo para escribir. —Y *menos mal*, se dice, porque los que
tiene se van a quedar sin tinta muy pronto—. Puedes escribir con muchas cosas diferentes: puedes utilizar el zumo de
las bayas del saúco en lugar de la tinta, o la pluma de un
pájaro como si fuera un bolígrafo; incluso puedes escribir

con un palo en la arena húmeda. Todas esas cosas sirven para escribir.

»Ahora es cuestión de dibujar las letras —prosigue—. Cada letra representa un sonido. Y al juntarlas, las letras unidas forman palabras, y las palabras se quedan fijas en el papel donde las acabas de poner, de manera que otras personas pueden verlas y escuchar las palabras.

Barbanegra la mira confuso, guiñando de incredulidad.

—Oh, Toby, pero eso no habla —dice—. Veo las marcas que has puesto ahí, pero no dicen nada.

—Porque la voz la pones tú —explica Toby—. Al leerlas. *Leer* significa convertir esas marcas en sonidos. Fíjate, ahora voy a escribir tu nombre.

Arranca una página posterior del cuaderno con cuidado y escribe: *Barbanegra.* Después se lo lee deteniéndose en el sonido de cada letra.

—¿Ves? Eres tú: es tu nombre. —Le pone el bolígrafo en la manita y hace que lo coja; luego va guiándolo—. *B,* ésa es la primera letra de tu nombre; ¡beee!, como las ovejas: es el mismo sonido.

¿Por qué está contándole todo eso? ¿Y a él de qué va a servirle en la vida?

—Yo no soy eso —objeta Barbanegra, con el ceño fruncido—, y eso tampoco es una oveja: sólo son marcas.

—Llévale este papel a Ren —insta Toby sonriendo— y pídele que te lea lo que pone. Luego vuelves y me dices si es tu nombre o no.

Barbanegra se la queda mirando. No se fía de lo que acaba de oír, pero coge el papel con aprensión, como si estuviera impregnado de veneno invisible.

—¿Me esperas aquí? —pregunta.

—Sí. Aquí te espero.

Se dirige a la puerta como acostumbra: caminando de espaldas, sin apartar la mirada de ella hasta que se pierde tras el umbral.

• • •

Ella vuelve a concentrarse en el diario. ¿Qué más debería escribir, además de los desnudos hechos cotidianos que ha apuntado? ¿Qué tipo de historias… qué clase de historias podría contar que fuesen de utilidad para unas personas que ni siquiera sabe si van a existir en un futuro que es incapaz de imaginar?

«Zab y el Oso», anota. «Zab y MADDADDAM», «Zab y Crake». Podría escribir esas historias, pero ¿por qué y para quién? ¿Para ella misma y nadie más porque así tiene ocasión de seguir pensando en Zab?

«Zab y Toby», apunta. Pero seguramente eso no pasará de ser una nota a pie de página.

*No te hagas excesivas ilusiones*, piensa. *Pero es un hecho que se presentó en el huerto con regalos para ti: igual estás equivocada y no hay nada entre él y Zorro del Desierto. Además, ¿qué importa si no te equivocas? Aprovecha el momento, disfruta de lo que tienes. No te cierres puertas. Sé agradecida.*


Barbanegra vuelve a colarse en el cuarto. Lleva la hoja de papel cuidadosamente por delante, como si fuera un escudo caliente o algo así. Tiene la cara radiante.

—¡Es verdad, oh, Toby! —le dice—. ¡El papel lleva mi nombre! ¡Le dijo mi nombre a Ren!

—¿Ves? Es lo que se llama «escribir».

Barbanegra asiente con la cabeza: está empezando a hacerse una idea de las posibilidades de aquello.

—¿Puedo quedármelo?

—Por supuesto.

—Enséñame otra vez cómo lo haces. Con la cosa negra.

Más tarde, después de que haya llovido y cesado de llover, ve a Barbanegra de pie en el centro del cajón de arena para juegos. Ha escrito su nombre con un palo y los otros niños están mirándolo. Cantan.

*¿Y ahora qué he hecho?*, se pregunta Toby. *A ver si acabo de destapar la caja de Pandora… estos niños aprenden volando: se lo enseñará a los demás.*

*¿Y qué será lo siguiente? ¿Normas, dogmas, leyes? ¿El Testamento de Crake? ¿Cuánto tiempo tardarán en existir antiguos escritos que se sienten obligados a obedecer, a pesar de que ya no recuerdan de qué manera interpretar? ¿Acabarán mal por mi culpa?*

# Enjambre

Para desayunar hay kudzu y otras hierbas, beicon, un extraño pan redondo y plano con unas semillas que no sabe lo que son, bardana hervida, café hecho con una mezcla de raíces tostadas: diente de león, achicoria y alguna otra cosa; tiene un retrogusto a cenizas.

Están quedándose sin azúcar, y ya se ha acabado la miel, aunque hay leche de mohair. Otra de las ovejas —una con el pelaje azul— ha dado a luz dos gemelas, una rubia y una morena. Corrió algún chiste que otro sobre chuletas a la parrilla, pero la cosa no pasó de ahí: nadie tiene ganas de sacrificar y comerse a un animal con pelo humano, un pelo cuyo brillo y manejabilidad lleva inevitablemente a pensar en los antiguos anuncios de champú. Cada vez que una de las mohairs se sacude un poco es como contemplar un anuncio *vintage* de productos para el cabello: la mata sedosa, los rizos juguetones e irresistibles... *Cuando las miras*, piensa ella, *casi puedes oír la voz de una locutora al viejo estilo:* «¿*Hay días en los que no sabes que hacer con tu pelo? Yo también me desesperaba, hasta que un día... caí muerta.*»

*No seas tan truculenta, Toby: no es más que pelo. No es el fin del mundo.*

• • •

288

Mientras toman el café, discuten sobre otros posibles alimentos. Están de acuerdo en que falta variedad proteínica. Rebecca dice que mataría por unas gallinas: podrían construir un gallinero y disponer de huevos. Pero ¿de dónde van a sacar gallinas? Hay huevos de aves marinas en lo alto de las torres en ruinas del litoral, cerca de la playa —debe de haber: hay pájaros que anidan allí—, pero ¿quién está dispuesto a hacer el peligroso viaje hasta la costa cruzando el Heritage Park, cada vez más agreste: el lugar perfecto para que los paintbalistas te tiendan una emboscada? Y si te libras de los paintbalistas, igual tendrías que vértelas con una piara o dos de enormes y malévolos cerdones, por no hablar del riesgo de trepar por las escaleras medio desmoronadas de las torres.

El debate continúa. Un bando apunta al hecho de que los crakers van y vienen a voluntad, siempre cantando sus tonadas polifónicas. Visitan su «hogar» en la orilla: un solar vacío circundado por bloques de hormigón; mantienen a raya a cerdones, loberros y lincetas orinando en círculo alrededor, convencidos de que no se atreverán a cruzar; pescan con arpón el pescado ritual que le ofrecen a Toby para que asuma las funciones de Jimmy de las Nieves y les cuente historias; y por el momento ningún animal los ha molestado mientras atraviesan el bosque. En cuanto a los paintbalistas, lo más seguro es que a estas alturas se encuentren bastante lejos, a juzgar por la ubicación de la última señal de su presencia: el cadáver del lechón recién muerto.

El otro bando arguye que los crakers parecen tener la capacidad de mantener alejados a los animales salvajes mientras van de un lado a otro, y no sólo mediante barreras olfativas hechas con meados. ¿Quizá se trata de sus canturreos? Si es así, ni que decir tiene que dicha táctica está fuera del alcance de los seres humanos, que carecen de esas cuerdas vocales hechas con cristal orgánico o lo que sea que produzca aquellos sonidos como de theremín. En lo tocante a los paintbalistas, es muy posible que hayan vuelto sobre sus pasos y estén emboscados en cualquier agujero camuflado entre ramas de kudzu. Toda precaución es poca, y hay que andarse con pies de plomo: no pueden correr el riesgo de sacrificar a uno o dos de sus efectivos por el capricho de hacerse con unos huevos de ave marina, que seguramente son verdosos y tienen sabor a tripas de pescado, dicho sea de paso.

«Un huevo es un huevo», contesta la facción proovoide. ¿Por qué no hacer que un par de seres humanos vayan hasta allí acompañados por los crakers? Estos últimos los protegerán de los animales salvajes con sus cantos y ellos estarán a salvo de los paintbalistas gracias a los pulverizadores de los maddaddámidas. Está descartado proporcionar pulverizadores a los crakers, pues sería imposible enseñarlos a disparar y matar a otros: son incapaces de hacerlo, no son tan humanos.

—Eso está por verse —dice Pico de Marfil—. Si pueden cruzarse con nosotros, entonces la cosa está clara: pertenecemos a la misma especie —razona—; si no pueden, entonces no es el caso. —Mira el interior de la taza de café—. ¿Hay más? —le pregunta a Rebecca.

—Eso no es del todo exacto —alega Manatí—: la cruza de un caballo y una burra produce una mula, pero ésta es estéril. Así que no hay forma de saberlo con seguridad hasta la próxima generación.

—Pues yo sólo tengo comida para mañana —asegura Rebecca—. Tenemos que salir a recoger más dientes de león: nos hemos acabado todos los que había.

—Sería interesante experimentar ese posible cruce —dice Pico de Marfil—. Por supuesto, las señoritas aquí presentes tendrían que dar su consentimiento. —Al decirlo inclina la cabeza cortésmente en dirección a Zorro del Desierto, quien lleva encima una preciosa sábana con estampado floral: unos ramitos de flores anudados con cintas azules y rosadas.

—Pero ¿habéis visto qué pollas tienen? —le responde ella—. Un poco excesivas, me parece: si siento una polla en la garganta, prefiero saber que me la he metido por la boca.

Pico de Marfil desvía la mirada sin decir palabra, aunque a todas luces escandalizado. Unos ríen, otros fruncen el ceño. Toby piensa que a Zorro del Desierto le gusta decir barbaridades, sobre todo delante de los hombres, para dejar claro que es algo más que una muñeca con un cuerpo bonito. Cuando le conviene, desde luego. Zab está sentado a la otra punta de la mesa. Ha llegado tarde y no ha tomado parte en el debate. Da la impresión de que tan sólo le interesa el pan que está comiéndose. Zorro del Desierto lo mira un instante, ¿habrá dicho lo de antes sólo para que él la oyera? Él no le ha prestado atención, pero ¿no es lógico? Los antiguos blogs con consejos sobre asuntos sentimentales coincidían en lo referente a las aventuras entre compañeros del trabajo: siempre es posible detectar que hay algo entre dos por el esmero que ponen en ignorarse.

—Esos crakers no piden mucho —apunta Crozier—: les vale con que tenga co... esto, perdón, Toby... con que lleve faldas.

—¡Faldas! —Zorro del Desierto vuelve a reír mostrando su blanca dentadura—. Pero ¿en qué mundo vives? ¿Tú ves que alguna de nosotras lleve faldas? Unas sábanas y gracias. ¿Te gustan las faldas que llevo? —Mueve los hombros adelante y atrás como una modelo en la pasarela—. ¡Me llegan hasta los sobacos!

—No te burles del chico, que es menor de edad —interviene Manatí.

Crozier ha puesto una cara rara. ¿Está enojado? ¿Avergonzado? Ren está sentada a su lado y él le dedica una sonrisa de azoramiento mientras le pone una mano sobre el brazo. Ella frunce el ceño como haría una esposa.

—Los menores de edad son los mejores —dice Zorro del Desierto—, los más retozones. Están atiborrados de endorfinas y sus secuencias de nucleótidos son la bomba, ¡les quedan telómeros auténticamente kilométricos!

Ren la mira con cara de piedra.

—No es menor de edad —aclara.

Zorro del Desierto sonríe.

*¿Los hombres a la mesa se darán cuenta de lo que está pasando?*, se pregunta Toby. *¿De esa especie de silenciosa lucha en el*

*barro que flota en el aire?* Lo más probable es que no: no están en la misma longitud de onda progesterónica.

—Los crakers tan sólo practican la cópula en grupo bajo determinadas condiciones —está diciendo Manatí—. Para empezar, la mujer ha de estar en celo.

—Eso no supone un problema en el caso de sus hembras —considera Beluga—: les brindan claras señales hormonales, tanto visuales como olfativas. El problema es que, para ellos, nuestras mujeres están constantemente en celo.

—Y quizá lo están —dice Manatí con una ancha sonrisa—, aunque no quieran reconocerlo.

—Una cosa queda clara: estamos hablando de dos especies distintas —afirma Beluga.

—Las mujeres no somos perros —interviene Nogal Antillano—. Esta conversación es un insulto: no me parece bien que habléis así de nosotras. —Su voz es tranquila, pero su postura física denota tensión.

—Sólo es un intercambio de opiniones científicas —alega Zunzuncito.

—A ver —los interrumpe Rebecca—, yo lo único que he dicho es que estaría bien tener unos huevos para el desayuno.


Primera hora de la mañana: el mejor momento para trabajar, antes de que el calor sea insoportable. Las polillas del kudzu, de color rosado brillante, revolotean en las sombras; bajo el sol hay mariposas azules y magenta, y doradas abejas melíferas que se agolpan en las flores de las polifresas.

Toby está ocupada de nuevo en desbrozar el huerto y librarlo de babosas. Su rifle descansa contra el interior del vallado: prefiere tenerlo a mano vaya a donde vaya —una nunca sabe—. Las plantas, de cultivo o no, crecen por todas partes en el huerto. Casi puede oír sus raíces abriéndose paso por la tierra, olisqueando en busca de nutrientes y apretujándose contra las raíces de sus vecinas mientras sus hojas liberan nubes de sustancias químicas en suspensión.

«Santa Vandana Shiva de las Simientes; san Nikolái Vavílov, mártir», anotó en su cuaderno al despertar, y agregó una tradicional invocación jardinera: «Recordemos hoy a santa Vandana y san Vavílov, defensores de las semillas antiguas. San Vavílov las recolectó y preservó durante el sitio de Leningrado para después convertirse en víctima del tiránico Stalin; santa Vandana, infatigable luchadora contra la biopiratería, lo dio todo por el mundo orgánico-vegetal, con toda su diversidad y hermosura. Que la pureza de su espíritu y la fuerza de su determinación sean un ejemplo para nosotros.»

Le viene a la memoria un recuerdo de largo tiempo atrás, cuando se llamaba Eva Seis y formaba parte de los Jardineros: se ve rezando esa misma oración en compañía de la vieja Pilar momentos antes de ponerse a quitarles los caracoles y las babosas a las judías y trasladarlos a otro sitio. A veces, la nostalgia de aquellos días llega de una forma tan intensa y repentina que la abruma por completo, envolviéndola como una ola enorme e inesperada a la orilla del mar. Si por entonces hubiera tenido una cámara, si hoy tuviera un álbum de fotos, pasaría horas mirándolo, pero los Jardineros no creían en las cámaras, ni en registrar las cosas en el papel, así que sólo le quedan los recuerdos.

Hoy no tendría sentido pertenecer a los Jardineros: los enemigos de la divina creación natural han dejado de existir, y los animales y los pájaros —aquellos que no se extinguieron cuando el ser humano se enseñoreaba del mundo— crecen y se multiplican a placer, por no hablar de lo que pasa con la flora.

*De hecho, ahora sobran plantas*, piensa mientras poda los agresivos bejucos de kudzu que trepan por el vallado del huerto. Brotan por todas partes y son incansables; bien pueden crecer un par de palmos en unas doce horas y arremeten contra todo lo que encuentran en su camino como si fueran un tsunami verde. Sólo las mohairs los refrenan un poco al pastar: ni la costumbre de los crakers de mascar kudzu ni la insistencia de Rebecca en servirlo como si se tratara de espinacas le hacen la menor mella.

Ha oído que algunos de los hombres tienen pensado hacer vino a partir del kudzu, pero no termina de verlo claro: no se imagina el sabor. ¿A medio camino entre el pinot gris y briznas de césped de jardín machacadas? ¿Pinot vert canadiense con notas de abono? Más allá del aroma, ¿será buena idea que un grupo humano tan reducido se ponga a beber alcohol del tipo que sea? Los adormecerá y hará estar menos atentos, y su situación es demasiado vulnerable como para permitírselo. Su pequeño enclave no tiene las debidas defensas. Un centinela borracho y lo siguiente será una infiltración y una carnicería.

—He encontrado un enjambre de abejas para ti —oye decir a Zab.

Ha llegado por detrás, sin que ella se diera cuenta: menuda capacidad de estar atenta...

Se vuelve, sonriente. ¿Es una sonrisa sincera? No del todo porque sigue sin saber la verdad sobre Zorro del Desierto, sobre ella y Zab. ¿Se lo han montado o no? Pero ¿y si él se limitó a entrar por una puerta que estaba abierta de par en par, por así decirlo? Pues eso: si él no se lo pensó dos veces, por qué iba a hacerlo ella ahora.

—¿Un enjambre, en serio? —pregunta—. ¿Dónde?

—Ven conmigo al bosque —le solicita Zen sonriendo como el lobo de los cuentos infantiles mientras le tiende una de sus manazas.

Como es natural, Toby toma su mano y se lo perdona todo... por ahora. Y eso que a lo mejor no hay nada que perdonar.

Caminan hasta el límite de la arboleda, alejándose del claro donde se alza el caserón. Porque finalmente da la impresión de ser un claro, pese a que los maddaddámidas no lo desbrozaran de verdad en su día. Pero ahora, cuando la vegetación vuelve a crecer se esfuerzan en arrancar las malas hierbas, y eso definitivamente ayuda.

Bajo los árboles se está más fresco, aunque también se respira cierta atmósfera amenazante, puesto que el espeso tejido de hojas y ramas impide ver más allá. Algunas ramitas combadas delatan un rastro: el que Zab ha dejado al ir hasta allí.

—¿Estás seguro de que no corremos peligro? —le pregunta Toby.

Ha bajado la voz por instinto. A cielo abierto se puede mirar a lo lejos y detectar a un depredador mucho antes de oírlo; entre los árboles, sin embargo, es indispensable estar atento al sonido.

—He estado aquí hace poco y he mirado bien —responde Zab en un tono demasiado confiado para el gusto de Toby.

Y ahí está el enjambre: una gran bola de abejas del tamaño de una sandía colgada de las ramas inferiores de un sicomoro joven. Zumba, y ondea como un pelaje dorado al viento.

—Gracias —dice Toby.

Tendría que volver al caserón para coger un recipiente y una cuchara, sacar el centro de la colmena y capturar a la reina, a la que el resto del enjambre seguirá de inmediato. Ni siquiera será necesario utilizar humo: las abejas no la picarán porque no tienen colmena que defender. Lo primero que hará será explicarles que quiere lo mejor para ellas y que espera que se conviertan en sus mensajeras al país de los muertos. Pilar, su maestra de apicultura, le dijo que eso era lo que había que decir para hacer que un enjambre de abejas silvestres se fuera contigo.

—A lo mejor debería ir a por una bolsa o algo parecido —le dice—: están buscando un buen lugar en el que hacer su colmena, así que podrían marcharse en cualquier momento.

—¿Quieres que les haga de niñera un rato? —pregunta Zab.

—Tú mismo. —Lo que ella quiere en realidad es que la acompañe de vuelta al caserón: no le hace ninguna gracia andar sola por el bosque—. Pero ¿te importaría taparte los oídos un momento y mirar para otro lado?

—¿Vas a echar una meada? —pregunta él—. Por mí no te preocupes.

—Sabes lo que voy a hacer: tú también fuiste un Jardinero —recuerda Toby—. Tengo que hablar con las abejas.

Se trata de una de esas prácticas de los Jardineros que, vista desde fuera, puede resultar chocante; a ella sigue pareciéndoselo porque en el fondo siempre ha sido, y siempre será, una forastera, esté donde esté.

—Claro —acepta Zab—, faltaría más. Tú, a lo tuyo.

—Se vuelve y se pone a mirar la espesura.

Toby nota que se ha sonrojado, pero tira de un extremo de la sábana y se cubre la cabeza —un gesto fundamental, subrayaba la vieja Pilar, para que las abejas sepan que les tienes el debido respeto— y se pone a hablar con la zumbante y ondeante bola de pelaje.

—Oh, abejas —dice—, quiero saludar a vuestra Reina: me gustaría ser su amiga y construir un hogar seguro para ella y para vosotras, que por algo sois sus hijas. Allí os contaré las noticias de cada día y me gustaría que las llevaseis a todas aquellas almas que habitan el país de las sombras. Por favor, decidme si aceptáis mi oferta.

Se mantiene a la espera mientras el zumbido va subiendo de intensidad. Varias abejas exploradoras llegan volando y aterrizan en su cara. Exploran su piel, sus fosas nasales, las comisuras de sus ojos: es como si una decena de minúsculos deditos estuvieran acariciándola. Si no la pican, la respuesta es que sí. Respira hondo, obligándose a estar tranquila: a las abejas no les gusta el miedo.

Las exploradoras despegan de su rostro, vuelven al enjambre volando en espiral y se mezclan con el dorado pelaje en movimiento. Suspira con alivio.

—Ya puedes mirar —le dice a Zab.


Se oye un crujido, unas pisadas: algo se dirige hacia ellos entre los arbustos. Toby nota cómo la sangre huye de sus manos. *Mierda*, piensa. *¿Será un cerdón..., un loberro? No te-*

*nemos pulverizador y me he dejado el rifle en el huerto.* Mira a su alrededor tratando de encontrar una piedra con la que defenderse. Zab acaba de recoger un leño.

*Santa Dian Fossey, san Francisco, san Fateh Singh Rathore: dadme vuestra fuerza y sabiduría. Hablad con esos animales ahora mismo y haced que se alejen, que Dios se encargue de procurarles otra carne con la que alimentarse.*

Pero no, no es un animal. Oye una voz: son personas. Los Jardineros no tienen ninguna oración pensada para ahuyentar a las personas. *Paintbalistas: no saben que estamos aquí. ¿Qué deberíamos hacer? ¿Echar a correr? No, están demasiado cerca. Salir de su línea de fuego, si es posible.*

Zab se coloca delante de ella, la empuja con la mano y la pone a su espalda. Se queda muy quieto... y rompe a reír.

# La gruta entre huesos

Zorro del Desierto surge de los arbustos alisándose la sábana con estampado de flores rosadas y azules. Crozier llega dos pasos por detrás, alisándose él también la sábana, decididamente más discreta: a franjas negras y grises.

—Hola, Toby; hola, Zab —saluda Crozier en tono despreocupado.

—¿Dando un paseo? —pregunta Zorro del Desierto.

—Cazando abejas —informa Zab.

No parece contrariado. *A lo mejor estaba equivocada*, se dice Toby: no parece que la considere suya, le da lo mismo que estuviera a solas con Crozier entre la espesura.

En cuanto a él... se suponía que andaba detrás de Ren, ¿no? ¿O es posible que ella también se equivocara en eso?

—¿Cazando abejas? ¿En serio? Bueno, vosotros mismos —dice riendo Zorro del Desierto—. Nosotros hemos salido a recoger setas. Hemos estado mirando por todas partes, sin parar, incluso a cuatro patas, pero no hemos encontrado una sola seta, ¿verdad, Croze?

Éste niega con la cabeza sin dejar de mirar el suelo: se diría que acaban de pillarlo con los pantalones bajados y el culo al aire, sólo que no lleva pantalones, sino una sábana a franjas.

—Nos vemos —se despide Zorro del Desierto—. Que lo paséis bien cazando abejas. —Echa a andar hacia el caserón con Crozier detrás, como si lo llevara atado con una soga.

—Venga, Abeja Reina —le dice Zab a Toby—, te acompaño al caserón: vamos a por eso que necesitas.

En circunstancias ideales, Toby tendría una colmena Langstroth con cuadros y alzas móviles ajustada y preparada por si se daba la casualidad de que tropezara con un enjambre, pero no previó nada de eso, así que no tiene colmena. A falta de ella, ¿qué otra cosa podría atraer a las abejas? Cualquier cavidad que les ofrezca protección y al mismo tiempo les permita entrar y salir sin dificultad; que esté suficientemente seca, ni demasiado fría ni demasiado calurosa. Rebecca le ofrece una neverita portátil de poliestireno que alguien encontró entre las ruinas. Zab le practica un boquete de entrada en un lado, dos dedos por debajo de la tapa, y varios agujeritos más para ventilación. La colocan en una esquina del huerto, la rodean de pedruscos para que se mantenga estable y ofrezca mayor cobijo y le añaden un par de láminas de contrachapado ligeramente más altas que la neverita a los lados, sostenidas con piedras. El resultado sólo recuerda vagamente un panal, pero es lo que hay por el momento —y puede que durante largo tiempo—. El peligro es que las abejas se establezcan allí, le cojan gusto al lugar y se pongan hechas una furia si intenta cambiarlas de sitio más adelante.

Improvisa una bolsa con una funda de almohada y ella y Zab vuelven a adentrarse en el bosque para hacerse con las abejas. Con una vara larga, rasca un poco el tronco del árbol y el núcleo del enjambre va a parar suavemente en la bolsa. La parte más densa de ese núcleo es la que rodea el imán que es la reina, invisible como el corazón dentro del cuerpo.

Llevan la funda de almohada al huerto bajo el sonoro zumbido de una nube de abejas que los sigue. Toby mete la densa bola de abejas en el interior de neverita, espera a que todas las rezagadas terminen de salir de la funda de tela y luego aguarda un poco más mientras las abejas exploran su nuevo domicilio.

Cada vez que manipula abejas siente un subidón de adrenalina: las cosas podrían torcerse fácilmente; un día podría oler como no debe y verse atacada por una horda feroz e inclemente. A veces, en cambio, tiene la sensación de que podría bañarse en abejas de la cabeza a los pies como quien toma un baño de espuma: es la euforia que sienten los apicultores, comparable a la que experimentan los montañeros o los submarinistas. Sería una idiotez dejarse llevar por ella.

Una vez aposentado el enjambre, cierra la tapa de la neverita, que deja bien sujeta colocando un par de piedras encima. Las abejas no tardan en salir y entrar por el boquete principal, yendo y viniendo con el polen de las flores del huerto.

—Gracias —le dice a Zab.

—No hay de qué —responde él como si fuera un empleado municipal en una ventanilla, y no su amante.

*Es que es de día*, se recuerda ella: Zab siempre se muestra un tanto brusco durante el día. Él echa a andar y se pierde por la esquina del caserón: misión cumplida por hoy.

Toby se cubre la cabeza.

—Que seáis felices en este lugar, oh, Abejas —afirma en dirección a la neverita de poliestireno—. Como vuestra nueva Eva Seis, prometo visitaros todos los días, si puedo, y contaros las noticias.

—Oh, Toby... ¿podemos escribir otra vez? ¿Hacer marcas en el papel?

El pequeño Barbanegra es su sombra. Se ha encaramado a la valla del huerto desde el exterior y asoma por la parte de arriba con la barbilla sobre las manos. ¿Cuánto tiempo lleva observándola?

—Sí —afirma ella—. Quizá mañana mismo, si vienes temprano.

300

—¿Qué es esa caja? ¿Para qué son las piedras? ¿Qué es lo que estás haciendo, oh, Toby?

—Ayudar a las abejas a encontrar un hogar.

—¿Van a vivir en la caja? ¿Por qué quieres que vivan ahí?

*Porque quiero robarles la miel,* piensa Toby.

—Porque dentro estarán a salvo.

—¿Estabas hablando con las abejas, oh, Toby? Te he oído hablar. ¿O estabas hablando con Crake, como hace Jimmy de las Nieves?

—Estaba hablando con las abejas, sí.

A Barbanegra se le ilumina el rostro.

—No sabía que podías hacerlo —dice—. ¿Hablas con los Hijos de Oryx como hacemos nosotros? ¡Pero si tú no sabes cantar!

—¿Tú les cantas a los animales? —pregunta Toby—. ¿Les gusta la música?

El pequeño no entiende la pregunta.

—¿Música? —repite—. ¿Qué es *música?*

Y al momento se suelta de la valla y corre a unirse a los demás niños.


Cuando hueles a abejas pero no estás junto a ellas, el olor puede atraer a otros insectos indeseados. Unos cuantos moscardones hacen amago de posarse sobre ella, y una que otra avispa también se muestra interesada. Echa a andar hacia la bomba de agua para lavarse bien las manos pero, cuando se dirige hacia allí, Ren y Lotis Azul llegan en su busca.

—Tenemos que hablar contigo sobre Amanda —afirma Ren—, estamos muy preocupadas.

—Haced lo posible para que se distraiga —responde Toby—. Estoy segura de que no tardará en volver a ser la de siempre. Ha pasado por una experiencia traumática, y esas cosas llevan su tiempo. ¿Recuerdas cómo estabas tú al principio, cuando tuviste que recuperarte del ataque de los paintballistas? Le daré un poco de elixir de hongos para que recobre fuerzas.

—No lo entiendes —dice Ren—: está embarazada.

Toby se seca las manos en la toalla que hay junto a la bomba de agua. Se toma su tiempo mientras piensa.

—¿Estáis seguras? —pregunta.

—Meó en uno de los palitos y dio positivo —explica Lotis Azul—. ¡En el puto palito apareció la imagen de una cara sonriente!

—¡Una cara rosada y feliz! ¡Esos palitos son un asco! ¡Es horrible! —Ren rompe a llorar—. ¡No puede tener al niño, no después de lo que le hicieron aquellos dos! ¡No puede tener un hijo de un paintbalista!

—La pobre va como una zombi —indica Lotis Azul—. Está hundida, totalmente hecha polvo...

—Voy a hablar con ella —dice Toby.

Pobre Amanda, ¿quién puede esperar que pretenda tener el hijo de un asesino, el hijo de alguien que la violó y torturó? Aunque a lo mejor el padre es otro: no se puede descartar esa posibilidad. Toby se acuerda de las flores, de los cánticos, de la maraña de extremidades de los entusiasmados crakers a la luz de la hoguera aquella descontrolada noche de Santa Juliana. ¿Es posible que Amanda esté embarazada de alguno de ellos, que vaya a tener un hijo craker? ¿Es posible algo así? En principio sí, a no ser que estemos hablando de dos especies completamente distintas. Pero, si es el caso, ¿no será peligroso? Los pequeños crakers se desarrollan de forma muy distinta, crecen con mucha mayor rapidez: si el bebé crece tanto y tan rápido, quizá no podrá salir...

Y por allí no hay hospitales ni médicos. A efectos prácticos, dar a luz en ese lugar será como hacerlo en una caverna del neolítico.

—Está en los columpios —indica Lotis Azul.


Amanda está en uno de los diminutos columpios, meciéndose suavemente hacia delante y hacia atrás. El asiento es muy pequeño y casi roza el suelo, así que está muy apretada y tiene los muslos prácticamente contra el pecho. Las lágrimas ruedan por sus mejillas.

Tres mujeres crakers —la marfileña, la de ébano, la dorada— la han rodeado y ronronean mientras le tocan la frente, los cabellos, los hombros...

—Todo saldrá bien, Amanda —le dice Toby—. Todos vamos a ayudarte.

—Ojalá hubiera muerto —responde.

Ren rompe a llorar, se arrodilla y se abraza a su cintura.

—¡No digas eso! ¡Hemos llegado hasta aquí! ¡Ahora no puedes rendirte!

—Quiero esta cosa fuera de mi barriga... —dice entre gemidos—. ¿Hay algo que pueda beber? ¿Algún veneno o algún brebaje de esos que preparas con hongos?

*Al menos parece tener más energía*, considera Toby. *Y es verdad que en su momento se usaban ciertas plantas...* Se acuerda de que Pilar le dio los nombres de algunas semillas y raíces: zanahoria silvestre, onagra vespertina... pero no está segura de las dosis, así que utilizarlas podría resultar muy peligroso. Además, si el niño efectivamente es hijo de un craker, es posible que no le hagan ningún efecto: según los maddaddámidas, los crakers tienen una bioquímica distinta.

Una de las hembras craker, la marfileña, deja de ronronear repentinamente.

—Esta mujer ya no está azul —declara—. Su gruta entre huesos ya no está vacía. Eso es bueno.

—¿Por qué está triste, oh, Toby? —pregunta la mujer dorada—. Nosotras siempre nos alegramos cuando tenemos la gruta entre huesos llena.

«La gruta entre huesos»: así se refieren al útero. La fórmula tiene cierto encanto y es bastante precisa; aun así, no puede evitar imaginarse una cueva bastante estrecha y sombría. Algo parecido debe de imaginar Amanda: la muerte en vida. ¿Qué podría hacer para mejorar la situación? No mucho, más allá de asegurarse de que no haya cuchillos ni cuerdas a la vista, que vaya acompañada en todo momento...

—Toby —le pide Ren—. ¿No podrías...?

—Inténtalo, por favor —le suplica Amanda.

—No, no tengo los conocimientos necesarios. —Entre los Jardineros, Marushka la Comadrona era la especialista en ginecología y obstetricia, mientras que ella se ocupaba de enfermedades y heridas; pero ni gusanos, ni sanguijuelas ni emplastos son de utilidad en estos casos—. Quizá no es tan malo como piensas —añade—: es posible que el padre no sea uno de los paintbalistas. ¿Te acuerdas de lo que sucedió en torno a la fogata en la noche de Santa Juliana, cuando todos se echaron encima y... hubo un malentendido cultural? Es posible que el niño sea medio craker.

—Fantástico —apostilla Ren—. ¡Vaya dos opciones! El hijo de un criminal redomado o una especie de monstruito genético. En todo caso, ella no fue la única víctima de ese «malentendido cultural», o como quieras llamarlo. Es posible que yo misma lleve uno de esos minimonstruos dentro, sólo que no me he atrevido a mear en el palito.

Toby se esfuerza en pensar algo que las anime un poco. *Genética no es destino, la crianza también tiene su papel; hay que pensar en las transformaciones epigenéticas: los paintbalistas seguramente crecieron en un entorno decididamente nefasto, y si lo bueno puede transformarse en malo, también puede suceder al revés. En cuanto a los crakers... quizá tienen más de humanos de lo que sospechamos.* Pero nada de eso suena muy convincente, la verdad.

—Oh, Toby, no estés triste —afirma una voz de niño: Barbanegra ha aparecido a su lado; le coge la mano y le da unas palmaditas—. Oryx ayudará, el bebé saldrá de la gruta entre huesos y Amanda se sentirá contenta. Todos se sienten contentos cuando un bebé sale al mundo.

# Camada

—Muévete un poco: se me ha dormido el brazo —le dice Zab—. ¿Qué pasa?

—Me preocupa Amanda —responde Toby: la verdad, aunque no toda—. Parece que está embarazada y no se siente precisamente alegre.

—¡Bravo! —suelta Zab—. Será el primer pionerito que nazca en nuestro nuevo mundo feliz.

—¿Te han dicho que puedes ser bastante cruel?

—Jamás: soy un trozo de pan. A juzgar por lo sucedido, supongo que el padre es uno de esos paintbalistas, lo que es una mierda al cuadrado. Nos veremos obligados a ahogar al pequeñín como si se tratara de un gatito.

—De eso, nada —replica Toby—. Las mujeres craker adoran a los niños, y no respondo de lo que hagan si le pones un solo dedo encima al bebé.

—Las mujeres sois curiosísimas —considera Zab—. Ya me hubiera gustado tener una madre así: protectora, cariñosa y demás.

—Podría tratarse de un híbrido, mitad craker —indica Toby—. Fruto de aquel revolcón en masa cuando la Festividad de Santa Juliana. Pero si es el caso, ese niño podría matarla: la gestación de los bebés crakers es mucho más rápida, y tienen la cabeza notablemente más grande al nacer: podría quedarse atascado en el canal del parto. Yo no tengo ni idea de cómo hacer una cesárea, pero deja eso: ¿qué tal si hay incompatibilidad sanguínea?

—Y Pico de Marfil y los otros, ¿no saben nada de esas cuestiones? Se trata de asuntos genéticos referidos a la sangre, ¿no?

—No les he preguntado —reconoce Toby.

—Bueno, pues hay un nuevo problema que plantear: un embarazo. Deberíamos reunirnos. Pero si los maddaddámidas tampoco saben qué va a pasar, supongo que habrá que conformarse con esperar a ver, ¿me equivoco?

—No, no te equivocas —dice Toby—. El aborto no es una opción porque nadie tiene los conocimientos necesarios: el riesgo es demasiado alto. Hay ciertas hierbas que sirven para esos fines, pero si una no sabe bien lo que hace, pueden resultar tóxicas. No podemos hacer nada, a menos que alguien nos venga con una idea brillante durante la reunión, pero antes necesito hacer una consulta.

—¿A quién? Ninguno de esos cerebritos es médico.

—Te lo diré si me prometes que no vas a reírte.

—Mi boca está sellada. Dispara.

—Bueno, vas a tomarme por una loca: hablo de Pilar... quien, como sabes, está muerta.

Silencio.

—¡¿Y cómo piensas hablar con Pilar?!

—He pensado en ir a visitarla, no sé si me explico, donde...

—¿A su sepulcro, como si fuera una santa?

—Algo por el estilo. Voy a hacer una meditación suplementada. ¿Te acuerdas de cuando la enterramos en el parque, el día de su compostaje? Nos vestimos como empleados de parques y jardines, cavamos un hoyo en...

—Sí, claro que me acuerdo: ibas vestida con aquel mono verde de operaria que robé para ti. Plantamos una mata de saúco sobre su cuerpo.

—Exacto. Pues quiero ir allí. Sé que es de locos, como dirían en el mundo exfernal.

—Primero hablas con las abejas ¿y ahora quieres hablar con los muertos? Ni los propios Jardineros llegaron tan lejos.

—Algunos sí. Tómatelo como una metáfora: lo que voy a hacer es entrar en contacto con mi Pilar interior, como habría dicho Adán Uno. Él lo consideraría perfectamente posible.

Nuevo silencio.

—Bueno, pero eso no puedes hacerlo tú sola.

—Ya lo sé. —Ahora es ella quien se queda callada.

Zab suspira.

—Muy bien, guapa: tú mandas. Me presento voluntario. Hablaré con Rino y con Shackie para que nos acompañen. Con nosotros estarás segura. Iremos armados con un pulverizador y con tu rifle. ¿Tienes idea del tiempo que llevará todo eso?

—Trataré de que la meditación suplementada sea breve: no quiero eternizarme.

—¿Esperas oír voces? Lo pregunto simplemente por saberlo.

—No tengo ni idea de lo que voy a experimentar —responde Toby con sinceridad—. Lo más seguro es que no oiga nada, pero tengo que intentarlo.

—Es lo que me gusta de ti: que estás dispuesta a probarlo todo. —Nuevo silencio—. ¿Hay algo más que quieras decirme?

—No —miente Toby—, nada.

—Lo de contar trolas no es lo tuyo —le indica Zab—, aunque como quieras, por mí perfecto.

—¿Trolas? Hacía tiempo que no escuchaba eso.

—Déjame adivinar: supones que debería explicarte lo que pasó cuando salí de compras, por así decirlo, con, ¿cómo se llama?, la señorita Zorro. Si le metí mano o si ella me la metió a mí; si se dio ayuntamiento sexual, en resumen.

Toby lo piensa un momento. ¿Quiere oír una mala noticia: la confirmación de sus temores, o una buena noticia que no va a creerse? ¿Se está volviendo una especie de invertebrado trepador que se agarra a lo que sea con toda la fuerza de sus tentáculos y ventosas?

—Cuéntame algo más interesante —dice por fin.

A Zab se le escapa la risa.

—Buena jugada —concede.

La partida queda en tablas: Zab sabe lo que hay y a ella le toca hacer lo posible por no tratar de averiguarlo. A él le encanta todo aquello que está encriptado. Aunque está oscuro y no puede verlo, ella nota que está sonriendo.

Salen al amanecer del día siguiente. Los buitres, posados sobre los árboles más altos y más secos, extienden al máximo sus negras alas para que el rocío que las humedece se evapore: esperan que los vientos térmicos los ayuden a remontar el vuelo y a trazar sus espirales en el aire en espiral. Los cuervos chismorrean entre sí vocalizando una áspera sílaba tras otra. Los pájaros de menor tamaño han despertado, y se revuelven en sus nidos piando y trinando. Rosados filamentos nubosos flotan sobre el horizonte al este, sus bordes iluminados hasta llegar casi al dorado. Hay días en que el cielo hace pensar en las antiguas pinturas del paraíso: tan sólo se echan en falta unos ángeles suspendidos, con sus blancas túnicas, que recuerdan los vestidos de las debutantes de otrora, los rosados deditos de los pies apuntando delicadamente hacia arriba y las alas aerodinámicamente imposibles. En su lugar, hay gaviotas.

Avanzan por un camino que la naturaleza no ha hecho desaparecer todavía, a través de lo que continúa siendo reconocible como el Heritage Park. Los senderos de gravilla que se abren en otras direcciones se han ido cubriendo de plantas, aunque aún se distinguen las mesas de pícnic y las barbacoas de hormigón. Si en este lugar hay espíritus, son espíritus de niños que ríen.

Los grandes contenedores redondos que había aquí y allá están destapados y volcados. No parece haber sido obra de seres humanos, ni de mofaches —los contenedores de ese tipo eran a prueba de mofaches—. La tierra en torno a las mesas de pícnic está revuelta y embarrada: algún bicho ha estado pisoteando y revolcándose por aquí.

Incluso el camino principal, asfaltado y lo bastante ancho para albergar un vehículo del Heritage Park como el que Zab y Toby en su día emplearon para llevar a Pilar a su lugar de compostaje, ha empezado a sufrir los embates de las malas hierbas, cuya fuerza puede resultar abrumadora: son capaces de resquebrajar un edificio como si fuera una nuez en cuestión de pocos años y de reducirlo a escombros en una década. A continuación, la tierra se encarga de engullir los fragmentos. Todo digiere y es digerido: los Jardineros lo consideraban un motivo de contento, pero ella nunca ha terminado de convencerse.

Rino avanza en la vanguardia armado con un pulverizador, Shackleton cubre la retaguardia. Zab está en el centro, junto a Toby, a quien no pierde de vista ni un momento. Él es quien lleva su rifle, por precaución, pues Toby está ebria después de beberse el preparado que facilita la meditación suplementada. Fue una suerte que todavía quedaran algunas setas *Psilocybe*, provenientes de los viejos cultivos de los Jardineros, entre la provisión de setas desecadas que Toby fue reuniendo durante años y finalmente se llevó consigo al caserón. Después de humedecerlas con agua y mezclarlas con una combinación de semillas molidas, les añadió una pizca de *muscaria*. Nada más que una pizca: no quería que le estallara el cerebro, más bien aspiraba a disfrutar de una pequeña sacudida mental, suficiente para resquebrajar el cristal de la ventana que separa el mundo visible de lo que sea que haya al otro lado. Ha empezado a notar los efectos: percibe un titubeo, un movimiento cerca de ella.

—Eh, tú, ¿qué haces por aquí? —pregunta una voz: la de Shackleton, que le llega como a través de un túnel oscuro.

Toby se vuelve y descubre que Barbanegra se ha materializado a su lado.

—Quiero estar con Toby —dice.

—¡Oh, joder! —replica Shackleton.

Barbanegra sonríe al oírlo.

—¡Y también con Joder!

—No pasa nada —interviene Toby—, deja que venga con nosotros.

—No vas a poder impedírselo a menos que le machaques la cabeza —observa Zab—. Aunque estaría bien que dejara de joder con Joder.

—Por favor —le ruega Toby—, no lo confundas más.

—¿Adónde vas, oh, Toby? —pregunta Barbanegra.

Ella coge su mano tendida.

—A visitar a una amiga —responde—, a una amiga que no puedes ver.

Barbanegra no hace más preguntas, se limita a asentir con la cabeza.

Zab va mirando al frente, a derecha e izquierda mientras tararea para sí. Es una costumbre que conoce bien: suele hacerlo cuando se siente inquieto.

*Hundidos en la mierda estamos,*
*de mal en peor vamos,*
*nadie nos echa una mano.*
*¡Joder, de nada nos enteramos!*

—Jimmy de las Nieves y Toby pueden hablar con Joder —dice Barbanegra—. ¡Pueden pedirle ayuda para que nos enteremos de algo!

Sonríe y mira a Toby y a Zab para que confirmen la veracidad de sus palabras, contento consigo mismo.


Toby siente crecer el efecto del poderoso preparado para la meditación suplementada. La cabeza de Zab se recorta contra el sol, las abiertas puntas de sus cabellos forman un halo. Toby se dice que no le vendría mal un corte de pelo, que sería cuestión de encontrar unas tijeras, pero a la vez se siente admirada: se diría que de sus cabellos brota un radiante chorro de energía eléctrica. Una luminiscente mariposa genéticamente modificada revolotea sobre el camino. Ella recuerda esas mariposas luminiscentes, pero ésta tiene esa coloración azulada propia del fuego a gas. Rinoceronte Negro da la impresión de estar emergiendo de las huellas que dejan sus pies: un gigante hecho de tierra. Las ortigas de las cunetas se inclinan sobre el camino a uno y otro lado, y la luz les da una apariencia vaporosa. De todas partes llegan sonidos, rumores, sílabas, repiqueteos...

Y ahí está el saúco que plantaron en la tumba de Pilar hace tanto tiempo. Ha crecido mucho y sus flores blancas lo rodean como cascada; su olor dulzón impregna el aire. A su alrededor zumban abejas y abejorros, revolotean mariposas grandes y pequeñas.

—Quédate aquí con Zab —le pide Toby a Barbanegra. Le suelta la mano, da un paso al frente y se arrodilla ante el arbusto.

Contempla las cimas de flores y piensa: *Pilar*. Recuerda su rostro surcado de arrugas, la oscura piel de sus manos, su sonrisa amable. Todo tan real alguna vez, ahora bajo tierra.

*Sé que estás aquí, en tu nueva envoltura. Necesito que me ayudes.*

Nadie responde, pero percibe un espacio, una espera.

*¿Amanda va a morir, el niño va a matarla? ¿Qué debería hacer?*

No hay respuesta. Toby se siente desamparada, pero ¿qué esperaba? La magia no existe, ni los ángeles: todo ha sido un juego de niños, desde siempre.

Pese a todo, no puede evitar rogar de nuevo: *Envíame un mensaje, una señal. ¿Qué harías en mi lugar?*

—Cuidado —oye que dice Zab—. No te muevas. Vuelve la cabeza poco a poco a la izquierda.

Toby lo hace y ve que, a tiro de piedra, uno de los cerdos gigantescos está cruzando el camino. No, una cerda, con su camada: cinco cochinillos en fila. Oye los suaves gruñidos de la madre, los chillidos de los pequeños. ¡Qué sonrosadas y brillantes tienen las orejas, qué cristalinas son sus pezuñas, cuánto...!

—Yo te cubro —dice Zab levantando despacio el rifle.

—No dispares —repone ella.

311

El sonido de su propia voz parece llegarle de muy lejos. Nota la boca hinchada y entumecida, pero su corazón late tranquilo.

La marrana se detiene y se vuelve: es un blanco perfecto. Mira a Toby. Los cinco pequeñines se alinean bajo sus pezones, dispuestos en hilera como los botones de un chaleco. Parece sonreír, pero no es realmente una sonrisa, sino simplemente la forma de su boca. Uno de sus colmillos destella fugazmente.

El pequeño Barbanegra da un paso al frente. El sol lo vuelve dorado, sus verdes ojos centellean, extiende las manos.

—Vuelve aquí —le ordena Zab.

—Espera —dice Toby.

La cerda es imponente. Una bala no la detendría, ni por asomo; una ráfaga de pulverizador apenas le haría mella. Podría arrollarlos como lo haría un tanque. «Vida, vida, vida», parece gritar, una vida que rebosa por todos sus poros en ese minuto preciso, en ese segundo, milisegundo, milenio, eón.

No se mueve. Mantiene la cabeza en alto, las orejas apuntando al frente, unas orejas enormes como nenúfares. No da señales de arremeter. Los lechones se han quedado paralizados; sus ojos son como bayas rojas... como las bayas del saúco.

Se oye un sonido. ¿De dónde proviene? Recuerda el viento entre las ramas; no, un halcón surcando el aire; no, no, el canto de un pájaro de hielo; no... *Mierda*, piensa, *estoy muy colocada.*

Es Barbanegra, cantando con su frágil voz de niño, su voz de craker, que nada tiene de humana.

Un segundo después, la cerda y su camada ya no están en el claro. Barbanegra se vuelve hacia Toby y sonríe.

—Ella estaba aquí —asegura.

¿Qué quiere decir con eso?

—Maldita sea —apunta Shackleton—. Adiós a unas buenas chuletillas...

*Ya está bien por hoy*, piensa Toby. *Vuelve a casa, date una ducha, despéjate: ya has tenido tu visión.*

# Vector

# La historia de cómo Crake vino al mundo

—Sigues algo colocada, ¿verdad?

Zab y ella caminan hacia los árboles de los que colgaba la hamaca de Jimmy. Allí los esperan los crakers. Es el crepúsculo, aunque más profundo y espeso, con más capas de lo habitual; las polillas brillan más, el aroma de las flores resulta más embriagador: la fórmula para la meditación suplementada produce ese efecto. La mano de Zab parece de un terciopelo áspero; cálida y suave, delicada y rasposa al tiempo, como la lengua de un gato. A veces hace falta un día entero para que el efecto de la pócima desaparezca por completo.

—No sé si *colocada* es la palabra más indicada para describir una experiencia mística, casi religiosa —responde.

—¿Eso ha sido?

—Posiblemente. Barbanegra está contándoles a todos que Pilar se apareció envuelta en la piel de una cerda.

—¡Coño! Y eso que era vegetariana. ¿Cómo se las arregló para meterse en una cerda?

—Según él, se revistió de su piel igual que tú te envolviste en la piel de un oso, con la diferencia de que ella ni mató ni se comió a la marrana.

—Qué desperdicio.

—Y me habló... o al menos eso cuenta Barbanegra: dice que la oyó hablarme.

—¿Y tú lo crees?

—No exactamente —le contesta Toby—. Ya sabes por dónde iban los Jardineros: lo que hice fue comunicarme con mi Pilar interior exteriorizada en una forma visible conectándome con la ayuda de los facilitadores químicos del cerebro a las longitudes de onda del universo, un universo en el cual, si uno lo entiende bien, las coincidencias no existen. El hecho de que una impresión sensorial tenga su «causa» en el consumo de una mezcla de sustancias psicoactivas no implica que se trate de una ilusión: una puerta se abre con una llave, pero las cosas que hay al otro lado del umbral siguen encontrándose allí, abras la puerta o no.

—Adán Uno te comió el coco a base de bien, ¿verdad? Podía pasarse horas seguidas regurgitando chorradas de ese tipo.

—Entiendo su forma de razonar, así que supongo que, en ese sentido, sí que me comió el coco. Pero si hablamos de «creer», entonces no sé bien qué pensar. Como él mismo solía decir: ¿qué es «creer», sino poner nuestras negaciones en suspenso?

—Vale. Pero por mi parte, nunca tuve claro si él mismo creía en todo eso, si habría sido capaz de poner la mano en el fuego por esas cosas. Era escurridizo como él solo.

—Lo que decía era que si actúas según determinada creencia, en la práctica el resultado es el mismo. Igual que si creyeras de verdad.

—Me gustaría encontrarlo —dice Zab—, incluso si está muerto. Me gustaría saber qué fue de él, sea lo que sea.

—Es lo que antes llamaban «cerrar un ciclo» —observa Toby—. En algunas culturas, el espíritu no alcanzaba la libertad hasta que la persona era debidamente enterrada.

—La raza humana tenía cada cosa..., ¿no es cierto? En fin, ya hemos llegado. Manos a la obra, señorita cuentacuentos.

—No sé si podré. Esta noche no me siento con fuerzas, aún estoy un poco atontada.

—Inténtalo. Que los crakers te vean el pelo, por lo menos, o montarán un follón de mil diablos.

• • •

Gracias por el pescado.

No voy a comerlo ahora mismo porque antes tengo que deciros algo muy importante.

Anoche, Crake me habló a través de la cosa redonda y brillante.

No cantéis, por favor.

Y me dijo que es mejor cocinar el pescado un poco más, hasta que esté bien asado por todas partes. No hay que dejarlo al sol antes de cocinarlo, ni guardarlo para el día siguiente. Crake dice que eso es lo que hay que hacer con el pescado, y así es como Jimmy de las Nieves quería que lo preparasen. Y Oryx dice que, si ha llegado el momento de que sus hijos los peces sean devorados, ha de ser del mejor modo posible. Esto es, perfectamente cocidos.

Sí, Jimmy de las Nieves se encuentra ya mejor. Ahora mismo está durmiendo en su propio cuarto. El pie ya no le duele. Hicisteis muy bien al ronronear sobre él. Aún no puede correr, pero cada día anda un poco más. Y Ren y Lotis Azul están ayudándolo.

Amanda no puede ayudarlo puesto que está demasiado triste.

Ahora mismo no hace falta que hablemos de por qué está tan triste.


Hoy no voy a contaros una historia... por el pescado y por cómo había que haberlo cocinado. Y también porque me siento un poco... un poco cansada, así que, cuando me pongo el gorro rojo de Jimmy de las Nieves, me cuesta escuchar la nueva historia.

Sé que es una decepción para vosotros, pero os contaré una historia mañana. ¿Qué historia querríais escuchar?

¿Una sobre Zab? ¿Y también sobre Crake?

Una historia en la que aparezcan los dos. Sí, creo que esa historia existe. Es posible que exista.

¿Crake nació alguna vez? Sí, creo que sí. ¿Vosotros qué pensáis?

Bueno, no estoy segura. Aunque tuvo que haber nacido porque se parecía a... tenía el aspecto de una persona hace mucho mucho tiempo. Zab por entonces lo conocía, por eso existe una historia en la que ambos aparecen. Y Pilar también aparece en esa historia.

¿Barbanegra? ¿Tienes algo que decir sobre Crake?

¿Que no salió de una gruta entre huesos, no exactamente? ¿Que solamente se envolvió en la piel de una persona? ¿Que se puso la piel como quien se pone unas ropas? ¿Que por dentro era diferente? ¿Que era redondo y duro, como la cosa reluciente? Ya veo.

Gracias, Barbanegra. ¿Podrías ponerte el gorro rojo de Nieve de los Jimmies... de Jimmy de las Nieves, quiero decir... y contarnos esa historia en detalle?

No, el gorro no va a hacerte daño. No va a hacer que te conviertas en otro. No, no va a crecerte otra piel adicional, no van a salirte unas ropas como las mías: seguirás envuelto en tu propia piel.

No pasa nada... no hace falta que te pongas el gorro rojo. No llores, por favor.


—Me llevé un buen chasco —reconoce Toby—. No se me había ocurrido que le tenían miedo a esa vieja gorra roja de los Red Sox.

—A mí, cuando era pequeño me daba miedo ese equipo como tal —confiesa Zab—. Por entonces ya tenía alma de jugador.

—Se diría que esa gorra es un objeto sagrado para ellos; un tabú o algo así. Pueden llevarla en la mano, pero no ponérsela.

—Es lógico, carajo. ¡Esa cosa está hecha un asco! Apuesto a que tiene piojos.

—Y yo que estaba intentando encontrarle una explicación antropológica al asunto.

—¿Te he dicho últimamente que tienes un buen culo?

—Tú siempre tan intelectual —dice Toby.

—Lo de «intelectual» me suena a capullo redomado.

—No —objeta ella—, pero es que... —Pero ¿qué? Sólo es que no puede creer que Zab esté hablando en serio.

—Lo decía como un cumplido. Te acuerdas de lo que es un cumplido, ¿no? Lo que los tíos dicen a las tías. Es parte del cortejo: eso sí que es antropología. Piensa que es algo así como un ramo de rosas, ¿de acuerdo?

—De acuerdo —conviene Toby.

—Probemos otra vez. Me fijé en ese trasero glorioso que tienes hace mucho tiempo, el día del compostaje de Pilar, cuando te quitaste la ropa suelta de los Jardineros para ponerte el mono de empleada de parques y jardines. Me entró el deseo al verlo, ya lo creo que sí, pero tú por entonces eras inaccesible.

—Tampoco era eso. Yo...

—Sí que lo eras, a tu modo. Por entonces eras el símbolo de la pureza total y absoluta de los Jardineros de Dios, la más devota acólita de Adán Uno; al menos eso pensaba yo. Me preguntaba si se lo montaba contigo. Juro que me moría de celos.

—De eso, nada —dice Toby—. Él nunca, jamás...

—Te creo: no hace falta que gastes saliva. Sin embargo, yo por entonces estaba liado con Lucerne.

—¿Y eso te impedía probar suerte? ¿A ti, el señor Soy-un-imán-para-las-mujeres?

Zab lanza un suspiro.

—A ver. Las tías me atraían con fuerza magnética, por supuesto; desde que era un chaval. Es una cuestión hormonal: viene junto con los pelos de los cojones, y también es una de las maravillas de la naturaleza. El problema es que ellas no siempre se sentían atraídas por mí. —Hace una pausa—. Y además yo soy fiel a la persona con quien estoy, si de verdad estoy con ella: soy un monógamo en serie, por decirlo así.

¿Toby se cree todo eso? No está segura.

—Pero Lucerne dejó a los Jardineros —recuerda.

—Y tú ya eras Eva Seis. Hablabas con las abejas, llevabas una rica vida interior. Te habías convertido en una especie de madre superiora. Y pensaba que, si lo intentaba contigo, me llevaría una bofetada. Así eras.

—Y tú eras Oso Espíritu —dice Toby—. Eras difícil de encontrar pero, si te topabas con él, daba buena suerte. Era lo que solía decirse antes de que esos osos se extinguieran.

De pronto se pone a sollozar: la fórmula para la meditación suplementada también tiene esas cosas, hace que se desmoronen los muros de tu fortaleza.

—Eh, ¿y ahora qué pasa? ¿He dicho algo que no debía?

—No —responde Toby—. Soy una sentimental, eso es todo.

«Fuiste tú lo que me mantuvo viva durante todos esos años», quisiera decir, pero no lo dice.

# El joven Crake

—Tengo que pensar en algo que contarles —dice Toby—, una historia en la que aparezcáis Crake y tú. Se me ha ocurrido que Crake, de joven, conoció a Pilar, pero ¿qué voy a decir de ti?

—Bueno, el hecho es que yo también lo conocí de joven —responde Zab—. Hace mucho tiempo, cuando los Jardineros ni siquiera existían. Pero entonces no se llamaba Crake, claro; era un chaval medio jodido, y se llamaba Glenn.

Una vez dentro de VitaMorfosis Oeste, Zab procuró aprender sus memes e imitarlos tan rápido como pudiera. Echar mano de los memes adecuados era el camino de baldosas amarillas hacia confundirse con los demás y sobrevivir. Así que cuando el gigantesco y monstruoso ojo del reverendo se posara sobre VitaMorfosis Oeste, como podía suceder en cualquier momento —gracias a la inmensa red corporativa que lo apoyaba—, no repararía en su presencia. Coloración protectora: eso era lo que necesitaba.

Según la imagen que la propia empresa buscaba promover, VitaMorfosis Oeste era una gran familia feliz dedicada a la búsqueda de la verdad y la mejora de la humanidad. Se consideraba de mal gusto obsesionarse con el incremento del valor de las acciones bursátiles —aunque a la vez existían paquetes de acciones pensados para empleados—, más bien se esperaba que todo el mundo se mostrase jovial y animoso, que cumpliesen diligentemente todos los objetivos fijados y —tal como sucedía en las familias de verdad— que no hiciese demasiadas preguntas sobre lo que sucedía en realidad.

Y, como en las familias de verdad, también existían zonas de riesgo, algunas conceptuales, algunas puramente físicas. La plebilla situada extramuros del complejo VitaMorfosis era una de estas últimas, salvo que contaras con un pase y una escolta de seguridad especiales.

Los cortafuegos que protegían la propiedad intelectual se habían vuelto extraordinariamente difíciles de burlar, y en muchos casos impenetrables, a no ser que accedieras desde dentro, así que, en vez de intentar hackear el sistema, había quien procuraba hacerse con la materia prima como tal. Secuestrar a cerebrines de las corporaciones y trasladarlos clandestinamente al extranjero —o, según algunos, a los complejos de compañías rivales— estaba a la orden del día: se buscaba extraer el oro y los diamantes que sus privilegiadas cabezas supuestamente contenían. Esto era motivo de gran preocupación en VitaMorfosis Oeste —lo que confirmaba que allí dentro estaba cociéndose algo gordo—, y la compañía había tomado medidas: los biofriquis de más alto nivel llevaban consigo unos dispositivos buscapersonas que informaban constantemente de su paradero, si bien a veces resultaban contraproducentes: en más de un caso, los hackers los habían empleado para ubicar a su presa y seguirle el rastro tranquilamente. En los pasillos y salas de reuniones de la corporación había carteles que recordaban a los descuidados la necesidad de tener bien presentes los riesgos. RESPETA LAS NORMAS DE SEGURIDAD. CUIDADO CON LA CABEZA ¡Y CON LAS IDEAS QUE HAY DENTRO! O bien: TU MEMORIA ES NUESTRA PROPIEDAD INTELECTUAL, ¡NOSOTROS LA PROTEGEMOS POR TI! O bien: EL CEREBRO ES COMO UN PRADO: CULTIVADO TIENE MÁS VALOR.

Armado con un rotulador, un bromista le había agregado a este último mensaje la leyenda: «¡Cultívate más, come estiércol sin parar!»

*Vaya, vaya,* pensó Zab. *Al final va a resultar que entre tanta cara feliz hay algún que otro disidente oculto.*

Para reforzar el *ethos* de la gran familia feliz, VitaMorfosis Oeste organizaba una barbacoa todos los jueves en el parquecillo central del complejo. Adán le había pedido a Zab que no se perdiera esas reuniones, idóneas para aplicar el oído, enterarse de novedades y deducir los invisibles filamentos del poder —los alfas solían ir vestidos con las ropas más informales—. También le comentó —sin dar más detalles— que seguramente encontraría interesantes algunas de las actividades recreativas, como los juegos de mesa.

De manera que, el primer jueves después de su llegada, Zab se presentó en la barbacoa. Probó la comida: helados GelaSoy para los niños, chuletas de cerdo para los carnívoros, productos SojaSoy y hamburguesas de quorn para los veganos... y para los que querían comer carne pero no soportaban que se tuviera que sacrificar a los animales, pinchitos marca Kebab Sinsangre Quevá, hechos con carne cultivada en laboratorio a partir de células («Ningún animal ha sufrido en la elaboración de este producto», se proclamaba en el envoltorio). A Zab le parecieron más o menos comestibles si se los regaba suficientemente con cerveza, pero se había propuesto no beber demasiado porque necesitaba estar despierto y alerta, así que se limitó a probar las chuletas. El sabor era aceptable sin necesidad de estar como una cuba.

Mientras unos comían, otros practicaban deportes apropiados para friquis: cróquet y petanca al sol, ping-pong y futbolín bajo los toldos; juegos infantiles en círculo para los menores de seis años y pilla-pilla y sus variantes para los mayores de esa edad. Los pequeños cerebrines, serios, superinteligentes y probablemente enfermos de Asperger, contaban con una hilera de ordenadores situados bajo parasoles en los que dar rienda suelta a sus impulsos obsesivo-compulsivos en la red —siempre dentro de los cortafuegos de VitaMorfosis, no hace falta decirlo— y combatir unos contra los otros sin necesidad de mirarse a los ojos.

Zab echó un vistazo a los juegos: 3-D Waco, Parásitos Intestinales, Desafío Climático, Sangre y Rosas... y uno más, Hordas Bárbaras, que no le sonaba de nada.

Por ahí llegaba Marjorie, la de los ojos de spaniel, derechita hacia él con una sonrisa anhelante y una mancha de kétchup en la barbilla. Momento de poner pies en polvorosa: la tal Marjorie tenía pinta de haber decidido que él sería suyo y de nadie más, y todo indicaba que era perfectamente capaz de registrarle los bolsillos a su chico mientras dormía para averiguar si había alguna rival en el horizonte, y ni que decir de leer sus correos electrónicos. Quizá se estaba pasando de paranoico, pero era mejor no correr riesgos.

—¿Te apetece echar una partida conmigo? —le dijo al cerebrín más próximo, un chaval flacucho vestido con camiseta negra.

En su plato de cartón había una pequeña pirámide de chuletas de cerdo roídas a base de bien, ¿y eso que tenía en el vaso era café? ¿Desde cuándo dejaban beber café a un mocoso de su edad? ¿Dónde estaban sus padres?

El chico levantó los ojos verdes y le dedicó una buena mirada opaca y posiblemente burlona. En esas barbacoas, hasta los chavales llevaban puesto el portanombre en la pechera. *Glenn*, leyó Zab.

—Pues claro —respondió el joven Glenn—. ¿Ajedrez convencional?

—¿Hay de otro tipo?

—Tridimensional —informó Glenn con indiferencia.

Si Zab no lo sabía, ni por asomo podía ser un buen jugador: más claro, agua.

Así fue como Zab conoció a Crake.

• • •

—Como decía, aún no se llamaba Crake —prosigue Zab—. Por entonces no era más que otro chaval del montón. No le habían pasado muchas cosas desagradables en la vida... aunque lo de «muchas» siempre es cuestión de gustos.

—¿Hablas en serio? —pregunta Toby—. ¿Hace tanto tiempo que os conocisteis?

—¿Yo te mentiría?

Toby lo piensa un segundo.

—No respecto a esto —concede.

Con generosidad no exenta de condescendencia, Zab aceptó que Glenn jugara con blancas... y el chico le dio una soberana paliza. Luego se embarcaron en una partida de 3-D Waco que ganó Zab. Glenn de inmediato pidió jugar otra más, que acabó en empate. Empezó a mirar a Zab con cierto respeto y le preguntó de dónde salía.

Zab respondió con un par de mentiras, pero bastante divertidas. Habló de la señorita Lapsus, del Mundo Flotante y de algunos de los plantígrados de su etapa en Operación Oso, aunque cambiando nombres y ubicaciones, y sin mencionar en absoluto al difunto Chuck. Glenn jamás había estado fuera de un complejo —o no se acordaba—, por lo que semejantes historias le resultaron fascinantes, aunque hizo cuanto estaba en su mano por que no se le notara.

En cualquier caso, empezó a hacerse el encontradizo con él durante las barbacoas de los jueves y a la hora de comer. No era que viese a Zab como un héroe, ni que lo tuviese por una figura paterna, más bien —concluyó Zab— se había convertido en una especie de hermano mayor para él: en VitaMorfosis Oeste no había muchos otros chavales de su edad con los que jugar y, si los había, no eran lo suficientemente despiertos. Tampoco pensaba que tuvieran el mismo nivel de inteligencia —ni de lejos—, pero estaba a mano. La relación, pues, no era precisamente igualitaria: el chico hacía las veces de príncipe heredero y Zab el de cortesano no muy sobrado de luces.

¿Cuántos años tenía Glenn exactamente? ¿Ocho, nueve, diez? Zab no sabía decirlo porque prefería no acordarse de cómo era su propia vida a aquella edad, cuando pasaba demasiado tiempo sumido en una oscuridad u otra. Había procurado borrar a conciencia esos recuerdos. Sin embargo, cada vez que se encontraba con un chaval de esa edad, le entraban ganas de gritarle: «¡Márchate de casa cuanto antes!», o bien: «¡Crece de una vez, y crece un montón!» Si crecías y te volvías muy corpulento, ellos perdían todo poder sobre ti... al menos parte de su poder: bien pensado, la corpulencia no había salvado a las ballenas, ni a los tigres ni a los elefantes.

Seguramente, en la vida de Glenn había unos «ellos», o quizá un «algo», que lo atormentaban. Se le veía en los ojos: su mirada hacía recordar a Zab los momentos en que él mismo se pillaba desprevenido en el espejo; una mirada cautelosa, desconfiada, como si un enemigo al acecho o un pozo sin fondo fuera a aparecer en cualquier instante entre los arbustos, en el aparcamiento o tras los muebles de su cuarto. Aunque, hasta donde él alcanzaba a ver, Glenn no tenía cicatrices ni moratones, ni problemas de alimentación. ¿Qué era entonces aquello que lo atormentaba? Tal vez nada concreto, nada material. Quizá una carencia, un vacío.

Después de varios jueves y de una pormenorizada observación, Zab llegó a la conclusión de que ni el padre ni la madre de Glenn le hacían el menor caso. Ni siquiera se soportaban entre sí: su lenguaje corporal dejaba claro que habían dejado atrás la etapa de los disgustos y el encono ocasional, que lo suyo era odio, odio profundo y activo. Cuando se encontraban en público, intercambiaban miradas gélidas y un par de monosílabos antes de alejarse con rapidez. Tras las cerradas cortinas de su casa, la rabia hervía a fuego lento, y aquel cocedero de despechos monopolizaba su atención, relegando a Glenn a la consideración de nota a pie de página o, quizá, de moneda de cambio. Era posible que el chaval gravitase hacia Zab por la misma razón por la que a los niños les gustaban los dinosaurios: cuando te sientes abandonado en un mundo cuyas fuerzas escapan a tu control, no viene nada mal tener como amigo a una enorme fiera cubierta de escamas.

La madre de Glenn trabajaba como administradora de la cocina: se ocupaba de los pedidos, de los menús diarios y demás; el padre era un investigador de buen nivel: experto en microbios infrecuentes, virus con mala idea, antígenos raros y variantes poco convencionales de biovectores anafilácticos. Entre sus especialidades se contaban el ébola y el virus de Marburgo, pero entonces estaba investigando una extraña reacción alérgica a las carnes rojas vinculada a las garrapatas o, más precisamente, a un agente presente en las proteínas salivares de las garrapatas, según le explicó Glenn.

—A ver si lo he entendido —repuso Zab—: una garrapata te mete las babas en el cuerpo y ya no puedes comer bistec sin que te entren arcadas o tal vez unos ahogos de muerte, ¿es eso?

—Tiene su lado bueno —le respondió Glenn, el cual atravesaba una fase en la que decía «tiene su lado bueno» y luego añadía algo truculento—. Supongamos que es posible extender la alergia entre la población, por ejemplo integrando esas proteínas en la aspirina corriente. Todo el mundo se volvería alérgico a la carne roja, cuya producción en masa es un desastre para el medio ambiente, lleva a la destrucción de los bosques para sustituirlos por pastos para el ganado y...

—Yo no describiría eso como su «lado bueno» —objetó Zab—. Si lo piensas, somos cazadores-recolectores: la evolución ha querido que seamos comedores de carne.

—Y que la saliva de una garrapata nos produzca una alergia mortal —contestó Glenn.

—Tan sólo entre los individuos del acervo génico destinados a ser eliminados —adujo Zab—, por eso mismo se trata de una dolencia rara.

Glenn sonrió de oreja a oreja, algo que no solía hacer.

—Bien visto —reconoció.

• • •

Cuando Zab y Glenn jugaban sentados ante las pantallas durante las reuniones de los jueves, la madre de este último, Rhoda, a veces se acercaba a mirar, y con frecuencia se aproximaba un poquito más de lo normal al hombro de Zab llegando a rozarlo con... ¿con qué? Con una teta, ¿no? Eso parecía, por lo menos, a juzgar por la forma combada. No se trataba de un dedo, eso estaba claro. Su aliento, oloroso a cerveza, agitaba los pelillos que crecían en la oreja de Zab. Por el contrario, a Glenn no lo tocaba en absoluto; de hecho, a Glenn no lo tocaba nadie, nunca: de un modo u otro se las había ingeniado para que las cosas fuesen así, estableciendo una suerte de zona de acceso restringido en torno a su persona.

—¡Cómo sois...! —decía Rhoda—. Mejor haríais en dejar las pantallitas de una vez y moveros un poco. Jugad al cróquet, o lo que sea.

Glenn no hacía caso de los consejos maternales, y Zab mucho menos: puede que la madre del chico no fuera una vieja, pero se le había pasado el arroz algún tiempo atrás. Aunque, claro, si un día se encontraran los dos a solas en una isla desierta y no quedara otro remedio... Pero no era así, de modo que no hacía ningún caso al acariciante pezón ni al aliento en la oreja, tan elocuentes ambos, y se concentraba en el sangriento Sangre y Rosas que proponía esclavizar el Congo Belga, erradicar la población de la antigua Cartago y salar las tierras de labranza, asesinar a los primogénitos en Egipto...

Aunque ¿por qué limitarse a los primogénitos? Máxime cuando algunas de las atrocidades virtuales posibilitadas por Sangre y Rosas eran más imaginativas: podías tirar a los pequeños al aire para ensartarlos con la espada al caer, arrojarlos a unos hornos, estrellarles la cabeza contra los muros de piedra...

—Te cambio a mil niños pequeños por el palacio de Versalles y el memorial de Lincoln —le ofreció a Glenn.

—No hay trato salvo que añadas Hiroshima —replicó éste.

—¡Eso es un abuso! ¿Quieres que los chavales mueran entre horribles sufrimientos?

—No son niños de verdad: es un juego. Si ellos mueren, el Imperio inca sobrevive con todos sus tesoros.

—Pues despídete de los niños —le espetó Zab—. Tan joven y tan desalmado... ¡Bum! Adiós. Todos muertos. Y ya que estamos, con los puntos acumulados voy a hacer saltar por los aires el monumento a Lincoln.

—¿Y a mí qué me importa? —repuso Glenn—. Sigo teniendo el palacio de Versalles y el Imperio inca. Y además, si algo sobra en el mundo son niños: dejan mucha huella carbónica.

—Quien os oiga pensará que estáis locos —dijo Rhoda a su espalda mientras se rascaba alguna parte del cuerpo.

Zab podía oír el sonido de las uñas contra la piel, comparable al de las garras de un gato contra el fieltro. Se preguntó qué parte del cuerpo estaría rascándose, pero enseguida se obligó a dejar de pensar en ello. Bastantes problemas tenía Glenn como para que su único amigo de fiar se tirase a su poco fiable madre.


Sin pensarlo mucho, Zab empezó a enseñarle programación informática a Glenn en sus horas libres. Programación y hackeo. El chico tenía talento y —ahora sí— se mostraba impresionado por las cosas que Zab sabía y él no. Aprendía tan rápido que daban ganas de pulir un talento así y entregarle las llaves del reino de la red, los «ábrete sésamo», las puertas traseras, los atajos. Y Zab no se resistió. Glenn lo absorbía todo como si fuera una esponja, y disfrutabas al verlo. ¿Quién podía imaginarse lo que iba a pasar después? Así sucede con todo lo que resulta divertido.

A cambio de los secretos de programación y marrullerías de hacker, Glenn le confió algunos secretos de los suyos. Por ejemplo, que había metido un minúsculo dispositivo de audio en la lámpara que su madre tenía en la mesita de noche. Así, Zab se enteró de que Rhoda tenía un rollete con un directivo de medio pelo, un sujeto llamado Pete, con quien solía montárselo justo antes de la hora de comer.

—Mi padre no lo sabe —aseguró Glenn. Se quedó pensativo un momento, miró a Zab con aquellos asombrosos ojos verdes y preguntó—: ¿Crees que debería decírselo?

—Quizá no deberías escuchar todas esas mierdas —respondió él.

Glenn ni se inmutó.

—¿Por qué no?

—Porque son cosas de mayores —repuso de forma tan remilgada que él mismo se sorprendió.

—Tú habrías hecho lo mismo a mi edad —soltó Glenn.

Zab tuvo que reconocer que sí, que no habría tardado un milisegundo en hacerlo de haber tenido la ocasión y la tecnología adecuada. Lo habría hecho encantado sin pensárselo dos veces.

Aunque quizá no habría sido capaz en el caso de sus propios padres: aun ahora es incapaz de imaginarse, sin que le entren náuseas, al reverendo cabalgando jadeante sobre Trudy, viscosa de perfumados lubricantes y lociones, semejante a un inflado cojín de raso rosado.

# El ataque Grob

—Ahora viene cuando conozco a Pilar —dice Zab.

—¿Y qué rayos hacía Pilar en VitaMorfosis Oeste? —le pregunta Toby—. Pilar trabajando para una corporación, dentro de un complejo... Me cuesta creerlo.

Pero ya sabía la respuesta: muchos de los Jardineros de Dios, al igual que muchos de los maddaddámidas, habían trabajado de jóvenes en los complejos de las corporaciones. ¿En qué otro lugar iba a trabajar alguien con formación biocientífica? Si lo que querías era investigar, no te quedaba otra que entrar en una corporación porque ahí estaba el dinero. Eso sí, tenías que dedicar tu tiempo a los proyectos que les interesaban a ellos, no a ti, y éstos eran los que tenían una aplicación comercial lucrativa.

Zab conoció a Pilar en una de aquellas barbacoas de los jueves. Era la primera vez que la veía por ahí: algunos de los directivos y peces gordos se abstenían de ir a las comilonas semanales; decían que eran para los empleados más jóvenes, acaso interesados en ligar o deseosos de cotillear y enterarse de cosas, y Pilar ya no estaba para estos trotes. Como se enteró más tarde, Pilar era un pez pero que muy gordo.

Sin embargo, ese jueves estaba Pilar; aunque, de entrada, Zab sólo vio a una mujer bajita, entrada en años y con el pelo entrecano que jugaba al ajedrez con Glenn. Formaban una extraña pareja: la mujer casi anciana y el muchachito arrogante, a él lo intrigaban las extrañas parejas.

Se acercó como quien no quiere la cosa, asomó la cabeza por encima del hombro de Glenn y miró la partida un rato reprimiendo las ganas de darle consejos. Ninguno de los dos llevaba clara ventaja: la vieja jugaba de forma relativamente rápida, pero sin alterarse; Glenn se lo pensaba todo dos y tres veces: su rival estaba obligándolo a emplearse a fondo.

—Reina a H5 —aconsejó Zab por fin.

Esta vez Glenn jugaba con negras. ¿Las había escogido para variar o eran las que le habían tocado en suerte?

—Yo creo que no —fue su respuesta mientras trasladaba su caballo a otra casilla para evitar un posible jaque, como Zab vio al punto.

La señora mayor le sonrió, una sonrisa que dibujó arruguillas en la piel morena en torno a sus ojos y en general por todo su rostro, una sonrisa de gnomo que lo mismo podía significar: «Me caes bien» que «Conmigo ándate con ojo».

—¿Quién es tu amigo? —le preguntó a Glenn.

Él miró a Zab frunciendo el ceño, lo que denotaba que no estaba seguro de ganar la partida.

—Set —respondió—. Ella es Pilar —añadió, presentándola—. Te toca mover.

—Hola —dijo Zab saludando con un gesto de la cabeza.

—Es un placer —repuso ella—. Buena defensa —agregó dirigiéndose a Glenn.

—Te veo luego —le dijo Zab.

Fue a comerse unos pinchitos de carne Sinsangre Quevá —estaba pillándoles el gusto, por muy artificial y de pega que fuese— y un cucurucho de helado GelaSoy de sabor a cuasiframbuesa.

Mientras saboreaba el helado, mató el rato mirando en derredor y poniéndoles una nota mental a todas las mujeres que pasaban. Un pasatiempo inofensivo. La nota iba del uno al diez. No vio un solo diez («Tarde o temprano»), pero sí un par de ochos («Con alguna que otra reserva»), unos cuantos cincos («Si no hay más alternativa»), algún que otro tres («Tendrías que pagarme») y un desventurado dos («Tendrías que pagarme un pastón»), cuando de pronto una mano se posó en su brazo.

—No te hagas el sorprendido, Set —dijo una voz queda.

Miró hacia abajo y vio a la diminuta Pilar, la del rostro arrugado como una nuez. ¿Se proponía probar suerte con él? Lo más probable era que no, pero si resultaba que sí, la cosa podía ponerse peliaguda: ¿cómo frenar sus avances de una forma que resultara más o menos aceptable?

—Llevas los cordones desatados —informó ella.

Zab se la quedó mirando: ese día calzaba mocasines, sin cordones de ningún tipo.

—Bienvenido a MADDADDAM, Zab —dijo Pilar con una sonrisa.

Él se atragantó y tuvo que escupir algo de GelaSoy.

—¡Joder! —se le escapó, aunque tuvo la presencia de ánimo suficiente para decirlo en voz baja. Adán y su estúpida contraseña: «cordones»... ¿Y quién se acordaba a estas alturas?

—No te asustes —dijo Pilar—, conozco a tu hermano, lo ayudé a traerte aquí. Pon cara de aburrimiento, como si estuviésemos hablando de tonterías. —Le sonrió de nuevo—. Nos vemos en la próxima barbacoa, el jueves que viene. Sugiero echar una partida de ajedrez.

Y se dirigió hacia donde estaban jugando al cróquet, andando tranquilamente y con la espalda perfectamente erguida. Zab dedujo que practicaba yoga. Esa clase de personas siempre lo hacían sentir desaliñado y torpe.

Se moría de ganas de entrar en la red, avanzar en zigzag hasta la sala de chat de MADDADDAM en Extintatón y preguntarle a Adán por esa mujer, pero se daba cuenta de que no era lo más prudente: cuantas menos cosas dijeran por esa vía, mejor, aunque se creyeran muy seguros en ella. La red siempre había sido eso precisamente: una red, llena de agujeros ideales para tenderte una encerrona y pillarte en falso, y seguía siéndolo, a pesar de las supuestas mejoras constantes, de los algoritmos impenetrables, de las contraseñas y los escáneres de huellas digitales.

Pero ¿qué otra cosa se podía esperar? Con programadores como él mismo a cargo de las claves de seguridad, estaba claro que aquel barco haría agua: la paga era demasiado baja, por lo que la tentación de afanar, espiar, irse de la lengua y delatar a cambio de recompensas considerables era muy grande, aunque los castigos también eran cada vez más extremos, lo que equilibraba la balanza. Los piratas se hacían más profesionales por momentos, como le había quedado claro mientras trabajaba en Río de Janeiro. Pocos seguían dedicándose al hackeo por pura diversión, o con intención de protestar, como era frecuente en esa legendaria época dorada que los tipos de mediana edad con el rostro cubierto por una máscara de Anonymous —una máscara claramente retro— insistían en rememorar con nostalgia desde los rincones más polvorientos, cochambrosos e irrelevantes de la red.

¿De qué servía protestar a esas alturas? Las corporaciones estaban organizándose para establecer sus propios servicios de inteligencia y hacerse con el control de la artillería; no pasaba un mes sin que apareciera una nueva ley sobre la tenencia de armas supuestamente promulgada en aras de la seguridad general; las manifestaciones políticas callejeras habían pasado a la historia: era posible darles su merecido a individuos odiosos como el reverendo por medios solapados, pero todo conato de reacción pública con grupos de gente en la calle y pancartas —y los inevitables cristales rotos— estaba destinado a una represión sin contemplaciones, y cada vez más gente lo tenía claro.

Se terminó el cucurucho de GelaSoy y le dio esquinazo a la chata Marjorie, que pretendía invitarlo a sumarse a una partida de cróquet. Se fue, desairada, después de que él le dijera que las bolas de madera lo ponían nervioso. Dando un paseo sin prisa, terminó por acercarse a Glenn, quien seguía sentado donde antes con la mirada fija en el tablero de ajedrez. Ahora estaba jugando contra sí mismo.

—¿Quién ha ganado al final? —le preguntó.

—He estado a punto de ganar —dijo Glenn—, pero ha usado el ataque Grob y me ha pillado desprevenido.

—¿A qué se dedica esa mujer exactamente? ¿Es responsable de algún departamento?

Glenn sonrió: le encantaba estar al corriente de algo que Zab ignoraba.

—A las setas, los hongos, los mohos... ¿Quieres jugar una partida?

—Mañana —dijo Zab—. He comido demasiado, me siento algo atontado.

Glenn sonrió.

—Gallina —le espetó.

—Dejémoslo en perezoso. ¿Cómo es que la conoces?

Glenn lo miró de forma acaso demasiado prolongada, demasiado intensa, con sus felinos ojos verdes.

—Trabaja con mi padre o, mejor dicho, mi padre forma parte de su equipo. Pilar es socia del club de ajedrez: llevo jugando con ella desde los cinco años. No tiene un pelo de tonta.

Era un elogio desmesurado, viniendo de quien venía.

# Vector

Glenn no asistió a la siguiente barbacoa. De hecho, ese jueves llevaba ya un par de días desaparecido: no lo había visto holgazaneando por la cafetería ni había ido a verlo para pedirle que le enseñara nuevos trucos de hackeo. Se había vuelto invisible.

¿Estaba enfermo? ¿Se había fugado? Ésas eran las dos únicas posibilidades que se le ocurrían, y pronto las descartó: era demasiado joven para enfermar de gravedad y salir sin autorización de VitaMorfosis Oeste resultaba demasiado difícil. Aunque, bien pensado, con sus nuevas habilidades como hacker seguramente le sería fácil falsificar uno de esos permisos.

Pensó en otra posibilidad: la de que el muy listillo hubiera franqueado alguna línea roja digital, que se hubiera colado en la sacrosanta base de datos de una corporación u otra, se hubiera hecho con un botín por el puro gusto de hacerlo —porque no era de esperar que estuviese metido en tratos sospechosos con el mercado gris chino, y mucho menos con los albaneses, que últimamente no paraban de hacer de las suyas— y lo hubieran cogido con las manos en la masa. Si era el caso, quizá en ese mismo momento alguien estuviese extrayéndole hasta la última gota de información en un remoto cuartucho. Había quien salía de este tipo de sesiones gravemente perjudicado, con el cerebro como un trapo de secar los platos usado al máximo durante un año entero hasta convertirlo en un andrajo raído y retorcido. ¿Serían capaces de hacerle algo así a un niño? Por supuesto que sí.

Esperaba que no se tratara de eso, lo esperaba de corazón. En caso contrario, iba a sentirse tremendamente culpable, puesto que significaría que había sido un mal maestro. «Regla número uno: que no te cojan», subrayaba cada dos por tres, pero era más fácil decirlo que hacerlo. ¿Habría sido descuidado a la hora de enseñarle los entresijos del código? ¿Le habría enseñado un atajo informático que estaba obsoleto? ¿Habría pasado por alto alguna señal de precaución, la existencia de unas pisadas digitales que delataban que Glenn y él no eran los únicos en aventurarse por ese sendero de cazadores furtivos creado por ellos dos para su uso exclusivo?

Aunque preocupado, no quería hacerles preguntas a los maestros de Glenn, ni tampoco a sus negligentes padres. Estaba obligado a mantener el perfil bajo, a no llamar la atención de ninguna de las maneras.

Volvió a mirar a los asistentes a la barbacoa: ni rastro de Glenn. Pero vio a Pilar: estaba a la sombra de un árbol, sentada ante un tablero de ajedrez que parecía estar estudiando. Asumió su habitual aire despreocupado y se dirigió hacia allí como por casualidad.

—¿Jugamos una partida? —preguntó.

Pilar levantó la vista.

—Encantada —respondió con una sonrisa.

Zab se sentó.

—Echamos a suertes quién juega con las blancas —sugirió ella.

—Me gusta jugar con las negras —repuso él.

—Eso me habían dicho. De acuerdo, pues.

Abrió con peón de reina, sin más, y Zab optó por una defensa india.

—¿Por dónde anda Glenn? —preguntó.

—No quites los ojos del tablero —dijo ella—. Las cosas no van bien: el padre de Glenn ha muerto y él está hundido, como puedes suponer. Los agentes de SegurMort le han dicho que fue un suicidio.

—No me jodas, ¿y cuándo ha pasado?

—Hace dos días —respondió Pilar moviendo el caballo de reina. Zab recurrió al alfil para inmovilizarlo: ahora ella iba a tenerlo más difícil para hacerse con el centro del tablero—. Lo primordial no es cuándo, sino cómo: a su padre lo lanzaron a la autovía desde lo alto de un paso elevado.

—¿Fue cosa de su mujer? —preguntó Zab en el acto, acordándose de la teta de Rhoda aplastándose contra su espalda y también del dispositivo de escucha escondido en la lámpara de la mesita de noche.

La pregunta parecía una broma. Debería darle vergüenza: a veces no podía evitarlo y decía la primera animalada que le pasaba por la mente. Pero esta vez lo preguntaba en serio: el padre de Glenn bien podía haberse enterado de que Rhoda estaba poniéndole los cuernos sistemáticamente y quizá le había propuesto ir a dar un paseo fuera de Vita-Morfosis para hablar en privado, quizá habían decidido atravesar el paso elevado para disfrutar de la vista del tráfico, habían empezado a discutir y ella lo había empujado por sorpresa por encima de la barandilla sin que él pudiera hacer nada para evitarlo...

Pilar lo miraba como si esperara que volviera en sí.

—Vale, retiro lo dicho —dijo Zab—: no fue ella.

—Él había descubierto algo que están haciendo en VitaMorfosis —repuso Pilar—, algo que le parecía no ya sólo poco ético, sino peligroso para la salud de la gente, inmoral en último término. Amenazó con divulgar el asunto, con hablar con la prensa... Bueno, no exactamente con la prensa: la prensa no se atrevería a mencionar el tema, pero sí que podía hablar con una corporación rival, con alguna del extranjero, lo que sería muy perjudicial para VitaMorfosis.

—Él formaba parte de tu equipo de investigación, ¿no? —preguntó Zab.

Estaba tratando de seguir lo que ella decía, lo que lo situaba en desventaja en la partida.

—No de forma directa, pero sí que hablábamos regularmente —aclaró ella moviendo uno de sus peones—. Confiaba en mí y yo ahora he decidido confiar en ti.

—¿Y por qué? —quiso saber Zab.

—Porque van a trasladarme a la sede central de Vita-Morfosis, en la Costa Este —dijo ella—. O eso espero, vaya: puede que me envíen a un lugar peor. Quizá les parece que me falta entusiasmo o dudan de mi lealtad. El caso es que tendrás que irte de aquí: una vez que me trasladen, no puedo garantizar tu seguridad. Cómete mi alfil con el caballo.

—No es una buena jugada —objetó Zab—. Si lo hago, entonces...

—Tú hazlo —dijo ella con calma—. Y quédate con el alfil, guárdalo en la mano. Tengo otro en la caja, lo reemplazaré: nadie se enterará de que falta un alfil.

Zab hizo desaparecer el alfil con la pericia aprendida de Slaight el Prestidigitador en los tiempos del Mundo Flotante: lo escondió bajo la manga.

—¿Qué se supone que tengo que hacer con él? —preguntó.

Una vez que Pilar se hubiera ido, estaría más solo que la una.

—Entregarlo —dijo ella—. Voy a falsificarte un permiso de salida válido por un día. Tendré que inventarme alguna justificación porque querrán saber qué se te ha perdido en la plebilla. Cuando hayas salido del complejo, te encontrarás con una nueva identidad a tu disposición. Lleva el alfil contigo. Hay una cadena de clubs de sexo llamados Colas y Escamas, búscala en la red y acércate al local más cercano. La contraseña es «oleaginoso», te dejarán entrar. Deja allí el alfil: dentro hay algo y ellos sabrán cómo abrirlo.

—Pero ¿a quién tengo que entregárselo? —le preguntó Zab—. ¿Qué es lo que hay dentro y quiénes son «ellos»?

—Vectores —dijo Pilar.

—¿En qué sentido? ¿Como vectores matemáticos?

—Digamos biológicos: unos vectores para bioformas. Y están dentro de otros vectores en forma de comprimidos de vitaminas. Los hay de tres tipos: blancos, rojos y negros. Y los comprimidos están dentro de otro vector, el alfil, que un nuevo vector, o sea tú, va a encargarse de transportar.

—¿Qué hay en esos comprimidos? —preguntó Zab—. ¿Simples cosillas para entretenerse? ¿Trozos de código?

—Ni lo uno ni lo otro. Lo mejor es no preguntar. En cualquier caso, no te los comas, y si crees que alguien te está siguiendo, tira el alfil por una alcantarilla.

—¿Y qué pasa con Glenn?

—Jaque mate —dijo Pilar volcando el rey de Zab sobre el tablero. Se levantó sonriente—. Glenn saldrá adelante —afirmó—. No sabe que han asesinado a su padre, al menos no aún, o no lo sabe con seguridad, pero es un chaval muy despierto.

—Quieres decir que terminará por deducirlo.

—Espero que no demasiado pronto —afirmó ella—, es demasiado joven para asimilar una noticia tan traumática. No es como tú: le costará fingir ignorancia.

—Tampoco es que mi ignorancia sea totalmente fingida —aclaró Zab—. Sin ir más lejos, ¿dónde tengo que cambiar de identidad? ¿Y cómo vas a entregarme ese permiso de salida?

—Entra en la sala de chat de MADDADDAM y encontrarás un paquete de cosas a tu disposición. Luego borra de la ruta de acceso cualquier rastro de tu paso por ahí: no puedes dejar la menor huella en estos ordenadores.

—¿Conviene que me deje barba y bigote? —bromeó Zab para quitarle hierro al asunto—. Para mi nueva identidad, quiero decir. ¿Voy a tener que vestir como un pringado?

Pilar sonrió.

—Hasta ahora he estado llevando el buscapersonas desconectado —confió—: nos permiten hacerlo durante las barbacoas siempre que estemos bien a la vista. Voy a encenderlo. No digas nada que no quieras que otros escuchen. Suerte.

# Colas y Escamas

Zab recuperó el lápiz USB escondido en el cajón del escritorio de su supervisor y le despegó como pudo los caramelos adheridos como percebes al casco de un navío. Luego abrió Parásitos Intestinales en su ordenador, se coló por las voraces fauces del pesadillezco gusano ciego y, tras seguir el habitual recorrido tortuoso, entró en la sala de chat de MADDADDAM. Allí lo tenía: un paquete con instrucciones estaba esperándolo sin que nada indicara quién lo había dejado. Lo abrió, asimiló el contenido y volvió sobre sus pasos borrando todo rastro. A continuación, pisoteó el lápiz de memoria, o mejor dicho lo colocó bajo una de las patas de la cama y dio varios saltos sobre el colchón, una y otra vez; recogió los restos y los tiró por diversos retretes. Eran de plástico y metal, así que no se habrían sumergido fácilmente si no los hubiera incrustado en...

—Vale, vale —dijo Toby—. Me hago una idea.

El nuevo nombre de Zab era Héctor. *Héctor el Vector*, pensó: sin duda se lo había inventado alguien con un sentido del humor bastante retorcido. No creía que se tratase de Pilar: ella no parecía muy dada a las bromas de ese tipo.

Por supuesto, sólo activaría su nueva identidad tras dejar atrás los muros y las cámaras de seguridad de VitaMorfosis

Oeste; hasta entonces seguiría siendo Set, el insignificante galeote encadenado a la banqueta de la inserción de datos en la galera corporativa, vestido con sus ropas de friquioficinista habituales: pantalones marrones de pana y demás. Al menos su nueva identidad le permitiría vestir unos pantalones algo más presentables. Según le habían indicado, habría ropa esperándolo en la plebilla, escondida dentro de un contenedor de basura; confiaba en que a los vagabundos, locos errantes o ejecutivos de medio pelo recién despedidos no les diera por ponerse a rebuscar antes de su llegada.

Su tapadera sería que se encontraba en comisión de servicio para visitar la franquicia local de InnovaTe, una corporación más bien dudosa estrechamente vinculada a VitaMorfosis y propietaria de salones y balnearios donde se ofrecían tratamientos de belleza y de bienestar personal. La salud y la belleza eran dos seductoras sirenas mellizas unidas por el ombligo; sus cantos no dejaban de sonar jamás y había un sinfín de personas dispuestas a pagar un ojo de la cara para responder a la llamada de la una o de la otra.

Los productos de VitaMorfosis —suplementos vitamínicos, analgésicos sin receta, costosos productos de parafarmacia para enfermedades específicas, tratamientos de la disfunción eréctil y demás— incluían descripciones científicas y nombres en latín en sus etiquetados; los de InnovaTe, por su parte, recurrían a los arcanos secretos de la religión wicca adoradora de la luna y de los chamanes que habitaban las selvas de Niteacerques, infestadas de bichos mortíferos de toda clase. Para Zab, sin embargo, era evidente que una y otra corporación se complementaban: si algo te dolía y hacía que te sintieras horriblemente enfermo, VitaMorfosis tenía el producto para ti; si eras horrible y eso te dolía y te hacía sentir enfermo, InnovaTe te ofrecía el remedio oportuno.

Se preparó para la misión poniéndose un par de pantalones marrones de pana recién entregados por la tintorería y enseguida hizo una serie de muecas ante el espejo del baño hasta adquirir la expresión atolondrada de Set, al que le dedicó un guiño.

—Estás condenado, amigo —le dijo.

No iba a lamentar decirle adiós a Set, la identidad que Adán le había endilgado en plan hermano mayor mandón y sabelotodo. Se moría de ganas de verlo en persona, aunque sólo fuera para recriminárselo: «¿Tienes idea del calvario al que me sometiste obligándome a vestir esos putos pantalones?», le espetaría.

Había llegado el momento de despedirse de Set. Echó a andar hacia el portón principal sin apresurar el paso, canturreando por lo bajo:

*Tralalí, tralalá,*
*un nuevo curro me han dado*
*y otra vez me han pringado.*
*Tralalí, tralalá.*

Era preciso tener en mente la tapadera escogida para Set, mero aprendiz de fontanero de la programación: lo enviaban a investigar el portal web de InnovaTe, en el que alguien había estado trasteando. Ese alguien —quizá un joven hacker con ínfulas, como él mismo en su día— había estado modificando las imágenes en la red, de modo que, cuando clicabas en alguno de los productos para mejorar tu ánimo y/o la salud de tu piel, la animación de un batallón de insectos anaranjados y morados empezaban a devorarlo a velocidad ultrarrápida hasta que explotaban de golpe y fenecían en masa retorciendo las patas con frenético desespero, esto último con el artístico detalle de unas humaredas amarillentas en ascenso. Tontorrón, pero también impactante.

Como cabía esperar, en VitaMorfosis Oeste no querían resolver el problema trabajando desde sus propios sistemas: por simple que pareciese, bien podía ser una trampa tendida con la idea de que se produjera ese tipo de intervención precisa y, a partir de ella, infiltrarse por los cortafuegos de VitaMorfosis y robar la valiosa propiedad intelectual de la corporación. Por consiguiente, alguien tenía que ir en persona a InnovaTe: alguien de bajo rango y además —dado que en las plebillas circundantes merodeaban temibles pandilleros— prescindible. Set era el candidato perfecto; eso sí, por lo menos tenían el detalle de proporcionarle un coche de empresa con su chófer y todo: era poco probable que alguien fuese a tomarse la molestia de secuestrar a Set con el propósito de rastrillarle el cerebro, pero por si acaso.

Los de InnovaTe no querían averiguar quién les había hecho la trastada informática ni por qué: saldría demasiado caro. Únicamente les interesaba que reparasen sus cortafuegos. Su propia gente no había sabido hacerlo, indicaba la historia-tapadera, algo que Zab encontraba perfectamente plausible: InnovaTe era una corporación bastante cutre —por entonces, antes abrir el InnovaTe del Heritage Park y forrarse—, de manera que sus informáticos no eran el equipo A, y ni siquiera el B o el C. Como las corporaciones más ricas no tardaban en arrebatarles a las mentes más brillantes, los que quedaban formaban algo así como el equipo J —de *jodidos*—, cosa que quedaba clarísima en vista de cómo los habían puesto en ridículo.


Tendrían que echar mano de paciencia, pensó Zab, pues antes de una hora iba a transformarse en Héctor y Set dejaría de existir. Llevaba consigo el alfil, metido en el bolsillo de los holgados pantalones de pana en donde también tenía metida la mano izquierda, por si las moscas. Si alguien miraba con atención, a lo mejor pensaría que estaba masturbándose a escondidas, algo que simuló hacer —sin aspavientos, discretamente—, por si en el coche había cámaras-espía, lo que era probable: mejor que lo tomasen por un pajillero que por un desertor, y uno que además se estaba llevando algo a escondidas.

InnovaTe se ubicaba en un edificio cochambroso que limitaba con una plebilla del mercado gris, por lo que no resultó una sorpresa encontrarse con que un puesto volcado de SecretBurgers bloqueaba la calzada y a su alrededor tenía lugar una nutrida trifulca con mucha salsa roja por todas partes, hamburguesas volando por los aires, y profusión de gritos y bocinazos. El chófer también empezó a darle al claxon con ganas, si bien no fue tan tonto como para bajar la ventanilla y ponerse a dar voces. Pero en un plis plas, una decena larga de miembros de la banda Fusión Oriental se echaron encima del coche. Estaba claro que uno de ellos tenía un dispositivo para reventar digicierres con la contraseña de VitaMorfosis, pues hizo saltar los pestillos en cuestión de un segundo y, en cuestión de otro más, los matones fusiorientales sacaron a rastras al chófer, quien no cesaba de gritar y dar patadas. Le arrebataron los zapatos y lo despojaron de la ropa como quien saca las hojas a una mazorca de maíz. Esas bandas de las plebillas eran tan rápidas como profesionales, había que reconocerlo. El siguiente paso era hacerse con las llaves del coche de turno, dar marcha atrás y salir volando para luego vender el vehículo entero o por piezas, lo que dejara más dinero.

Era el momento de Zab: todo aquello era un montaje pagado por anticipado. Los de Fusión Oriental eran unos brutos de cuidado, pero también salían baratos y no hacían ascos a trabajitos de esa clase. Se aseguró de que el chófer no podía verlo —y cómo iba a poder, si tenía la cara cubierta de salsa roja— y salió gateando por la portezuela trasera. Enfiló el callejón más cercano, dobló una esquina, otra esquina y otra más... hasta llegar al lugar prefijado, donde se hallaba el contenedor de basura.

Los pantalones marrones de pana fueron a parar dentro —¡Hasta nunca!— y salieron unos vaqueros desgastados junto con algunos complementos a juego: una chaqueta negra de polipiel, una camiseta negra con la leyenda DONANTE DE ÓRGANOS, PRUEBA EL MÍO GRATIS, gafas de espejo, gorra de béisbol con una calavera roja de tamaño discreto en la frente, una funda de oro postiza para un diente y un bigote de pega. Bastó una novedosa expresión de suficiencia en el rostro y Héctor el Vector estuvo listo para lo que hiciera falta. En ningún momento había soltado el alfil; lo metió en el bolsillo interior de la chaqueta de plasticuero y cerró la cremallera.

Se puso en marcha. Tenía prisa, aunque se cuidó mucho de no dejarlo entrever: lo mejor era pasar por un ocioso, un desempleado. Tampoco estaba de más asumir cierto aspecto inquietante en general, el de un tipo que se trae algo entre manos.

El Colas y Escamas, su próxima parada, se encontraba en lo más profundo de la plebilla; si hubiese ido allí vestido con la antigua ropa de oficinista sin duda se habría visto obligado a defender a ultranza su territorio personal, empezando por el cuero cabelludo, la nariz y las pelotas. Pero disfrazado de esa guisa nadie se fijaba en él, o sólo se fijaba de reojo. ¿Valía la pena ir a por él, tratar de quitarle lo que pudiera llevar encima? «No», era el veredicto, así que nadie se interpuso en su camino.

Y ahí estaba, en lo alto: ESPECTÁCULOS ERÓTICOS en letras de neón, y debajo: PARA EL HOMBRE QUE SABE LO QUE QUIERE. Fotos de beldades reptilianas enfundadas en ceñidísimas prendas con estampado de piel de serpiente, en su mayoría con unos bimplantes de campeonato y algunas en posturas de contorsionista que sugerían que no tenían huesos en la espalda. Unas mujeres capaces de engarfiar las piernas en torno a su propio cuello tenían algo novedoso que ofrecer, aunque no quedara claro qué exactamente. Y ahí estaba *Marzo*, la pitón, enroscada sobre los hombros de una señorita-cobra al rojo vivo que se columpiaba en un trapecio, físicamente muy parecida a Katrina la Uau, la guapa especialista en serpientes que él tantas veces ayudó a aserrar en dos mitades en el Mundo Flotante.

Por ella no pasaban los años, o casi. Y seguía metida en el negocio, como en los viejos tiempos.

Era de día y no parecía haber clientes en las cercanías. Se acordó de la ridícula contraseña que le habían dado: «oleaginoso». ¿Cómo insertarla en una frase más o menos normal? «Es un placer saludar a alguien tan oleaginoso» no parecía la mejor opción: probablemente le reportaría un bofetón o un puñetazo, según a quién se la dijera. «¡Vaya un tiempo oleaginoso que hace hoy!», «No soporto la música oleaginosa», «Haga el favor de no ser tan oleaginoso conmigo»; nada, no había manera.

Llamó al timbre. La puerta parecía tan gruesa como la de una caja fuerte y, de hecho, estaba forrada de metal. Un ojo escudriñó por la mirilla, giraron unas cerraduras, la puerta se abrió y en el umbral apareció el portero del local, un individuo tan corpulento como él mismo, con la diferencia de que era negro. Tenía la cabeza rapada y vestía traje oscuro y gafas de sol.

—¿Qué? —dijo.

—He oído que aquí las chicas son de lo más oleaginoso —respondió Zab—, y que uno se derrite como mantequilla.

El otro se lo quedó mirando tras los cristales oscuros de las gafas.

—¿Me lo repites? —pidió.

Zab lo hizo.

—«He oído que aquí las chicas son de lo más oleaginoso...» —repitió el tipo a su vez, haciendo girar las palabras en la boca como si tuviera la lengua metida en el agujero de un dónut— «y que uno se derrite como mantequilla». —Esbozó una sonrisa casi imperceptible—. Muy bueno. Vale, adelante.

—Miró a uno y otro lado de la calle antes de cerrar la puerta, volvieron a oírse las cerraduras—. Vienes a verla a ella, ¿verdad? —preguntó como quien conoce la respuesta.

Avanzaron por un pasillo —moqueta morada— y luego escaleras arriba —el triste olor de una fábrica de placeres en horario de descanso: olor a lupanar, a remedo de pasión, a soledad, un olor que denotaba que tan sólo iban a quererte previo pago.

El tipo dijo algo, seguramente dirigiéndose al pinganillo que debía de llevar en la oreja, tan pequeño que resultaba prácticamente invisible; o quizá lo llevaba insertado en un diente: había quien los usaba, a riesgo de que un mamporro te hiciera tragarte aquella cosa sin querer, con lo que acabarías hablando por el ojete. Se detuvieron frente a una puerta con una placa: OFICINA, decía, y abajo: SE BUSCAN CHICAS, y más abajo aún el logotipo de una serpiente haciendo un guiño, con la leyenda: SOMOS FLEXIBLES.

—Adelante —dijo el grandullón una vez más: su vocabulario parecía bastante reducido.

Zab entró.

El cuarto era un despacho, por así decir, con un montón de pantallas de vídeo, un mobiliario tan costoso como exageradamente mullido y un minibar. Zab contempló este último no sin ansia: quizá habría cervezas, y después de tantas vueltas y revueltas, tanto circunloquio y tanto fingimiento, estaba entrándole sed. Pero no era el momento.

En el despacho había dos personas sentadas en sendos sillones. Una de ellas era Katrina la Uau. No llevaba puesto el traje de serpiente, sino una sudadera holgada con la leyenda SUPERPUTÓN, ajustados vaqueros negros y unos zapatos plateados con mareantes tacones de aguja que habrían descoyuntado a más de uno ducho en bailar con zancos. Miró a Zab y sonrió con aquella sonrisa tan suya y tan profesional, la que no se quitaba del rostro ni cuando te ponía verde a insultos murmurados.

—Cuánto tiempo —dijo.

—No tanto —respondió Zab—. Se te ve igual que siempre: fácil de perseguir y difícil de alcanzar.

Katrina sonrió. Zab se moría de ganas de abrirse paso por sus escamosas prendas interiores —sus juveniles apetitos no se habían desvanecido—, pero no era el momento, pues la otra persona en el cuarto era Adán, vestido con una especie de caftán que parecía confeccionado por unos traperos espásticos para una obra de teatro ambientada en una leprosería.

—Joder —dijo Zab—, ¿de dónde has sacado ese disfraz de duendecillo del bosque? —Lo más indicado era no mostrarse sorprendido para no brindarle a Adán una ventaja que, por el momento, no merecía.

—Yo ya me he fijado en el buen gusto de tu camiseta—repuso Adán—. Te pega que ni pintada. Bonito eslogan, hermanito.

—¿Hay micrófonos? —preguntó Zab.

Si volvía a llamarlo «hermanito», iba a llevarse un guantazo. No, no era capaz de pegarle, nunca lo había sido: Adán era demasiado etéreo.

—Pues claro —confirmó Katrina la Uau—, pero los hemos apagado todos, cortesía de la casa.

—¿Se supone que me lo he de creer?

—Ella misma se ha encargado de desconectarlos —corroboró Adán—. Piénsalo: Katrina no quiere dejar la menor huella de nuestro paso por su local. Está haciéndonos un gran favor. Así que gracias —le dijo a Katrina—, será cuestión de unos minutos.

Ella se encaminó hacia la puerta andando como si pisara cáscaras de huevo y dedicándoles una sonrisa por encima del hombro. No era la acostumbrada sonrisa resabiada: se notaba que Adán le caía en gracia, a pesar del caftán.

—Hay algo de comida en la mesa donde las chicas toman el café. Lo digo por si después tenéis hambre. He de cambiarme, el primer pase está a punto de empezar.

Adán esperó a que saliera y cerrara la puerta.

—Lo has conseguido, aquí estás —constató—. Bien.

—No voy a darte las gracias —replicó Zab—: casi me linchan por culpa de esos pantalones marrones de oficinista pardillo. —En realidad, estaba más que contento de saber que su medio hermano seguía vivo, pero no iba a confesarlo así como así—. Con esas mierdas parecía un puto imbécil —agregó teniendo buen cuidado de amontonar una palabra soez tras otra.

Adán no hizo caso.

—¿Lo tienes? —preguntó.

—Supongo que te refieres a este puto alfil —repuso Zab y se lo entregó.

Adán desenroscó la cabeza hasta separarla y después le dio vuelta a la figurilla. Cayeron los seis comprimidos: dos rojos, dos blancos, dos negros. Los contempló durante un segundo, volvió a meterlos dentro del alfil y enroscó la cabeza de nuevo.

—Gracias —dijo—. Tenemos que encontrar un lugar seguro en el que esconder esto.

—¿Qué es? —preguntó Zab con interés.

—La maldad en estado puro, si Pilar está en lo cierto. Una maldad muy valiosa, por cierto, y muy secreta: el motivo por el que el padre de Glenn está muerto.

—¿Qué se traen entre manos, unas pastillas para hipersexualizarte o qué?

—Algo todavía más ingenioso —dijo Adán—: están utilizando sus suplementos vitamínicos y analgésicos sin receta como vectores de enfermedades... de unas enfermedades cuyos tratamientos controlan. Los comprimidos blancos contienen lo que provoca la dolencia. La distribución es aleatoria, de modo que nadie pueda sospechar cuál es la zona cero de la enfermedad, y ellos ganan dinero de todas todas: con las vitaminas primero, con los medicamentos después y, por último, con las hospitalizaciones, una vez que los pacientes estén graves. Y lo estarán sin duda, porque los medicamentos también están trucados. Un plan infalible para embolsarse el dinero de las víctimas.

—Eso, en los comprimidos blancos. ¿Y en los rojos y los negros?

—No lo sabemos —fue la respuesta de Adán—. Son experimentales. Puede que se trate de otras enfermedades o de fórmulas de acción rápida. Ni siquiera sabemos cómo averiguarlo sin correr peligro.

Zab ya había pillado por dónde iba el asunto.

—Esto es muy gordo, a saber cuántos cerebrines han hecho falta para urdirlo.

—Un grupo reducido y selecto dirigido sin intermediación alguna por los más altos jerifaltes de la corporación —informó Adán—. El padre de Glenn formaba parte de ese grupo: creía estar trabajando en un vector indicado para el tratamiento del cáncer, y cuando se dio cuenta de lo que estaba pasando, del alcance el asunto, se negó a seguir adelante. Se las arregló para entregarle estos comprimidos a Pilar antes de...

—Mierda —dijo Zab—, ¿también la han matado?

—No —contestó Adán—, no sospechan de ella; ni siquiera saben que está al corriente de proyecto, o eso esperamos. Acaban de trasladarla a la sede central de VitaMorfosis, en la Costa Este.

—¿Te importa si pillo una cerveza? —preguntó Zab; no esperó a oír la respuesta—. Y ahora que tienes estas pastillas —continuó tras refrescarse el gaznate con un primer trago—, ¿qué piensas hacer? ¿Venderlas en el mercado gris? En el extranjero hay corporaciones que pagarían mucho por ellas.

—No, eso no podemos hacerlo: es contrario a todos nuestros principios. En el mundo en que vivimos, lo único que nos queda es aprender a evitar según qué cosas, así que trataremos de poner en guardia a algunas personas sobre los suplementos vitamínicos, pero si intentamos dar a conocer esta información a la opinión pública, nadie nos creerá: nos tomarán por unos simples paranoicos y después podríamos empezar a sufrir infortunados accidentes mortales. Como bien sabes, la prensa la controlan las corporaciones, y cualquier regulación independiente lo es tan sólo de nombre, de modo que vamos a esconder los comprimidos y a mantenerlos en secreto hasta que sea posible analizarlos sin correr peligro.

—¿Quiénes sois «nosotros»? —preguntó Zab.

—Mejor que no lo sepas, porque así no podrás contárselo a nadie —indicó Adán—. Es lo más seguro para todos, tú incluido.

## La historia de Zab y las mujeres-serpiente

—¿Y cómo voy a contarles a los crakers lo de las chicas vestidas de serpiente del Colas y Escamas? —pregunta Toby.

—No les cuentes esa parte.

—No lo veo claro, yo creo que hay que contarla. Una mujer que es una serpiente a la vez tiene su gracia. Encaja con lo de la meditación y con lo que pasó con ese animal, con la cerda... Tuve la sensación de que estaba comunicándose conmigo y con Barbanegra.

—¿Crees que esa cosa es medio humana? ¿Una especie de mujer-cerda? En su día te comieron el coco de verdad, queda claro. —Lo dice con una risita.

—No, no es eso exactamente, pero sí que...

—Ese preparado que llevas encima contiene demasiado peyote; peyote o algo parecido.

—Es posible. Seguramente tienes razón.

La historia se cuenta sola en la cabeza de Toby. No necesita pensar ni estructurar lo que va a decir; está más allá de su control, así que se limita a escuchar. Es asombroso lo que unas cuantas moléculas vegetales llegan a hacer en el cerebro, y lo prolongado que es su efecto.

Ésta es la historia de Zab y las mujeres-serpiente. Las mujeres-serpiente no aparecen al principio, sino que lo hacen al final del relato. Las cosas importantes muchas veces aparecen al final, aunque también al principio... y también en la parte del medio.

Pero ya os he contado el principio, así que ahora estamos en la parte del medio, y Zab está en la parte intermedia de su historia, en mitad de su propia historia.

Yo no aparezco en esta parte del relato: la historia aún no ha llegado a la parte en la que salgo yo. Pero me mantengo a la espera, veremos qué pasa más adelante. Estoy a la espera de que el relato de Zab se una al mío, a mi historia: la historia en que ahora mismo estoy metida, con vosotros.


Pilar, la que vive bajo el saúco y nos habla a través de las abejas, en su día tenía la forma de una anciana. Le entregó a Zab una cosa muy especial, muy importante, y le dijo que cuidara bien de ella. Era una cosa pequeña, como una semilla. La semilla te llevaba a enfermar si la comías, pero unas personas malas, unas personas del caos, decían a todos que esta semilla iba a hacerlos muy felices. Tan sólo Pilar, Zab y unos pocos más sabían la verdad.

¿Cómo se explica que las personas malas hicieran una cosa así? Por Dinero. Dinero era invisible, como Joder. Muchos pensaban que Dinero los ayudaría en todo, que era todavía de más ayuda que Joder, pero se equivocaban: Dinero no les era de ayuda. Dinero no está a tu lado cuando más falta te hace, mientras que Joder siempre te acompaña.

Así que Zab se hizo con la semilla y se marchó rápidamente porque, si las malas personas se enteraban de que la tenía, lo buscarían para quitársela y luego le harían algo muy doloroso. Andaba con prisas, pero fingiendo que no tenía prisa, y en un momento dado dijo «¡Oh, Joder!», y Joder acudió volando por el aire, muy rápido, como siempre que uno lo llama, y le mostró a Zab el camino a la casa de las mujeres-serpiente. Y las mujeres-serpientes le abrieron la puerta y lo aceptaron en su seno.

Las mujeres-serpiente son... Habéis visto una serpiente y habéis visto mujeres, ¿no? Pues las mujeres-serpiente eran las dos cosas a la vez. Y vivían con unas cuantas mujeres-pájaro y mujeres-flor. Lo que hicieron fue esconder a Zab dentro de un gigantesco... de una enorme... entre las valvas de una almeja. No, debajo de un sofá. O quizá lo escondieron dentro de una gran... de una flor descomunal, eso es: una flor de colores muy vivos, una flor que además tenía luces.

Sí, una flor iluminada. Nadie iba a ponerse a buscar a Zab dentro de una flor.

Y el hermano de Zab, Adán, también estaba metido en aquella flor. Eso era bonito. Estaban contentos de estar el uno junto al otro, pues Adán se encargaba de ayudar a Zab y Zab ayudaba a Adán.


Las mujeres-serpiente a veces mordían a la gente, pero a Zab no lo mordían: Zab les caía en gracia. Le preparaban una bebida muy especial que se llama «cóctel de champán» y bailaban para él de una forma que también era especial. Ondulando mucho sus cuerpos, por algo eran serpientes, ¿no?

Eran muy amables porque así era como Oryx las había hecho. Y ellas eran sus hijas, pues eran serpientes en parte. Y no tenían que ver con Crake, o no mucho.

Las mujeres-serpiente permitían que Zab durmiese en una cama enorme, descomunal, una cama de color verde brillante. Decían que también era una cama ideal para Joder, pues donde cabían dos cabían tres.

Zab les dio las gracias, puesto que las mujeres-serpiente estaban portándose muy bien con él y con su ayudante invisible. Entre todas, hacían que se sintiera mucho mejor.

No, éstas no ronroneaban sobre él: las serpientes no ronronean. Pero sí... eh... sí se enroscan en torno a tu cuerpo. Sí, eso hacían: se le enroscaban. Y ojo: también aprietan. Las serpientes tienen una musculatura perfecta para apretar.

Zab estaba muy muy cansado, cansadísimo, de modo que se quedó dormido de inmediato. Y entonces las mujeres-serpiente, las mujeres-pájaro y las mujeres-flor cuidaron bien de él para que nada malo le pasara mientras dormía.

Dijeron que seguirían protegiéndolo, que lo esconderían si los hombres malos se presentaban un día.

Y los hombres malos se presentaron, pero ésa es la siguiente parte de la historia.

Y ahora yo también estoy cansada, cansadísima. Y me voy a dormir.

Buenas noches.


Eso es lo que Toby va a contarles cuando llegue el momento de narrar la próxima historia.

# Cochinillo

# Gurú

La mañana siguiente a la visita al saúco de Pilar, Toby sigue notando los efectos del preparado para la meditación suplementada. El mundo es un poco más brillante de lo que debería, el velo de gasa que forman sus colores y formas es un poco más transparente. Se ajusta una sábana de un tranquilizador tono neutro —azul claro, sin dibujos de ninguna clase—, se moja la cara en la bomba de agua y se dirige a la mesa del desayuno.

Los demás han terminado de comer y se han ido. Nogal Antillano y Lotis Azul están recogiendo los platos.

—Creo que queda alguna cosa —dice Lotis Azul.

—¿Qué había para desayunar? —pregunta Toby.

—Buñuelos de kudzu y jamón —responde Nogal Antillano.

Toby se ha pasado la noche entera soñando, soñando con lechones: unos cochinillos inocentes, adorables, más regordetes y limpios, y no tan asilvestrados como los que ha visto en los últimos tiempos; unos cochinillos rosados que vuelan con traslúcidas alas blancas de libélula, unos cochinillos que hablan idiomas extranjeros, hasta unos cochinillos que bailan haciendo cabriolas en fila como salidos de una vieja película de dibujos animados o de un musical salido de madre; los cochinillos de un papel pintado, repetidos una y otra vez y entrelazados con vides, todos ellos felices, ninguno muerto.

En aquella civilización borrada del mapa de la que Toby una vez formó parte les gustaba mucho representar animales con rasgos humanos: osos cariñosos en colores pastel o con grandes corazones rojos en las manos por San Valentín; leones simpáticos con un pelaje que llamaba a la caricia; adorables pingüinos danzantes. Y antes de ellos, cómicos cerdos de un rosado reluciente y con una ranura para las monedas en la espalda que veías en las tiendas de antigüedades.

No es capaz de probar el jamón, no después de una noche con tanto cerdito bailando el vals, no después de lo sucedido ayer: lo que la marrana le comunicó sigue estando en su interior, aunque no es capaz de expresarlo con palabras. Lo compara a una corriente: una corriente de agua, una corriente eléctrica; a una dilatada, subsónica longitud de onda; a un batiburrillo en la química cerebral. Como el Jardinero Philo advirtió alguna vez: «¿Quién necesita televisión?» Era posible que Philo hubiera participado en demasiadas vigilias, que hubiera practicado demasiada meditación suplementada.

—Creo que no voy a comerlos —indica Toby—: recalentados no están muy buenos. Voy a servirme un café.

—¿Estás bien? —pregunta Nogal Antillano.

—Estoy bien.

Se encamina a la cocina andando por el sendero con cuidado, evitando guijarros y piedras, y encuentra a Rebecca, que está bebiéndose una taza de un sucedáneo de café. El pequeño Barbanegra está a su lado, despatarrado en el suelo, escribiendo con letras mayúsculas. Se ha hecho con uno de sus lápices y también se ha agenciado el cuaderno; bueno, «agenciado» no, porque los crakers no parecen entender el concepto de la propiedad privada.

—No te despertabas —le dice el niño sin un asomo de reproche en la voz—. Esta noche has estado caminando muy lejos.

—¿Has visto? —dice Rebecca—. El chico te deja con la boca abierta.

—¿Qué estás escribiendo? —le pregunta Toby.

—Estoy escribiendo los nombres, oh, Toby —responde Barbanegra. Y sí, efectivamente, eso ha estado haciendo: TOBY, ZAB, CRAK, REBECA, ORIX, JIMYDELASNIEVES.

—Está reuniendo nombres —explica Rebecca—. ¿Cuál viene ahora? —le pregunta al crío.

—Voy a escribir «Amanda» —responde Barbanegra en tono solemne—, y después «Ren», para que puedan hablar conmigo.

De pronto se levanta y sale corriendo con el cuaderno y el lápiz de Toby en la mano. *¿Y ahora qué tengo que hacer para que me los devuelva?*, se pregunta ella.

—Tienes pinta de estar exhausta, querida —le dice Rebecca—. ¿Pasaste una mala noche?

—Me excedí con el preparado para la meditación suplementada —responde Toby—: más hongos de la cuenta.

—A veces ocurre. Bebe mucha agua. Voy a hacerte una infusión de clavo y agujas de pino.

—Ayer vi un cerdo gigantesco; una marrana, con sus cochinillos.

—Cuantos más, mejor. Siempre que tengamos pulverizadores a mano, claro. Estoy empezando a quedarme sin beicon.

—No, no, espera. La marrana... eh... me miró de una forma muy particular. Me quedé con la sensación de que sabía que había matado a su marido en InnovaTe.

—Vaya, sí que se te fue la mano con los hongos —opina Rebecca—. Yo una vez mantuve una charla con mi sujetador. ¿Así que dices que la cerda estaba rabiosa porque mataste a su...? ¡Lo siento, pero no puedo llamarlo «marido»! ¡Estamos hablando de unos cerdos, por el amor de Dios!

—No estaba contenta —afirma Toby—, pero más que rabiosa estaba triste. Es la impresión que tuve.

—Estos cerdones son más listos que los cochinos normales y corrientes, y no hace falta tomar la fórmula de la meditación para darse cuenta: está claro. Por cierto, Jimmy ha venido a desayunar esta mañana, se acabó eso de llevarle la bandeja a su cuarto como si fuera un inválido. Se encuentra mejor, pero le gustaría que le mirases bien el pie.

Jimmy tiene ahora su propio cubículo. Uno nuevo, en el anexo recién construido junto al caserón. Las paredes de adobe siguen oliendo un poco a humedad y a lodo, pero la ventana es de mayor tamaño que en la edificación principal, tiene mosquitero y unas cortinas con un colorido estampado de peces caricaturescos; las hembras tienen bocas grandes y curvadas y largas pestañas, los machos tocan la guitarra; un pulpo toca los bongós. A Toby, esas figuras le parecen poco apropiadas, dada la situación.

—¿De dónde habéis sacado esas cortinas? —le pregunta a Jimmy, que está sentado en el borde de la cama. Aún tiene las piernas flacas y evidentemente débiles: tendrá que esforzarse por recobrar la musculatura.

—Quién sabe —responde él—. Ren y Wakulla... quiero decir: Ren y Lotis Azul hicieron lo posible por que la decoración fuera alegre. Me siento como en el parvulario.

Sigue llevando puesto el edredón multicolor.

—Me han dicho que querías que te mirase el pie —le dice Toby.

—Sí. Pica y me está volviendo loco. Espero que ninguno de esos malditos gusanos se me haya quedado dentro.

—Si fuera el caso, a estas alturas ya se habría abierto camino hacia fuera.

—Vaya, pues un millón de gracias.

La cicatriz del pie está enrojecida, pero se ha cerrado. Ella la examina: no está caliente ni inflamada.

—Es normal que te pique. Voy a traerte algo para eso.

—Está pensando en una cataplasma de balsamina, cola de caballo y trébol rojo. La cola de caballo será lo más fácil de encontrar.

—He oído que viste un cerdón —comenta Jimmy—... y que te habló.

—¿Quién te lo ha dicho?

362

—Los crakers, ¿quién si no? Son mi aparato de radio. Por lo visto ese crío, Barbanegra, les contó a todos lo sucedido. Creen que no deberías haber matado al macho, pero te lo perdonan porque a lo mejor Oryx te dijo que podías hacerlo. ¿Sabes que esos puercos tienen tejido de corteza prefrontal humana en el cerebro? Es un hecho; lo sé mejor que nadie porque crecí con ellos.

—¿Y cómo se han enterado de que le disparé a aquel macho? —pregunta Toby con cautela.

—La cerdona se lo dijo a Barbanegra. No me mires con esa cara, sólo te digo lo que sé. Según Ren, he tenido alucinaciones, así que... —La mira con una sonrisa torcida—. Quizá no soy el más indicado para distinguir lo que es real de lo que no.

—¿Te importa si me siento? —pregunta ella.

—Adelante: aquí se sienta todo el mundo. Los malditos crakers se presentan cada vez que les viene en gana. Quieren saber más mierdas de la vida de Crake. Me tienen por un puto gurú. Piensan que Crake me habla a través del reloj que llevo en la muñeca. La culpa la tengo yo, claro, por haberles venido con ese cuento chino.

—¿Y qué les dices sobre Crake? —quiere saber Toby.

—Les digo que te pregunten a ti.

—¿A mí?

—A estas alturas la experta eres tú. Perdona, necesito echar una cabezada.

—No, en serio: ellos siempre dicen que... que llegaste a conocer a Crake en persona, cuando habitaba en la tierra.

—Y se supone que eso fue una grandísima suerte, ¿no? —Jimmy suelta una risita sin alegría.

—Te da cierta autoridad a sus ojos.

—Lo que es como tener autoridad sobre... sobre... joder, estoy tan hecho polvo que ni se me ocurre una comparación graciosilla. Sobre unas almejas... unas ostras... unos dodos. Mira, ¿qué quieres que te diga? Estoy muy cansado: no tengo fuerzas para continuar haciendo de gurú. Me agotan, si quieres saber la verdad. No quiero volver a pensar en Crake nunca más en la vida, ni seguir escuchando memeces sobre que Crake es bueno y Crake es amable y Crake todo lo puede, y cómo los creó dentro del Huevo y luego tuvo el detalle de aniquilar a todos los habitantes del planeta para que ellos estuvieran más a gusto. Sobre Oryx, la protectora de los animales, que vuela bajo la apariencia de una lechuza, que siempre está ahí, aunque no puedas verla, y siempre estará pendiente de ellos.

—Por lo que sé —afirma ella—, todo esto es lo que has estado contándoles; para ellos es el evangelio, o casi.

—¡Ya sé que se lo he estado contando, joder! —estalla Jimmy—. Porque querían saber las cosas más elementales: de dónde venían, quiénes eran todos esos muertos putrefactos... ¡Algo tenía que decirles!

—Y te inventaste una bonita historia.

—Bueno, maldita sea, lo que no podía era contarles la verdad. De modo que sí. Y por supuesto que habría podido montármelo mejor: está claro que no soy un genio... Y en efecto, Crake debe de haber pensado que yo tenía la inteligencia de una berenjena, pues hizo conmigo lo que quiso, me tomó el pelo a base de bien. Por eso me entran ganas de vomitar al verlos babear por el puto Crake y cantar alabanzas a sus putas hazañas cada vez que alguien pronuncia su estúpido nombre.

—Pero ésa es la historia que tenemos —replica Toby—, y debemos arreglárnoslas con ella. Aunque me hago cargo de lo que dices, desde luego.

—Tú sabrás. Pero sigue contándoles historias, y adórnalas tanto como quieras, no te cortes un pelo: se lo tragarán todo. He oído que estos días andan locos por Zab. Tira por ahí, pues; la cosa promete. Lo fundamental es que no lleguen a darse cuenta de que todo es una mentira colosal.

—Eso suena a manipulación —objeta ella—: me lo endilgas todo a mí.

—No te digo que no —contesta Jimmy—. Y bueno, me disculpo. Pero el hecho es que se te da bien, o eso dicen ellos. Haz como veas: siempre puedes mandarlos a tomar viento.

—¿Te das cuenta de que estamos bajo ataque, por así decir? —apunta Toby.

—Los paintbalistas, sí. Ren me lo ha contado. —Su voz es de pronto más serena.

—Y no podemos dejar que los crakers salgan a deambular por ahí, no demasiado, o acabarán matándolos.

Jimmy lo piensa un momento.

—Bueno, ¿y qué se puede hacer?

—Tienes que ayudarme —insta Toby—. Tenemos que pensar bien lo que vamos a decirles. Hasta ahora he estado improvisando sobre la marcha.

—No hay alternativa a la hora de hablarles de Crake —observa Jimmy en tono sombrío—. Bienvenida a mi torbellino. Él la mató, le cortó el cuello, ¿lo sabías? Crake, que es tan bueno; Crake, que es tan amable. Y ella era tan hermosa, tan... Tenía la impresión de que ya te lo había contado. El hecho es que le disparé a...

—¿Quién le cortó el cuello a quién? —pregunta Toby—. ¿A quién le disparaste...?

Pero Jimmy se ha tapado la cara con las manos y sus hombros se estremecen.

# Cochinillo

Toby no sabe qué hacer. ¿Convendría darle un abrazo maternal —suponiendo que pueda— o se sentirá incómodo? ¿Y si se limita a darle ánimos como haría una enfermera de verdad? «Arriba ese ánimo», podría decirle. ¿O mejor despedirse y marcharse discretamente?

No tiene tiempo para decidirlo porque Barbanegra entra corriendo en el cuarto, más agitado que de costumbre.

—¡Vienen hacia aquí! ¡Vienen hacia aquí! —afirma casi a voces, cosa rara en un craker: ni siquiera los niños suelen levantar la voz.

—¿Quiénes? —le pregunta ella—. ¿Los dos hombres malos?

Se pregunta dónde habrá dejado su rifle. Es lo malo de la meditación: atenúa la necesaria agresividad.

—¡Ellos! ¡Ven! ¡Ven! —le insiste el niño tirando de su mano, de su sábana—. Los Ser Dones... ¡Son muchísimos!

Jimmy levanta la cabeza.

—Los cerdones. ¡Oh, joder!

Barbanegra se alegra al oírlo.

—¡Sí! ¡Gracias por llamarlo, Jimmy de las Nieves! ¡Que Joder nos ayude! —exclama el niño—. Los Ser Dones traen un muerto.

—¿De qué muerto hablas? —pregunta Toby, pero el crío ya está en la puerta.

. . .

Los maddaddámidas han dejado lo que sea que estuvieran haciendo y avanzan hacia el vallado que circunda la cabaña. Algunos empuñan hachas, palas y rastrillos.

Crozier, que acababa de salir a pastorear el rebaño de mohairs, vuelve corriendo por el camino. Manatí llega con él, armado con su pulverizador.

—Vienen por el oeste —les anuncia Crozier rodeado de mohairs.

—Es rarísimo, vienen en fila, como en una procesión.

Los crakers están reuniéndose junto a los columpios. No parecen tener ningún miedo. Hablan entre sí en voz baja hasta que, en un momento dado, los varones enfilan al oeste como si se propusieran ir al encuentro de lo que se acerca por el camino. Tan sólo cuatro mujeres van con ellos: María Antonieta, Sojourner Truth, otras dos; las demás se quedan con los niños, que están juntos y en silencio, por mucho que nadie los haya mandado callar.

—¡Decidles que vuelvan ahora mismo! —grita Jimmy tras sumarse al grupo de maddaddámidas—. ¡Esos bichos van a hacerlos pedazos!

—A ese gente no se le puede obligar a nada, hacen lo que quieren —recuerda Zorro del Desierto, quien no parece saber qué hacer con el rastrillo que tiene en la mano.

—Rino. —Zab le tiende uno de los pulverizadores—. Que no se os vaya la cabeza al disparar —le dice a Manatí—. No es cuestión de darle a un craker. No disparéis hasta que los cerdos se lancen al ataque.

—Esto da escalofríos... —musita Ren con miedo. De pie junto a Jimmy, está aferrada a su brazo—. ¿Dónde está Amanda?

—Durmiendo —informa Lotis Azul, que acaba de situarse al otro lado de Jimmy.

—Más que escalofríos —observa Jimmy—. Los cerdones son arteros. Saben lo que es una táctica: una vez estuvieron a punto de acorralarme.

—Toby, necesitamos tu rifle —indica Zab—. Si se dividen en dos grupos, ve a la parte de atrás de inmediato: podrían colarse bajo el vallado mientras nos distraen por el frente, para atacarnos por dos flancos.

Toby echa a correr hacia su cubículo y vuelve armada con su viejo rifle Ruger Deerfield cuando la piara de cerdones gigantescos aparece en el claro frente al vallado del caserón.

Son unos cincuenta en total; cincuenta adultos, pues, porque muchas de las marranas llegan con sus cochinillos al trote. A la cabeza del grupo hay dos machos que avanzan hombro con hombro. Llevan algo sobre la espalda: un montón de flores y de follaje, algo así.

*¿Y esto?*, piensa Toby. *¿Es una ofrenda de paz? ¿Una boda porcina? ¿Un retablo?*

Los cerdos de mayor envergadura hacen de escoltas; parecen nerviosos, sus morros como discos húmedos se tuercen hacia aquí y hacia allá mientras olisquean el aire. Son de un color rosado grisáceo, lustroso, gordos y de formas redondeadas y aerodinámicas, como unas colosales babosas pesadillezcas... aunque dotadas de colmillos, los machos cuando menos. Si cargan, les bastará con lanzar un tajo de abajo arriba con esas mortíferas cimitarras para destriparte como un pescado. Y pronto van a estar tan cerca de los crakers que ni un disparo de pulverizador servirá para detenerlos.

Se gruñen unos a otros. *Si fueran personas*, piensa Toby, *se diría que es el murmullo de una multitud. Seguramente están intercambiando información de algún tipo. ¿De qué tipo? Sólo Dios sabe. ¿Qué estarán diciendo? ¿Quizá «estamos asustados»? o «los odiamos», o a lo mejor un simple: «ñam, ñam»?*

Rino y Manatí se han situado un paso por detrás del vallado con los pulverizadores apuntando al suelo. Toby, por su parte, ha preferido ocultar el rifle bajo unos pliegues de la sábana: no es prudente recordarles que en su día le disparó a uno de los machos, aunque seguramente no lo han olvidado.

—Caramba —musita Jimmy unos pasos por detrás de Toby—. Hay que verlo para creerlo. Éstos traman algo, seguro.

Barbanegra se separa corriendo del grupo de niños craker y se agarra a Toby.

—No tengas miedo, oh, Toby —le advierte—. ¿Tienes miedo?

—Sí —responde ella. *Aunque no tanto como Jimmy*, se dice, pues ella está armada y él no—. Han entrado en nuestro huerto más de una vez —recuerda— y hemos matado a varios para defendernos —siente desazón al acordarse de los asados de carne, el beicon y las chuletas—, y los hemos metido en la sopa: se han convertido en hueso apestoso, en un montón de huesos apestosos.

—Hueso apestoso, sí —apunta Barbanegra algo pensativo—, un montón de huesos apestosos: los he visto junto a la cocina, sí.

—Lo que quiero decir es que no son nuestros amigos: no eres amigo de quienes te convierten en huesos apestosos.

Barbanegra lo piensa un momento, levanta la mirada y sonríe tímidamente.

—No tengas miedo, oh, Toby —repite—. Son Hijos de Oryx e Hijos de Crake, de los dos. Y han dicho que hoy no van a haceros daño. Ya lo verás.

Toby ni de lejos confía en lo que acaba de escuchar, pero le sonríe al pequeño de todos modos.

La avanzadilla de los crakers se ha unido a la piara de cerdones y avanza con ellos, el resto de sus hermanos se mantienen a la espera junto a los columpios, en silencio.

Napoleón Bonaparte y seis hombres más dan un paso al frente y forman una línea: van a proceder a una meada colectiva, o eso parece. Y sí, se ponen a orinar. Mean con cuidado, respetuosamente, pero mean. Al terminar, dan un paso atrás. Tres cerditos curiosos se adelantan, olisquean el terreno y luego vuelven junto a sus madres dando chillidos.

—¿Lo ves? —dice Barbanegra—. ¿Te das cuenta? No hay que tener miedo.

Los crakers se sitúan en semicírculo tras la línea marcada por sus orines y empiezan a canturrear. La piara de cerdos se divide en dos y un par de machos avanza lentamente. Ruedan sobre el suelo y dejan caer lo que sea que llevaban sobre la espalda; después se enderezan y empiezan a apartar algunas de las flores con el hocico y las pezuñas.

Es un cochinillo muerto; diminuto, con las pezuñas delanteras amarradas con una cuerda y la garganta rajada. La sangre roja sigue manando de la herida abierta en el cuello, la única en todo su cuerpo.

La piara al completo dibuja un semicírculo alrededor de... ¿de qué? ¿Del féretro? ¿Del catafalco? Las flores, las hojas... todo habla de un funeral. Toby se acuerda del macho que abatió en InnovaTe. Cuando fue a recoger los gusanos del animal muerto, se encontró frondas de helecho y hojas de árboles sobre el cuerpo. Se acordó de que los elefantes hacen algo parecido cuando muere alguien al que quieren.

—Mierda —murmura Jimmy—. Espero que al lechón se lo haya cargado alguien más, que no hayamos sido nosotros.

—Me extrañaría —dice Toby. Si fuese el caso se habría enterado: alguien lo habría comentado en la cocina.

Los dos verracos se aproximan a la línea de meados. Abraham Lincoln y Sojourner Truth, que se hallan al otro lado, se arrodillan hasta situarse al nivel de los cerdones, frente a frente. Los crakers cesan de cantar, se hace el silencio y luego empiezan a canturrear otra vez.

—¿Qué está pasando? —pregunta Toby.

—Están conversando, oh, Toby —explica Barbanegra—. Los Ser Dones están pidiendo ayuda para poder frenar a esa gente, a los que están matando a sus pequeños. —Respira hondo—. Ya han matado a dos. A uno con ese palo con el que apuntáis, al otro con un cuchillo. Los Ser Dones quieren matar a los que los mataron.

—Están solicitando ayuda a... —No puede decir «los crakers», no es el nombre que se dan a sí mismos—. ¿Están pidiendo ayuda a tu gente?

Si lo que se proponen es matar a alguien, ¿en qué pueden ayudarlos los crakers? Según los maddaddámidas, los crakers son no violentos por naturaleza. Nunca plantan cara ni luchan, les resulta imposible: no están hechos de esa pasta.

—No, oh, Toby —le aclara Barbanegra—. Quieren tu ayuda.

—¿Mi ayuda?

—Vuestra ayuda. La de todos los que estáis tras el vallado, los que tenéis dos pieles. Quieren que los ayudéis con esos palos vuestros. Saben que matáis haciendo agujeros por los que escapa la sangre. Quieren que les hagáis unos agujeros a los tres hombres malos. Con sangre.

Da la impresión de tener náuseas: todo esto debe de resultarle muy difícil. A Toby le entran ganas de abrazarlo, pero un gesto así estaría fuera de lugar: por más pequeño que sea, está haciendo lo que cree que debe hacer.

—¿Tres hombres, has dicho? —pregunta—. ¿No eran dos?

—Los Ser Dones dicen que son tres —responde Barbanegra—. Han olido a tres.

—Mal asunto —observa Zab—. Han encontrado a alguien por el camino.

Rinoceronte Negro y él intercambian una mirada muy significativa.

—Ahora lo tienen más fácil —comenta Rino.

—Quieren que les saquéis la sangre —afirma Barbanegra—. Que les hagáis agujeros a los tres, con sangre.

—¿Nosotros? —musita Toby—. ¿Quieren que lo hagamos nosotros?

—Sí —confirma Barbanegra—. Los que tenéis dos pieles.

—Entonces, ¿por qué no están hablando con nosotros? —pregunta Toby—. ¿Por qué hablan con vosotros?

*Qué pregunta*, cae en la cuenta. *Pues claro: somos demasiado estúpidos, no entendemos su lenguaje. Necesitamos a un traductor.*

—Para ellos es más fácil hablar con nosotros —indica Barbanegra con sencillez—. Si los ayudáis a matar a los tres hombres malos, nunca más volverán a comerse los frutos de vuestro huerto... ni a vosotros —agrega con el rostro serio—.

Incluso si estáis muertos, no os comerán. Y piden que nunca más volváis a hacerles agujeros con sangre para cocinar sopas con hueso apestoso, colgarlos sobre el fuego o freírlos para coméroslos. Nunca más en la vida.

—Diles que hay trato —interviene Zab.

—Incluye las abejas y la miel —dice Toby—, que tampoco se las vayan a comer.

—Disculpa, oh, Toby, ¿qué es *trato*? —pregunta Barbanegra.

—Significa que aceptamos lo que nos ofrecen. Que los ayudaremos, que lo que quieren nos parece bien.

—Van a ponerse contentos al oírlo —asegura el crío—. Quieren ir a cazar a los hombres malos mañana o pasado mañana. Tenéis que llevar vuestros palos para hacerles los agujeros.

La cosa toca a su fin. Los cerdones, que hasta ahora estaban con las orejas levantadas y los hocicos en alto, como si husmearan sus palabras, dan media vuelta y se encaminan al oeste volviendo sobre sus pasos, dejando al cochinillo cubierto de flores a sus espaldas, en el claro.

—Un momento —le dice Toby a Barbanegra—. Se olvidan de... —Está a punto de decir «su hijo»—. Se olvidan del pequeño.

—El pequeño Ser Don es para vosotros, oh, Toby —afirma Barbanegra—. Es un regalo. Ya está muerto. Ellos ya han dejado clara su tristeza.

—Pero hemos prometido no volver a comerlos.

—No volver a matarlos para comerlos. Pero dicen que vosotros no lo habéis matado, por lo que os está permitido. Dicen que podéis coméroslo o no, como queráis. Si fueran ellos, se lo comerían.

*Curiosos ritos fúnebres*, piensa Toby. *Cubres a tu ser querido de flores, lloras su muerte y luego te lo comes*. Reciclaje de materia orgánica en estado puro: ni siquiera Adán y los Jardineros fueron tan lejos.

# Deliberaciones

Los crakers han vuelto junto a los columpios y mascan tallos de kudzu mientras conversan en voz baja. El cochinillo muerto yace en el suelo y las moscas se posan en él. Varios de los maddaddámidas están a su alrededor, examinándolo igual que en una autopsia.

—¿Creéis que esos capullos lo mataron para trocearlo y comérselo? —pregunta Shackleton.

—Es posible —responde Manatí—, pero no lo colgaron de un árbol, que es lo que se suele hacer para desangrar al animal.

—Los cerdos les han dicho a mis amigos azules que lo encontraron tirado en el camino —informa Crozier—, a plena vista.

—¿Creéis que lo hicieron para enviarnos un mensaje? —pregunta Zunzuncito.

—Como un desafío, más bien —opina Shackleton—: una forma de retarnos.

—Eso explicaría lo de la cuerda. Porque la última vez fuimos nosotros los que los amarramos —dice Ren.

—Pues no lo creo —dice Crozier—. ¿Por qué iban a usar a un lechón para eso?

—A lo mejor es en plan: «La próxima vez os toca a vosotros» o «Mirad cuánto podemos acercarnos». Esos tíos han pasado tres veces por el Paintbala, son paintbalistas veteranos, encallecidos a más no poder —recuerda Shackleton—. Y así es como actúan los paintbalistas: metiéndote el miedo en el cuerpo.

—Cierto —dice Rino—. Están como locos por nuestras cosas. Deben de haberse quedado sin cargas para los pulverizadores, se estarán poniendo nerviosos.

—Tratarán de infiltrarse de noche —vaticina Shackleton—, habrá que redoblar la guardia.

—E inspeccionar el vallado —dice Rino—, que no termina de ser sólido.

—Tendrán herramientas —opina Zab—: habrán pillado cuchillos, cizallas, ese tipo de cosas en una ferretería. —Echa a andar y dobla la esquina de la cabaña; Rino lo sigue.

—Es posible que no lo mataran los paintbalistas, a lo mejor lo hicieron unos desconocidos —dice Pico de Marfil.

—A lo mejor fueron los crakers —apunta Jimmy—. Es broma, ya sé que nunca harían algo así.

—Yo no pondría la mano en el fuego —afirma Pico de Marfil—: su cerebro es más maleable de lo que Crake se había propuesto. Han hecho varias cosas que no anticipamos durante la fase de creación.

—Es posible que haya sido alguien de nuestro propio grupo —aventura Zorro del Desierto—, alguien con un antojo de salchichas.

El grupo acoge sus palabras con una risa incómoda, propia de quienes no las tienen todas consigo. Después se quedan en silencio.

—Y bien, ¿qué vamos a hacer? —pregunta Pico de Marfil.

—Eso mismo. ¿Lo cocinamos o no? —plantea Rebecca—. ¿Os comeríais un lechón asado?

—Yo no podría —contesta Ren—: sería como comerse a un bebé.

Amanda rompe a llorar.

—¿Y ahora qué pasa, mi querida señorita? —pregunta Pico de Marfil.

—Lo siento —se disculpa Ren—. No tendría que haber dicho «un bebé».

—A ver, las cartas sobre la mesa —afirma Rebecca—: que levanten la mano los que no sabían que Amanda está embarazada.

—Vaya, parece que soy el único que desconocía las últimas noticias —dice Pico de Marfil—. Es de suponer que no se consideró necesario comunicarlas a un servidor, quien ya tiene sus años.

—O quizá no estabas escuchando —responde Zorro del Desierto.

—Vale, ya está claro —dice Rebecca—. Y ahora me gustaría abrir el círculo, como solíamos decir en la época de los Jardineros... Ren, ¿te parece bien que lo hagamos?

Ren respira hondo y contesta:

—Yo también estoy embarazada. —Se le escapa un sollozo—. Meé en el palito, se puso de color rosa, apareció la cara sonriente... ¡Ay, por Dios!

Lotis Azul le da una palmadita en la espalda, Crozier hace amago de acercarse, pero se detiene.

—Pues... no hay dos sin tres —anuncia Zorro del Desierto—. No voy a ser menos, claro. Yo también tengo un pastel en el horno, un bizcocho a puntito de salir por el chocho.

*Por lo menos está animada*, piensa Toby. *Pero ¿de quién es el bizcocho?*

Se produce un nuevo silencio que Pico de Marfil rompe con evidente desaprobación.

—Supongo que está de más especular sobre la paternidad de... de una progenie tan múltiple e inminente.

—Está de más, tú lo has dicho —dice Zorro del Desierto—. En mi caso, por lo menos. He estado llevando a cabo un experimento sobre la evolución genética y la reproducción de los mejor adaptados: soy una especie de placa de Petri humana.

—Pues me parece una total irresponsabilidad —le espeta Pico de Marfil.

—Y a mí me parece que eso no es asunto tuyo —replica Zorro del Desierto.

—¡No hay que ponerse así! —tercia Rebecca—. ¡Es lo que hay, y punto!

—En el caso de Amanda, el padre puede ser uno de los crakers —dice Toby—. Lo digo por lo sucedido la noche en que la... la noche en que la recuperamos de manos de... En fin, es lo más probable, y no es de descartar que con Ren haya sucedido lo mismo.

—No, no, yo estoy segura de que no fueron los paintbalistas —asegura ella.

—¿Y cómo puedes estar tan segura? —le pregunta Crozier.

—Es mejor no entrar en detalles porque igual prefieres no oírlos: son cosas de chicas. Nosotras contamos los días.

—Por mi parte, también sé que no fueron los paintbalistas —dice Zorro del Desierto—, ni tampoco unos cuantos de estos muchachos.

Los varones presentes se abstienen de intercambiar miradas, Crozier reprime una sonrisa.

—¿Y los crakers? —pregunta Toby con voz neutra.

¿A cuántos tiene en su lista? De entrada a Crozier, eso seguro, pero ¿a quién más? ¿Estamos hablando de multitudes? ¿Es posible que Zab esté entre ellos, después de todo? Si fuera el caso, un Zab en miniatura está en camino. Y ¿qué hará entonces? ¿Fingir que no se ha dado cuenta? ¿Tejer ropitas para el bebé? ¿Amargarse y estar siempre de malhumor? Las dos primeras opciones son preferibles, pero no las ve a su alcance.

—He tenido un par de experiencias con esos hombretones azules tan bien equipados —dice Zorro del Desierto—. En secreto, lo que no es fácil, pues el fisgoneo aquí está a la orden del día. Resultó bastante interesante, aunque no sé si querría repetir: los preámbulos no son su fuerte. Pero la carita sonriente no engaña y pronto voy a tener un pequeño... la cuestión es: ¿un pequeño qué?

—Ya lo veremos —dice Shackleton.

• • •

Zab y Rinoceronte Negro vuelven de inspeccionar las vallas.

—No estamos en una fortaleza, desde luego —observa Zab—. Y existe otro problema: si salimos armados a darles caza, dejaremos a los que se queden sin medios para defenderse.

—Quizá eso es lo que pretenden —considera Rino—: hacernos salir para colarse por la retaguardia y raptar a las mujeres.

—No somos unas inútiles —replica Zorro del Desierto—. ¡Podemos defendernos! Dejadnos un par de pulverizadores y veréis.

—Buena suerte con ese plan —dice Rino.

—Todo el mundo tendrá que ir con nosotros cuando salgamos a darles caza a esos tipos —afirma Crozier—, no podemos dejar a nadie. Y tendríamos que llevarnos las mohairs. Si vamos todos juntos, les será más difícil emboscarnos.

—Pero les será más fácil provocar una estampida —puntualiza Zab—, y no todo el mundo podrá correr tan rápido.

—Yo no podré —dice Rebecca—, y no conviene olvidar que iremos con tres mujeres embarazadas.

—¿Tres?

—Amanda, Ren y Zorro del Desierto —informa Rebecca.

—¿Cómo es eso?

—Nos lo han contado mientras estabais inspeccionando el vallado —responde Rebecca.

—Vinieron unos elfos y las preñaron a todas de golpe.

—No tiene gracia, Jimmy —reprocha Lotis Azul.

—El caso es que no están para salir corriendo —subraya Rebecca.

—Entonces... ¿no hay manera de cumplir con nuestra parte del trato? ¿No podemos ir a batallar aliados con ese ejército de cerdos? —pregunta Shackleton—. ¿Los cochinos van a tener que luchar por su cuenta y riesgo?

—No pueden —dice Jimmy—. Son unas máquinas de matar, ciertamente, pero no pueden subir escaleras. Si los cerdos van a por ellos, los paintbalistas no tendrán más que refugiarse en la ciudad, subir al primer piso de un edificio y disparar a placer. Los cerdones caerán como moscas.

—Crozier tiene razón, lo que tenemos que hacer es irnos a otro lugar —opina Toby—. A un lugar más seguro, con puertas que cierren de verdad.

—Muy bien, pero ¿adónde? —pregunta Rebecca.

—Podríamos volver a InnovaTe —sugiere Toby—. Pasé meses escondida allí. Aún deben de quedar algunas provisiones básicas. *—Y puede que algunas semillas*, piensa. *Me iría bien contar con semillas para el huerto.*

Y también habrá balas: dejó algo de munición allí.

—En el balneario hay camas de verdad, y toallas —señala Ren.

—Y unas puertas bien sólidas —añade Toby.

—El plan tiene su gracia —reconoce Zab—. ¿Votamos?

Nadie vota que no.

—Ahora es cuestión de prepararse —dice Katuro.

—Primero tendríamos que enterrar al cochinillo —indica Toby—. Es lo menos que podemos hacer en vista de las circunstancias.

Y eso hacen.

# Retirada

La organización del viaje los ocupa un día entero. Tienen que llevarse muchas cosas: vituallas básicas, sábanas con que vestirse, cinta americana, cuerda, linternas de mano y de cabeza —por suerte, la mayor parte de las pilas aún funcionan—, y los pulverizadores, por supuesto, y el rifle, y todas las herramientas con filo: no conviene que cuchillos y zapapicos caigan en manos enemigas.

—No carguéis con demasiadas cosas —les dice Zab—. Si todo va bien, estaremos de vuelta en pocos días.

—O quemarán este lugar hasta los cimientos —vaticina Rino.

—Si tanto te preocupa, llévate el caserón a cuestas —propone Katuro.

Toby se preocupa por las abejas de su colmena. ¿Estarán bien en su ausencia? ¿Qué podría pasarles? No ha visto ningún oso, y los cerdones se han comprometido a no tocarlas —esperemos que sea verdad—. ¿A los loberros les gusta la miel? No, son carnívoros; a los mofaches quizá sí, pero poco podrían hacer frente a un enjambre furioso.

Se cubre la cabeza y le habla al enjambre como ha estado haciendo sin falta todas las mañanas.

—Os saludo, Abejas. Tengo una noticia que daros a vuestra reina y a vosotras. Mañana tendré que irme... por poco tiempo, de manera que no voy a hablar con vosotras unos días. Nuestro propio enjambre se ve amenazado. Estamos en peligro y tenemos que atacar a quienes nos amenazan, como vosotras haríais en nuestro lugar. Manteneos firmes, reunid mucho polen, defended vuestra colmena si hace falta. Hacédselo saber a Pilar y pedid ayuda a su valeroso espíritu en nuestro nombre.

Las abejas entran y salen volando por el agujero abierto en el recipiente de poliestireno. Da la impresión de que se encuentran a gusto allí, en el huerto. Varias de ellas se acercan a Toby para investigar. Prueban el estampado de flores en su sábana y, como lo encuentran soso, se trasladan a su cara. La conocen, sí. Rozan sus labios, absorben sus palabras, se marchan volando con el mensaje recién transmitido, desaparecen en la oscuridad de la colmena... pasan a través de la membrana que separa este mundo del mundo invisible que existe justo debajo. Allí se encuentra Pilar, con su sonrisa tranquila, caminando por un corredor iluminado por una luz que no se sabe de dónde proviene.

*A ver, un momento,* se dice Toby. *Cerdos que hablan, muertos que se comunican y un inframundo dentro de un recipiente de poliestireno. No pueden ser las drogas, y tampoco estás enferma como para delirar. La verdad es que no tienes excusa.*


Los crakers contemplan con interés los preparativos. Los niños se demoran en la cocina mirando a Rebecca con sus grandes ojos verdes, aunque manteniéndose a prudente distancia de la pieza de tocino y del tasajo de carne de loberro.

No terminan de comprender a qué viene el repentino traslado de los maddaddámidas, pero han dejado claro que irán con ellos.

—Vamos a ayudar a Jimmy de las Nieves —dicen.

—Vamos a ayudar a Zab.

—Vamos a ayudar a Crozier: es nuestro amigo y tenemos que enseñarle a mear mejor.

—Vamos a ayudar a Toby y luego nos contará una historia.

—Crake quiere que vayamos con vosotros.

Y demás...

No tienen pertenencias, por lo que no han de acarrear nada. Sin embargo, insisten en cargar con otras cosas. «Yo llevo esto, es una olla», «Yo llevo esto, es una radio de manivela, ¿para qué sirve?», «Yo llevo esto que pincha, es un cuchillo», «Yo esto, es papel de váter».

—Vale, nosotros vamos a llevar a Jimmy de las Nieves —anuncian tres de ellos, pero Jimmy les asegura que puede andar.

Barbanegra se presenta en el cubículo de Toby.

—Yo llevo todo lo de escribir —afirma dándose aires—. El bolígrafo también, así lo tendremos todo con nosotros.

Contempla el diario de Toby como si fuera de los dos y Toby tiene que reconocer que de algún modo es así, porque lo utiliza para ver los progresos del pequeño. A veces incluso le cuesta arrebatárselo para hacer sus propias anotaciones, y constantemente tiene que recordarle que no lo deje bajo la lluvia.

Hasta ahora, el crío se ha concentrado sobre todo en nombres de personas, aunque de vez en cuando escribe «gracias» y «buenasnoches». Una entrada típica dice: «crak buenasnoches bueno malo flor zab toby oryx gracias». Es posible que un día de éstos consiga hacerse una idea más clara de cómo funciona su mente, pero por ahora sigue sin verlo claro en absoluto.


Al amanecer del día siguiente dejan atrás el caserón del pequeño parque del Árbol de la Vida. Emprenden un éxodo: se alejan de la civilización, o de lo que queda de ella.

Dos de los cerdones han acudido para escoltarlos, los demás se encontrarán con ellos en el balneario InnovaTe, según informa Barbanegra. Lleva los prismáticos de Toby, que ha aprendido a utilizar. De vez en cuando se hace a un lado del camino y anuncia: «cuervos» o «buitres»; a las mujeres craker se les escapa la risa.

—Oh, Barbanegra, eso ya lo sabías antes, sin llevarte esos dos tubos a los ojos.

Y entonces él ríe con ellas.

Rino y Katuro encabezan la marcha con los cerdones, seguidos por Crozier y el rebaño de mohairs, algunas con bultos amarrados sobre el lomo. Es nuevo para ellas, pero no parece molestarlas. Con los voluminosos fardos sobre sus cabellos humanos, rizados o lisos, hacen pensar en unos extravagantes sombreros con patas.

Shackleton se mantiene en el centro de la procesión junto con Ren, Amanda y Zorro del Desierto, a las que rodean casi todas las mujeres craker, atraídas por su estado de buena esperanza. Emiten sonidos como para arrullarlas, les sonríen, les dan palmaditas, las acarician. Zorro del Desierto parece un tanto molesta por tanta atención, pero Amanda les sonríe a su vez.

Los demás maddaddámidas caminan tras ellas, seguidos por los crakers varones. Zab cierra la comitiva.

Toby avanza rifle en mano cerca de las mujeres craker. Da la impresión de que ha transcurrido mucho tiempo desde que llegó por este mismo camino buscando a Amanda. Ren debe de estar acordándose también de aquellos días, ya que permite pasar a los demás para situarse a su lado y la coge del brazo.

—Gracias por dejarme entrar en el balneario InnovaTe —le dice—, y gracias por los gusanos. Sin tus cuidados habría muerto: me salvaste la vida.

*Y tú me salvaste a mí*, piensa Toby. Si Ren no hubiera aparecido en su vida por sorpresa, ¿qué habría hecho? Esperar y seguir esperando encerrada en el InnovaTe, a solas, hasta volverse majara o agostarse y morir de puro vieja.


No se aventuran fuera del camino que atraviesa el Heritage Park en dirección al noroeste. Allí está, cubierto de mariposas y abejas, el saúco de Pilar; una de las mohairs se lleva un bocado de recuerdo.

Terminan por llegar a la caseta del guarda —pintada de color rosa en un estilo entre retro y tex-mex— y el alto vallado que circunda los terrenos de InnovaTe.

—Aquí vinimos —recuerda Ren—. Dentro estaba aquel hombre, aquel paintbalista... el peor de todos.

—Sí —dice Toby. Se refiere a Blanco, su antiguo enemigo. Tenía gangrena, pero su sed de sangre no era menor por ello.

—Lo mataste, ¿verdad? —le pregunta Ren. Lo más probable es que entonces ya lo supiera.

—Digamos que yo lo ayudé a adentrarse en otro plano existencial —le responde Toby: era como los Jardineros lo describían—. De todas formas, iba a morir pronto. Es lo que solíamos llamar Limitación de Derramamiento de Sangre en Entorno Urbano.

La norma primordial: limitar el derramamiento de sangre asegurándote de que nadie vierta la de los tuyos.

Le administró a Blanco una dosis de amanita y adormidera: una salida indolora, mejor de la que se merecía. A continuación, arrastró el cadáver al plantío ornamental rodeado de rocas encaladas como ofrenda a la naturaleza. ¿La dosis de amanita era lo bastante fuerte como para envenenar a los animales que comieron de su cuerpo? Espera que no: no tiene nada contra los buitres.

El portón de sólido hierro forjado está abierto de par en par. Toby lo amarró a conciencia en el momento de marcharse, pero la cuerda está roída. Los dos cerdones entran los primeros, al trotecillo, husmeando por el sendero que lleva a la caseta del guarda. Dan media vuelta, regresan y se acercan a Barbanegra. Lo miran a los ojos y gruñen.

—Dicen que los tres hombres han estado aquí, pero no están ahora —informa el pequeño.

—¿Están seguros? —les pregunta Toby—. Aquí había otro hombre... un hombre que era malo; ¿no estarán refiriéndose a él?

—No, no —responde Barbanegra—. Saben lo de ese hombre. Estaba muerto, entre las flores. Al principio iban a comérselo, pero en él había unas setas malas, así que no lo hicieron.

Toby examina el macizo de flores ornamental. En su día, unas petunias formaban la leyenda BIENVENIDOS A INNOVATE, pero hoy es un espeso amasijo de hierbas silvestres. ¿Aquello que asoma es una bota? Mejor no fijarse.

Había dejado allí el cuchillo de Blanco, junto al cadáver: un buen cuchillo, afilado. Pero los maddaddámidas tienen otros. Sólo espera que los paintbalistas no se hayan hecho con él, aunque lo más seguro es que ellos también tuvieran ya sus propios cuchillos.

Entran por el portón en los terrenos del balneario sin apartarse del camino principal, por mucho que haya un sendero entre la arboleda. Toby y Ren optaron por él en su día, para andar a la sombra, y entonces descubrieron a Oates, asesinado por los paintbalistas y despojado de los riñones, colgado de una rama.

*Seguramente sigue ahí*, piensa Toby. Deberían ir por él, descolgarlo, enterrarlo como es debido. Sus hermanos, Shackleton y Crozier, agradecerían poder convertirlo en compost con un árbol plantado en lo alto, entregarlo a la fresca paz de las raicillas, al tranquilo fundido en negro bajo la tierra. Pero ahora no es el momento.

Unos perros ladran bosque adentro y a continuación se callan.

—Si esos bichos se acercan agitando la cola, tenéis que dispararles de manera inmediata —alerta Jimmy—: son loberros, más que peligrosos.

—Hay que ahorrar munición hasta que encontremos más —le recuerda Rino.

—Ahora mismo no van a atacar —asegura Katuro—: hay demasiada gente aquí para su gusto. Y también dos cerdones.

—A estas alturas ya debemos de haber matado a casi todos los loberros —dice Shackleton.

Pasan junto a un jeep calcinado, un coche solar incinerado y enseguida se topan con un destrozado monovolumen color rosa con el logo de InnovaTe: unos labios besucones, un ojo que te hace un guiño.

—No miréis dentro —indica Zab, quien acaba de hacerlo—, más vale evitarlo.

Avanzan un poco más. Ahí está el edificio del balneario, sólido y rosado, todavía en pie: nadie lo ha quemado.

La mayoría de los cerdones deambula por el exterior, seguramente dando buena cuenta del huerto orgánico donde se cultivaban los ingredientes de las saludables ensaladas servidas a la clientela. Toby se acuerda de las horas que pasó a solas en ese huerto después del Diluvio, con intención de cultivar el sustento necesario para seguir con vida. Ahora no es más que tierra removida.

Por suerte, al marcharse no echó el cierre de la puerta.

Sombras, moho; y su antiguo yo, incorpóreo, recorriendo los pasillos sin espejos: los cubrió con toallas para evitar verse.

—Entrad —los invita a todos—, estáis en vuestra casa.

# La fortaleza InnovaTe

Los crakers están entusiasmados con el balneario Innova-Te: van y vienen por los pasillos mirándolo todo con gran atención, se acuclillan para toquetear el suelo, tan liso y pulimentado, descuelgan las toallas color rosa que Toby puso sobre los espejos, escudriñan a la gente que ven en ellos, miran y remiran tras los cristales y, cuando se dan cuenta de que son ellos mismos, se atusan el pelo y sonríen para hacer que sus reflejos también sonrían, se sientan en las camas de las habitaciones con cierta prevención y se levantan al cabo de un segundo. En el gimnasio, los niños pegan botes en las camas elásticas, riendo, o se meten en los cuartos de baño y olisquean las pastillas rosadas de jabón: aún quedan muchas.

—¿Esto es el Huevo? —preguntan, cuando menos los más pequeños.

Tienen el vago recuerdo de un lugar semejante, con altas paredes y suelos muy lisos.

—¿Éste es el Huevo en el que nos hicieron?

—No, el Huevo es diferente.

—El Huevo está lejos. Más lejos que esto.

—En el Huevo está Crake, y también Oryx. Y aquí no están.

—¿Podemos ir al Huevo?

—Ahora no queremos ir al Huevo, ya es de noche.

—¿En el Huevo también hay cosas de color rosa, como en este lugar?

—¿Las cosas que huelen a flor se pueden comer?

—No, porque no son plantas: son jabón. Y el jabón no se come.

Etcétera.

*Por lo menos no están cantando*, se dice Toby. Tampoco es que hayan cantado mucho por el camino. Iban observándolo todo, atentos a todo: parecían entender que había peligro.

Por suerte, en el tejado no hay una sola gotera. Toby se alegra ya que nada les impide dormir en las camas, aunque huelan a humedad. Anfitriona *de facto*, empieza a asignar los cuartos, y ella misma se queda con una de las habitaciones dobles. En el balneario había tres, en previsión de la remota posibilidad de que un matrimonio o similar se registrase con la idea de someterse a tratamientos faciales o de limpieza, a curas y procedimientos de una u otra clase. Pero no era frecuente —o no entre las parejas heterosexuales—, pues las mujeres preferían someterse a esos ajustes en privado, con el propósito de emerger de tan perfumado capullo cual llamativas mariposas y asombrar a las multitudes con su belleza sin par. Toby solía dirigir este establecimiento, de modo que lo sabe bien. Tampoco se olvida de lo decepcionadas que se sentían muchas, pues su físico no mejoraba demasiado a pesar de las sumas astronómicas invertidas.

Deja en el vestidor sus pocas pertenencias: sus gastados prismáticos, para empezar —en el caserón no han sido de gran utilidad, pues allí no había mucho que ver, pero ahora van a ser esenciales—, también el rifle con la munición. Al marcharse de aquí, dejó una reserva que ahora les vendrá muy bien pero, una vez agotada, el arma no servirá de nada a no ser que aprenda a fabricar pólvora.

Deja el cepillo de dientes en el cuarto de baño *en suite*. No tendría que haberse molestado en llevarlo desde el caserón, ya que en el balneario hay un montón de cepillos de dientes —todos ellos de color rosa— y en el pequeño almacén hay un estante repleto de tubos de pasta de dientes en miniatura de dos tipos: Flor de Cerezo Orgánico, «biodegradable y con microorganismos antisarro», y Beso en la Oscuridad, «potenciador cromático del esmalte».

Se supone que este último consigue que tu boca reluzca en la oscuridad. Ella nunca llegó a probarlo, pero varias mujeres le dijeron que funcionaba a las mil maravillas. Se pregunta cómo reaccionaría Zab si de pronto descubriera una boca centelleante e incorpórea a su lado. Esta noche no será, sin embargo: está previsto que ella monte guardia en el tejado, y una boca luminiscente constituiría un blanco inmejorable para un francotirador.

Sus antiguos diarios: los ha recogido allí donde los dejó, en la camilla de masaje en la que se acostaba para dormir por las noches como una monja en penitencia. Los tiene en las manos, escritos en agendas de InnovaTe: unos cuadernos con los labios besucones y el ojo haciéndote un guiño en sus tapas. En ellos anotó los días señalados para los Jardineros, las fases de la luna y los acontecimientos cotidianos dignos de mención —no muchos, la verdad—. Escribir la ayudó a mantener la cordura hasta que el tiempo volvió a ponerse en marcha y accedieron al lugar personas de verdad; entonces los abandonó, y ahora son un susurro del pasado.

En último término, ¿la escritura no es más que eso: la voz que tendría tu fantasma en caso de tener voz? Y si es así, ¿para qué enseñar a escribir al pequeño Barbanegra? En ese caso, los crakers serían más felices sin escritura.

Mete los diarios de cualquier manera en el cajón de la cómoda. Será interesante leerlos un día de éstos, pero ahora mismo hay otras prioridades.

En los retretes sigue habiendo agua, aunque con un montón de moscas muertas flotando. Tira de la cadena: los depósitos de agua del tejado parecen seguir en funcionamiento; es una suerte. Y hay papel higiénico de sobra: rollos y más rollos de color rosa, con pétalos de flores insertados —en InnovaTe estuvieron experimentando con la aplicación de elementos botánicos al papel higiénico, una iniciativa que no terminó de salir bien por culpa de inesperadas alergias.

Se promete colgar un cartel subrayando la conveniencia de hervir el agua. Al ver que sale de los grifos sin problemas, es posible que algunos se dejen llevar por el entusiasmo.


Se lava la cara, se pone un batón color rosa que ha encontrado en el armario del personal y regresa con los demás. El vestíbulo principal es escenario de una acalorada discusión: ¿qué hacer con las mohairs durante la noche? Ahora la maleza llega hasta las rodillas en el amplio prado de InnovaTe, así que por la mañana tendrán de sobra para pastar, pero cuando caiga la noche será necesario ponerlas a buen resguardo porque es posible que haya cordeleones en la zona. Crozier insiste en conducirlas al interior del gimnasio: les ha cogido cariño y lo angustia lo que pueda ser de ellas. Manatí alega que el suelo está escurridizo —por no mencionar el factor mierda de mohair en cantidad—: podrían resbalar y fracturarse una pata. Toby sugiere dejarlas en el huerto, cercado por una valla en bastante buen estado. Los cerdones se han colado repetidamente, pero por agujeros excavados en la tierra, fáciles de tapar. Bastará con situar un centinela en el tejado para vigilar el rebaño y dar la alarma si empieza a balar de modo anormal.

Pero ¿y dónde van a dormir los crakers? Detestan dormir en el interior de un edificio. Quieren hacerlo en el prado, que además está sembrado de hojas que comer. Pero, con los paintbalistas sueltos y acaso de cacería, lo que pretenden resulta imposible.

—Que duerman en el tejado —propone Toby—. Allí arriba hay macizos con plantas, por si tienen que llevarse algo a la boca.

La discusión queda zanjada.

• • •

La tormenta eléctrica vespertina viene y se va. Una vez que se ha esfumado, los cerdones se pegan un chapuzón en la piscina. Que haya algas y elodeas en el agua, así como una nutrida población de ranas, ni de lejos es un obstáculo. ¿Cómo consiguen entrar y salir? Han resuelto el problema tirando varias tumbonas al lado menos profundo: forman una especie de rampa que les permite hacer pie. Los cochinillos se divierten salpicándose unos a otros entre chillidos; los verracos y las marranas se bañan unos minutos y, tras tumbarse junto a la piscina, contemplan arrobados las travesuras de sus pequeños, dejándolos hacer. Toby se pregunta si un cerdo puede sufrir quemaduras solares.

La cena resulta algo precaria y desorganizada, por muy elegante que sea el entorno: el comedor principal, con sus grandes mesas redondas cubiertas con manteles rosados. Un grupo ha estado peinando el prado en busca de comida, por lo que hay una imponente ensalada de verduras y hortalizas silvestres. Rebecca ha encontrado un botellín de aceite de oliva sin abrir y ha preparado un típico aliño a la francesa. También disponen de portulaca hervida, raíz de bardana sancochada, tasajo de carne de loberro, leche de mohair... En la cocina había un frasco con algo de azúcar y todos toman una cucharada a guisa de postre. Toby ya no está acostumbrada al azúcar, y el intenso dulzor se le sube a la cabeza, fulminante como la pólvora.

—Tengo que darte una noticia —le dice Rebecca mientra lavan los platos—: tus amiguitos han capturado una rana para ti. Me han pedido que la cocine.

—¿Una rana? —pregunta Toby sorprendida.

—Pues sí, no había pescado.

—Mierda —musita Toby.

Esa noche los crakers van a pedirle que les cuente la historia de rigor. Con un poco de suerte, se han olvidado de llevar el gorro rojo de Hombre de las Nieves.

. . .

El crepúsculo se torna rojizo a medida que el sol va desapareciendo. Los grillos cantan, los pájaros vuelan en bandadas a sus nidos, los anfibios croan desde la piscina o vibran como gomas elásticas. Toby busca algo con que cubrirse mientras monta guardia: en el terrado puede hacer frío.

Mientras se envuelve en una colcha color rosa, el pequeño Barbanegra se cuela en la habitación a hurtadillas. Ve su imagen reflejada en el espejo, sonríe, se saluda a sí mismo con la mano, bailotea un poco. Una vez que ha terminado, comunica el mensaje:

—Los Ser Dones dicen que los tres hombres malos están por allí.

—¿Por allí dónde? —le pregunta Toby con el corazón latiendo más deprisa.

—Entre las flores. Detrás de los árboles. Pueden olerlos.

—Pues... diles que no se acerquen demasiado: los hombres malos pueden tener pulverizadores. Los palos que hacen agujeros, ya sabes; los que te sacan la sangre.

—Eso los Ser Dones ya lo saben —responde Barbanegra.


Toby sube corriendo al tejado con los prismáticos al cuello y el rifle al hombro, preparado. Varios de los crakers están allí, expectantes. Zab ve a alguien más allá, apoyado en la barandilla.

—Se te ve la mar de rosa —comenta él—. El color te sienta bien, ¡y la silueta! Me recuerda al muñeco de Michelin.

—¿Intentas molestarme?

—No a propósito —contesta él—. Los cuervos no paran de hacer ruido.

Es verdad: se oyen graznidos o algo parecido. Toby mira por los prismáticos, pero no ve nada.

—Podría ser una lechuza —aventura.

—Podría.

—Los cerdones insisten en que hay tres hombres, no dos —comenta.

—No creo que se equivoquen.

—¿Crees que podría ser Adán?

—¿Te acuerdas de lo que dijiste acerca de la esperanza? —pregunta Zab—. ¿Que a veces puede complicarte la vida? Prefiero ahorrármela.

Algo blanquecino aparece un instante entre las ramas. ¿Una cara? Ya no está.

—Lo peor es la espera —sentencia Toby.

Barbanegra tironea de su colcha.

—Oh, Toby —dice—. ¡Ven! Ha llegado la hora de que nos cuentes otra historia. ¡Hemos traído el gorro rojo!

# El tren a CrioGenius

# La historia de los dos huevos
# y el pensamiento de Crake

Gracias, me alegro de que os hayáis acordado de traer el gorro rojo.

Y el pescado. No es un pescado de verdad, más bien parece una rana. Pero la sacasteis del agua, y estamos lejos del mar, por lo que estoy segura de que Crake se hará cargo y entenderá que no era adecuado que viajaseis hasta el mar a fin de traer un pescado.

Gracias por cocinarla, por pedirle a Rebecca que la cocinase. Crake me ha dicho que no hace falta que me la coma entera. Con un mordisco basta.

Hala, ya está.

Sí, la rana... el pescado tiene un hueso dentro. Un hueso apestoso. Por eso acabo de escupirlo. Pero ahora mismo no hace falta que entremos en detalles sobre el hueso apestoso.


Mañana es un día muy importante. Mañana, todos los que son como yo, los que tenemos dos pieles, deberemos acabar el trabajo iniciado por Crake: el trabajo de ponerle fin al caos. Ese trabajo fue lo que llamamos el Gran Arreglo, y dio lugar al Gran Vacío.

Pero eso tan sólo fue una parte de su obra. La otra parte consistió en haceros a vosotros. Creó vuestros huesos a partir del coral de las playas, que es tan blanco como los huesos, pero no apestoso. Y creó vuestra carne a partir del mango, que es dulce y suave. Todo eso lo hizo dentro del Huevo gigante, con la ayuda de otros. Jimmy de las Nieves era su amigo, y también se encontraba dentro del Huevo.

Y Oryx también estaba allí. A veces adoptaba la forma de una mujer con los ojos tan verdes como los vuestros y otras la de una lechuza. Puso dos pequeños huevos de lechuza dentro del gigantesco Huevo. Uno de ellos estaba lleno de animales, de pájaros y peces, de todos sus hijos. Sí, de abejas y mariposas también. Y de hormigas, sí. Y de escarabajos, muchos, muchísimos. Y de serpientes, y de ranas y gusanos. Y de mofaches y lincetas, sí, y de mohairs y cerdones también.

Gracias, pero creo que no hace falta enumerar todos y cada uno de los animales que estaban dentro del huevo.

Porque nos pasaríamos aquí la noche entera.

En resumidas cuentas, Oryx creó muchos hijos, muchísimos. Y cada uno de ellos era hermoso a su modo particular.

Sí, fue muy amable al crear cada uno de ellos en el pequeño huevo de lechuza que puso. Con la posible salvedad de los mosquitos.

El otro huevo estaba lleno de palabras. Pero ese huevo se abrió el primero, antes de que lo hiciera el que contenía todos los animales, y os comisteis muchas de las palabras porque estabais hambrientos; es la razón por la que hoy tenéis palabras dentro. Y Crake pensó que os habíais comido todas las palabras, por lo que no quedaba ninguna para los animales, lo que explicaba que no pudieran hablar. Pero en eso se equivocaba: Crake no siempre tenía razón.

Porque en un momento en que se distrajo, algunas de las palabras cayeron del huevo al suelo, y otras cayeron al agua, y a otras más se las llevó el viento. Nadie se fijó. Sin embargo, los animales, los pájaros y los peces sí que las vieron, y se las comieron. Eran unas palabras de un tipo muy distinto, y por eso la gente a veces no entiende bien lo que los animales dicen. Habían mascado las palabras hasta hacerlas muy pequeñas.

Y los cerdones... los Ser Dones... comieron más palabras que ningún otro animal. Ya sabéis que les encanta comer. Por eso los Ser Dones son capaces de pensar muy bien.

Entonces Oryx creó otra cosa nueva: el canto. Y os lo dio a vosotros porque le gustaban mucho los pájaros y quería que fueseis capaces de cantar como ellos. Pero Crake no estaba de acuerdo, lo inquietaba que os pusierais a cantar. Crake pensaba que, de ser capaces de cantar como los pájaros, os olvidaríais de hablar como las personas, y entonces no os acordaríais de él ni entenderíais su labor, el trabajo que se tomó para haceros como sois.

Y Oryx le dijo: «Vas a tener que chincharte. Porque si estas gentes no pueden cantar, entonces serán como... no serán nada, serán como las piedras.»

*Chincharte* significa... ya hablaremos de eso.

Ahora voy a contaros otra parte de la historia: por qué Crake decidió crear el Gran Vacío.


Crake se puso a pensar y estuvo así largo tiempo. Pensaba y pensaba. No le contó a nadie todos sus pensamientos, sólo le reveló algunos a Jimmy de las Nieves, otros a Zab y algunos más a Pilar y a Oryx.

Lo que pensó fue esto:

*La gente que vive en el caos es incapaz de aprender. No alcanzan a entender lo que están haciéndole al mar y al cielo, a las plantas y los animales. No alcanzan a entender que están matándolos y que acabarán por matarse a sí mismos. Y las personas son muchas, y cada una mata un poco a su manera, lo sepa o no. Y si se les dice que dejen de hacerlo, no escuchan.*

*Así que tan sólo se puede hacer una cosa: o bien han de morir en su mayoría mientras siga existiendo la tierra con sus árboles y sus flores, sus pájaros, peces y demás, o morirán absolutamente todos cuando ya no haya nada de todo eso. Porque si no queda*

*nada de todo eso, ya no habrá posibilidad de que nada más quede*
*con vida, ni siquiera las personas.*
*Pero ¿y si les diera una segunda oportunidad?,* se preguntó.
*No voy a dársela,* se dijo, *pues ya han tenido una segunda oportunidad. Ya han tenido varias segundas oportunidades, de hecho. El momento ha llegado.*

Creó unas semillitas que tenían muy buen sabor; al principio hacían que la gente se pusiera muy contenta pero, con el tiempo, los que las comían se ponían muy enfermos, se derrumbaban y morían. Y Crake diseminó las semillitas por el mundo entero.

Y Oryx lo ayudó a diseminarlas, puesto que era capaz de volar como una lechuza. Y las mujeres-pájaro, las mujeres-serpiente y las mujeres-flor también ayudaron. Aunque sin hacerse cargo de que la gente moría: tan sólo veían el lado bueno del asunto, pues Crake no les había revelado todos sus pensamientos.

Y entonces comenzó el Gran Arreglo. Y Oryx y Crake dejaron el inmenso Huevo y volaron hasta perderse en el cielo. Pero Jimmy de las Nieves se quedó para poder cuidar de vosotros, para evitar que algo malo os pasase, para ayudaros y contaros las historias de Crake y las historias de Oryx.

Más tarde podéis cantar, si queréis.

Ésa es la historia de los dos huevos.

Y ahora vamos a acostarnos porque mañana hay que levantarse muy pronto. Unos cuantos de nosotros saldremos en busca de los tres hombres malos. Zab irá, y Rino, Manatí, Crozier y Shackleton, y Jimmy de las Nieves. Sí, los Ser Dones también irán, muchos de ellos. Los pequeños no, ni tampoco sus madres.

Vosotros os quedaréis todos aquí, con Rebecca, Amanda, Ren, Zorro del Desierto y Lotis Azul. Tenéis que mantener la puerta bien cerrada, sin abrírsela a nadie os digan lo que os digan. A no ser que se trate de alguien a quien ya conocéis.

No tengáis miedo.

Sí, yo también saldré a buscar a esos tres hombres malos. Y Barbanegra también, para ayudarnos a hablar con los Ser Dones.

Volveremos, sí. Espero que volvamos.

*Esperar* es lo que pasa cuando quieres una cosa mucho, muchísimo, pero no sabes si al final ocurrirá.

Ahora voy a daros las buenas noches.

Buenas noches.

# Sombras

—Aquí es donde estuve esperándote durante el Diluvio Seco —dice Toby—. Aquí arriba, en el tejado, a la espera de que salieses andando del bosque en el momento menos pensado. Los crakers los rodean, dormidos como unos benditos. *Se fían de todo el mundo*, piensa Toby. *No han llegado a conocer lo que es el miedo de verdad. Quizá son incapaces de saberlo, de aprenderlo.*

—Entonces, ¿no me diste por muerto? —pregunta Zab.

—Contaba con que te las arreglarías para salir adelante. Me decía que si alguien sabía cómo seguir con vida en semejante situación, ese alguien eras tú. Aunque hubo días en los que te di por muerto, la verdad. Me decía que tenía que ser «realista». Pero el resto del tiempo estuve a la espera.

—¿Y valió la pena? —pregunta él mientras esboza una sonrisa invisible en la oscuridad.

—¿Ahora te falta confianza en ti mismo? ¿Tienes que preguntarlo?

—Sí, bueno, un poco. Antes pensaba que era el no va más, lo mejor que Dios había puesto en el mundo, pero con el tiempo uno aprende y va perdiendo las ínfulas. Desde que te conocí, durante la etapa de los Jardineros, me di cuenta de que eras más lista que yo, que sabías más cosas. Bastaba ver cómo te manejabas con los hongos, las pociones y demás.

—Pero tú eras más astuto —dice Toby.

—Cierto, pero a veces me pasaba de astuto. ¿Qué era lo que estaba contando?

—Que vivías con las mujeres-serpiente en el club Colas y Escamas, a tu bola, con los ojos bien abiertos, las manos en los bolsillos y el pico cerrado —le recuerda Toby.

—Eso mismo.

Lo nombraron portero del local y lo uniformaron a conciencia. El disfraz no podía ser más indicado: cabeza rapada al cero, traje negro, gafas de sol, diente de oro con un comunicador oculto más un bonito prendedor esmaltado con el diseño de una serpiente mordiéndose la cola: un motivo ancestral que simbolizaba la regeneración, según le dijo Adán. Él de eso no tenía ni la más remota idea.

Se arregló la barba al más puro estilo de los porteros de discoteca de las plebillas: con una afeitadora, trazó unas líneas entrecruzadas en el vello incipiente. El efecto final recordaba un gofre, sólo que hecho de pelos. Por esos días también se hizo reconfigurar las orejas a sugerencia de Adán. Según él, las orejas eran cada vez más importantes a la hora de identificar a un individuo, por lo que resultaba prudente que Zab se hiciera retocar las suyas para que nadie pudiera encontrar correspondencias con las que tenía en las fotos de otro tiempo, si es que alguien estaba tomándose el trabajo de hacer comprobaciones. La operación plasticósmica se la pagó Katrina la Uau, quien estaba en contacto con unos cuantos artistas de la carne y los lípidos que trabajaban para las estrellas. Zab se decidió por hacerse más puntiaguda la parte superior y acentuar la caída y la anchura de la parte inferior.

—No te esfuerces en mirármelas —advierte—: con los años hice que me las retocasen un par de veces más. Pero durante un tiempo tuve un aspecto curioso: medio Buda, medio duende de los bosques.

—Así es como yo te veo —dice Toby.

• • •

El trabajo de Zab consistía en deambular por la zona de la barra sin apenas sonreír, pero sin mostrarse abiertamente amenazador, tan sólo un pelín inquietante. Su compañero de fatigas era un negro grandote que por entonces se llamaba Jebediah y que, tras unirse a las huestes de MADDADDAM, se convirtió en Rinoceronte Negro. *Zab y Jeb*, pensaba él, y le hacía gracia.

Pero los del Colas y Escamas no lo conocían como Zab, ni siquiera como Héctor el Vector. Para ellos se llamaba Smokey, como aquel oso dibujado que utilizaba el antiguo Servicio Forestal para promocionar la prevención de incendios. El nombre le venía al pelo: «Sólo TÚ puedes prevenir los incendios», rezaba el viejo lema, y ésa era precisamente su misión, evitar que las cosas se caldeasen y se saliesen de madre.

Cuando los clientes se propasaban, cuando fruncían el ceño y miraban a otros de mala manera, se mostraban desconsiderados al hablar, les daba por maltratar o rajar las telas con plumas o escamas, los minivestidos con forma de pétalos, cuando agitaban las latas de cerveza como chimpancés para duchar al otro con chorros de espuma, cuando rompían botellas o daban puñetazos, Zab y Jeb intervenían: sus paseos disuasorios se convertían en activa intervención de urgencia para sacar a los pendencieros a la calle rápida y eficazmente sin dar ocasión a que se formase una tangana multitudinaria, aunque sin vapulear innecesariamente a los clientes, ya que un cliente vapuleado no repetía.

Cada vez con más frecuencia, esos clientes procedían de las más altas esferas corporativas; les divertía acercarse a las plebillas y codearse con el vulgo, pero no hasta el punto de jugarse la vida, sólo lo justo para sentirse un poco rebeldes, un puntillo *cool*, sexualmente funcionales en cierta medida. Colas y Escamas estaba haciéndose un nombre como el lugar más indicado para pillar un colocón de campeonato y hacer el animal, o para llevar a un socio en potencia, a modo de complicado soborno, sin miedo a que alguien se fuera de la lengua y te dejara en evidencia.

Por ese motivo, la resolución de conflictos exigía considerable mano izquierda. Lo mejor era pasar el brazo de forma amigable por los hombros del gilipollas de turno y gruñirle cálidamente al oído: «Señor, la casa tiene el honor de invitarlo a la consumición más especial de todas.» Prometiéndoselas muy felices ante la perspectiva de conseguir algo gratis, y mentalmente comatoso después de haber estado trasegando a base de bien, el tipo se dejaba conducir con la lengua barriendo el suelo por una sucesión de pasillos y esquinas hasta una gran sala decorada con motivos plumíferos en cuyo centro había una cama con una colcha verde de satén. Esa sala, desde luego, estaba llena de cámaras ocultas. El caso era que, una vez allí, un par de mujeres-serpiente particularmente dotadas de talento, muy capaces de ponerte a mil mientras leían un informe actuarial, procedían a desvestirlo con mimo mientras Zab o Jeb se mantenían en un discreto segundo plano para asegurarse de que el capullo se comportaba. A continuación, un camarero le servía un combinado de tonalidad chillona en un vaso de cóctel con el cristal anaranjado, granate o azul, según lo que hubiera dentro, y añadía una guinda verde ensartada en un palito mezclador coronado con una serpiente de plástico.

Esa bebida se la llevaba una orquídea, una gardenia, un flamenco o un lagarto azul fluorescente andando en zancos y cubierto de arriba abajo de centelleantes lentejuelas, minúsculas luces led, escamas, pétalos o plumas, pero siempre con un enorme par de tetas y una sonrisa lasciva. «¡Cucú!», decía esa alucinación, «¡Aquí tienes tu copita, cielo!». ¿Qué homínido rebosante de testosterona podía negarse a tal invitación? Al centro y adentro con la bebida misteriosa, que de inmediato sumía al autoconsiderado macho alfa en brazos de Morfeo sin que el personal tuviera que hacer nada más.

El elegido volvía en sí diez horas después, convencido de que se había corrido la juerga de su vida. En opinión de Zab, eso tenía sentido, pues toda experiencia registrada por el cerebro es real, ¿no? Por mucho que en este caso concreto la experiencia no hubiese tenido lugar, digamos, en el mundo exterior.

Aquel numerito por lo general funcionaba, sobre todo con los ejecutivos de las corporaciones, quienes solían ser mucho más ingenuos que la retorcida gente de las plebillas. Zab conocía bien ese perfil de sus tiempos en el Mundo Flotante: pardillos deseosos de vivir «emociones fuertes» las noches que se aventuraban por el centro, ansiosos por vivir lo que tomaban por «experiencias». Llevaban una vida perfectamente segura en el interior de los complejos corporativos y demás espacios resguardados —tribunales de justicia, cámaras parlamentarias, instituciones religiosas—, por lo que eran fáciles de engañar cuando se hallaban extramuros. Resultaba conmovedor ver cuán dócilmente se bebían el brebaje ofrecido, lo rápido que caían dormidos en la colcha verde de satén, lo profundo de su sueño, qué felices y contentos despertaban.

Pero, además de los ejecutivos, en el Colas y Escamas estaba empezando a aparecer otro tipo de clientes, menos simpáticos y no tan manejables en sus momentos de ira; consumidos por el odio, endurecidos por el fuego, proclives a romper botellas y huesos por igual. Causaban problemas bastante más peliagudos y su mera presencia disparaba todas las alarmas.

—Me refiero a los paintbalistas, como ya habrás adivinado —aclara Zab—. El Paintbala estaba en sus comienzos.

Los Paintbala Arena estaban por aquel entonces terminantemente prohibidos, igual que las peleas de gallos o el sacrificio de animales protegidos y el consumo de su carne. Pero, como pasaba con esas otras cosas, eran una realidad en expansión, aunque oculta a la opinión pública. Los asientos de primera fila estaba reservados a los peces más gordos, a quienes les encantaba ver con sus propios ojos aquellos enfrentamientos a muerte marcados por la habilidad en el combate, la astucia, la crueldad y hasta el canibalismo: una representación de la vida corporativa en términos gráficos. Las apuestas movilizaban un montón de dinero, así que las corporaciones financiaban indirectamente la infraestructura y el mantenimiento de aquel turbio negocio y a los no menos turbios paintbalistas. Eso sí, los organizadores lo pagaban con creces cuando eran detenidos, e incluso podía costarles la vida cuando estallaba una de tantas guerras por el control del negocio.

Toda aquella situación le venía de maravilla a la gente de SegurMort —corporación que por entonces estaba en la adolescencia—, pues les proporcionaba material con el cual chantajear, extorsionar y exprimir como limones a quienes se tenían por pilares de lo que por entonces aún se insistía en llamar «la sociedad».

Si estabas en una cárcel normal y corriente, siempre podías decantarte por la opción del Paintbala: combatir contra otros presos, eliminarlos y obtener recompensas tan sustanciales como salir libre y enrolarte en las fuerzas que controlaban el mercado gris de alguna plebilla, lo que te brindaba ventajas y chollos variados. No hace falta decir que, una vez en el Paintbala Arena, la alternativa al triunfo era la muerte, de ahí que el espectáculo fuese siempre tan divertido: los que sobrevivían lo hacían recurriendo a la marrullería, a la capacidad para pillar al oponente con el pie cambiado y a superiores dotes para el asesinato y la carnicería —uno de los números más celebrados consistía en comerse los ojos recién arrancados del rival—. En resumen: tenías que estar dispuesto a acuchillar y filetear a tu mejor amigo.

Los que superaban con éxito el paso por el Paintbala gozaban de gran estima en las plebillas más bajas y también en los pináculos de la sociedad, como en su día había ocurrido con los gladiadores romanos. Las esposas de los altos directivos pagaban por acostarse con ellos y los maridos los invitaban a cenar tan sólo para atestiguar cómo sus conocidos rompían las flautas de champán con la mano de pura tensión y miedo al verlos aparecer. Eso sí, en las cenas siempre había especialistas en seguridad por si las cosas se desmandaban en serio: la truculencia en su justa medida resultaba aceptable en estos eventos sociales, no así la violencia sin control.

Animados por su condición de celebridades en el mundogrís, los paintbalistas veteranos se sentían rebosantes de hormonas ganadoras, pensaban que podían darle lo suyo al que fuese y pocas cosas les gustaban tanto como buscarle las cosquillas a un vigilante de garito grandullón y de aspecto temible como Zab, alias Smokey el Oso, sin ir más lejos. Jeb lo había advertido de que nunca le diera la espalda a uno de ellos, pues seguramente le clavaría un puñetazo en el riñón, le sacudiría en la cabeza con lo que tuviera más a mano, lo agarraría por el cuello y apretaría hasta que los ojos le salieran por los oídos.

¿Cómo reconocerlos? Por las cicatrices en la cara, por los rostros inexpresivos: muchas de sus neuronas espejo se habían perdido para siempre, junto con extensas áreas del módulo de la empatía. Ante la foto de un niño que sufre, la cara de una persona normal mostraría una mueca de dolor, mientras que un paintbalista esbozaría una sonrisa torcida. Según Jeb, había que ser rápido al leer las señales pertinentes porque, si te encontrabas frente a un psicópata, necesitabas saberlo enseguida, de lo contrario era muy capaz de retorcerle el cuello a la chica de turno antes de que pudieras decir «cuello roto», y eso salía caro: las trapecistas capaces de desnudarse artísticamente colgadas de una pierna a varios metros de altura no eran precisamente baratas ni, para el caso, lo era una pitón capaz de estrangularte lo justo para que alcanzaras el mejor orgasmo de tu vida. Pero un paintbalista veterano bien podía pensarse que no había nada como arrancarle la cabeza a la pitón de un mordisco para dejar claro su estatus de primate alfa de la manada y, aunque lograras arrebatársela antes de que le seccionara la cabeza por completo, una pitón malherida tampoco servía para mucho.

En el Colas y Escamas tenían una lista actualizada de paintbalistas notorios —con fotos de sus caras y perfiles de sus orejas— que Katrina la Uau obtenía utilizando Dios sabía qué como moneda de cambio. Seguramente conocía a alguien en los escalafones más bajos del Paintbala deseoso de hacerse con algo que ella podía proporcionarle o negarle:

la concesión o denegación de favores era la divisa preferida en las plebillas de más baja estofa.

«Hay que golpear el primero y haciendo daño»: justamente eso era lo que nos decíamos a la hora de lidiar con esos putos paintbalistas —cuenta Zab—. A veces, tan pronto como empezaban a buscar follón les metíamos algo en la bebida, pero otras los dejábamos fuera de combate para siempre porque la alternativa era que regresasen para vengarse. Eso sí, teníamos que andar con cuidado a la hora de deshacernos de los cadáveres porque nunca les faltaban amigos.

—Pero... ¿qué hacíais exactamente con los cadáveres? —quiere saber Toby.

—Digamos que en la baja plebilla siempre había demanda de paquetes de proteína condensada para divertirse con ellos, sacarse un dinero o como alimento de mascotas. Pero por entonces, antes de que SegurMort decidiera legalizar el paintbala y retransmitirlo por televisión, no había tantos paintbalistas fuera de control, así que tampoco era preciso librarte de fiambres todos los días. Improvisabas.

—Lo dices como si fuera un simple pasatiempo —observa Toby—, pero estamos hablando de vidas humanas, al margen de lo que hubieran hecho.

—Ya, claro, mensaje captado. Acepto que lo que hacíamos era una canallada y asumo el tirón de orejas, pero conviene recordar que para convertirte en paintbalista veterano tenías que haberte cargado a unos cuantos, a bastantes. En todo caso, Jeb y yo preferíamos que les pusieran cosas en la bebida, o incluso se las poníamos nosotros mismos.

# Cóztel

Durante todo este tiempo, el blanco alfil de ajedrez con los seis comprimidos misteriosos en su interior seguía bien escondido, a la espera de que llegaran nuevas instrucciones. Los únicos que estaban al corriente de su existencia eran el propio Zab, Katrina la Uau y Adán.

El escondite era ingenioso y a la vez estaba a plena vista. Era un truco aprendido del viejo Slaight el Prestidigitador: lo evidente resulta invisible. En un estante de cristal situado tras la barra había un despliegue de sacacorchos, cascanueces, saleros y pimenteros en forma de mujeres desnudas. Los diseños tenían su gracia: abrías las piernas a una y el sacacorchos aparecía ante tus ojos; se las abrías a otra, metías la nuez, se las cerrabas y la partía; se las abrías a la tercera, le retorcías la cabeza y brotaban la sal o la pimienta. Todo el mundo se tronchaba de risa.

Zab había insertado el alfil blanco en el depósito de la sal de una de estas diminutas damas de hierro: una señorita con las escamas esmaltadas de verde. Si le retorcías la cabeza seguía saliendo sal, pero Zab les había dicho a los camareros que esta figurilla en particular era un poco frágil y, como nadie tiene ganas de que una tía buena se le descoyunte en las manos mientras la estruja, más valía usar cualquiera de las otras si había que echarle sal a algo. No era habitual, pero a algunos les gustaba echarle algo de sal a la cerveza o los tentempiés que estaban tomándose.

Zab no le quitaba ojo a la chica verde y escamosa con el alfil en su interior. *Se lo debo a Pilar*, pensaba. Pero no terminaba de quedarse tranquilo. ¿Y si alguien le echaba mano en su ausencia, tonteaba con ella y terminaba por encontrar los comprimidos? ¿Y si pensaba que las píldoras de colorines eran golosinas y se metía una o dos en la boca por probar?

Como desconocía el efecto preciso de los comprimidos, la posibilidad lo ponía nervioso.

Adán, por su parte, se lo tomaba con calma: según él, nadie iba a molestarse en mirar dentro de un salero a menos que no tuviera sal.

—No sé por qué he dicho «con calma» —apunta Zab—. «Con su pachorra acostumbrada» sería lo más correcto.

—¿Adán también vivía en el Colas y Escamas? —pregunta Toby.

No termina de cuadrarle: ¿qué podía hacer Adán Uno metido allí dentro, entre las bailarinas exóticas y sus todavía más exóticos complementos de moda? Cuando ella lo conoció —cuando él ya se había convertido en Adán Uno—, no era muy amigo de la vanidad femenina, de los colores y la ostentación, de los vestidos con mucho escote y mucho muslo a la vista. Pero era absurdo pensar que había implantado la religión jardinera en el Colas y Escamas, o que había convencido a los empleados de la necesidad de abrazar la vida sencilla. Aquellas mujeres sin duda precisaban de costosas manicuras: ni locas iban a ponerse a cavar surcos y a escarbar, a realojar babosas y caracoles, y eso suponiendo que en el Colas y Escamas hubiera espacio suficiente para un sembradío. Las damas de la noche no se pasan el día ocupadas en arrancar malas hierbas.

—No, Adán no vivía en el Colas y Escamas —responde Zab—. No como tal. Entraba y salía, eso sí. Para él, venía a ser un piso franco.

—¿Y tienes idea de lo que hacía cuando no estaba en el club? —pregunta Toby.

—Aprender cosas, seguir la actualidad, contemplar la formación de las nubes, agrupar a los descontentos bajo su ala, lograr conversiones... Ya se le había ocurrido el gran golpe de efecto, o como quieras llamarlo: eso de que Dios había descargado una especie de rayo en su cocorota con un mensaje claro: «Salva a mis amadas especies, en las cuales tengo contentamiento», etcétera, etcétera. Ya sabes de qué va la película. A mí Dios nunca me envió uno de esos mensajitos, pero se ve que a Adán sí.

»Por entonces estaba muy ocupado en la organización de los Jardineros de Dios. Acababa de comprar el edificio cuadrado en plena plebilla donde luego estableció el Jardín del Edén en el Tejado con parte de los fondos que habíamos afanado de la cuenta del reverendo. En secreto, Pilar estaba ganando adeptos en VitaMorfosis: a esas alturas ya tenía previsto unirse a él en el Jardín del Edén. Yo, por mi parte aún no sabía nada de todo eso.

—¿Pilar? —repite Toby—. ¡Es imposible que Pilar fuese Eva Uno! ¡Era demasiado mayor para serlo!

Toby había estado haciéndose preguntas sobre Eva Uno durante años: Adán se convirtió en Adán Uno, eso era sabido, pero nunca se había hecho mención a ninguna Eva.

—No, no era ella —responde Zab.


Una de las cuestiones a las que Adán Uno seguía la pista era el destino del reverendo, el padre de ambos. Tras un gratificante torbellino de actividad motivado por los desfalcos a la Iglesia de los Santos Petróleos, el trágico descubrimiento de que Fenella, su primera mujer, llevaba tiempo criando malvas en el jardín de rocas, y la publicación de las memorias de Trudy, el caso había ido perdiendo fuelle.

Se lo llevó a juicio, sí, pero el jurado estimó que las pruebas no eran concluyentes. Con el dinero que ganó con su libro, Trudy se fue de vacaciones a una isla del Caribe acompañada —según se dijo— por un peón jardinero de origen tex-mex, y una mañana las olas llevaron su cadáver a la orilla, después de que por la noche se le antojara bañarse desnuda a la luz de la luna. «La resaca por aquí es traicionera», le aseguró a la prensa la policía local. «Seguramente la arrastró al fondo y se golpeó la cabeza contra una roca.» Su compañero —fuera quien fuese— se había volatilizado. Era de entender, pues podrían haberlo culpado de lo sucedido; aunque también corría el rumor de que le habían pagado un dinero.

De modo que Trudy no pudo prestar declaración en el juicio y, sin su declaración, ¿qué se podía probar? El esqueleto de Fenella llevaba mucho tiempo bajo tierra y cualquiera podría haberlo puesto allí. Había desconocidos —hombres anónimos, inmigrantes en su mayoría— que deambulaban pertrechados con palas por los barrios acomodados de las ciudades, preparados para asestarle un palazo en la cabeza a la ingenua señora amante de la horticultura que se fiara de ellos. Después les metían los guantes de jardinero en la boca, las violaban en los cobertizos sin que de nada sirvieran sus gritos ahogados y plantaban siemprevivas sobre sus cadáveres, o bien orejas de conejo, canastillas de plata u otras preciosidades que no necesitaban de mucha agua para crecer. Era un peligro que corrían las propietarias aficionadas a la jardinería, y lo sabía todo el mundo.

En lo tocante a sus desvíos de fondos, que estaban fuera de toda duda, el reverendo optó por seguir un camino trillado pero seguro: la confesión pública de la tentación seguida por la crónica de su caída en el pecado al ser incapaz de resistirse a ella y continuada por la descripción pormenorizada de sus devaneos con el pecado, un mal trago de los que no se olvidan, no, pero una humillación que al final había servido para salvarlo de sí mismo. Y de postre, la lacrimosa, babeante súplica del perdón de Dios y de los hombres, en particular los miembros de la Iglesia de los Santos Petróleos. Y bingo: fue absuelto por la opinión publica y, limpio de toda mancha, estuvo listo para un nuevo comienzo. Porque ¿quién tendría el corazón tan encallecido como para negar el perdón a un ser humano arrepentido a todas luces?

—Está en la calle —lo informó Adán—: lo han exonerado y rehabilitado en el cargo. Sus contactos en las corporaciones petroleras lo sacaron del apuro.

—El muy cabrón —repuso Zab—. Los muy cabrones.

—Es de esperar que se proponga darnos caza, y ahora tiene acceso al dinero necesario para hacerlo —continuó Adán—: sus amigos de las petroleras se lo facilitarán. Así que mucho ojo.

—Sí, mucho ojete —dijo Zab.

Era un antiguo chiste de los suyos: Adán solía reír, o cuando menos sonreír, al oírlo, pero esta vez se abstuvo de hacerlo.


Una noche, Zab se hallaba en el Colas y Escamas ataviado con el uniforme de Smokey el Oso —gafas de sol, traje negro, prendedor en forma de serpiente—, haciendo gala de su no sonrisa y su ceño no fruncido, y escuchando lo que le llegaba por el falso diente de oro en la boca cuando, de pronto, uno de los encargados de la puerta dijo algo que lo hizo dar un ligero respingo.

Esta vez no era un paintbalista que prometía venirles con problemas, al contrario.

—Cuatro supervips entran ahora mismo —anunció el de la puerta—. Tres de las petroleras y uno de la Iglesia de los Santos Petróleos: el predicador que estuvo saliendo en los informativos.

Zab notó una descarga de adrenalina: tenía que ser el reverendo, el sádico y retorcido apalizaniños y mataesposas. ¿Lo reconocería disfrazado de Smokey? Recorrió la sala con la vista en busca de potenciales armas arrojadizas, por si hacían falta: si alguien gritaba de pronto: «¡Agarrad a ese tipo!» o algo por el estilo, respondería lanzándoles unos decantadores de cristal tallado y saldría por piernas de allí. Tenía los músculos tan tensos que casi vibraban.

Por ahí llegaban, de excelente humor a juzgar por las bromas, las risas y las palmaditas en la espalda —algo extrañas, como si estuvieran palpándose en busca de algo—: el pseudoefusivo, pseudofraternal lenguaje corporal que los jefazos de las corporaciones se permitían en ocasiones como ésa. Iban a divertirse, en busca de champán y exquisiteces, y de todo lo que eso llevaba aparejado. En el supuesto de que todos consiguieran cumplir como machos, las propinas serían espléndidas: ¿de qué sirve ser rico si no puedes alardear regalándoles pasta a quienes te ayudan en tu cruzada de autobombo?

Lo que más gustaba a los capitostes de las corporaciones era pasar junto a los esclavos a cargo de la seguridad del Colas y Escamas sin mirarlos, como si no existieran —¿por qué fijarse en esa especie de seto plantado en la puerta?—, lo que, recuerda Zab, se hacía ya en tiempos de los emperadores romanos. Fue una suerte para él porque el reverendo no se dignó dirigirle la mirada. Tampoco lo habría reconocido bajo el velloso gofre facial y las gafas oscuras, el cráneo rasurado, las orejas puntiagudas y demás, en caso de haberse tomado la molestia de echar una ojeada. Pero no se la tomó. Zab, por su parte, sí que se lo quedó mirando, y cuanto más lo miraba menos le gustaba su estampa.

Las bolas de espejo giraban sin cesar, salpicando de caspa luminosa a la clientela y el elenco. Sonaba la música: un tango enlatado al estilo retro. Cinco escamis forradas de lentejuelas se contorsionaban en los trapecios con las tetas apuntando al suelo y los cuerpos curvados en forma de «C» y una pierna a cada lado de la cabeza. Sus sonrisas resplandecían por efecto de la luz negra. Zab se coló tras la barra, echó mano a la verdosa señorita que custodiaba el alfil y se la metió bajo la manga.

—Voy a echar una meada —avisó al colega Jeb—. Hazme la cobertura.

Una vez en el váter, desatornilló la cabeza del alfil y sacó tres de los mágicos comprimidos: uno blanco, uno rojo y uno negro. Lamió la sal adherida a sus dedos y se guardó los comprimidos en uno de los bolsillos delanteros de la chaqueta. Luego volvió a su zona y dejó a la pequeña señorita escamosa en su lugar de siempre, de pie en el estante, sin hacer el menor ruido: nadie notaría que se había ausentado un momento. El cuarteto del reverendo estaba pasándolo en grande. Debían de estar celebrando el regreso del reverendo a la vida que los demás consideraban normal, pensó Zab. Una sucesión de culebreantes beldades estaba colmándolos de bebida mientras, en lo alto, las trapecistas se retorcían y meneaban como si careciesen de vértebras y de huesos en general. Enseñaban un poco de esto, un poco de lo otro, pero nunca el premio gordo: el Colas y Escamas no era un garito de los cutres, allí había que pagar un extra si querías verlo todo en detalle. Era de buen tono hacer gala de un mínimo de lasciva admiración y, aunque la acrobática comedia picante que tenía lugar en las alturas no terminaba de complacerlo —pues en ella nadie sufría—, el reverendo fingía de un modo bastante convincente que estaba divirtiéndose. Su sonrisa tenía esa cualidad que otorga el bótox: parecía producto de una lesión nerviosa.

Katrina la Uau se acercó a la barra. Esa noche llevaba un vestido de orquídea de color melocotón con detalles en lavanda. *Marzo*, su pitón, descansaba enroscada en su cuello y sobre uno de sus hombros desnudos.

—Han pedido un especial de la casa con Sabor del Edén para su amigo —le indicó al camarero.

—¿Cargado de tequila? —preguntó el otro.

—Tú échale de todo —repuso ella—, voy a hablar con las chicas.

El especial de la casa tenía lugar en una habitación plumífera privada equipada con una gran cama cubierta por una vasta colcha verde de satén, donde tres escamis se encargaban de satisfacer hasta el menor de tus caprichos, y el Sabor del Edén era un cóztel que se subía a la cabeza y te garantizaba una dicha infinita. Una vez que se lo había bebido, el cliente se sentía trasladado a un mundo de maravilla. Zab había probado algunos de los combinados que servían en el Colas y Escamas, pero no el cóztel Sabor del Edén: lo preocupaba que pudiera provocarle según qué visiones.

Y ahí estaba, sobre la barra. Era de color anaranjado oscuro con burbujas en la superficie y un palito mezclador coronado con una serpiente ensartando una guinda confitada. La serpiente era verde y chispeante, con los ojos grandes y una sonriente boca besucona pintada de carmesí.

Zab tendría que haberse resistido al impulso malévolo. Hoy en día reconoce que lo que hizo fue una absoluta irresponsabilidad. *Pero sólo se vive una vez*, se dijo aquella velada, y era posible que el reverendo ya hubiese llegado al final de su vez. Valoró cuál de los tres comprimidos meterle en la copa: el blanco, el rojo o el negro. *¿Y por qué ser tan tacaño?*, se reprochó. *¿Por qué no los tres?*

—¡Al centro y adentro, amigo!

—¡Que tengas un buen viaje!

—¡A ponerse a gusto, se ha dicho!

—¡Un colocón de muerte!

¿La gente seguía empleando semejantes expresiones obsoletas en momentos como ése? Eso parecía. Le dieron unas palmadas en la espalda al reverendo, secundadas por risitas de enterados hasta que tres esbeltas serpientitas se lo llevaron a gozar de sus placeres. La mar de contentos los cuatro, no paraban de reír; resulta inquietante, visto en retrospectiva.

Zab se moría de ganas de dejar la vigilancia del bar y colarse en el cubículo donde estaban las pantallas de vídeo, ocupado por un par de efectivos de seguridad que vigilaban las habitaciones plumíferas para asegurarse bien de que todo estaba en orden. No sabía qué efecto iban a tener los comprimidos. ¿Te pondrían muy enfermo? ¿Y cómo? Quizá el efecto se daba a largo plazo: era posible que los componentes fueran de efecto retardado, que no comenzasen a actuar hasta al cabo de un día, una semana, un mes entero. Pero si no era el caso, si lo hacían de forma rápida, no quería perdérselo por nada del mundo.

En todo caso, si entraba en el cuarto de los vídeos a mirar, quedaría claro que era el responsable de lo sucedido. Sólo por eso no se movió de donde estaba y permaneció estoicamente a la espera, aunque con la antena puesta, mientras canturreaba para sí la tonada *Yankee Doodle* con versos de su propia cosecha:

> *Mi padre nos jodía bien,*
> *es un hijo de puta.*
> *Espero que se pudra, amén,*
> *como una cagarruta.*

Después de repetir este estribillo quizá demasiadas veces, el diente de oro empezó a vibrar: alguien estaba hablando con los muchachos de la puerta. Al cabo de un rato menos largo de lo que le pareció, Katrina la Uau salió por el umbral que conducía a las habitaciones privadas. Se esforzaba por aparentar naturalidad, pero en su taconeo había una nota de urgencia.

—Necesito que me acompañes a la parte de atrás —indicó.

—Estoy asignado a la zona del bar —respondió él haciéndose el remolón.

—Que venga Mordis de la puerta y te sustituya. ¡Ven ahora mismo!

—¿Las chicas están bien? —preguntó Zab.

Seguía haciéndose de rogar: si al reverendo le estaba pasando algo malo, por él que no quedara.

—Sí, pero muy asustadas. ¡Es una emergencia!

—¿A alguno se le ha ido la cabeza?

A veces pasaba: los efectos del cóztel Sabor del Edén no siempre eran predecibles.

—Peor que eso. Tráete también a Jeb.

# Mousse de frambuesa

Se diría que por la habitación de las plumas había pasado un ciclón: un calcetín por allí, un zapato por allá, rastros y manchas de sustancias no identificadas, plumas tiradas por todas partes. Aquel bulto en el rincón cubierto por la colcha verde de satén tenía que ser el reverendo. Por debajo manaba una espuma rojiza semejante a una lengua horriblemente infectada que cubría ya un palmo del suelo.

—¿Qué ha pasado? —preguntó Zab haciéndose el inocente.

No era fácil poner cara de inocencia con las gafas de sol puestas. —Lo había ensayado ante el espejo—. Se las quitó.

—He mandado a las chicas a darse una ducha —indicó Katrina la Uau—. ¡Tienen un disgusto! Todo iba sobre ruedas, estaban ocupadas en...

—En pelar la gamba —completó Zab.

Era la expresión que usaban para referirse al hecho de desnudar a un cliente y, en particular, quitarle los calzoncillos. «La cosa tiene su arte, como todo en la vida», afirmaban las escamis, «su ciencia». Primero lo desabotonaban sin prisas y le bajaban la cremallera con sensualidad, también tomándose su tiempo. La idea era prolongar el momento, así que fingían que el cliente estaba hecho del caramelo más delicioso.

—De rechupete —dijo Zab en voz alta.

Se estremece al recordarlo: el efecto de los comprimidos fue mucho peor de lo que esperaba. No era su intención acabar con el reverendo.

—En fin, menos mal que las chicas no fueron más allá, porque él sencillamente se disolvió, como ha quedado claro en los vídeos del cuarto de los monitores. Nunca habían visto algo semejante. «Era como una mousse de frambuesa», eso han dicho.

—Mierda —dijo Jeb tras levantar un poco la colcha—. Habrá que llamar a la brigada de limpieza, esta charca que hay aquí abajo no va a irse así como así. ¿Y al amigo qué le pasó?

—Las chicas afirman que enseguida comenzó a echar espuma por la boca —responde Katrina—, y a gritar, claro, y a hacer trizas las plumas. Esas de ahí están para tirarlas, qué desastre. Al poco dejó de gritar: más bien hacía gárgaras. ¡Qué angustia me da pensarlo! —Angustia era poco, *miedo* era la palabra indicada.

—Así que se ha fundido. Seguro que comió algo que le sentó mal —opinó Zab; lo dijo en broma o, para ser más precisos, lo dijo con intención de que pareciese una broma.

Katrina no le encontró la gracia.

—No creo, eso me extrañaría —repuso—. Aunque, bien pensado, a lo mejor tienes razón, a lo mejor sí que comió alguna cosa rara. Aunque no aquí, claro está. ¡De eso, nada! Habrá sido un nuevo microbio... Parece un devoracarne, sólo que con efecto acelerado. ¿Qué pasa si es contagioso?

—¿Dónde podría haberse infectado? —preguntó Jeb—. Nuestras chicas están todas limpias.

—Será de agarrar algún mango —propuso Zab: otro chiste malo. *Cállate la boca, estúpido*, se dijo.

—Por suerte, las chicas llevaban puesto el integral de biofilm —dijo Katrina—. Será cuestión de quemarlos. Pero, bueno, lo que es seguro es que nada de... de lo que salió por... nada de eso las ha tocado.

A Zab le llegó una llamada por el diente: era Adán. *¿Desde cuándo está sintonizado a mi dentadura?*, se preguntó.

418

—Tengo entendido que ha pasado algo —dijo. Su voz sonaba metálica, remota.

—Da bastante repelús oír tu voz en mi cabeza —espetó Zab—. Suenas como un extraterrestre.

—No lo dudo —convino Adán—, aunque ése no es tu principal problema ahora mismo. El hombre que ha muerto era nuestro padre, me dicen.

—Te dicen bien, pero ¿quién te lo dice?

Se dirigió a un rincón de la estancia para conversar un poco más en privado. Lo hizo por consideración a los otros, pues resultaba irritante tener que escuchar a alguien que le hablaba a uno de sus dientes. Katrina se encontraba en el rincón opuesto, llamando por la línea interna al personal de limpieza de la sala, que muy pronto iba a quedarse de una pieza. Se había dado algún que otro episodio desagradable con clientes entrados en años e invitados a un especial de la casa —los cózteles podían resultar excesivos para quienes tenían debilitadas las funciones y capacidades corporales—, pero nada parecido a eso. Alguna embolia, algún infarto; lo de disolverse en espumarajos no tenía precedente.

—Me ha llamado Katrina, naturalmente —le respondió Adán—. Me mantiene informado.

—¿Ella sabe que el viejo es nuestro...?

—No exactamente: sabe que me interesa todo lo concerniente a las corporaciones, en especial las petroleras, así que me habló de esa reserva para cuatro y de la sorpresa que tres de ellos le tenían reservada al otro. Llegado el momento, me envió las fotos de las caras tomadas automáticamente en la puerta y, como es natural, lo reconocí nada más verlo. Me faltó tiempo para acercarme al club, y ahora estoy en la barra, justo enfrente de los estantes de cristal con los sacacorchos, los saleros y los pimenteros.

—¡Ah! —exclamó Zab—. Muy bien —agregó sin la menor convicción.

—¿Cuál usaste?

—¿Cuál qué?

—No te hagas el inocente —afirmó Adán—. Sé contar: seis menos tres igual a tres. ¿El rojo, el blanco o el negro?

—Todos.

Se hizo un silencio.

—Lástima —repuso Adán al fin—. Ahora lo tendremos más complicado para determinar qué había en cada uno de ellos exactamente. Habría sido preferible un enfoque más controlado.

—¿A qué estás esperando para decirme que soy un puto subnormal de mierda por hacer una puta subnormalidad semejante? —preguntó Zab—. Aunque lo digas con menos palabras.

—A lo mejor te precipitaste un poco —observó Adán—, pero podría haber sido peor. Lo importante es que tuviste suerte y no te reconoció al entrar.

—Un momento, ¿tú sabías que iba a entrar por la puerta y no me avisaste?

—Confiaba en que harías lo que dictara la situación —dijo Adán—, y no me equivoqué.

Zab estaba que se tiraba de los pelos: ¡el astuto cabronazo de su hermano mayor lo había estado manejando como a una marioneta! Pero, a la vez, confiaba en la competencia de Adán para desenvolverse con una situación tan complicada. Era un triste consuelo: se sentía escandalizado y agradecido a partes iguales, rabioso y complacido en igual medida. No era cuestión de darle las gracias, así que le espetó:

—¡Eres un puto sabelotodo!

—Es lamentable —dijo Adán—. Y lo lamento, pero, si me permites, te recuerdo que como resultado ese hombre ya no seguirá persiguiéndonos. Ahora, y esto es importante, haz que recojan todo lo que puedan de él, de lo que quede de él, y que lo metan en un criofrasco de CrioGenius. Katrina siempre tiene unos cuantos a mano para los clientes que han firmado una póliza con CrioGenius: un criofrasco de tamaño corporal, si puede ser, no sólo para la cabeza. Muchos de los clientes del Colas y Escamas de más edad han hecho arreglos en ese sentido con el club: ése es el protocolo, si sufren lo que en CrioGenius llaman un «episodio de suspensión de la vida»; por cierto, a la hora de hablar de quien haya podido sufrir una incidencia de esta clase, por favor haz lo que los empleados de CrioGenius y abstente de emplear la palabra *muerte*. Lo digo porque pronto vas a hacerte pasar por uno de ellos. Ante un episodio de suspensión de la vida, el cliente es congelado de forma ultrarrápida en el interior del criofrasco y transportado a CrioGenius para su reanimación futura, una vez que esta corporación haya desarrollado la biotecnología necesaria para hacerlo.

—O sea, cuando las vacas vuelen —apostilló Zab—. Espero que Katrina tenga a mano una cubitera gigante.

—Usad baldes si hace falta —indicó Adán—. Tenemos que sacarlo... que sacar esos fluidos y enviárselos al equipo críptico de Pilar, en la Costa Este.

—¿El qué de Pilar?

—El equipo críptico: nuestros amigos. De día trabajan en las corporaciones de biotecnología, OrganInc, VitaMorfosis Central, ReJuvenalia, CrioGenius; pero de noche nos ayudan en lo nuestro. *Críptico* es el término que se usa en biología para designar el camuflaje de una oruga, pongamos por caso.

—¿Y desde cuándo te ha dado por las orugas? —preguntó Zab—. ¿Se te ha deformado el cerebro de tanto jugar a esa idiotez del Extintatón, el juego de «ponle nombre al escarabajo muerto»?

Adán no hizo caso.

—El equipo críptico se encargará de averiguar qué había en los comprimidos, o qué hay, más bien. Esperemos que ese algo no se transmita por el aire. Parece que no es el caso, de lo contrario todos los que estaban en la habitación se habrían infectado. Es evidente que actúa con mucha rapidez, por lo que ya presentarían síntomas. Hasta donde sabemos, esa cosa tan sólo actúa en contacto directo con el organismo, de modo que ten mucho cuidado de no rozar ni una mota de residuo.

*De no poner la manaza en ese pringue y meterme el dedo por el culo después*, pensó Zab.

—No soy un puto idiota —soltó.

—Pues haz honor a tus palabras: sé que puedes —afirmó Adán—. Te veo en el tren bala sellado... con el criofrasco.

—¿Tú también vienes? ¿Y adónde vamos, si es que se puede saber?

Pero Adán acababa de colgar, cortar, desconectarse, lo que sea que uno haga al otro extremo de un diente.

Protegidos por máscaras y trajes de película plástica, los del equipo de limpieza se esmeraban en aspirar los restos del reverendo y meterlos en unos cubos esmaltados, que a continuación vertían en recipientes metálicos sellables, indicados para congelación. Zab se fue de allí para ponerse manos a la obra y ofrecer al mundo una versión de Smokey el Oso más aseada y presentable. Se despojó del traje negro, condenado a la quema, y se dio una ducha rápida con el gel antimicrobiano que usaban las escamis. Lo hizo a conciencia, enjabonándose bien la cara, tallando cada rincón, limpiándose las orejas puntiagudas con un bastoncillo.

*Te digo adiós, reverendo,*
*en ti nunca más pensaré.*
*Convertido en un puré,*
*si te vi ya no me acuerdo.*

Dio unos pasitos de baile meneando las caderas. Le gustaba cantar en la ducha, sobre todo cuando el peligro acechaba. Siguió cantando mientras se ponía un traje negro limpio:

*Muerto el viejo, aunque duela*
*tendré que quitarme esta muela.*

Y volvió a sus funciones: hacer de guardaespaldas de Katrina la Uau —en ese momento ataviada de racimo de frutas con el tentador detalle de un mordisco en una de las manzanas que le cubrían las tetas—, quien, acompañada por la pitón *Marzo*, les comunicaba la funesta noticia a los tres ejecutivos de corporaciones petroleras, pero no sin antes haberles enviado, por gentileza de la casa, una ronda de daiquiris helados, unas minibarritas de pescado, conchas de pseudomarisco a base de pasta de vainas de guisantes («Sin necesidad de remover el fondo marino», rezaba el etiquetado, como Zab sabía bien porque solía comérselas de cuatro en cuatro en la cocina), unas raciones de *poutine* Festín del Gourmet y una bandeja de gambas con gabardina Comodelmar, hechas a partir de un novedoso cultivo genético de laboratorio.

—Por desgracia, su amigo ha sufrido un episodio de vida en suspenso —les explicó—. La dicha total y absoluta a veces provoca que el organismo se resienta. Pero, como saben, su compañero tenía... perdón, tiene una póliza en vigor con CrioGenius, de cuerpo entero, no sólo de cabeza, así que no hay problema. Mi más sentido pésame temporal.

—No tenía ni idea de lo del contrato —dijo uno de los ejecutivos—. Pensé que en esos casos había que llevar siempre un brazalete de CrioGenius o algo parecido, y yo nunca se lo vi.

—Hay quien prefiere que nadie lo sepa —replicó Katrina sin inmutarse—: optan por un tatuaje ubicado en algún lugar discreto, íntimo. Por la naturaleza de nuestro negocio, en el club estamos al corriente de la existencia de tales tatuajes; ustedes no tenían por qué saberlo.

Otra cualidad admirable de Katrina, se dijo Zab haciendo lo posible por apartar la vista de las dos manzanas en su pecho: era una mentirosa de primera. Ni él mismo lo hubiera hecho mejor.

—Tiene sentido, sí —convino el ejecutivo que llevaba la voz cantante.

—En cualquier caso, lo descubrimos a tiempo —dijo Katrina—. Como saben, hay que seguir el procedimiento de manera inmediata o no resulta efectivo. Por fortuna, en el Colas y Escamas tenemos un acuerdo prémium platino con CrioGenius, cuyos especialistas siempre están de guardia.

Su amigo ya se encuentra en un criofrasco y en menos de una hora estará en camino a la central de CrioGenius en la Costa Este.

—¿Podemos verlo? —preguntó el directivo segundón.

—Por desgracia —respondió ella, todo sonrisas—, una vez que el criofrasco se encuentra sellado y al vacío, como ahora mismo, abrirlo supondría darle un violento final al proceso. Si lo desean, puedo enseñarles un certificado de autentificación expedido por CrioGenius. ¿Les apetece otro daiquiri helado?

—Mierda —soltó el tercero de los ejecutivos—. ¿Y qué vamos a decirles a esos tarados de su Iglesia? ¿Que reventó mientras estaba divirtiéndose en una casa de suripantas? No sé si les gustará mucho oírlo.

—No se preocupe —afirmó Katrina con voz algo más fría: a su modo de ver, Colas y Escamas no era una casa de suripantas, sino «una experiencia estética total», como proclamaba su portal en la red—, en Colas y Escamas nos enorgullecemos de nuestra discreción en casos de esta naturaleza, por algo somos el establecimiento preferido de los caballeros que saben lo que quieren, como ustedes mismos, sin ir más lejos. Con nosotros, el cliente obtiene aquello por lo que paga y más, y eso incluye una buena tapadera.

—¿Por ejemplo? —preguntó el segundo ejecutivo. Había dado buena cuenta de todas las gambas con gabardina y acababa de pasar a las conchas de marisco de pega: la muerte suele abrir el apetito.

—Mi primera propuesta es que contrajo una neumonía vírica mientras trabajaba ayudando a niños discapacitados en lo más profundo de una plebilla —repuso Katrina—. Es una explicación del gusto de la mayoría, o eso me parece. Pero contamos con personal titulado en relaciones públicas para ayudarlos en estos trances.

—Gracias, señorita —dijo el tercer directivo mirándola con los ojos entornados y algo enrojecidos—. Muy amable.

—Es un placer —respondió Katrina sonriendo con elegancia, tendiéndoles la mano para que le besaran las puntas de los dedos e inclinándose para dejar asomar sus afrutados pechos—. Estamos aquí para ayudarlos.

—Menuda chica —comenta Zab—: habría podido dirigir cualquiera de las grandes corporaciones sin problema.

Toby vuelve a notar la consabida maraña de celos en torno al corazón.

—Entonces ¿tú y ella finalmente...? —pregunta.

—¿Finalmente qué, preciosa?

—Si alguna vez conseguiste abrirte paso por sus escamosas prendas interiores.

—Pues no..., y ésa es una de las cosas de las que más me arrepiento —confiesa Zab—. Ni siquiera lo intenté. Me mantuve con las manos en los bolsillos, la mirada al frente, impasible el ademán. Me costó lo mío refrenarme, pero es la pura verdad: no llegué ni a pellizcarla una sola vez; ni a hacerle un guiño, ya puestos.

—¿Cómo es eso?

—Primero porque era mi jefa y no es nada inteligente tirarse a tu jefa: la confundes.

—Venga ya —protesta Toby—, ¡eso es algo muy del siglo xx!

—Ya, ya, soy un cerdo sexista y lo que tú quieras, pero resulta que es verdad: el subidón hormonal nubla el juicio. Lo he visto más de una vez: la jefa de turno que de pronto se vuelve rarita y le cuesta dar órdenes al cachas que le ha sorbido el seso y la ha hecho aullar como un mofache en celo, a chillar como un conejo agonizante. Eso trastoca la jerarquía de poderes. «Tómame, tómame, escríbeme el memorándum, tráeme un café, estás despedido.» Es lo que hay. —Una pausa—. Y además...

—¿Además qué?

A Toby le gustaría oír que Katrina la Uau tenía algún que otro rasgo repulsivo. No la ha visto en la vida, cierto, y existe un 99,999 por ciento de posibilidades de que esté muerta, pero la envidia puede con todo. Quizá era patizamba, tenía halitosis o gustos musicales horrorosos... aunque fuera unos granitos en la cara, por qué no.

—Además —prosigue Zab—, Adán estaba enamorado de ella, sin duda. Y yo ni loco iba a pisarle la exclusiva: era... es mi hermano, mi familia. Todo tiene un límite.

—¡Lo dirás en broma! —exclama Toby—. ¿Adán Uno? ¿Enamorado? ¿De Katrina la Uau?

—Ella era Eva Uno —suelta Zab.

# El tren a CrioGenius

—Me cuesta creerlo —dice Toby—. ¿Cómo lo sabes? Zab se mantiene en silencio. ¿Esa historia resultará dolorosa para Toby? Es probable: ahora que el pasado se ha hecho picadillo de forma tan violenta, tan irreparable, todas las historias del pasado tienen algo de dolorosas.

Pero no es la primera vez en la historia. ¿Cuántos hombres y mujeres no se han visto en las mismas? Abandonados y olvidados por todos, borrados del mapa, cadáveres que se esfuman lentamente mientras sus hogares una vez amados y atendidos se desmoronan como hormigueros vacíos. Sus huesos vuelven atrás en el tiempo y se transforman en calcio primigenio, los depredadores nocturnos dan cuenta de su carne dispersa, ahora convertida en saltamontes o ratones.

La luna ha salido, casi llena. Buena cosa para las lechuzas, mala para los conejos, propensos a correr el riesgo de retozar bajo la hechizante luz lunar con el cerebro abrumado por las feromonas. Por allí anda un par, dando brincos en el prado, brillando con un tenue fulgor verdoso. En tiempos, hubo quienes pensaban que en la luna había un conejo gigantesco cuyas orejas creían ver; otros consideraban que se trataba de un rostro sonriente, y había quien decía que era una anciana con un cesto. ¿Por qué se decantarán los crakers cuando les dé por la astrología, dentro de cien años, de diez, de uno? Quizá irán por esa senda, quizá no.

Pero ¿la luna es creciente o menguante? Ella ya no tiene las fases lunares tan controladas como en los días de los Jardineros. ¿Cuántas noches pasó en vigilia bajo la luna llena? De vez en cuando se preguntaba cómo era que existía un Adán Uno y, sin embargo, nadie sabía de una Eva Uno. Ahora va a enterarse.

—Imagínate —dice Zab—, Adán y yo nos pasamos tres días metidos en el tren bala sellado, tres días juntos. Tan sólo lo había visto dos veces desde que robamos la pasta que había en la cuenta del reverendo y tomamos rumbos diferentes: en aquel Cafeliz y en el cuarto trasero del Colas y Escamas. No habíamos tenido ocasión de hablar en profundidad. Evidentemente, en el tren me dediqué a hacerle preguntas.

Zab se vio forzado a sacrificar su piloso gofre facial, al que le había cogido cierto gusto a pesar de que mantenerlo era un engorro. Se pasó la afeitadora sin dejar más que una perilla. Su pelo ahora también era distinto: lucía un poco afortunado postizo de cabello de mohair —de los que se encolaban al cráneo, propios de los primeros tiempos de aquella corporación— en un tono castaño brillante —de grasa— más propio de un proxeneta.

Por fortuna, podía cubrirlo con el singular gorrillo del uniforme que CrioGenius había escogido para sus «cuidadores de cuerpos temporalmente inertes», es decir: lo que antes se conocía simplemente como «ayudantes de sepulturero». Recordaba un turbante —en doble referencia a magos y genios de la lámpara— de color rojizo y con una ardiente llama dibujada en la frente.

—La llama perpetua de la vida, ¿sabes? —explica Zab—. Cuando me enseñaron el grotesco turbantito de mago de tercera, les dije que por quién coño me habían tomado, que no iba a ponerme en la cabeza esa cosa con pinta de tomate hervido. Pero luego vi la luz: sumado al resto del uniforme (una suerte de pijama morado, o batín de karateka, con un gran logo de CrioGenius estampado en la pechera) haría que todos me tomasen por una especie de tarugo físicamente hiperdesarrollado incapaz de conseguir cualquier otro trabajo. Mi labor consistía en ir sentado en el tren sin quitarle el ojo de encima al criofrasco, ¿te imaginas algo más patético? Como decía el viejo Slaight el Prestidigitador: «Cuando estás donde nadie espera verte, te vuelves invisible.»

Adán vestía idéntico uniforme, y su estampa era aún más irrisoria: un pequeño consuelo. Y por lo demás, ¿quién iba a verlos? Estaban sentados en el vagón especial reservado a CrioGenius con el criofrasco enchufado a su propio generador para garantizar la temperatura bajo cero. CrioGenius hacía hincapié en lo extraseguro de sus procedimientos: los robos de ADN, por no hablar de la sustracción de otras partes del cuerpo de mayor tamaño, eran motivo de inquietud entre quienes estaban enamorados de sus propias estructuras de carbono: en esos círculos, el recuerdo del robo del cerebro de Einstein continuaba vivo.

Por ese motivo, los transportistas de criofrascos viajaban acompañados por un guardia armado que se sentaba mirando al frente a un metro de la puerta del vagón. En un operativo de verdad, ese individuo habría sido un agente de SegurMort —para entonces una corporación ya consolidada y en fulminante expansión— armado con un pulverizador. Sin embargo, como ese traslado era una farsa, el papel del guardia lo desempeñaba uno de los gerentes del Colas y Escamas llamado Mordis. Daba perfectamente el pego: duro de pelar, con unos ojillos brillantes como los de un escarabajo negro y una sonrisa imparcial como una piedra que cae de repente.

Eso sí: su arma no era de verdad. El equipo críptico podía imitar la vestimenta, pero no reproducir la tecnología con tres partes móviles de seguridad de los pulverizadores reales. El suyo era una aceptable réplica en plástico y espuma pintados, lo que no tenía por qué dar problemas mientras nadie se acercase demasiado y recibiera un puñetazo en las narices.

Pero ¿quién iba a acercarse a curiosear? Para todos los demás, aquello no pasaba de ser un simple traslado de rutina de un muerto más, o mejor dicho: «la primera etapa del viaje de ida y vuelta del protagonista de un episodio de suspensión de la vida». Era pura palabrería, claro, pero en Crio-Genius eran muy dados a emplear esa clase de eufemismos de gilipollas. Estaban obligados a hacerlo, de hecho, teniendo en cuenta el negocio al que se dedicaban: sus dos mejores bazas para la venta eran la credulidad y las esperanzas infundadas.

—En la vida he hecho un viaje más extraño —recuerda Zab—: sentado junto a mi hermano en un vagón de tren sellado, yo con un disfraz de Aladino y él con media calabaza machacada en la cabeza, y, entre los dos, un criofrasco conteniendo a nuestro padre transformado en sopicaldo, aunque también es verdad que los huesos y los dientes no se habían disuelto. En el Colas y Escamas hubo cierta discusión sobre las materias óseas porque éstas se cotizaban muy bien en las plebillas de peor fama, donde la joyería artesanal hecha con partes humanas estaba de moda: esqueletarte brillóseo, lo llamaban. Pero los más prudentes, Adán, Katrina y un servidor, nos impusimos a los entusiastas, pues por entonces no teníamos idea de qué microbios podían continuar existiendo en los huesos por mucho que los hirvieras. Y ahora que lo pienso, seguimos sin saberlo...

*Al criofrasco por detrás,*
*tris tras,*
*ni lo ves ni lo verás,*
*tris tras.*

Eso iba cantando Zab. Adán sacó un cuaderno y un lápiz y garabateó: «Cuidado con lo que dices, lo más seguro es que haya micros.»

Se lo mostró a Zab disimuladamente y después lo borró y escribió: «Y no cantes, por favor: es un incordio.»

Zab le pidió el cuaderno con un gesto. Adán titubeó un segundo, pero terminó por dárselo y él escribió: «QTD» y debajo, como nota aclaratoria: «Que te den», y debajo: «¿Sigues sin haber echado tu primer polvo?»

Adán enrojeció al leerlo, lo que suponía una novedad: Zab nunca antes lo había visto ruborizarse. Era tan paliducho que casi podías verle las capilares.

«No es asunto tuyo», respondió.

Y Zab: «Ja, ja, ja, ¿fue K y te cobró?» Porque llevaba tiempo sospechando por dónde soplaba el viento.

Adán contraatacó una vez más: «Me niego a hablar de esa dama en tales términos: ha sido una colaboradora esencial en nuestro proyecto.»

Zab tendría que haber escrito: «¿Qué proyecto?» Y algo habría aprendido. Pero no lo hizo. En vez de eso, anotó: «Ja, ja, ja, en plena diana! :D Al menos no eres gay! :D :D»

Adán replicó: «Eres peor que vulgar.»

Zab escribió: «Bueeeno, bueeeno, viva el amor», y dibujó un corazón y una flor. A punto estuvo de agregar: «Por mucho que la amiga regente un lupanar», pero se lo pensó dos veces: Adán cada vez estaba más enfurruñado y era posible que perdiese la compostura y le soltase un soplamocos por primerísima vez en la vida, a lo que seguiría una impensada refriega sobre los licuados restos de su padre que no acabaría bien para él, pues nunca osaría tumbar a Adán; no de verdad, por lo menos... así que acabaría dejando que ese alfeñique le pateara el culo.

Adán pareció apaciguarse un poco —quizá por obra del corazoncito y la flor—, pero de todas formas arrancó todas las páginas del cuaderno, las estrujó hasta arrugarlas y las hizo trizas. Finalmente, se levantó y fue a tirarlas por el retrete o a las vías. Al menos eso se imaginó Zab. De todos modos, en el remotísimo supuesto de que un espía particularmente celoso de su labor consiguiera reunir los fragmentos y pegarlos con cola, no leería otra cosa que una sarta de sandeces subidas de tono: la clase de burradas que un transportista de criofrascos podría garabatear para matar el tiempo sin importunar en voz alta a los clientes de pago de la corporación.

El resto del viaje transcurrió en silencio. Adán tenía los brazos cruzados y cierta expresión gazmoña en el rostro; Zab canturreaba algo por lo bajinis mientras el continente pasaba por la ventanilla a velocidad de vértigo.

Cuando llegaron a su destino en la Costa Este y el vagón se detuvo, Pilar los aguardaba en el andén: se hacía pasar por una compungida familiar del fallecido, o más bien del cliente de CrioGenius cuya vida estaba temporalmente suspendida. La acompañaban otras tres personas. *Tres miembros del equipo críptico*, pensó Zab nada más verlos.

—A dos los conoces —dijo—, eran Katuro y Manatí. La tercera era una chica a la que perdimos cuando Crake fue a por los maddaddámidas, en la época en que estaba diseñando a los crakers y agrupando cerebrines esclavos para su Proyecto Paralíseo. La chica trató de escapar de todo aquello y lo más seguro es que lo hiciera tirándose del puente de una autovía para que los neumáticos de los camiones la hicieran puré. Pero eso sucedió más tarde.

Pilar se enjugó unas cuantas lágrimas de cocodrilo con un pañuelo, por si había cámaras de vigilancia o minidrones alrededor, y luego procedió a supervisar discretamente el traslado del criofrasco a un vehículo de alargada carrocería. En CrioGenius no los llamaban «coches fúnebres», sino «lanzaderas Vida a Vida». Eran del color del tomate hervido y sus portezuelas ostentaban la alegre llama perpetua de la vida: nada oscuro debía estropear el humor festivo de los procedimientos.

Metieron el criofrasco con el reverendo en la lanzadera con destino a una unidad de biomuestras de máxima seguridad, no en CrioGenius, donde no contaban con las instalaciones necesarias, sino en VitaMorfosis Central. Pilar y Zab subieron al coche. Mordis tenía previsto quitarse el disfraz y dirigirse al Colas y Escamas de la zona, donde andaban necesitados de un gerente capacitado para llevar el garito con mano de hierro.

En cuanto a Adán, lo lógico es que también se quitara el disfraz, más absurdo por momentos, y se marchara a hacer lo que sea que hiciese en las plebillas. Sacó el alfil del salero en forma de chica y se lo entregó a Pilar. Ella y su equipo críptico querían examinar a fondo los comprimidos, y se decían que por fin contaban con el equipamiento preciso para hacerlo sin posibilidad de contagios.

Pilar ya tenía preparada una nueva identidad para Zab, a quien iba a colar en el corazón mismo de VitaMorfosis Central.

—Hazme un favor, anda —le dijo él después de que le asegurara que habían registrado la lanzadera Vida a Vida a fondo sin encontrar cámaras ni micros ocultos—. Necesito que comparéis dos muestras de ADN. Una de ellas es del reverendo, el fulano metido en el biofrasco.

No podía evitarlo: seguía con la sospecha de que el reverendo no era su verdadero padre, y ésta sin duda era su última oportunidad de averiguarlo.

Pilar respondió que no había problema y él se frotó un clínex en la mejilla y se lo entregó. Con cuidado, Pilar lo metió en una bolsita de plástico donde llevaba algo así como una oreja de elfo reseca, arrugada y de un color amarillento.

—¿Y eso qué es? —preguntó. En realidad, iba a decir: «¿Y eso qué cojones es?», pero Pilar imponía: uno se lo pensaba dos veces antes de soltar animaladas—. ¿Un gremlin llegado del espacio?

—Es un rebozuelo —respondió ella—; una seta comestible, no hay que confundirlo con el falso rebozuelo.

—¿Al final resultará que tendré el ADN de una seta?

A Pilar le entró la risa.

—No lo veo probable —repuso.

—Mejor —repuso Zab—. Díselo a Adán.

*El problema es*, pensó esa noche, antes de acostarse en el alojamiento espartano pero aceptable, proporcionado por VitaMorfosis, *el problema es que si la prueba aclara que el reverendo no era mi padre, Adán dejará de ser mi hermano.*

No tendrían el menor parentesco, de hecho; ni una gota de sangre en común.

Así:

Fenella + reverendo = Adán
Trudy + desconocido donante de semen = Zab
= Ningún ADN en común

Si ésa era la verdad, ¿realmente quería saberla?

# Las lumirrosas

En VitaMorfosis Central, Zab ostentaba un nuevo cargo: desinfectador de primera clase. Le dieron un par de monos color verde chillón con el logo de VitaMorfosis y una gran *D* color naranja brillante en el pecho, así como una redecilla para el pelo, a fin de que sus folículos individuales no contaminaran los escritorios de sus superiores, y un filtro nasal en forma de cono que lo asemejaba a un cerdo de dibujos animados. Le prometieron un suministro interminable de guantes y zapatos repelentes a los líquidos e impermeables a toda nanobioforma y, lo más importante de todo, pusieron una llave maestra en sus manos.

Por desgracia, sólo abría los despachos, no los laboratorios, que se hallaban en otro edificio, pero era cuestión de averiguar a qué datos secretos podía acceder un moderno Robin de los Bosques —con dedos ágiles y pertrechado con los códigos informáticos proporcionados por los crípticos— fisgoneando en ordenadores desatendidos en mitad de la noche, cuando el personal de VitaMorfosis dormía a pierna suelta en las camas ajenas; las vidas matrimoniales de esos empleados no eran precisamente sólidas, todo hay que decirlo.

En su día, cualquiera se habría referido al cargo que ocupaba Zab como «empleado de intendencia», y antes de eso «portera» y antes incluso «fregona», pero estábamos en el siglo XXI y era de buen tono que la denominación oficial

435

remitiese a la nanobiología. Se suponía que Zab había pasado por estrictas comprobaciones de seguridad antes de acceder al cargo, pues ¿qué corporación hostil —posiblemente extranjera— no se había propuesto alguna vez disfrazar de empleado de tres al cuarto a un pirata informático a sueldo con instrucciones de arramblar con todo lo que encontrase? También se suponía que había completado un curso de formación lleno de jerga a la última sobre los gérmenes, sus escondrijos predilectos y las mejores maneras de dejarlos fuera de combate, el cual, no hace falta decirlo, no había completado en absoluto, si bien Pilar le había proporcionado un resumen antes de que se incorporara al trabajo.

Los gérmenes circulaban por los lugares consabidos: asientos de retrete, suelos, lavabos y, claro está, pomos de puertas; pero también les gustaban los pulsadores de ascensor, los auriculares de teléfono y los teclados de ordenador, así que Zab estaba obligado a limpiar todo eso con paños antimicrobianos y mortíferos espráis, así como a fregar los suelos, aspirar el polvo de las alfombras en los lujosos despachos de los jefazos y recoger cualquier cosa que se les hubiera escapado a los robots. Éstos iban y venían sin cesar. Ellos solos se conectaban a los enchufes de la pared para recargar las baterías y salían zumbando otra vez, soltando pitidos para que no tropezases con ellos. Uno se sentía como si anduviera por una playa atestada de cangrejos gigantes. Cuando estaba solo en una planta cualquiera, Zab les daba pataditas hasta arrinconarlos o los ponía boca arriba para ver cuánto tiempo les llevaba reaccionar y volver a hacer de las suyas.

Además del uniforme, le dieron un nombre nuevo: Horacio.

—¿Horacio? —repite Toby.

—No te rías, por favor —le ruega Zab—: alguien tuvo la idea de que una familia de simpapeles llegados del sur de la frontera cruzando el Muro bien podrían poner ese nombre al hijo que pudieran tener y en cuya prosperidad soñaran. Decían que yo tenía cara de tex-mex o que quizá era un híbrido con algo de ese ADN. La pura verdad, como pronto descubrí.

—Ah —dice Toby—, ¡cuando Pilar comparó las muestras!

—Justamente. Tardó algo de tiempo en comunicármelo, pues no era conveniente que nos viesen juntos. ¿Cómo iba a explicar que me conocía? Por lo demás, hablar resultaba complicado porque nuestros turnos de trabajo eran distintos, así que, al entregarle la muestra de mi ADN nos pusimos de acuerdo y pactamos un sistema de comunicación.

»Antes de mi llegada, mientras estaba viajando en el vagón de CrioGenius, mientras se ocupaba de conseguirme mi nueva identidad como desinfectador, se enteró de que iba a tocarme limpiar los servicios de mujeres situados unos metros pasillo abajo del lugar donde ella trabajaba. Me habían contratado para trabajar en el turno de noche —los desinfectadores de ese turno eran todos hombres, pues la dirección no quería personal mixto a esas horas para evitar cachondeo, gritos y demás—, así que tendría todo el servicio para mí: sólo tenía que mirar en el segundo cubículo por la izquierda.

—¿Te dejó una nota dentro de la cisterna?

—No, ese truco era viejo. Miraban en las cisternas por sistema: tan sólo a un aficionado se le ocurriría meter algo de importancia allí. El buzón era un pequeño cubo pensado para tirar lo que no podías echar al retrete, y no iba a dejarme una nota: era demasiado arriesgado.

—¿Entonces?

—Buscamos algo que no estuviese del todo fuera de lugar, pero que fuese inconfundible. Se nos ocurrió que empleara huesos.

—¿Huesos? ¿A qué te refieres? —Esqueletarte brillóseo no sería, desde luego—. ¿Unos huesos de fruta? ¿De melocotón, por ejemplo?

—Exacto: alguien podría haber estado comiendo en el cubículo, ¿no? Algunas de las secretarias lo hacían: se sentaban en el váter para tomarse un respiro. Yo mismo solía encontrar en los cubos restos de bocatas, cortezas de beicon, lonchas de cuasiqueso mordisqueadas... En VitaMorfosis les metían mucha presión a los empleados, sobre todo a los de bajo nivel, y éstos se vengaban escaqueándose a la mínima que podían.

—¿Y cómo funcionaba el asunto de los huesos? —pregunta Toby—. Pilar simplemente tenía que decirte que sí o que no, ¿verdad?

La forma de pensar de Pilar siempre la había intrigado: seguro que no había dejado al azar la selección de fruta.

—Un hueso de melocotón significaba que yo no tenía parentesco con el reverendo; uno de dátil, mala suerte: el reverendo era mi padre, ya podía asumirlo y ponerme a lloriquear porque eso significaba que era al menos medio psicópata.

A Toby le parece que lo del hueso de melocotón tiene sentido: los Jardineros sentían gran aprecio por el melocotón, que para ellos habría podido ser el fruto de la vida en el jardín del Edén. Por lo demás, tampoco desdeñaban los dátiles, ni cualquier otra fruta no rociada con productos químicos.

—VitaMorfosis debía de tener acceso a frutas de calidad, de las que salían caras —comenta—. Si estoy en lo cierto, las cosechas de melocotón y manzana se vinieron abajo por esa misma época, cuando las abejas comenzaron a morir en masa. Y lo mismo pasó con las ciruelas y con los cítricos.

—En VitaMorfosis estaban ganando mucho dinero por entonces —responde Zab—, dinero a espuertas gracias a su línea de suplementos vitamínicos y a la de los preparados farmacéuticos, así que podían pagarse frutas selectas, de importación, ciberpolinizadas. Era uno de los chollos de trabajar allí: la fruta fresca a tu disposición; a disposición de los directivos, quiero decir.

—Y al final, ¿con qué clase de hueso te encontraste? —pregunta Toby.

—De melocotón: dos huesos, para dejarlo todo aún más claro.

—¿Y cómo te lo tomaste?

—¿El qué? ¿Tanto desperdicio de una fruta cuyo precio estaba por las nubes? —pregunta Zab eludiendo toda emoción.

—Enterarte de que tu padre no era tu padre —responde ella con paciencia—. Algo sentirías, digo yo.

—Bueno, de algún modo ya lo sabía, desde siempre. Digamos que me alegró confirmar que tenía razón, ¿a quién no le gusta tener la razón? Y también me sentí un poco menos culpable por haberlo convertido en pulpa de tomate.

—¿Te sentías culpable? Aunque hubiera sido tu padre, ese individuo...

—Ya, ya, claro. Pero en fin: la sangre tira mucho y me habría llevado un disgusto. Lo malo era la cuestión de Adán: que no teníamos relación, al menos desde el punto de vista genético. Eso me fastidiaba, y mucho.

—¿Se lo contaste? —pregunta Toby.

—No. Decidí que seguiría siendo mi hermano. Estábamos unidos por la cabeza, por así decirlo; habíamos compartido mucho.


—Ahora viene una parte que no te va a gustar en absoluto, preciosa —avisa Zab.

—¿Porque tiene que ver con Lucerne? —pregunta ella.

Zab no es nada tonto: debe de haber sospechado desde un principio que Lucerne, su pareja en la época de los Jardineros, no le caía nada bien. Lucerne la Latosa, la que siempre se las arreglaba para eludir los trabajos comunales en el campo, para no sumarse a los grupos de costureras; la que siempre tenía oportunísimas migrañas; la quejica que había pillado a Zab por banda y no lo soltaba ni a tiros; la negligente madre de Ren. Lucerne la Seductora, en su día residente en VitaMorfosis, casada con uno de los cerebrines más reputados. Lucerne la Romántica, que se había fugado con Zab —uno que no tenía donde caerse muerto— porque había visto demasiadas películas cuyas guapas protagonistas hacían justamente eso.

Según su propia versión, Zab estaba completamente colado por ella desde la mañana en que la vio por primera vez, escuetamente vestida con un salto de cama rosa en el balneario InnovaTe, donde trabajaba como jardinero. Supuestamente se había vuelto loco de lujuria, había dejado a un lado las lumirrosas que estaba plantando y le había hecho el amor con pasión desaforada sobre la hierba húmeda de rocío. Ella había escuchado mil veces esa historia en la época de los Jardineros, y cuanto más la escuchaba más la disgustaba. Las cosas de la vida: si ahora se asomase a la barandilla y escupiese, podría atinar en el punto exacto del césped donde Zab y Lucerne estuvieron revolcándose aquel día, o bastante cerca.

—Exacto —responde Zab—: Lucerne fue lo siguiente que me pasó en la vida. Si quieres me salto esa parte.

—No, no conozco tu versión. Aunque Lucerne me habló de los pétalos de lumirrosa que esparciste «sobre su cuerpo palpitante», etcétera, etcétera...

Toby trata de ocultar la envidia, pero no le resulta fácil: nadie ha esparcido pétalos de lumirrosa sobre su cuerpo palpitante, nadie siquiera ha soñado con hacerlo. Ella no tiene el carácter apropiado para ese tipo de cosas. Arruinaría el momento —«¿Se puede saber qué pretendes con esa tontería de los pétalos»?— o peor aún: le entraría la risa. Se obliga a mantener el pico cerrado y no hacer comentarios, de otro modo Zab no va a contarle lo sucedido.

—Pues sí, eso de esparcir pétalos se me da bien: te recuerdo que en su día trabajé como ayudante de un mago. Sirve para distraer. Y en fin, es posible que algunas de las cosas que te contaba Lucerne fueran ciertas.


Sin embargo, la primera vez que Zab y Lucerne intercambiaron miradas no fue en el balneario InnovaTe, sino en los servicios de mujeres que se suponía que Zab tenía que limpiar —que de hecho estaba limpiando—, precisamente un día que estaba con la manaza metida en el cubo revolviendo los desperdicios en busca de un hueso ya fuera de dátil o de melocotón. No había encontrado ninguno —porque Pilar aún no tenía el resultado de la comparación de ADN o porque aún no había conseguido los necesarios huesos de fruta—, por lo que salió del segundo cubículo por la izquierda con las manos vacías (vacías de huesos de fruta) justo cuando Lucerne entraba en los aseos.

—¿En mitad de la noche? —pregunta Toby.

—Afirmativo. Yo mismo me pregunté qué haría por allí a aquellas horas: o bien era una Robin de los Bosques como yo mismo, aunque bastante más inepta por dejarse ver en un lugar tan inesperado; o bien tenía un lío con algún directivo de VitaMorfosis que le había dado el pase de acceso al edificio con la idea de follar en la lujosa alfombra de su despacho: el tipo alegaría que se había quedado trabajando hasta tarde y ella diría que estaba en el gimnasio; aunque de hecho era demasiado tarde para lo uno y para lo otro.

—También podía haber sido ambas cosas —dice Toby—: una Robin de los Bosques que estaba tirándose al jefe.

—No te digo que no. Las coartadas se complementarían, incluso: «No, no estaba robando, sólo engañando a mi marido», o «No, no, no estaba engañando a mi marido, sólo robando algo». Pero se trataba de lo primero, clarísimamente: los síntomas no engañan.

Lucerne soltó un gritito al verlo salir del cubículo con los guantes impermeables y el cono nasal que le daba aspecto de extraterrestre. No le pareció que fuera el primer gritito que soltaba aquella noche: estaba ruborizada, sin aliento y, ¿cómo explicarlo?, un tanto desgreñada... desabotonada... digamos desaliñada, por usar una palabra más fina. No hace falta añadir que también estaba muy atractiva.

*No hace falta decirlo*, refunfuña Toby para sus adentros.

«¿Se puede saber qué hace en los servicios de señoras?», le espetó Lucerne al verlo.

—La mejor defensa es un buen ataque, ya se sabe —observa Zab ahora—. Fíjate que dijo «señoras» y no «mujeres»: eso ya te daba una pista.

—¿Una pista? —pregunta Toby.

—Sobre la clase de persona que era: una persona que se daba aires y aspiraba a estar en un pedestal. «Señoras» estaba un escalón por encima de «mujeres».

Zab se subió el cono nasal a la frente. De pronto se asemejaba a un rinoceronte, aunque con el cuerno romo.

—Yo soy un desinfectador de primera clase —declaró pomposamente. La presencia de una mujer que está cañón y claramente acaba de tirarse a otro suele despertar la pomposidad que anida en el hombre, cuyo ego de pronto se ve empequeñecido por comparación—. Y usted ¿qué hace en este edificio? —agregó contraatacando.

Reparó en el anillo de casada. *Ajá*, pensó, *una tigresa enjaulada y ansiosa de escapar del tedio de vez en cuando.*

—Tenía trabajo pendiente —mintió Lucerne lo mejor que pudo—. Mi presencia en este lugar es perfectamente legítima: tengo un pase.

Zab bien podría haberle exigido que se lo enseñase, aunque le infundía respeto aquella mujer capaz de apelar a supuestas legitimidades en un contexto tan evidentemente fraudulento. Se abstuvo de llevarla ante los de seguridad, que enseguida habrían hecho una llamada de comprobación al cónyuge, lo que habría tenido repercusiones negativas para el amante y, bien pensado, probablemente habría conducido a su propio despido. Lo dejó correr.

—Vale. Entonces disculpe —indicó con aceptable servilismo.

—Y ahora, si no le importa... Le recuerdo que éste es el servicio de señoras; no me vendría mal un poco de privacidad, Horacio —repuso ella deleitándose al pronunciar el nombre escrito en la pechera.

Lo miró a los ojos con intensidad. En su mirada había una súplica: «No me delates», y también una promesa: «Un día seré tuya.» Promesa que, desde luego, no pensaba cumplir.

*Bien jugado*, pensó Zab con aprobación mientras se encaminaba a la puerta.


En consecuencia, cuando ambos se encontraron por segunda vez, al alba, Lucerne descalza y enfundada en un inadecuado salto de cama rosa traslúcido, Zab pertrechado con una fálica pala y un reluciente arbusto de lumirrosa en la mano, en los terrenos recién cubiertos de césped del recién finalizado balneario InnovaTe situado en el centro del Heritage Park, ella lo reconoció al instante y advirtió que el antiguo Horacio se había transmutado de forma misteriosa en Atash, según indicaba el nombre visible en la pechera del nuevo uniforme de jardinero de InnovaTe.

—Tú antes estabas en VitaMorfosis —dijo—, pero no te llamabas...

Como es natural, Zab no se lo pensó dos veces, la abrazó y le dio un beso apasionado porque la chica no podía hablar y besar al mismo tiempo.

—«Como es natural» —repite Toby—. ¿Y cómo dices que te llamabas entonces? ¿Qué es eso de Atash?

—Es un nombre iraní —explica él—. Se suponía que era un nieto de inmigrantes. ¿Por qué no? A finales del siglo XX hubo mucha inmigración de iraníes. La nueva tapadera era bastante segura siempre y cuando no me tropezara con otro iraní que empezara a preguntarme por la familia, nuestra región precisa de origen y cosas por el estilo. Aunque, por si las moscas, me lo había aprendido todo de memoria. Tenía una buena historia personal falsa, con las suficientes desapariciones y atrocidades para justificar toda posible contradicción en el tiempo o el espacio.

—Así que Lucerne se tropieza con Atash y sospecha que en realidad se llama Horacio —dice Toby—, o viceversa.

Lo que quiere es que él no se demore más, que le explique los episodios dolorosos de una vez y los deje atrás cuanto más rápido mejor. Con un poco de suerte, nunca más volverá a oír hablar del sexo tórrido e irrefrenable, del cuerpo rociado de pétalos, de todo cuanto Lucerne se regodeaba en describir con pelos y señales.

—Eso es. Y no me convenía, pues mi paso por VitaMorfosis fue más rápido de lo esperado: no tardé en esfumarme. Resulta que en uno de los ordenadores había una alarma que no vi y que saltó de pronto, indicando que alguien estaba revolviendo allí dentro. Tuve claro que no tardarían en investigar quién se encontraba en el edificio a esas horas, o sea yo. Entré en la sala de chat de MADDADDAM, envié un mensaje de emergencia pidiendo ayuda y los crípticos se pusieron en relación con Adán. Resultó que conocía a alguien que podía conseguirme un empleo de jardinero en InnovaTe, aunque los dos sabíamos que se trataba de un apaño temporal, para salir del paso, que pronto tendría que marcharme de nuevo.

—Entonces, cuando os encontrasteis en el césped, ella sabía, tú sabías que ella sabía y ella sabía que tú sabías que ella sabía —recapitula Toby.

—Correcto, y sólo tenía dos opciones: el asesinato o la seducción. Me decanté por la más agradable.

—Entendido, yo habría hecho lo mismo.

Zab habla de una seducción interesada, pero ambos saben que hubo más: es lo que tienen los saltos de cama rosa traslúcidos.


—Lucerne suponía un revés de la suerte en muchos sentidos —afirma Zab—. En otros no tanto, porque es innegable que aquella mujer sabía cómo...

—Esa parte puedes saltártela —dice Toby.

—Vale, pues para resumir: me tenía agarrado por los huevos en más de una acepción de la frase. Pero lo cierto es que yo no me había chivado después de verla en los servicios, y se sentía inclinada a devolver el favor siempre y cuando yo me portara lo suficientemente bien con ella. Luego acabó colándose por mí y lo demás ya lo sabes: no paró hasta darse a la fuga en compañía de aquel misterioso tipo al que conoció con una nariz de cerdito.

»Me la llevé a una de las plebillas más tiradas, algo que al principio encontró romántico. Por suerte, nadie (nadie de SegurMort, quiero decir) se interesó demasiado por su desaparición porque no había robado propiedad intelectual de ninguna clase. Tampoco era la primera mujer de un directivo que se fugaba de un complejo y se perdía por las plebillas: el aburrimiento conyugal tiene esas cosas. SegurMort consideraba que esos casos eran de naturaleza privada —todo lo privada que podía ser para unos tipos como ellos—, y si el marido no montaba un escándalo no se molestaban en investigarlos. Por lo visto, el marido de Lucerne no hizo mucha bulla.

»El problema era que Lucerne se había marchado llevándose a Ren, una cría la mar de simpática, pero que corría peligro en las plebillas, donde secuestraban a los niños en plena calle, incluso cuando iban acompañados por adultos, para beneficiárselos sexualmente. De pronto se formaba una trifulca en la acera, había gritos, pescozones y mucha salsa roja de SecretBurgers; alguien volcaba el puesto o un coche solar... En resumen, un gran follón. Tú te distraías mirando y, cuando te dabas la vuelta, tu hijo ya no estaba en el asiento de atrás. El riesgo era demasiado alto.

Zab se hizo nuevas modificaciones en las orejas, las huellas dactilares y los iris porque a esas alturas no tenía duda de que sabían que había sido él quien había estado manoseando los ordenadores de VitaMorfosis y debían de estarlo buscando. Entonces...

—Entonces os presentasteis los tres en el reducto de los Jardineros de Dios —completa Toby—. Me acuerdo: nada más verte, me pregunté qué hacías allí; no encajabas en absoluto en aquel lugar.

—¿Quieres decir que no había tomado no sé qué votos ni bebido el elixir de la vida? ¡Dios te quiere y también quiere a los pulgones!

—Más o menos.

—No, no había hecho nada de eso, pero Adán estaba obligado a echarme un cable, ¿no crees? Por algo era mi hermano.

# El Jardín del Edén en el Tejado

—Por entonces, Adán ya había montado su particular gran circo del ecologismo en el Jardín del Edén en el Tejado —recuerda Zab—. Tú misma estabas allí, igual que Katuro, Rebecca, Nuala... ¿qué habrá sido de ella?... y Marushka la Comadrona y los demás. Philo, por ejemplo: fue una lástima lo que le pasó.

—¿«Gran circo»? —repite Toby—. Eso es una grosería: yo creo que los Jardineros de Dios fueron bastante más que eso.

—De acuerdo —responde él—, pero la gente de las plebillas los encontraba grotescos: un circo. Y mejor así: en esos sitios más vale que te tomen por inofensivo, medio chalado, pobre... Adán jamás intentó que cambiaran de idea, al contrario: deambulaba por las plebillas vestido con prendas de baratillo, pero chillonas a más no poder, las propias de un lunático obsesionado por el reciclaje, con su coro a cuestas, cantando himnos de majaretas y predicando el amor a los animales ungulados delante de los puestos de SecretBurgers... La gente lo miraba y comentaba que tenía que estar lobotomizado.

—Si no hubiera hecho todo eso, yo ahora no estaría aquí —replica ella—. Adán y los niños me llevaron con ellos aprovechando una trifulca callejera. Yo estaba atrapada en SecretBurgers, y el encargado me había echado el ojo.

—Tu viejo amigo Blanco —recuerda Zab—: un veterano con triple paso por el Paintbala Arena, me acuerdo.

—Sí. Las chicas de las que se encaprichaba luego aparecían muertas, y yo era la siguiente en la lista. Ya estaba en la fase violenta: lo que quería era matar, y se notaba. Así que estoy en deuda con Adán, con Adán Uno, pues siempre lo conocí por ese nombre, aunque todo aquello te pareciera un circo —agrega a la defensiva.

—No me malinterpretes: es mi hermano. Los dos teníamos nuestras diferencias, él hacía las cosas a su manera y yo a la mía, pero al fin...

—Aún no me has hablado de Pilar —lo corta Toby, que prefiere cambiar de tercio porque no le gusta que critiquen a Adán Uno—. Pilar también estuvo allí, en el Jardín del Edén en el Tejado.

—Sí, al final no pudo aguantar más en VitaMorfosis. Había estado proporcionándole información interna a Adán, información que era útil para él: quería saber quién estaría dispuesto a abandonar el barco de una corporación y apuntarse al bando de los buenos; el suyo, claro. Pero Pilar le dijo que ya no podía seguir allí. Una vez que SegurMort terminó por estar al frente de la ley y el orden... por llamarlos de alguna manera... las corporaciones se encontraron de pronto con el poder necesario para borrar y erradicar cuanto no les gustase. Estaban obsesionados por ganar dinero como fuera, y Pilar no podía vivir en una atmósfera tan tóxica; afirmaba que aquello estaba, y cito, «envenenándole el alma».

»Los crípticos la ayudaron a idear una historia que le permitió desaparecer sin que nadie le siguiera el rastro: se suponía que la pobre había sufrido una embolia y que la habían enviado a CrioGenius *ipso facto* metida en un criofrasco. Poco después estaba en lo alto de un bloque en una plebilla, vestida con una especie de saco, ocupada en preparar pociones y elixires.

—Y en cultivar setas, y en enseñarme cosas sobre los gusanos y las abejas. Se le daba muy bien —recuerda Toby no sin melancolía—. Sabía convencer. Al final, logró que me pusiera a hablar con las abejas: yo fui quien le comunicó su muerte al enjambre.

—Sí, sí, me acuerdo. Pero lo suyo no era mera palabrería —asegura Zab—: a su manera, creía en todas aquellas cosas. Por eso aceptó correr tantos riesgos durante su etapa en VitaMorfosis. ¿Te acuerdas de lo que sucedió con el padre de Glenn? Pues ella habría podido acabar como él, volando sin motor desde el puente de una autovía, si hubieran llegado a cogerla, sobre todo si hubieran llegado a cogerla con el alfil blanco y los tres comprimidos.

—¿Los seguía llevando encima? —apunta Toby—. Pensaba que iba a hacer que los analizaran después de que Adán se los diese.

—Decidió que era peligroso: alguien podía irse de la lengua y contar lo que contenían, fuera lo que fuese. Pero el caso es que tampoco se les ocurrió, ni a Adán ni a ella, cómo deshacerse de ellos, así que el alfil no salió de VitaMorfosis Central hasta que la propia Pilar se fue del complejo. Cuando finalmente se marchó, escondió los comprimidos dentro de su propio alfil blanco, el del juego de ajedrez que ella misma había tallado. Tú y yo estuvimos jugando con esas piezas durante mi convalecencia, después de que casi me mataran en una de aquellas misiones en las plebillas que Adán me encargaba.

Toby guarda esa imagen en su memoria: Zab a la sombra, una tarde calurosa. Se recuerda a sí misma moviendo el alfil blanco: el mensajero de la muerte, aunque por entonces ella lo ignoraba, como la mayoría.

—Tú siempre jugabas con las negras —recuerda—. ¿Qué pasó con el alfil después de la muerte de Pilar?

—Le legó ese ajedrez a Glenn, junto con una carta sellada. Ella misma le había enseñado a jugar en VitaMorfosis Oeste, cuando era pequeño. Pero por la época en que murió, la madre de Glenn estaba recién casada con el tipo con quien llevaba tiempo tonteando (el tal «tío Pete»), y al poco tiempo los premiaron con un traslado a VitaMorfosis Central. Pilar siguió en contacto con él a través de los crípticos, y fue él quien lo arregló todo para que le hicieran las pruebas del cáncer donde se descubrió que estaba en fase terminal.

—¿Y qué decía la carta?

—Estaba sellada, pero supongo que contenía las instrucciones para abrir el alfil. Me entraron ganas de echarle mano, pero Adán no le quitaba los ojos de encima.

—Entonces ¿Adán se encargó de llevarle el juego de ajedrez con los comprimidos dentro a Glenn... a Crake? ¡Pero si apenas era un adolescente!

—Pilar decía que era muy maduro para su edad y Adán consideró que había que respetar su última voluntad.

—¿Y tú? Todo esto pasó antes de que me convirtiera en una Eva, pero tú por entonces habías accedido al consejo, y allí se debatían las cuestiones importantes. Tendrías tu propia opinión, ¿no? Tú eras un Adán: Adán Siete.

—Los demás estuvieron de acuerdo con Adán Uno, pero yo no: yo pensaba que no era buena idea. ¿Y si al chaval le daba por administrarle los comprimidos a alguien sin saber qué efecto causaban, igual que yo?

—Seguramente lo hizo más tarde —opina Toby—, después de añadirles algunas cosillas de su invención. Yo creo que en esos comprimidos estaba el secreto de las píldoras GozzaPluss: lo que te pasaba después de gozar a fondo.

—Sí, ya —conviene Zab—, creo que tienes razón.

—¿Crees que Pilar intuyó de algún modo el uso que iba a darles a aquellos microbios, virus o lo que fueran? —Se acuerda del rostro pequeño y arrugado de Pilar, de su bondad, su entereza, su fuerza; en el fondo de su ser, sin embargo, anidaba una indomable resolución, una especie de... no diría malevolencia, ni crueldad, no exactamente; más bien fatalismo, quizá.

—Pongámoslo así: todos los auténticos Jardineros consideraban que la raza humana estaba destinada a sufrir una drástica disminución poblacional. Eso iba a pasar de todas todas, y quizá era mejor que sucediese más pronto que más tarde.

—Pero tú no eras un auténtico Jardinero.

—Pilar pensaba que sí, por mi vigilia. Como parte de mi acuerdo con Adán Uno, antes que nada tenía que asumir un título: convertirme en el Adán Siete de las narices; según él, era necesario para dotarme de autoridad, para reforzar mi estatus dentro del grupo. Pero además tenía que someterme a una vigilia y averiguar qué sucedía con mi animal espiritual.

—Yo también lo hice —apunta Toby—. Me puse a hablar con las tomateras, con las estrellas...

—Sí... a saber qué metía en la mezcla la vieja Pilar; algo fuerte, desde luego.

—¿Qué viste tú?

Zab se queda callado un momento, después responde:

—El oso, el que maté y me comí mientras intentaba salir de aquellos páramos.

—¿Te dio un mensaje de algún tipo? —le pregunta ella. Su propio animal espiritual se mostró bastante enigmático.

—No exactamente, pero me dio a entender que ahora vivía en mi interior. Ni siquiera estaba mosqueado conmigo: parecía bastante amistoso. Cuando te pones a joder con tus propias neuronas, pasa lo que pasa.


Una vez que Zab se transformó en Adán Siete, él, Lucerne y la pequeña Ren se consideraron miembros de pleno derecho de los Jardineros de Dios, aunque no encajaban demasiado. Ren echaba de menos el complejo y a su padre; y Lucerne estaba demasiado interesada en el esmalte de uñas y similares como para convertirse en una Jardinera de verdad. El tiempo que dedicaba a cuidar los cultivos ascendía a cero minutos exactamente, y detestaba llevar las ropas de rigor —vestidos oscuros y sin forma, petos y delantales de trabajo—: Zab tendría que haber adivinado que con el tiempo lo dejaría.

Él, por su parte, tampoco tenía muchas ganas de pasarse el día realojando babosas y caracoles, fabricando jabón o limpiando la cocina, por lo que habló con Adán, llegaron a un acuerdo y sus funciones pasaron a ser otras: enseñar técnicas de supervivencia a los chavales, así como Limitación de Derramamiento de Sangre en Entornos Urbanos, o sea, la tangana callejera considerada como una de las bellas artes. Después, a medida que los Jardineros crecían en número y se expandían estableciéndose en otras ciudades, comenzó a hacer las veces de correo entre las distintas agrupaciones: los Jardineros se negaban a utilizar teléfonos móviles y artilugios tecnológicos en general, con la salvedad, eso sí, del superordenador trucado que Zab tenía a su disposición, atiborrado de programas-espía para indagar en qué andaban metidos los de SegurMort.

Hacer de correo para Adán tenía su parte buena: pasaba tiempo fuera de casa, no tenía que seguir oyendo las quejas de Lucerne... pero también su parte mala: como pasaba tanto tiempo fuera de casa, Lucerne tenía otro motivo de queja. Le reprochaba su «falta de compromiso»; ¿cómo era posible, por ejemplo, que aún no le hubiera propuesto emparejarse como acostumbraban los Jardineros de Dios?

—Se refería a esa ceremonia en la que todos formaban un círculo alrededor de una hoguera y los contrayentes se tomaban de la mano y saltaban sobre el fuego para después intercambiarse ramas verdes y terminar con un banquete, digamos, piadoso... —explica Zab—. Lucerne quería que lo hiciésemos, y lo decía en serio. Yo trataba de explicarle que se trataba de un ceremonial vacío, sin sentido, y entonces me acusaba de humillarla.

—Si era un ceremonial vacío, ¿por qué no aceptabas y punto? —pregunta Toby—. Simplemente para darle esa pequeña satisfacción, para hacerla feliz.

—Pues no. No me daba la gana: detesto que me digan lo que tengo que hacer.

—Lucerne tenía razón: te faltaba compromiso.

—Supongo que sí. Y bueno, me dejó: volvió a los complejos llevándose consigo a Ren. En cuanto a mí, me empeñé en conseguir que los Jardineros se dedicaran más al activismo, y a partir de ahí empezaron los líos.

—Por entonces, yo ya no estaba allí —recuerda Toby—. Blanco salió del Paintbala y fue a por mí. De pronto, suponía un problema para los Jardineros, así que me ayudaste a cambiar de identidad.

—Tenía años de práctica. —Suspira—. Después de tu marcha, las cosas se torcieron, y mucho. Los Jardineros de Dios no hacían más que expandirse: ya eran un montón, y SegurMort andaba con la mosca detrás de la oreja. Pensaban que aquello podía ser el embrión de un futuro movimiento de resistencia.

»Cada vez era más evidente que Adán estaba utilizando el Jardín como refugio para los fugitivos de las biocorporaciones, de modo que los segurmorts empezaron a sobornar a las gentes de las plebillas para que nos atacaran. Pacifista como era, Adán Uno ni por asomo estaba dispuesto a pasar a la ofensiva, a utilizar el Jardín como medio de ataque. Yo podría haberle enseñado a convertir una pistolita lanzapatatas en un arma de corto alcance que lanzara metralla de verdad, pero él nada, no quería ni oírlo: no era lo bastante piadoso para su gusto.

—Te burlas —dice Toby.

—Me limito a describir lo que pasó. Por muy mal que estuvieran las cosas, se negaba a contraatacar, al menos directamente. No se te olvide que era el primogénito: a él, el reverendo le comió el coco a muy corta edad, antes de que los dos nos diésemos cuenta de que ese viejo mamón era en realidad un impresentable y un asesino. Se le quedó grabado en la mente que tenía que ser bueno, más que bueno, para ganarse el amor de Dios. Sospecho que se proponía convertirse en una suerte de reverendo, pero como Dios manda: ser de verdad lo que el reverendo fingía ser. Era mucho pedir.

—Y a ti el reverendo no te lavó el cerebro...

—No, que yo sepa. De los dos, yo era el malo, ¿recuerdas? Eso me ponía fuera del alcance del anzuelo de la bondad. Por suerte para Adán, porque él nunca habría sido capaz de convertir al reverendo en batido de frambuesa con sus propias manos. Se limitó a montarlo todo de tal modo que fuera yo quien lo hiciera. E incluso así, tenía remordimientos: el reverendo era su padre, le gustase o no, y está eso de «honrarás a tu padre...» por mucho que éste hubiese enterrado a su madre en el jardín. Pensaba que su deber era perdonarlo, no cesaba de flagelarse con ese tipo de cosas. Y la situación fue a peor cuando perdió a Katrina la Uau.

—¿Katrina se fue con otro?

—No fue tan bonito. Las corporaciones decidieron tomar el control del negocio del sexo porque era algo tremendamente lucrativo. Compraron a unos cuantos políticos, lograron su legalización, establecieron SeksMart y obligaron a todos los profesionales del sector a asumir sus condiciones. Al principio, Katrina les siguió la corriente, pero con el tiempo se propusieron poner en marcha una serie de medidas institucionales; «políticas», las llamaban; que le resultaban inaceptables. Katrina tenía escrúpulos, por lo que se convirtió en un estorbo; ella y su pitón.

—Ay, lo siento.

—También yo lo sentí, pero Adán se vino abajo. De pronto, ya no era el mismo; algo en su interior murió para siempre. Sospecho que se había propuesto llevarse a Katrina al Jardín, hecho que, desde luego, no habría funcionado: Katrina tampoco estaba para vestir petos y delantales.

—Qué triste.

—Sí, mucho. Yo tendría que haber sido más comprensivo con él, pero me dio por pelear.

—Vaya. ¿A ti sólo?

—Es posible que la culpa fuera de los dos, aunque nos despachamos a gusto. Le dije que era el vivo retrato del reverendo, igualito, sólo que vuelto del revés como un calcetín: a ninguno de los dos le importaban una mierda los demás. Las cosas tenían que ser como ellos decían y sanseacabó. Me reprochó que yo tenía impulsos criminales desde siempre y por eso era incapaz de entender el rollo de la paz interior, el pacifismo y demás. Le contesté que, al no hacer nada, en último término era cómplice de los poderosos que estaban jodiendo el planeta, en especial las corporaciones petroleras y la Iglesia de los Santos Petróleos. Según él, mi problema era que no tenía fe: aseguraba que el Creador se encargaría de arreglar la situación en el mundo antes de que fuera demasiado tarde (pronto, lo más probable) y que quienes estaban en armonía con la Creación y amaban de verdad saldrían indemnes. Le dije que sus razonamientos eran puro egoísmo. Respondió que yo vivía deslumbrado por lo material y que lo único que deseaba era ser siempre el centro de atención, como cuando era niño y hacía travesuras para tensar la cuerda.

Suspiró de nuevo.

—¿Y entonces? —pregunta Toby.

—Entonces me cabreé de verdad y le dije algo que ojalá me hubiera guardado para mí. —Zab se queda callado ante la mirada expectante de Toby—: Le dije que en realidad no era mi hermano, no genéticamente, que no éramos familia. —Nuevo silencio—. Al principio no me creyó, si bien me reafirmé en lo dicho y le hablé del análisis que había hecho Pilar. Entonces se derrumbó.

—Oh, no... lo siento mucho.

—Me arrepentí al momento, pero ya no había marcha atrás. Más tarde tratamos de arreglar las cosas y no hablar más del asunto, pero estaba ahí siempre... No tuvimos otra opción que continuar cada uno por nuestro lado.

—Y Katuro, Rebecca, Rinoceronte Negro, Shackleton, Crozier y Oates se fueron contigo —le dice Toby: eso lo sabe.

—Y también Amanda, en un principio —explica Zab—, aunque por poco tiempo. Pero se nos sumaron otros: Pico de Marfil, Lotis Azul, Nogal Antillano...

—Y Zorro del Desierto.

—Sí, y Zorro del Desierto. En fin, el caso es que dábamos por sentado que Glenn... que Crake era nuestro infiltrado en las corporaciones, que nos pasaba información a través de la sala de chat de MADDADDAM, pero lo que en realidad estaba haciendo era manipularnos con la intención de llevarnos a la cúpula del Paralíseo y ponernos a trabajar para él en tareas de hibridación genética.

—¿Y formulando el virus de la pandemia? —pregunta Toby.

—Que yo sepa, no. Eso lo hizo por su cuenta.

—Para construir su mundo perfecto.

—No se proponía construir un mundo perfecto —matiza Zab—, más bien reiniciarlo como quien reinicia un ordenador. Y a su modo lo consiguió, ¿no?

—No previó el surgimiento de los paintbalistas —reflexiona Toby.

—Y tendría que haberlo previsto, eso o algo parecido.


Se está muy tranquilo en el bosque. Un niño craker canturrea en sueños y, en torno a la piscina, los cerdones duermen lanzando gruñiditos comparables a volutas de humo. Algo chilla a lo lejos, ¿una linceta?

Sopla una brisa ligera y fresca, las hojas de los árboles se rozan suavemente entre sí, la luna se desplaza por el cielo cambiando lentamente de fase, señalando el paso del tiempo.

—Mejor que duermas un poco —propone Zab.

—Los dos deberíamos dormir —corrige Toby—: mañana vamos a necesitar de todas nuestras fuerzas.

—Alternemos: dos horas tú, dos horas yo. Ojalá tuviera veinte años menos; aunque los paintbalistas tampoco deben de estar muy en forma, que digamos: a saber qué han estado comiendo.

—Los cerdones sí que están bastante fuertes.

—Pero son incapaces de apretar un gatillo —responde él, y luego guarda silencio un momento—. Si mañana salimos de ésta, quizá no sería mala idea que tú y yo hagamos eso de la hoguera y las ramas verdes.

A Toby le entra la risa.

—Creía que decías que era una ceremonia vacía, sin sentido.

—A veces incluso una ceremonia vacía y sin sentido puede tener su significado —contesta Zab—. ¿Es que me estás rechazando?

—No —responde Toby—, ¿cómo se te ocurre?

—Me temo lo peor.

—¿Y qué puede ser lo peor, que yo te rechace?

—No está bien reírse cuando alguien te muestra sus sentimientos.

—Es que me cuesta creer que hables en serio.

Zab suspira.

—Vamos, duerme un rato, preciosa. Ya hablaremos en otro momento. Nos espera un día complicado.

# La cáscara del Huevo

# Todos a una

Por el oriente, una neblina color melocotón. Raya el día, fresco y delicado: el sol aún no es un foco ardiente. Las cornejas negras ya están en marcha y se envían mensajes entre ellas: «¡co, co, co!» ¿Qué dicen? Quizá: «¡Cuidado, cuidado!», o bien: «¡Pronto vamos a pegarnos un festín!» Allí donde hay guerras, también hay cornejas amantes de la carroña, y cuervos comeojos: las aves de la guerra, y buitres, en tiempos pájaros sagrados, viejos expertos en la putrefacción.

*Déjate de morbosos soliloquios,* se dice Toby. *Hay que ver las cosas de forma positiva.* Para eso se inventaron las fanfarrias de trompetas, los tambores, la música militar: «Somos invencibles», les decía la música a los soldados. Estaban obligados a creer en esas melodías embusteras porque, sin ellas, ¿quién era capaz de avanzar hacia la muerte con paso intrépido? Se cree que los guerreros berserk, que vestían pieles de oso, antes de entrar en combate se drogaban con hongos alucinógenos, con *Amanita muscaria,* posiblemente, o al menos eso era lo que aseguraba Pilar en su curso de Historia del uso de los hongos, destinado a alumnos de nivel superior únicamente.

*Quizá haría bien en meter en las botellas de agua algo para nublar la mente, lanzarse al ataque y matar... o morir,* piensa.

Se levanta, se despoja de la colcha color rosa y se estremece de frío. Hay rocío por todas partes, la humedad perla su cabello y sus cejas. Tiene un pie dormido. El rifle está donde lo dejó, al alcance de la mano, al igual que los prismáticos. Zab ya está despierto, apoyado en la barandilla.

—Me quedé adormilada —explica Toby—. Esto de montar guardia no es lo mío. Perdón.

—Yo también me quedé frito. No pasa nada, los cerdones habrían dado la voz de alarma.

—¿La voz? —repite ella entre risas.

—Mira que llegas a ser tiquismiquis. Muy bien: el gruñido de alarma. Por cierto, nuestros amigos porcinos han estado ocupados.

Toby sigue la mirada de Zab hacia abajo: los cerdones han nivelado el prado entero en torno al edificio del balneario, limpiándolo de hierbajos y matorrales. Cinco de los puercos de mayor tamaño siguen en ello, no cesan de pisotear o rodar sobre cualquier planta que llegue al tobillo.

—Está claro que nadie va a colarse sin que ellos se enteren —dice Zab—. Son listos los cabrones, lo saben todo sobre el camuflaje.

Toby repara en que han dejado una mata de follaje un poco más allá. Escudriña con los prismáticos. Seguramente cubre los restos del verraco que ella misma mató cuando los cerdones le disputaron la propiedad del jardín de InnovaTe. Por raro que resulte, no han devorado el cadáver, aun cuando no pusieron pegas a comerse al cochinillo asesinado. ¿Es posible que entre ellos exista una jerarquía a este respecto? ¿Las marranas pueden comerse a sus crías, aunque a los verracos no se los come nadie? ¿Qué será lo siguiente, estatuas conmemorativas?

—Lo siento por las lumirrosas —dice.

—Pues sí, yo mismo las planté. Pero volverán a crecer: cuando han echado raíces son tan indestructibles como el kudzu.

—¿Y ahora qué van a desayunar los crakers? Casi no queda follaje y no podemos dejar que salgan y se aventuren cerca del bosque.

—Los cerdones también han pensado en eso —informa Zab—. Mira junto a la piscina.

Es verdad: hay un montón de forraje fresco. Tienen que haberlo reunido los gorrinos, ¿quién si no?

—Qué considerados —dice Toby.

—Y bastante listos —agrega Zab—. Y mira. —Señala. Vuelve a mirar por los prismáticos: tres cerdones de tamaño mediano, dos de ellos manchados y el otro negro casi por completo, llegan del norte al trote. El pelotón de porcinos ocupados en aplanar el terreno se levanta rodando sobre la hierba y se dirige bamboleante a su encuentro. Gruñidos, gañidos. Todos tienen las orejas enhiestas, las colas retorcidas y oscilantes, no están asustados ni rabiosos.

—¿Qué estarán diciendo? —pregunta Toby.

—Pronto vamos a saberlo —responde Zab—, cuando tengan la deferencia de notificárnoslo. Para ellos, no pasamos de ser la infantería: creen que somos tontos a más no poder, por mucho que sepamos usar un pulverizador. Los generales son ellos, y algo me dice que ya tienen una estrategia.


Salta a la vista que Rebecca ha estado husmeando por todas partes, haciéndose con esto y aquello. Para desayunar, ha preparado bocaditos de soja mojados en leche de mohair y endulzados con azúcar, y les ha puesto una cucharadita de manteca corporal de aguacate a un lado. En el balneario InnovaTe comercializaban unos productos de belleza que sonaban a comida, más bien: crema facial de chocolate, mascarilla exfoliante de merengue de limón y un montón de mantecas corporales, todas ellas ricas en lípidos esenciales.

—¿Quedaba algo de esa manteca corporal? —pregunta Toby—. Estaba segura de que me la había comido toda.

—La encontré en la cocina, escondida en el interior de una de las soperas grandes —responde Rebecca—. Es posible que la metieras ahí y después te olvidaras. Tienes que haber ido reuniendo cosas para tu Ararat secreto mientras estuviste por aquí, ¿no?

—Sí, pero el Ararat estaba en el cuarto de los suministros: lo metí todo aquí y allá entre los productos de limpie-

461

za intestinal. Preferí no esconderlo en la cocina puesto que pensaba que allí sería fácil que alguien lo encontrara. Supongo que algún empleado metió esa crema corporal en la sopera: el personal solía hacer ese tipo de cosas, hurtar algún que otro artículo de la gama alta de InnovaTe para venderlo en el mercado gris de la plebilla. Yo hacía inventario cada dos semanas y lo normal era que me diese cuenta, pero no siempre lo comunicaba: el personal no estaba precisamente bien pagado, ¿qué sentido tenía arruinarle la vida a alguien?

Terminan de desayunar y se reúnen en el vestíbulo principal, donde solía darse la bienvenida a los clientes ofreciéndoles una bebida rosada hecha con zumo de frutas y un chorrito de alcohol —o no, según el gusto de cada quien—. Están presentes todos los maddaddámidas, al igual que los antiguos Jardineros de Dios y uno de los verracos, a pocos pasos del pequeño Barbanegra. El resto de los cerdones de la piara están fuera, mascando su desayuno, lo mismo que los crakers.

—Pues bien —afirma Zab—, la situación es ésta: sabemos hacia dónde se dirige el enemigo. Son tres, y no dos; los cerdos... eh... los cerdones están seguros de esto último. Sus exploradores no han conseguido verlos porque se han mantenido a distancia y escondidos para no recibir un disparo, pero no han dejado de seguirles el rastro.

—¿Y los tipos están lejos de aquí? —quiere saber Rino.

—Sí, nos llevan bastante ventaja. Pero según los cerdones, no pueden ir muy rápido: uno de ellos renquea, arrastra un pie. Es eso, ¿verdad? —le pregunta a Barbanegra.

El pequeño asiente con la cabeza y confirma:

—Tiene un pie apestoso.

—Ésa es la buena noticia; la mala es que se dirigen al complejo de ReJuvenalia; es decir, a la cúpula del Paralíseo.

—Oh, joder... —musita Jimmy—. ¡Van a encontrar las baterías de munición para los pulverizadores!

—¿Crees que van hacia allí precisamente por eso? —le dice Zab—. Perdón, es una pregunta estúpida: no tenemos forma de saber qué se traen entre manos.

—Si no andan deambulando sin rumbo, es de suponer que albergan un propósito —considera Katuro—. El tercero... es posible que esté al mando, que tenga algo pensado.

—Tenemos que cortarles la ruta, impedir que lleguen —propone Rino—. De otro modo van a estar bien armados... y durante mucho tiempo.

—Al contrario que nosotros —interviene Shackleton—: nuestras baterías de munición están en las últimas.

—Sólo falta una cosa por decidir —dice Zab—: quién se viene con nosotros y quién se queda. Vamos a ver, Rino, Katuro, Shackleton, Crozier, Manatí, Zunzuncito vienen con nosotros, y Toby, por descontado. Las embarazadas se quedan: Ren, Amanda, Zorro del Desierto. ¿Hay alguien más con un bomb... alguien más tiene algún impedimento?

—Los roles de género son una mierda —espeta Zorro del Desierto.

*Entonces deja de seguirlos,* piensa Toby.

—No te digo que no —le responde Zab—, pero ahora mismo no nos queda otra: no podemos permitirnos que alguien empiece a sangrar de pronto en medio de... vaya, no más de lo necesario. Nogal Antillano, ¿tú qué dices?

—Ella es pacifista —suelta Amanda por sorpresa—, y Lotis Azul tiene... ya sabes, dolores menstruales.

—Se quedan, entonces. ¿Alguien más tiene algún dolor o no termina de verlo claro?

—Yo quiero ir —dice Rebecca—, y definitivamente no estoy embarazada.

—¿Puedes caminar sin quedarte atrás? —inquiere Zab—. Es muy importante, así que di la verdad, de otro modo puedes ponerte en peligro a ti misma y a los demás: los paintbalistas veteranos no están para tonterías. Es posible que sólo sean tres, pero te aseguro que son letales: este pícnic no es para los aprensivos.

463

—Entendido. Bórrame de la lista —responde Rebecca—. No estoy en forma, es la verdad. Y soy aprensiva, lo reconozco. Me quedo.

—Y yo —se suma Beluga.

—Y yo también —añade Tamarao.

—Y yo —agrega Pico de Marfil—. Hay momentos en la vida en que todo hombre se ve obligado a reconocer que, por muy ágil y despierto que sea su espíritu, su caparazón terrenal tiene limitaciones... y eso por no hablar de sus rodillas. En cuanto a...

—Vale, y Barbanegra viene con nosotros. Vamos a necesitarlo porque entiende lo quieren comunicarnos los cerdones.

—No... —interviene Toby—. Barbanegra debería quedarse: no es más que un niño. —No imagina qué sería de ella si lo mataran, más aún sabiendo cómo lo matarían los paintbalistas si lograran capturarlo vivo—. Y no tiene miedo a las personas, no tiene ni idea de lo que son capaces. Es muy posible que eche a correr en campo abierto durante un tiroteo, o que lo tomen como rehén, ¿y entonces qué haríamos?

—Sí, pero no veo cómo vamos a arreglárnoslas sin él —replica Zab—: es nuestro único enlace con los cerdos, y los cerdos son esenciales. Tendremos que asumir el riesgo.

El propio Barbanegra ha estado escuchándolo todo con mucha atención.

—No te preocupes, oh, Toby —declara—. Tengo que ir con vosotros: me lo han pedido los Ser Dones. Oryx me ayudará, y también Joder. Ya he llamado a Joder, está volando hacia aquí ahora mismo. Ya lo verás.

Toby no tiene forma de contradecirlo porque es incapaz de ver a Oryx o al famoso y servicial Joder, y no entiende lo que dicen los cerdones. En el mundo que habita Barbanegra, ella es sorda y ciega.

—Si esos hombres te apuntan con un palo —le dice—, tírate al suelo en el acto, o escóndete detrás de un árbol... si hay un árbol cerca; o detrás de una pared, donde sea.

—Gracias, oh, Toby —responde el pequeño con educación. Está claro que todo eso ya lo sabe.

—Muy bien —dice Zab—. ¿Alguna cosa más?

—Yo también voy —suelta Jimmy.

Todos se lo quedan mirando. Daban por sentado que se quedaría en el balneario: sigue estando tan flaco como un lápiz, tan blanco como un papel.

—¿Estás seguro? —le pregunta Toby—. ¿Y cómo tienes el pie?

—Está mejor. Puedo andar. Tengo que acompañaros.

—No me parece prudente —dice Zab.

—Prudente... —Jimmy esboza una sonrisa—. De eso nunca me han acusado. Pero si vais hacia la cúpula del Paralíseo, tengo que acompañaros.

—¿Por qué? —quiere saber Zab.

—Porque allí está Oryx. —Se hace un silencio bochornoso: lo que acaba de decir es un delirio. Mira a su alrededor sonriendo nerviosamente—. A ver, no estoy loco, sé que está muerta, pero vais a necesitarme —añade.

—¿Por qué? —pregunta Katuro—. No quiero faltarte al respeto, pero...

—Porque he estado allí otra vez —responde Jimmy—, después del Diluvio.

—¿Y? —tercia Zab—. ¿Te ha entrado la morriña?

Lo dice en tono neutro, aunque a Toby no se le escapa el mensaje: «que alguien me quite de encima a este retrasado mental».

Jimmy no da su brazo a torcer.

—Lo que quiero decir es que sé dónde está cada cosa: las baterías de reserva, sin ir más lejos, y los pulverizadores: también hay algunos.

Zab suelta un suspiro.

—Muy bien, pero si te quedas atrás tendremos que obligarte a volver con una escolta no homínida.

—Te refieres a esos cerdos licántropos —dice Jimmy—. Los conozco de antes, creen que no sirvo para nada. Olvídate de la escolta, me las arreglaré yo solo.

# En marcha

Toby se pone un chándal rosa del balneario y una funda de almohada en la cabeza para cubrirse del sol. Los labios besucones y el ojo que guiña en el pecho de la sudadera no pegan demasiado —no tienen mucho de marcial que digamos— y el color rosa tampoco es el más indicado para camuflarse, pero en InnovaTe no hay un solo metro de tela color caqui.

Comprueba el funcionamiento del rifle e introduce unas cuantas balas adicionales en una bolsita de color rosa. Tras una rápida búsqueda encuentra unos calcetines tobilleros con pompones en el talón; se los pone y se lleva un par más. Si Zab se burla de su indumentaria, le costará no darle un bofetón.

Llega al vestíbulo y reparte las botellas de agua. Rebecca se ha encargado de hervirla con ayuda de Ren y de Amanda. En InnovaTe recalcaban la importancia de una buena hidratación durante las sesiones de gimnasia; o sea, que botellas de plástico no faltan. Los maddaddámidas han llevado Virichoc del caserón y algo de fritanga de kudzu fría.

—Hay que comer lo justo para tener fuerzas al correr. No en exceso, o uno se siente pesado —indica Zab—. Guardad un poco para después. —Contempla a Toby, vestida con el besucón modelito rosado—. ¿Es que vas a presentarte a un casting?

—Es de lo más colorido —dice Jimmy.

—Digno de una estrella del rock —comenta Rino—. Más o menos.

—Un camuflaje que ni pintado —observa Shackleton.

—Van a tomarte por un hibisco —vaticina Crozier.

—Aquí está mi rifle —contesta Toby—. Soy la única que sabe manejarlo, así que estáis más guapos callados.

Todos sonríen.

Luego se ponen en marcha. Los tres cerdones exploradores avanzan al frente husmeando el terreno. A uno y otro lado, otros dos los escoltan olisqueando el aire con los húmedos discos de sus hocicos. *Tienen un radar para los olores*, se dice Toby. *¿Qué vibraciones captará, inaccesibles para nuestros sentidos atrofiados?* Esos seres tienen el olfato tan aguzado como los halcones la vista.

Seis pequeños porcinos —poco más que lechones— corretean de un lado a otro transmitiendo mensajes entre los exploradores, sus escoltas y la columna principal formada por los cerdones más mayores y corpulentos, comparable a una brigada acorazada. A pesar de su corpulencia, pueden moverse sorprendentemente rápido. Por el momento avanzan a paso regular, conservando las energías: a ritmo de maratón, no de esprint. Apenas se oyen gruñidos o chillidos: disciplinados como soldados, no malgastan el aliento. Llevan los rabos enroscados, pero no los agitan; sus orejas rosadas apuntan al frente. Iluminados por el sol de la mañana, podrían pasar por unos cochinos de caricatura, sacados de los dibujos animados, simpáticos y amigables, unos entrañables cerditos de los que por San Valentín sostienen una caja de bombones en forma de corazón con las pezuñas, una cajita con alas de Cupido y el mensaje: «¡Si este cerdito pudiera volar, te traería mi amor!»

Casi, pero no: esos cerdos no sonríen en absoluto.

*Si llevásemos una bandera, ¿qué escudo tendría?*, se pregunta Toby.

• • •

Al principio, todo resulta fácil. Cruzan el prado por la parte allanada; en el suelo asoman bolsos, botas y huesos de las víctimas de la pandemia. De haber estado cubiertos por los hierbajos, seguramente habrían dificultado el progreso de los expedicionarios, pero al ser visibles resulta fácil rodearlos. Las mohairs van a su aire y rumian en el extremo más alejado del prado, el que se les ha reservado como pasto. Cinco cerdones pequeños tienen la misión de vigilarlas. No parecen tomárselo muy en serio, lo que significa que no huelen peligro alguno. Tres de ellos rebuscan entre las plantas, uno se revuelca en un charco lodoso, el quinto está adormilado. ¿Tendrían opciones en caso de que un cordeleón los atacara? Sí, seguro. ¿Y si fueran dos cordeleones? Probablemente también. Pero antes de que pudieran acercárseles, los cochinillos se las arreglarían para agrupar el rebaño de mohairs entero y conducirlo al balneario al trote.

La comitiva sale del prado y enfila el camino que lleva al norte atajando por el bosque que se extiende junto a los terrenos de InnovaTe, cuyo perímetro vallado oculta. La caseta de la puerta norte está vacía: ni rastro de vida en las inmediaciones, a excepción de un mofache que toma el sol en el sendero de acceso. Los mofaches son amigables y confianzudos; en un mundo más duro, a estas alturas se habrían convertido en gorros para el invierno.

Llegan a las calles de la ciudad, por las que cada vez es más difícil moverse: los vehículos accidentados y abandonados bloquean la calzada, sembrada de cristales y retorcidas piezas metálicas. Los bejucos de kudzu han empezado a hacer de las suyas, a invadir y a abrirse paso cubriendo las formas rotas con un incipiente manto verdoso. Los cerdones sortean los obstáculos hábilmente, sin dañarse las pezuñas; los humanos llevan calzado sólido y resistente, pero se ven obligados a andar con cuidado, a mirar bien lo que pisan.

• • •

Toby se dio cuenta a tiempo de que Barbanegra iba a tener problemas para andar por estas calles sembradas de filosos fragmentos de vidrio y metal. Es verdad que los pies del pequeño tienen una capa cutánea adicional, lo que le permite caminar descalzo por la tierra, la arena y hasta por las superficies con guijarros, pero toda precaución es poca, por lo que ha rebuscado entre el calzado almacenado por los maddaddámidas y le ha embutido un par de zapatillas deportivas marca Hermes Trismegisto. Al principio, el niño tuvo sus dudas sobre ponerse esas cosas en los pies —¿le harían daño?, ¿se le quedarían pegadas?, ¿sería capaz de quitárselas luego?—, pero Toby le enseñó a ponérselas y quitárselas, le anunció que si se hacía un corte o una herida en el pie tendría que dejarlos y retroceder, ¿y quién les diría entonces lo que los cerdones pensaban? Costó lo suyo, pero al final accedió a llevarlas puestas. Son unas zapatillas con alitas verdes decorativas y luces que se encienden a cada paso —las baterías aún tienen carga—, y ahora Barbanegra está encantado con ellas. Quizá demasiado.

Él va en cabeza, a la escucha de lo que los exploradores cerdones tengan que decir, si «a la escucha» es la expresión indicada; o mejor: «con la antena puesta», sea del tipo que sea, pues no termina de estar claro. Por ahora no ha oído nada lo suficientemente relevante como para compartirlo con ellos, o eso parece. De vez en cuando echa una ojeada atrás para no perder de vista a Zab y a Toby. Saluda con la mano, como diciendo: «Todo en orden», o quizá: «Te estoy viendo», o «Aquí estoy», o a lo mejor: «¡Mira cómo molan mis zapatillas!» Su cristalino tarareo llega a través de las cortas ráfagas de aire: es el código morse de la crakería.

Los cerdones a su lado miran de vez en cuando a sus aliados humanos con el rabillo del ojo, pero a saber qué es lo que piensan. En comparación, los humanos a pie tienen que resultarles lentos como tortugas. ¿Los miran irritados? ¿Solícitos? ¿Impacientes? ¿Contentos de contar con respaldo de artillería? Todas estas cosas a la vez, sin duda, pues en su cerebro hay tejido humano, y por consiguiente son capaces de hacer malabares con varias contradicciones a un tiempo.

Se diría que han asignado tres escoltas a cada una de las personas armadas, unos guardaespaldas que no agobian, que no pretenden dirigir la marcha, pero no se alejan más allá de un par de metros del individuo a su cargo, con las orejas siempre vigilantes. Los maddaddámidas desarmados cuentan con un cerdón cada uno. A Jimmy, sin embargo, lo acompañan cinco. ¿Son conscientes de lo frágil de su estado? Hasta el momento ha resistido bien, pero ha empezado a sudar.

Toby retrocede para ver cómo está. Le pasa su botella de agua: parece que ha agotado la que llevaba. Los ocho cerdones que los protegen —cinco a él, tres a ella— reajustan sus posiciones para circundarlos a ambos.

—El Gran Muro Marrano —se burla Jimmy—, la Brigada del Beicon, los Hoplitas de la Mortadela.

—¿Hoplitas? —apunta Toby.

—De la Grecia antigua —aclara Jimmy—: formaban una especie de ejército ciudadano, algo por el estilo. Avanzaban protegiéndose los unos a los otros con los escudos entrecruzados. Lo leí en un libro. —Parece faltarle un poco el aire.

—Igual es una guardia de honor —indica ella—. ¿Y tú? ¿Estás bien?

—Estas cosas me ponen nervioso: ¿quién nos dice que no están llevándonos a una emboscada, que al final se nos comerán los higadillos?

—Eso no lo sabemos, pero diría que las probabilidades de que lo hagan no son muchas. Ya han tenido la oportunidad de hacerlo.

—La navaja de Occam —apostilla Jimmy, y tose.

—¿Perdón?

—Una cosa que Crake solía mencionar: dadas dos posibilidades, quédate con la más simple. «La más elegante», habría dicho él... el muy capullo.

—¿Y ese Occam quién era? —Toby se interesa. ¿Cree detectar una pequeña cojera?

—Un monje de algún tipo —responde él—, o un obispo, o a lo mejor un amigo de Joder: «¡Oh, Cam!», decías para que viniera. —Se ríe—. Lo siento, un chiste malo.

Recorren una manzana o dos sin decir nada más.

—El cortante filo de la navaja de la vida... —musita Jimmy de repente.

—¿Perdón? —pregunta Toby.

Tiene el impulso de tocarle la frente por si le ha subido la fiebre.

—Un viejo dicho —le responde él—. Significa que te encuentras al límite... y que a lo mejor acaban por cortarte las pelotas. —Ahora cojea a ojos vistas.

—¿Tu pie está bien? —pregunta. Jimmy no responde, se limita a seguir renqueando—. Quizá sería mejor que volvieses.

—Ni de coña —es su respuesta.


Llegan a una calle bloqueada por los escombros de un edificio de pisos parcialmente derrumbado. En su interior se produjo un incendio que Zab achaca a un cortocircuito. Se han detenido un momento mientras los exploradores tratan de dar con la forma de rodear los escombros. El aire sigue oliendo a chamusquina. Los cerdones están nerviosos; varios de ellos bufan y resoplan.

Jimmy se sienta en el suelo.

—¿Y ahora qué pasa? —le pregunta Zab a Toby.

—El pie, otra vez; o lo que sea.

—Será cuestión de mandarlo de vuelta al balneario.

—No quiere ir.

Los cinco cerdones que custodian a Jimmy no cesan de olisquearlo, pero a una distancia respetuosa. Uno de ellos se aproxima y le husmea el pie, otros dos se acercan e insertan los hocicos bajo sus brazos.

—¡Fuera de aquí! —exclama Jimmy—. ¿Qué es lo que quieren?

—Barbanegra, por favor —llama Toby.

El crío corre hacia los cerdones, se acuclilla ante ellos. Se produce un diálogo mudo seguido por unas notas musicales.

—Jimmy de las Nieves no puede caminar, hay que llevarlo —anuncia Barbanegra—. Dicen que su... —Hay algo que el pequeño no acierta a descifrar, un peculiar gruñido sordo—. Dicen que una parte de él está fuerte. El centro de su cuerpo está fuerte, pero tiene los pies débiles. Van a cargar con él.

Una marrana, no de las más gordas, se acerca a Jimmy y se postra a su lado.

—¿Que quieren que haga qué?

—¡Por favor, oh, Jimmy de las Nieves! —dice Barbanegra—. Dicen que te tumbes encima y te agarres bien a las orejas. Dos más irán a cada lado para que no te caigas.

—¡Menuda idiotez! ¡Me caeré seguro!

—No hay otra opción —indica Zab—. Móntate en la cerda o aquí te quedas.

Una vez que Jimmy se ha acomodado sobre la marrana, Zab pregunta:

—¿Quién tiene un poco de cuerda para asegurarnos de que el amigo no se cae?

Lo amarran a la cerdona como si fuese un fardo y echan a andar otra vez.

—¿Y esta puerca cómo se llama? —pregunta Jimmy—. ¿*Clarabella, Claraboya* o qué? Me entran ganas de darle palmaditas en el lomo...

—Oh, Jimmy de las Nieves, gracias —indica Barbanegra—: los Ser Dones señalan que estaría muy bien si le rascas un poco detrás de las orejas.


Al contar esa historia años después, Toby solía decir que la cerdona que acarreaba a Jimmy de las Nieves volaba como el viento. Era lo menos que podía decir de una camarada caída en acto de servicio que además había cumplido una función esencial, hasta el punto de haberle salvado la vida. Pues si la cerdona no hubiera transportado a Jimmy de las Nieves, ¿estaría allí sentada esa noche, tocada con el gorro rojo, narrándoles esa historia? No: estaría compostándose bajo un saúco, estaría asumiendo una forma distinta a la actual. *Muy muy distinta*, piensa, pero no lo dice.

De manera que en su relato la cerdona volaba como el viento.

Se trabucaba al contarlo, pues era incapaz de pronunciar el nombre de la cerdona voladora con un gruñido que se asemejara siquiera al original, pero a los crakers eso les daba igual, por mucho que se divirtieran al oírlo. Los niños se inventaron un juego en el que uno de ellos hacía de heroica cerdona que volaba como el viento con cara de determinación y otro más pequeño encarnaba a Jimmy, aferrado a su lomo con una expresión parecida.

Pero en este momento las cosas son distintas: el avance de la cerdona que transporta a Jimmy es dificultoso y su espalda, contorneada y resbaladiza. El pasajero se las ve y se las desea para no escurrirse lomo abajo por un lado o por el otro. Los cerdones que avanzan en paralelo están atentos y, cada vez que eso pasa, insertan los hocicos bajo sus axilas y empujan hacia arriba sin pensárselo dos veces mientras Jimmy chilla como un loco a causa de las inevitables cosquillas.

—Por amor de Dios, ¿no hay forma de hacerlo callar? —dice Zab—. Sólo falta que saquemos las gaitas.

—No puede evitarlo —alega Toby—: es un acto reflejo.

—Para acto reflejo, el guantazo que le voy a dar.

—Lo más seguro es que ya sepan que vamos: lo más probable es que hayan visto a los exploradores.

Avanzan en la estela de los cerdones, pero Jimmy va diciéndoles dónde están:

—Aún no hemos salido de la plebilla —indica—. Recuerdo haber estado por aquí.

Y más tarde:

—Dentro de un rato estaremos en la Tierra de Nadie, la zona de amortiguamiento antes de llegar a los complejos de las corporaciones.

Y después:

—No queda mucho para llegar al perímetro principal de seguridad. —Y al rato—: Ahí está CrioGenius, y el complejo que está al lado es el de GenNomo. Mirad el letrero con el genio de la lámpara, ¡está iluminado! Las placas solares deben de seguir funcionando.

Y por fin:

—Y ahí tenemos el premio gordo: el complejo de ReJuvenalia.

Hay cuervos en el muro: cuatro; no, cinco. «Un cuervo es señal de mal agüero», solía decir Pilar, «pero si hay más de uno, son protectores... o embaucadores, tú misma». Dos de los cuervos alzan el vuelo y los sobrevuelan en círculos observándolos con atención.

El portón de ReJuv está abierto de par en par y en el interior sólo se ve desolación: casas muertas, centros comerciales muertos, laboratorios muertos; nada con vida. Jirones de ropa, coches solares abandonados y deteriorados.

—Menos mal que contamos con los cerdos —comenta Jimmy—; sin ellos, esto sería como buscar la aguja en el pajar: este lugar es un laberinto.

En efecto, los cerdones saben qué camino seguir. Trotan al frente sin la menor vacilación, doblan una esquina, giran por otra.

—Ahí las tenemos —anuncia Jimmy—, ahí enfrente: las puertas del Paralíseo.

# La cáscara del Huevo

El propio Crake fue quien planificó el Proyecto Paralíseo. Además del muro de ReJuv, lo rodeaba un perímetro de seguridad dentro del cual había un parque con una combinación de especies tropicales, producto de empalmes genéticos resistentes a sequías y a trombas de agua por igual, destinadas a producir un microclima. En el centro se hallaba la cúpula del Paralíseo, climatizada y herméticamente sellada; una impenetrable cáscara de huevo que albergaba el tesoro de Crake: su formidable y nueva raza humana. Y en el mismo corazón de la cúpula se hallaba el ecosistema artificial, el bosque en el que habían venido al mundo los crakers, en toda su extraña perfección, y habían comenzado a vivir y a respirar.

Han llegado al portón del perímetro y se detienen para reconocer el terreno. Los cerdones indican que en las casetas situadas a uno y otro lado no hay nadie: sus orejas y colas inactivas así lo dejan claro.

Zab considera que ha llegado el momento de tomarse un descanso: hay que hacer acopio de energías. Los humanos echan mano a las botellas de agua y se comen media barrita Virichoc cada uno, los cerdones han encontrado un aguacamango y proceden a devorar los frutos esparcidos bajo las ramas. Sus poderosas mandíbulas convierten los óvalos anaranjados en pulpa y trituran las gruesas pepitas. Un olor dulzón a fermento impregna el aire.

*Espero que no estén emborrachándose con esas frutas,* se dice Toby. *Es lo último que nos falta: unos cerdones ebrios.*

—¿Cómo te encuentras? —le pregunta a Jimmy.

—Me acuerdo perfectamente de este lugar —responde él—. Preferiría no acordarme, joder.

Ante sus ojos discurre el camino que se adentra en el bosque, medio cubierto de ramas que nadie ha podado y de bejucos que tapan la luz. Las malas hierbas se han abierto camino, oportunistas, desde los costados. Tras la vegetación exuberante y explosiva se adivina la curvada cúpula, que recuerda la esclerótica de un paciente sedado. En su día, sin duda ofrecía una estampa impresionante, similar a la luna en época de cosecha, a un sol naciente lleno de esperanza cuyos rayos no queman. Hoy es la estampa de lo yermo. No sólo eso, sino que todo en ella lleva a pensar en una trampa: quién sabe qué se esconde en ella, y qué está escondiendo.

*Una impresión falsa, generada por cuanto sabemos,* piensa Toby. *Otros no encontrarían nada funesto en esta imagen.*

—¡Oh, Toby! —exclama Barbanegra—. ¡Mira! ¡Es el Huevo! ¡El Huevo en el que Crake nos creó!

—¿Lo recuerdas? —pregunta ella.

—No sé, no mucho. Había unos árboles. Llovía, pero sin truenos. Oryx venía a vernos cada día. Nos enseñó muchas cosas. Éramos felices.

—Es posible que este lugar ahora sea distinto —observa Toby.

—Oryx ya no está —afirma el niño—. Se fue volando porque quería ayudar a Jimmy de las Nieves cuando estaba malo, ¿verdad?

—Sí, claro; seguro que sí.


Han enviado a los jóvenes cerdones exploradores unos metros por delante para detectar posibles emboscadas y al poco vuelven corriendo por el asfalto sembrado de hojas de árbol. Sus orejas apuntan hacia atrás, y otro tanto hacen los rabos enhiestos: hay motivo de alarma.

Los mayores dejan de atiborrarse de aguacamangos caídos; Barbanegra corretea hacia ellos, algo le comunican. Los maddaddámidas los circundan.

—¿Qué pasa? —pregunta Zab.

—Dicen que los hombres malos están cerca del Huevo —explica Barbanegra—. Son tres. Uno camina atado con cuerdas. Tiene unas plumas blancas en la cara.

—¿Cómo va vestido? —pregunta Toby. ¿Podría ser un caftán como el que siempre llevaba Adán Uno? Pero ¿cómo preguntárselo al pequeño Barbanegra? Lo formula de otra manera—: ¿Tiene una segunda piel?

—¡Mierda! —exclama Jimmy—. Hay que mantenerlos lejos del almacén para emergencias o se harán con los pulverizadores ¡y entonces estamos muertos!

—Sí, el hombre tiene una segunda piel, como tú —informa Barbanegra—. Pero no es rosa: es de muchos colores. Y está sucia. Y tan sólo lleva puesta una de esas cosas en los pies, un zapato.

—¿Y cómo vamos a impedir que se acerquen? —pregunta Rino—. No vamos a llegar a tiempo.

—Enviaremos a algunos de los cerdones —decide entonces Zab—, a los que sean más rápidos. Pueden atajar por el bosque.

—¿Y entonces qué? —dice Rino—. No podrán defender la puerta principal. Esos tipos tienen un pulverizador, no sabemos cuánta munición les queda.

—No podemos permitir que acribillen a los cerdones a placer —dice Toby—. Jimmy, una vez que has entrado en el Paralíseo, ¿cómo se llega al almacén?

—Hay dos puertas, la de la cámara intermedia y la interior. Las dos están abiertas, las dejé abiertas. Hay que ir por el corredor a la izquierda, girar a la derecha y luego otra vez a la izquierda. Los malditos cerdos tienen que llegar al almacén antes y mantener la puerta cerrada desde el interior, apelotonándose contra ella.

—Ya, pero ¿cómo se lo explicamos? —apunta Zab—. ¿Toby?

—Lo de derecha e izquierda puede suponer un problema —dice ella—: no creo que los crakers lo entiendan.

—Piensa en algo —insta Zab—. El tiempo apremia.

—¿Barbanegra? —llama Toby—. Fíjate bien: esto es un dibujo del Huevo visto desde arriba. —Con una vara, bosqueja un círculo en la tierra—. ¿Lo ves?

Barbanegra lo contempla y afirma con la cabeza, aunque algo dubitativo. *Todo pende de un hilo*, piensa Toby.

—¡Muy bien! —dice con fingido alborozo—. ¿Puedes explicar lo que te voy a decir a los Ser Dones? Diles que cinco de ellos tienen que ir muy deprisa entre los árboles. Deben anticiparse a los hombres malos y entrar en el Huevo. Luego tienen que ir por aquí. —Traza el itinerario con la vara—. Y después por aquí. Es esto, ¿no? —agrega, dirigiéndose a Jimmy.

—Sí, más o menos.

—Tienen que cerrar bien la puerta y agolparse contra ella con fuerza para que los hombres malos no entren en ese cuarto —dice Toby—. ¿Puedes explicarles todo esto?

El crío parece confuso.

—¿Por qué quieren entrar esos hombres en el Huevo? —pregunta—. El Huevo sirve para hacer cosas, ellos ya están hechos.

—Quieren encontrar unas cosas que matan —explica Toby—: los palos que hacen agujeros.

—Pero el Huevo es bueno, en el Huevo no hay cosas que matan.

—Ahora sí que las hay, y es preciso darse prisa. ¿Se lo explicas?

—Lo intentaré —responde Barbanegra.

Se arrodilla en tierra. Dos de los cerdones de mayor tamaño bajan las cabezas descomunales y las sitúan a uno y otro lado de su rostro. Un colmillo blanco roza el cuello del pequeño y a Toby le entra un escalofrío. Barbanegra se pone a cantar mientras resigue con la vara el bosquejo que ella ha hecho en la tierra. Los cerdones husmean el diagrama. *Oh, no*, se dice Toby. *Esto no va a funcionar: creen que es algo de comer.*

Pero de pronto los dos guarros levantan los hocicos y se dirigen hacia sus compañeros. Gruñidos sordos, colas que se agitan con inquietud, ¿con indecisión?

Cinco animales de mediana envergadura se separan del grupo y se alejan a medio galope, dos por el lado izquierdo del camino, tres por el derecho. Desaparecen entre el follaje.

—Parece que lo han entendido —observa Rino.

Zab sonríe.

—Bien —le dice a Toby—. Ya sabía que valías para esto.

—Van hacia el Huevo —indica Barbanegra—. Dicen que tendrán cuidado de no acercarse a esos hombres. Tendrán cuidado con esos palos que sacan la sangre del cuerpo.

—Esperemos que lleguen a tiempo —dice Zab—. Andando.

—Estamos cerca —indica Jimmy—. De todos modos, no van a poder dispararnos desde las ventanas... porque no hay ninguna ventana. —Suelta una débil risita.

—¿Zab? —llama Toby una vez que se han puesto en marcha—. Ese tercer hombre... no estoy segura, pero creo que es Adán Uno.

—Sí, ya —responde Zab—. Yo también lo he pensado.

—¿Qué podemos hacer para que vuelva con nosotros?

—Querrán canjearlo.

—¿Canjearlo por qué?

—Por pulverizadores, suponiendo que los cerdos les bloqueen la entrada, o por alguna otra cosa.

—¿Por ejemplo?

—Por ejemplo tú —responde Zab—: es lo que yo haría en su lugar.

*Exacto*, se dice Toby. *Querrán vengarse.*


Frente a ellos se levanta la cúpula del Paralíseo. El silencio es absoluto, la puerta estanca está abierta. Tres lechones la cruzan y al momento están de vuelta.

—Los tres hombres están dentro —les indica Barbanegra—, pero bastante dentro, no cerca de la puerta.

—Tengo que entrar el primero —dice Jimmy—, aunque sea un minuto.

Toby se mantiene dos pasos por detrás.

En el suelo de la cámara estanca hay dos esqueletos destrozados. Los huesos están en desorden, roídos por los animales. Llevan harapos medio pulverizados, una pequeña sandalia rosada y roja...

Jimmy cae de rodillas y se tapa la cara con las manos. Toby le pone una mano en el hombro.

—Tenemos que irnos —le dice, pero él se revuelve:

—¡Déjame en paz!

Una sucia cinta rosa está anudada al largo cabello negro de una de las calaveras: como decían los Jardineros, el pelo tarda mucho en pudrirse. Jimmy desata el lazo, retuerce la cinta entre los dedos.

—Oryx... ay, por Dios —dice—. ¡Crake, hijo de perra! ¡No tenías por qué matarla!

Zab se ha acercado a Toby.

—Es posible que ya estuviera enferma —le dice a Jimmy—, es posible que no pudiera vivir sin ella. Vámonos de una vez, tenemos que entrar.

—¡Ay, joder, ahórrate los putos clichés!

—Podemos dejarlo aquí por ahora, aquí estará a salvo; vamos dentro —indica Toby—. Tenemos que asegurarnos de que no han entrado en el almacén.

Los demás están frente al umbral: los maddaddámidas, el grueso de los cerdones.

—¿Qué pasa? —inquiere Rino.

El pequeño Barbanegra tironea a Toby del brazo.

—Oh, Toby, por favor, ¿qué es *clichés*?

Toby no sabe bien qué le responde, sin embargo ya no importa; Barbanegra ha oído a Jimmy y la verdad supone un mazazo: esos esqueletos son los de Oryx y Crake. Jimmy acaba de decirlo y ahora el niño intenta asimilarlo. Asustado, la mira desde abajo; Toby percibe que alguna cosa se derrumba en su interior y se rompe con estrépito, haciendo daño.

—Oh, Toby, ¿esto es Oryx? ¿Y esto es Crake? —pregunta el crío—. ¡Jimmy de las Nieves lo ha dicho! ¡Pero son huesos apestosos, son muchos huesos apestosos! ¡Oryx y Crake deben ser hermosos, tan bonitos como las historias que se cuentan sobre ellos! ¡No pueden ser un montón de huesos apestosos!

Rompe a llorar, se diría que su corazón se desgarra.

Toby se arrodilla, lo rodea con los brazos, lo estrecha con fuerza. ¿Qué decirle? ¿Cómo consolarlo? No hay mayor pena en el mundo.

# La historia de la batalla

Toby no puede contar una historia esa noche: está demasiado triste por los muertos, por los que han muerto en la batalla. Así que voy a ser yo el que trate de contaros esta historia. La voy a contar como hay que contarla, si puedo.

Primero me pongo el gorro rojo, el gorro de Jimmy de las Nieves. Estos dibujos en la frente son una voz, ¿lo veis? Una voz que dice: RED y luego: SOX.

*Sox* es una palabra especial, una palabra de Crake. No sabemos lo que significa. Toby tampoco lo sabe. Quizá lo averigüemos más tarde.

Pero mirad, tengo el gorro rojo en la cabeza y no me hace daño. No me está creciendo una segunda piel. Tengo mi propia piel, la misma de siempre. Puedo quitarme el gorro, puedo volvérmelo a poner: no se me pega a la cabeza.

Ahora voy a comerme el pescado. Nosotros no comemos pescados, ni tampoco huesos apestosos; esto no es lo que comemos. No es nada fácil comerse un pescado, pero tengo que hacerlo. Crake hizo muchas cosas difíciles por nosotros cuando vivía en la tierra en forma de persona. Crake fue quien nos libró del caos y...

No hace falta que cantéis.

... y también hizo muchas otras cosas, y por eso voy a intentar hacer esto tan difícil: comerme el hueso apestoso de pescado. Está cocinado. Es muy pequeño. A lo mejor Crake se da por satisfecho si me lo meto en la boca y a continuación lo saco otra vez.

Hecho.

Siento haber hecho ruidos como un enfermo.

Por favor, llevaos el pescado y tiradlo en el bosque: las hormigas van a ponerse contentas, los gusanos van a ponerse contentos, los buitres van a ponerse contentos.

Sí, sabe muy mal: sabe como huele el hueso apestoso, o como el olor de un muerto. Voy a mascar unas hojas para quitarme el sabor. Pero si no hubiera hecho esta cosa tan difícil, esta cosa que sabe tan mal, ahora no podría escuchar la historia que Crake está contándome para que yo os la cuente a vosotros. Lo mismo pasaba con Jimmy de las Nieves, lo mismo pasa con Toby: hay que comerse el pescado, probar el sabor a hueso apestoso, es preciso hacerlo. Primero vienen las cosas malas y luego viene la historia.

Gracias por los ronroneos, ya me encuentro un poco mejor.


Ésta es la historia de la batalla, la historia de cómo Zab, Toby, Jimmy de las Nieves, los otros dospieles y los Ser Dones acabaron con los hombres malos del mismo modo que Crake eliminó el caos y creó para nosotros un lugar bueno y seguro donde vivir.

Toby, Zab, Jimmy de las Nieves, los otros dospieles y los Ser Dones necesitaban acabar con aquellos hombres malos porque, si no lo hacían, nunca más podríamos vivir en un lugar seguro: los hombres malos nos matarían a todos como mataron al bebé Ser Don, con un cuchillo, o con los palos que hacen agujeros y sacan la sangre del cuerpo. Por eso había que hacerlo.

Toby me dio esta razón, es una buena razón.

Y los Ser Dones los ayudaron porque no querían que mataran a ningún otro bebé Ser Don con un cuchillo, ni con uno de sus palos, ni con cualquier otra cosa; una cuerda, por ejemplo.

Los Ser Dones tienen mejor olfato que nadie. Nosotros quizá podemos oler más que los dospieles, aunque los Ser Dones pueden oler todavía más que nosotros. Y nos ayudaron a seguir el rastro de aquellos hombres malos hasta mostrarnos dónde se encontraban. Y luego nos ayudaron cuando llegó el momento de ir a por ellos.

Yo también estaba allí, para explicar a los otros lo que los Ser Dones decían. Y llevaba zapatos en los pies. Veis estos zapatos, ¿no? Tienen luces... y alas. Son un regalo especial de Crake, y estoy muy contento de tenerlos, y digo: gracias. Pero no me hace falta llevarlos en los pies más que cuando hay peligro, cuando hace falta acabar con otros hombres malos. Por eso ahora mismo no los llevo puestos. Los tengo aquí a mi lado porque forman parte de la historia.

Pero ese día sí llevaba los zapatos en los pies, y caminamos mucho rato, hasta llegar al lugar donde están los edificios, adonde nunca vamos porque pueden caerse. Pero esa vez fui y vi muchas cosas. Vi las cosas que había dejado allí el caos, muchas. Casas vacías, muchas; pieles vacías, muchas; trozos de cristal, de metal, muchos; mientras los Ser Dones cargaban con Jimmy de las Nieves.

Los Ser Dones empezaron a perseguir a los hombres malos usando sus hocicos y terminaron por encontrarlos. Y los hombres malos entraron en el Huevo, por mucho que el Huevo sirva para crear y no para matar. Y algunos de los Ser Dones entraron en el Huevo también y llegaron a la habitación donde estaban guardadas las cosas para matar, para impedir que los hombres malos pudieran cogerlas. Así que los hombres malos llegaron corriendo y se escondieron dentro del Huevo, en los corredores que había en el Huevo. Y al principio no podíamos verlos.

El Huevo estaba oscuro, no lleno de luz como antes. Podíamos ver, no me refería a ese tipo de oscuridad: en el Huevo había una sensación de oscuridad. Olía a oscuro.

Y Jimmy de las Nieves entró por la primera puerta del Huevo y encontró un montón de huesos apestosos y otro montón de huesos apestosos mezclados entre sí, y se puso muy triste, y cayó de rodillas y empezó a llorar. Toby trató de consolarlo ronroneando, pero él gritó: «¡Déjame en paz!»

Y cogió una cosa rosa y retorcida que había en el pelo de uno de los montones de huesos apestosos, la miró bien y gritó: «Oryx... ¡ay, por Dios!» Y luego gritó: «¡Crake, hijo de perra! ¡No tenías por qué matarla!»

Toby y Zab estaban allí, y Zab dijo: «Es posible que ya estuviera enferma, es posible que no pudiera vivir sin ella.» Y Jimmy de las Nieves respondió: «¡Ay, Joder, ahórrate los putos clichés!»

Y yo pregunté a Toby: «¿Qué es *clichés?*» Y Toby dijo que es lo que dices para ayudar a la gente cuando se siente muy mal y no se te ocurre nada más. Yo habría querido que Joder llegara volando para ayudar a Jimmy de las Nieves porque se sentía muy mal.

Y yo también me sentía muy mal porque Jimmy de las Nieves había dicho que esos montones de huesos eran Oryx y Crake. Me sentía muy mal, estaba muy asustado. Y entonces dije: «¡Oh, Toby, ¿esto es Oryx? ¿Y esto es Crake? ¡Pero son huesos apestosos, son muchos huesos apestosos! ¡Oryx y Crake deben ser hermosos, tan bonitos como las historias que se cuentan sobre ellos! ¡No pueden ser un montón de huesos apestosos!» Y me puse a llorar porque estaban muertos, muy muertos, deshechos por completo.

Pero entonces Toby me dijo que aquellos montones de huesos no eran los verdaderos Oryx y Crake: sólo eran cáscaras, como las cáscaras de huevo.

Y el Huevo tampoco era el Huevo de verdad, el que sale en tantas historias. Sólo era una cáscara rota como las que dejan los pájaros al salir del huevo. Y nosotros mismos éramos como unos pájaros, así que ya no nos hacía falta la cáscara rota de huevo, ¿verdad?

Y Oryx y Crake tenían ya unas formas diferentes, no unas formas muertas, y eran buenos y eran amables y eran hermosos: eran como nosotros los conocemos de las historias.

Y entonces me encontré mejor.

Por favor, no cantéis todavía.

Y entonces, después de eso, todos entramos en el Huevo. Ya no brillaba, pero tampoco estaba oscuro porque el sol se filtraba a través de la cáscara. Pero la sensación era de oscuridad por todas partes. Y entonces dimos batalla. Una *batalla* es lo que pasa cuando unos quieren acabar con otros y los otros también quieren acabar con los unos.

Nosotros no damos batalla, no comemos pescado, no comemos hueso apestoso. Crake nos hizo así. Sí, Crake es bueno, Crake es amable.

Pero Crake también hizo a los seres con dos pieles, que sí que dan batalla. Y a los Ser Dones, que también dan batalla. Los Ser Dones dan batalla con sus colmillos y los otros dan batalla con esos palos que hacen agujeros y sacan la sangre. Están hechos de esa manera.

No sé por qué Crake los hizo así.

Los Ser Dones persiguieron a los hombres malos. Los persiguieron por los pasillos y los persiguieron hasta llegar al centro del Huevo, donde había muchos árboles muertos. No era como cuando nos hicieron en el Huevo: entonces los árboles tenían muchas hojas, había agua limpia y transparente, y llovía, y las estrellas brillaban en el cielo. Pero ya no había estrellas, sólo un techo.

Los Ser Dones más tarde me contaron todos los sitios por los que persiguieron a los hombres malos. Toby no me dejó ir con ellos porque decía que podían hacerme agujeros y sacarme la sangre, o que los hombres malos podían capturarme, lo que sería peor. Así que no vi todo lo que sucedió, aunque oí gritos, oí que los Ser Dones chillaban hasta hacerme daño en los oídos. Cuando chillan, los Ser Dones chillan muy muy fuerte.

Y entonces se oyó un ruido de galope y ruido de pasos de gente con zapatos. Y todo se quedó en silencio, y en ese momento todos estaban pensando: los hombres malos estaban pensando, y los Ser Dones estaban pensando, y Zab, Toby y Rino estaban pensando. Querían que los Ser Dones empujaran a los hombres malos hacia donde estaban ellos para hacerles agujeros con sus palos, pero eso no fue lo que ocurrió. En el Huevo había un montón de corredores, corredores por todas partes.

Y uno de los Ser Dones se acercó y me dijo que sólo estaban persiguiendo a dos hombres malos por los pasillos, si bien en el Huevo habían entrado tres. Y el tercero estaba por encima de nosotros: podían olerlo. Estaba sobre nuestras cabezas, aunque no sabían dónde.

Y se lo conté a Zab y a Toby, y Zab dijo: «Han escondido a Adán en algún lugar del segundo piso. ¿Dónde están las escaleras?» Y Jimmy de las Nieves dijo que había cuatro escaleras de incendios. Y Toby dijo: «¿Puedes llevarnos a alguna?» Y Jimmy de las Nieves dijo: «Si subís por unas escaleras, ellos bajarán por otra y escaparán, ¿y entonces qué?». Y Zab dijo: «¡Mierda!»

Tres de los Ser Dones se lastimaron al perseguir a los dos hombres malos por los corredores, y una de ellos cayó al suelo y no volvió a levantarse: era la que cargaba con Jimmy de las Nieves. Y esa parte de la batalla la vi con mis propios ojos, y empecé a hacer ruidos como las personas enfermas, y me puse a llorar.


Los dos hombres malos subieron por unas escaleras corriendo. *Escaleras* son... luego os cuento lo que son. Pero los Ser Dones no pueden subir escaleras. Cuando los malos llegaron arriba, dejamos de verlos.

Zab y Toby y los demás seres con dos pieles me pidieron que dijese a los Ser Dones que encontrasen las otras escaleras y avisaran a gritos si los malos trataban de bajar por ellas. Luego trajeron ramas de árboles de fuera e hicieron un fuego con mucho humo. Y el humo subió por las escaleras. Y se cubrieron las caras con unos paños y esperaron escondidos junto al pie de las escaleras por la que los otros habían subido.

Al poco rato había mucho humo. ¡Mucho mucho humo, yo lo vi, y lo olí, y me puse a toser! Dos de los hombres malos aparecieron en lo alto de las escaleras, y entre los dos sujetaban por los brazos a otro que andaba con cuerdas en las manos. Y sólo tenía un zapato, en un pie. Pero era un zapato sin alas ni luces, no como estos de aquí, los que yo llevaba puestos.

Y entonces Toby dijo: «¡Adán!»

Y el otro iba a decir algo y uno de los malos lo golpeó: el que llevaba unas plumas cortas en la cara. El otro malo, el que llevaba la cara cubierta de plumas largas, dijo entonces: «Dejadnos pasar o éste está listo.» Y yo no entendí para qué estaba listo.

Y Zab respondió: «Muy bien, pasad, pero entregádnoslo.» Y entonces el otro hombre malo dijo: «A cambio nos quedamos con la puta, y también con los pulverizadores. ¡Y quítanos de encima a los putos cerdos!»

Pero el hombre Adán, el que tenía cuerdas en las manos, movió la cabeza de lado a lado, lo que significa que no. Y entonces se soltó de los brazos de los otros, se lanzó hacia delante y cayó rodando por las escaleras. Y uno de los hombres malos le hizo un agujero con el palo que llevaba en la mano.

Y Zab corrió hacia Adán, y Toby levantó su palo, un palo distinto, y apuntó, y del palo salió un ruido, y el que acababa de hacerle un agujero a Adán soltó entonces su propio palo y cayó al suelo llevándose las manos a la pierna y sin parar de dar gritos.

Y Toby quiso correr para ayudar a Zab con el hombre Adán, que estaba tirado al pie de las escaleras, pero Jimmy de las Nieves la sujetó con una mano por la segunda de sus pieles, que era de color rosa. Y con la otra mano Jimmy de las Nieves me dio un tirón para que me pusiera detrás de él, pero yo seguía viéndolo todo.

El otro hombre malo se había puesto detrás de una pared, pero de pronto asomó la cabeza y la mano con su palo, y apuntó a Toby. Pero Jimmy de las Nieves lo vio y se puso muy deprisa delante de ella, así que los agujeros se los hicieron a él. Y también cayó, con la sangre saliéndole fuera, y no volvió a levantarse.

Y entonces Zab usó su propio palo y el segundo hombre malo soltó el suyo y se llevó la mano al brazo. Y él también gritaba. Y me tapé los oídos con las manos porque allí había mucho dolor: me dolía mucho.

Y Rino y Shackleton y los demás con dos pieles subieron por las escaleras y cogieron a los dos hombres y los ataron con cuerdas y los empujaron escaleras abajo. Pero Zab y Toby estaban junto a Adán y junto a Jimmy de las Nieves. Y estaban muy tristes.

Y salimos todos del Huevo, con todo el humo saliendo y después las llamas. Nos alejamos muy deprisa. Del interior llegaban ruidos muy fuertes.

Y Zab cargaba con Adán, que estaba muy delgado y muy blanco; y Adán todavía respiraba. Y Zab dijo: «Estoy contigo, colega; saldrás de ésta», a pesar de que tenía la cara mojada al decirlo.

Y Adán dijo: «Estaré bien, reza por mí.» Le sonrió a Zab y dijo: «No te preocupes, no me quedaba mucha vida por delante. Planta un árbol bonito.»

Y le pregunté a Toby: «Oh, Toby, ¿qué es *colega*? Él se llama Adán, ése es su nombre, tú misma lo has dicho.»

Y Toby me explicó que *colega* es otra palabra para decir «hermano», porque Adán era el hermano de Zab.

Sin embargo, entonces el hombre Adán ya había dejado de respirar.

Ya era por la tarde y volvimos despacio porque los Ser Dones tenían que cargar con los dos hombres malos, que tenían agujeros y estaban atados con cuerdas y no podían andar. Los Ser Dones estaban muy enfadados por los muertos, y querían clavarles los colmillos a aquellos hombres, rodar sobre sus cuerpos y hacerlos trizas con las pezuñas, pero Zab les dijo que no era el momento.

Y también cargaban con Jimmy de las Nieves, y con Adán, y con el Ser Don muerto. Y por la noche llegamos a la casa donde estaban los niños y las madres, y las mohairs, y las madres Ser Dones con sus pequeños, y los otros con dos pieles: Ren y Amanda, Pico de Marfil, Zorro del Desierto, Rebecca y los otros. Vinieron corriendo a recibirnos y todos decían muchas cosas del tipo: «Estaba muy preocupada» y «¿Qué ha pasado?» y «Ay, por Dios...».

Y nosotros, los Hijos de Crake, nos pusimos a cantar todos juntos.

Esa noche comimos y dormimos allí. Todos los que habían estado en la batalla se hallaban muy cansados. Hablaban en voz baja y miraban mucho al Adán muerto. Decían que no murió por la semilla que Crake diseminó por el mundo para eliminar el caos, que murió por los agujeros por los que salía la sangre. Y decían que al menos era una bendición que no hubiera muerto por culpa de las semillas de Crake.

Yo quería preguntarle a Toby qué es *bendición*, pero estaba cansada y estaba dormida.


Y envolvieron al hombre Adán en una sábana color rosa y le pusieron una almohada rosa debajo de la cabeza. Todos estaban tristes, nadie hablaba. Algunos de los Ser Dones fueron a nadar en la piscina, una actividad que les gustaba muchísimo.

Y al día siguiente salimos hacia aquí, hacia el caserón. Los Ser Dones cargaron con Adán, lo llevaron sobre unas ramas, cubierto de flores, junto con el Ser Don muerto, el cual pesaba mucho y no era fácil de transportar.

También llevaron a Jimmy de las Nieves, a pesar de que no estaba muerto, no cuando empezamos a andar. Ren caminaba a su lado cogiéndolo de la mano, sin parar de llorar puesto que Jimmy era su amigo; y Crozier iba a su lado y la ayudaba.

Pero Jimmy de las Nieves estaba viajando muy lejos en su cabeza, cada vez más allá, como ya había hecho antes, cuando estaba en la hamaca y ronroneábamos sobre él. Pero esta vez viajó tan lejos que nunca más volvió.

Y Oryx estaba a su lado y lo ayudó. Oí a Jimmy de las Nieves hablar con ella un momento antes de irse, de perderse de vista para siempre, de dejar de respirar. Y ahora está con Oryx, y también con Crake.

Ésta es la historia de la batalla.

Ahora podemos cantar.

# El momento de la luna

# El juicio

Por la mañana se celebra un juicio. Están sentados en torno a la mesa donde comen; o más bien: los maddaddámidas y los Jardineros de Dios están sentados, mientras que los cerdones están tumbados de cualquier manera sobre el césped y los guijarros, y los crakers mascan hojas a puñados sin perder detalle de lo que sucede. Los prisioneros no están presentes. Su presencia sería superflua: lo que han hecho está fuera de toda duda. El juicio tan sólo se celebra para llegar a un veredicto.

—Y bien, tenemos que decidir qué hacer con ellos —dice Zab—. Tendríamos que haberlos liquidado en el acto, pero no lo hicimos, de manera que habrá que tomar una decisión ahora. Por votación, si nadie tiene nada que objetar.

Toby interviene:

—¿Hay que considerarlos como presos comunes o son prisioneros de guerra? Lo pregunto porque hay una diferencia, ¿no? —Siente el impulso de defenderlos, pero ¿cómo se explica? Quizá por la simple razón de que no cuentan con un abogado.

—Yo diría que son neurobasura sin alma —opina Rebecca.

—Son seres humanos como nosotros —considera Nogal Antillano—. Lo que tampoco dice mucho en su favor, ahora que lo pienso.

—Mataron a nuestro hermano —recuerda Shackleton.

—Dos chupapollas de mierda, eso es lo que son —asegura Crozier.

—Violadores y asesinos —afirma Amanda.

—Mataron a Jimmy —advierte Ren antes de echarse a llorar.

Amanda la rodea con un brazo, la estrecha. Ella no llora: tiene una mirada dura como la piedra, y ella misma parece tallada en madera. *Tiene buenas posibilidades como verdugo*, piensa Toby.

—A quién le importa cómo los definamos —interviene Rino— mientras no los llamemos *personas*.

*No es fácil definirlos*, piensa Toby: tres pasos por el famoso Paintbala Arena los han despojado ya de todo rasgo descriptible; es como si los hubieran eliminado del lenguaje con lejía. Quienes sobreviven tres veces al Paintbala Arena ya no son del todo humanos.

—Estoy de acuerdo: son neobasura, chupapollas, violadores, asesinos, etcétera —afirma Zab—. Acabemos de una vez.

Nogal Antillano pide la palabra y pide clemencia sin demasiada convicción.

—No somos quiénes para juzgar —expone—. Es evidente que su crueldad es el resultado de lo que otros les hicieron antes. Si tenemos en consideración la plasticidad del cerebro... y que su comportamiento es el producto de unas experiencias inimaginables, ¿cómo podemos estar seguros de que tenían el mínimo control sobre sus actos?

—¡Es una puta broma, ¿no?! —clama Shackleton—. ¡Esos dos se comieron los putos riñones de mi hermano! ¡Lo destazaron como a una mohair! ¡Lo que quiero es arrancarles los dientes uno a uno; por detrás, metiéndole las tenazas por el culo! —agrega de forma quizá innecesaria.

—Un poco de contención... —recomienda Zab—. No nos dejemos llevar por las emociones. Todos tenemos nuestros motivos para detestarlos; aunque algunos más que otros, eso sí.

*De pronto parece más viejo,* piensa Toby. *Mayor, pero también más hosco. Encontrar a Adán para perderlo enseguida lo ha hundido. Todos estamos de duelo, incluso los cerdones. Tienen las orejas y las colas caídas, se acarician entre sí con los hocicos, intentando consolarse.*

—No se trata de pelear: la decisión debe ser puramente filosófica y práctica —opina Pico de Marfil—. El asunto es: ¿contamos con instalaciones adecuadas para su reclusión con propósitos correctivos o bien, por el contrario, tenemos la justificación teórica para...?

—No es momento para ponerse a hablar del sexo de los ángeles —observa Zab.

—La pena de muerte es un castigo injustificable bajo cualquier circunstancia —afirma Nogal Antillano—. No podemos envilecernos tomando una decisión así sólo porque...

—¿Sólo porque la raza humana se ha extinguido y los pocos supervivientes apenas contamos con la energía solar necesaria para encender una bombilla? —la corta Shackleton—. ¿Es mejor dejar que esos dos sacos de mierda te revienten la cabeza con un pedrusco?

—No entiendo tanta hostilidad —dice Nogal Antillano—. Adán Uno habría sido partidario de la clemencia.

—Y quizá Adán Uno se habría equivocado —interviene Amanda—. Tú no estabas allí, no sabes lo que nos hicieron a mí y a Ren, no sabes cómo son esos dos.

—Aun así, en vista de que quedan tan pocos seres humanos vivos —señala Pico de Marfil—, quizá haríamos mal en prescindir de un ADN humano que cada vez es más infrecuente. Incluso si se decide que los individuos en cuestión tienen que ser eliminados, cabe la posibilidad de extraer sus... sus fluidos reproductivos, por así decirlo, a fin de preservar la diversidad genética. Hay que evitar el efecto cuello de botella.

—Pues evítalo tú —zanja Zorro del Desierto—. Sólo con pensar en la posibilidad de irme a la cama con esos dos granos de pus andantes para preservar su ADN putrefacto, me entran arcadas.

—Las relaciones sexuales como tales no son necesarias —argumenta Pico de Marfil—: podríamos insertar las muestras con una pera o una jeringa.

—Úsala contigo —le espeta Zorro del Desierto sin contemplaciones—. Los hombres no hacéis más que decirnos lo que tenemos que hacer con nuestros úteros.

—Antes que dejar que sus putos fluidos reproductivos se acerquen siquiera a mi cuerpo, me corto las venas —jura Amanda—. Como si no tuviera ya bastante: ni siquiera puedo descartar que mi hijo sea de uno de ellos.

—Lo que está claro es que alguien tan retorcido tan sólo puede procrear un monstruo —afirma Ren—. ¿Qué madre podría querer a un niño así? —Mira a Amanda—: Ay, Amanda, lo siento.

—No pasa nada —responde ella—. Si al final es hijo de uno de esos dos, se lo doy a Nogal Antillano: que lo quiera ella, o que se lo coman los cerdones, seguro que nos lo agradecen.

—Podríamos intentar rehabilitarlos —propone Nogal Antillano sin alterarse—. Hacer que se integren en la comunidad; mantenerlos encerrados por las noches, dejarlos salir por las mañanas. A veces, cuando una persona siente que puede aportar algo para una comunidad...

—Mira a tu alrededor —interrumpe Zab—. ¿Ves algún trabajador social? ¿Ves alguna cárcel?

—¿Y qué van a aportar? —pregunta Amanda—. ¿Vas a ponerlos al frente de una guardería?

—Sería un riesgo para todos —opina Katuro.

—El único lugar seguro donde podemos meterlos es un hoyo en el suelo —afirma Shackleton.

—Pasemos a la votación —propone Zab.

Usan unos guijarros —la elección tiene resonancias arqueológicas—: negros para muerte, blancos para clemencia.

*Siempre los antiguos símbolos*, se dice Toby mientras mete los guijarros en el gorro rojo de Jimmy. Sólo uno es blanco.

Los cerdones votan colectivamente por medio de su líder. Barbanegra hace las veces de intérprete.

—Escogen la muerte —le informa a Toby—, pero no piensan comérselos: no pretenden que pasen a formar parte de ellos.

Los crakers se sienten confusos. Salta a la vista que no entienden qué es un *voto* o un *juicio*. ¿A qué viene eso de meter unos guijarros en el gorro de Jimmy de las Nieves? Toby les dice que es una cosa de Crake.

### La historia del juicio

Por la noche, metieron en una habitación a los dos hombres malos atados con cuerdas. Nos dábamos cuenta de que las cuerdas les hacían daño, y los ponían tristes y los enfadaban. Pero al contrario de la vez anterior, ahora no les quitamos las cuerdas. Toby nos dijo que no lo hiciéramos porque entonces habría más muertes. Les dijimos a los niños que no se acercaran porque los hombres malos podían morderlos.

A continuación les dieron sopa hecha con un hueso apestoso.

Por la mañana hubo un juicio. Todos lo visteis: fue en la mesa. Se dijeron muchas cosas. Los Ser Dones también estaban en el juicio.

Después del juicio, los Ser Dones se marcharon a la orilla del mar, y Toby fue con ellos, armada con ese palo que no deja que toquemos. Y también fueron Zab, Amanda, Ren, Crozier y Shackleton. Pero nosotros, los Hijos de Crake, no fuimos porque Toby dijo que nos resultaría doloroso.

Y después de un rato volvieron sin los dos malos. Parecían cansados, pero también más tranquilos.

Toby dijo que por fin estábamos a salvo de los malos. Los Ser Dones dijeron que sus hijos también estaban a salvo por fin. Y dijeron que, aunque la batalla había terminado, seguirían respetando el acuerdo al que habían llegado con Toby y Zab, y no darían caza ni se comerían a ningún otro que llevara dos pieles encima, y tampoco revolverían en el huerto ni se comerían la miel de las abejas.

Y Toby me contó las palabras que les dijo a ellos, y que fueron: «Por nuestra parte también vamos a respetar el acuerdo: ninguno de vosotros, ninguno de vuestros hijos ni de los hijos de vuestros hijos terminará convertido en hueso apestoso para sopa, ni en jamón, ni en beicon.»

Y entonces Rebecca dijo: «Qué mala suerte.»

Y Crozier dijo: «Pero ¿qué cojones dicen? ¿Qué está pasando, joder?» Y Toby dijo: «Cuida tus palabras, lo estás haciendo un lío.»

Y yo dije que no hacía falta llamar a Joder porque no teníamos problemas ni necesitábamos su ayuda. Toby estuvo de acuerdo: respondió que a Joder no le gustaba que lo invocaran porque sí, y Zab se puso a toser.

Después de que los Ser Dones se marcharan, Toby nos contó que habían dejado a los dos hombres malos en la orilla para que las olas se los llevasen. Habían terminado con ellos, tal como Crake eliminó el caos, así que todo estaba mucho más limpio.

Sí, Crake es bueno, Crake es amable.

No cantéis, por favor.

Porque si cantáis no oigo bien lo que Crake quiere que os diga, y además, cuando le cantamos no puede decir más palabras de la historia porque tiene que escuchar los cánticos.

Y ésta ha sido la historia del juicio. Es una cosa de Crake. Nosotros no necesitamos que haya juicios, sólo los dospieles y los Ser Dones los necesitan.

Y mejor así, porque aquel juicio no me gustó.

Gracias, buenas noches.

# Ritos

«Festividad de los Cnidarios», escribe Toby. «Luna creciente.»

«Entre los cnidarios se cuentan las medusas, los corales, las anémonas de mar y las hidras. En su día, los Jardineros de Dios fueron muy meticulosos: hicieron cuanto estaba en su mano por incluir todo filo y todo género en su listado de festividades. Eso sí, algunas de las celebraciones eran más extrañas que otras. La Festividad de los Parásitos Intestinales, por poner un ejemplo, era memorable, pero no precisamente agradable.

»Por el contrario, la Festividad de los Cnidarios resultaba especialmente bonita. Había alegres lámparas de papel en forma de medusas y muchos elementos decorativos hechos con objetos hallados en contenedores de basura. Se usaban creativamente los globos pinchados, inflaban los guantes de goma ornándolos con flecos de hilos, creaban anémonas marinas a partir de viejos cepillos para fregar los platos, hidras con bolsas para sándwich de plástico transparente.

»Los niños bailaban la danza de la pequeña medusa envueltos en serpentinas y agitando lentamente los brazos. Un año, montaron e interpretaron una interminable representación sobre el ciclo vital de la medusa: "Primero fui un huevo, luego crecí y crecí, ahora soy una medusa verde, rosada y azul..." Se produjo cierta tensión dramática cuando entró en

501

escena la carabela portuguesa: "Vago sin rumbo por el mar, mis tentáculos son casi invisibles, pero mejor no te acerques porque acabo contigo..."

»¿Ayudó Ren a montar la función? ¿Y Amanda? La canción, la "caza" del niño pequeño que encarnaba a un pez, la picadura mortal de necesidad... todo tenía el sello personal de Amanda. O mejor dicho, de la Amanda de por entonces, la descarada muchacha crecida en las calles de la plebilla, una Amanda que parece haber vuelto por sus fueros tras la eliminación de los dos desalmados paintbalistas.»

«Tras la eliminación de los dos desalmados paintbalistas», ha escrito. Eso de "eliminación" hace pensar en la eliminación de basuras. Se pregunta si semejante tono despectivo es propio de ella, de la antigua Eva Seis. Decide que no, pero deja el párrafo como está.

«Tras la eliminación de los dos desalmados paintbalistas, Ren, Shackleton, Amanda, Crozier y yo volvimos andando por el camino forestal que conducía a InnovaTe. Llegamos al árbol donde los paintbalistas habían dejado al pobre Oates colgando con el cuello rajado. No quedaba mucho de él —los cuervos, y Dios sabía qué otros seres más, habían estado asimilándolo—, pero Shackleton se encaramó en el árbol y cortó la cuerda. Entre él y Crozier recogieron los huesos de su hermano pequeño y los pusieron en una sábana que anudaron para hacer un fardo.

»Había llegado el momento de compostar: los cerdones se ofrecieron a transportar a Adán y a Jimmy al lugar escogido en muestra de amistad y de cooperación entre las especies. Recolectaron flores y helechos con los que cubrieron todos los cadáveres, y fuimos andando en procesión. Los crakers no cesaron de cantar por el camino.»

Y añade: «... lo que era insoportable». Pero lo piensa mejor: se da cuenta de que Barbanegra está haciendo grandes progresos con la escritura y un día podría leer y entender esta entrada de su diario. Borra esa frase.

«Tras una breve discusión, los cerdones entendieron que no pensábamos comernos a Adán y Jimmy, y que no queríamos que ellos lo hicieran. Accedieron. Parecen regirse por una complicada serie de normas en estos casos: las madres embarazadas se comen las camadas que llegan muertas al mundo para proporcionar proteína a las crías en crecimiento, pero los adultos (sobre todo los adultos respetados) se aportan como una contribución al ecosistema general. Todas las demás especies, sin embargo, están a disposición de quien lo quiera.

»Amanda agregó que no estaba dispuesta a aceptar que el ciclo vital de Jimmy pasara por la conversión en boñigas de cerdo, algo que Barbanegra se abstuvo de traducir. En el caso de Oates, lo que quedaba de él era tan poco que ese problema no existía.

»Enterramos a los tres cerca de Pilar y plantamos un árbol encima de cada uno. A la hora de seleccionar un árbol para Jimmy, Ren, Amanda y Lotis Azul fueron al jardín botánico, en concreto a la sección de frutales del mundo (las guiaron los cerdones: les encanta la fruta y sabían bien dónde estaba) y una vez allí escogieron un cafetero de Kentucky, cuyas hojas tienen forma de corazón y cuyo fruto silvestre es un buen sustitutivo del café. Muchos del grupo van a alegrarse al saberlo, pues la provisión de sucedáneo hecho con raíces tostadas está empezando a agotarse.

»Crozier y Shackleton se decantaron por un roble para Oates: la elección dejó a los cerdones entusiasmados, pues más tarde habría bellotas que comer.

»Zab se encargó de escoger el árbol para su hermano Adán Uno. Eligió un manzano silvestre, "un árbol con connotaciones bíblicas", argumentó, "y adecuado por otros motivos". En este caso, las manzanas servirían para hacer una buena compota, lo que le habría gustado mucho a Adán: aunque siempre conscientes de la simbología, los Jardineros se mostraban prácticos en esas cuestiones.

»Los cerdones ya tenían sus propios ritos fúnebres: no enterraron a la marrana muerta, sino que la llevaron a un claro del parque cercano a una de las mesas para pícnic, la cubrieron de flores y ramas, y a continuación se quedaron en silencio con las colas apuntando al suelo. Entonces, los crakers prorrumpieron en uno de sus cánticos.»

—Oh, Toby, ¿qué estás escribiendo? —pregunta Barbanegra. Acaba de entrar en el cuarto de Toby en el caserón —sin molestarse en llamar, como de costumbre— y está de pie junto a su codo. Escudriña su rostro con los ojazos verdes, increíblemente luminosos.

¿Cómo se las arregló Crake para diseñar unos ojos así? ¿Cómo pueden iluminarse desde dentro? ¿O sólo dan la impresión de iluminarse? Quizá Crake recurrió a una propiedad luminiscente de alguna bioforma de las profundidades marinas. Dejémoslo ahí. No es la primera vez que se lo pregunta.

—Estoy escribiendo la historia —responde—: tu historia, la mía, la de los cerdones, la de todos. Escribo cómo metimos a Jimmy de las Nieves, a Adán Uno y a Oates en el suelo para que Oryx los cambie y les dé forma de árboles. Y eso es algo feliz, ¿no crees?

—Sí, es algo feliz. ¿Qué te pasa en los ojos, oh, Toby? ¿Estás llorando? —Le toca una ceja con el dedito.

—Sólo estoy un poco cansada, tengo los ojos cansados de tanto escribir.

—Ronronearé sobre ti —propone Barbanegra.

Los crakers adultos ronronean, si bien los pequeños no. Barbanegra está creciendo muy deprisa —estos niños crecen más que rápido—, pero ¿es lo bastante adulto para ronronear? Eso parece: se ha llevado las manos a la frente y el ronroneo característico de los suyos, comparable al zumbido de un motor en miniatura, inunda el aire. Es la primera vez que alguien ronronea sobre ella: lo encuentra reconfortante, eso hay que reconocerlo.

—Ya —señala el crío—. Contar la historia es difícil, y escribir la historia tiene que ser aún más difícil. Oh, Toby, cuando estés demasiado cansada para seguir haciéndolo, yo escribiré la historia, para ayudarte.

—Gracias. Eso es muy amable.

La sonrisa que Barbanegra le dedica resplandece como el amanecer.

# El momento de la luna

*Festividad de Briófita el Musgo. Luna menguante.*

«Soy Barbanegra y ésta es mi voz, que estoy escribiendo para ayudar a Toby. Si miras esta escritura que he hecho, podrás oírme (soy Bambanegra) hablándote dentro de tu cabeza. Es lo que se llama "escritura". Los Ser Dones pueden hacer lo mismo sin escritura, y nosotros, los Hijos de Crake, a veces también podemos, pero los dospieles no pueden.

»Toby me ha dicho hoy que *briófita* es "musgo". Le he dicho que, si es "musgo", entonces yo debería escribir *musgo*. Toby dice que tiene dos nombres, como Jimmy de las Nieves. Así que voy a escribirlo así: Briófita el Musgo.

»Hoy hemos hecho las imágenes de Jimmy de las Nieves y de Adán. A Adán no lo conocimos, pero hicimos su imagen para Zab, Toby y los demás que lo conocieron. Para Jimmy de las Nieves utilizamos una esponja que encontramos en la playa, la tapa de un frasco, unos cuantos guijarros y alguna otra cosa, pero el gorro rojo no porque nos hace falta para contar historias.

»Para Adán usamos una piel de tela que encontramos, hicimos dos brazos y pusimos una bolsa de plástico blanco para la cabeza, con plumas que le arrancamos a una gaviota que ya no iba a necesitarlas, y unos cristales azules que había en la arena, porque él tenía los ojos azules.

»Ya una vez antes hicimos otra imagen de Jimmy de las Nieves para que regresara a nuestro lado, y sí que volvió. Estas otras imágenes de ahora no van a hacer que Jimmy de las Nieves y Adán vuelvan con nosotros, pero sí harán que Toby, Ren y Amanda se sientan mejor. Por eso hemos hecho las imágenes, porque a ellas les gustan las imágenes.

»Gracias. Buenas noches.»

*Festividad de Santa Maude Barlow, la del Agua Fresca. Luna nueva.*

«Zab ha estado recuperándose de la muerte de Adán. Él y los demás están trabajando en una ampliación del caserón de adobe porque pronto será necesaria una habitación para niños. Los embarazos se desarrollan mucho más rápido de lo habitual y la mayoría de las mujeres están convencidas de que los tres bebés van a ser híbridos de craker.

»El huerto cada vez está más cuidado. El rebaño de mohairs crece y hay tres nuevas: una de pelo azul, una pelirroja y una tercera rubia, aunque una más desapareció por culpa de un cordeleón. El número de cordeleones también parece ir en aumento.»

«Uno de los crakers dice que ha visto algo que lleva a pensar en un oso», escribe Toby. «No me sorprendería. ¿Quizá ha llegado el momento de poner a alguien a vigilar las colmenas? Ahora hay dos, pues nos hicimos con un segundo enjambre.»

«Proliferan los ciervos: son una fuente aceptable de proteína animal. Su carne es mucho más magra que la de cerdo, aunque no tan sabrosa. Ni de lejos se parece al beicon; eso sí, Rebecca dice que es mucho más sana.»

*Festividad de las Gimnospermas. Luna llena.*

Toby ha cometido el error de anunciarles a los demás que, para los Jardineros de Dios, es la Festividad de las Gimnospermas. Han respondido con un montón de chistes malos sobre gimnastas y semen, y hasta sobre los hombres crakers; incluso Zab ha hecho un chiste. En su caso es buena señal: quizá el duelo va quedando atrás.

Han instalado otras tres unidades solares. Una de las que había se estropeó definitivamente y uno de los biodoros violeta tampoco funciona muy bien. Shackleton y Crozier han probado a fabricar carbón vegetal con resultados no del todo satisfactorios. Rino, Katuro y Manatí se han ido a pescar a la orilla, Pico de Marfil está diseñando una barquilla de mimbre y cuero.

Dos cerdones jóvenes —poco más que unas crías— estuvieron excavando bajo el vallado del huerto y los sorprendieron pegándose un festín de tubérculos; zanahorias y remolachas sobre todo. Últimamente los maddaddámidas han descuidado la vigilancia porque dan por sentado que los cerdones respetarán el acuerdo de paz. Y es cierto que los adultos lo respetan aunque, como suele pasar, la juventud llega pisando fuerte y haciendo de su capa un sayo.

Se celebró una reunión y los cerdones enviaron una delegación formada por tres adultos que se mostraron avergonzados e irritados a la vez, como suelen mostrarse los adultos avergonzados por las acciones de sus hijos. Barbanegra se ocupó de traducir.

«No volverá a suceder», prometieron los cerdones. Han amenazado a sus traviesos pequeñuelos con una rápida transformación en beicon y huesos para sopa, amenaza que parece haber surtido efecto.

*Festividad de San Geyikli Baba de los Ciervos. Luna nueva.*

Las abejas son productivas: han cosechado miel por primera vez. Nogal Antillano ha formado un grupo de meditación a través de la música al que varios crakers se han sumado con entusiasmo. Beluga colabora con ella. Tamarao ha estado probando a hacer quesos de oveja, duros y blandos, así como yogur. La habitación de los niños ya está terminada, a tiempo. Muy pronto vendrán al mundo los tres bebés, aunque Zorro del Desierto afirma que ella va a tener gemelos. Las cunas son el nuevo tema de conversación.

«Barbanegra ahora lleva su propio diario», anota Toby. «Le he dado un bolígrafo y un lápiz. Me gustaría saber qué es lo que escribe, pero no quiero meter las narices. Ha crecido mucho, ahora es tan alto como Crozier. Comienza a estar un poco azulado, pronto será un adulto. ¿Por qué me entristezco al pensarlo?»

*Festividad de San Fiacre de los Jardines.*

«Ésta es mi voz, la voz de Barbanegra, que oís dentro de la cabeza. Es lo que se llama "leer". Y ahora tengo mi propio cuaderno, uno nuevo para escribir mis palabras y no las palabras de Toby.

»Toby y Zab han hecho hoy una cosa rara: saltaron sobre una pequeña fogata y Toby le dio una rama verde a Zab, y Zab le dio una rama verde a Toby, y luego se besaron y todos los dospieles que estaban mirándolos gritaron de alegría.

»Y yo (Barbanegra) dije: "Oh, Toby, ¿por qué hacéis todo esto?"

»Y Toby dijo: "Es una costumbre para mostrar que nos queremos."

»Y yo (Barbanegra) dije: "Pero si ya sabéis que os queréis."

»Y Toby dijo: "Es un poco difícil de explicar." Y Amanda dijo: "Lo hacen porque los hace felices." Barbanegra (yo soy ~~Babarnerga~~ Barbanegra) no lo entiende bien: no es fácil saber qué cosas los hacen felices o no.

»Babranerga pronto estará listo para aparearse por primera vez. Cuando la próxima mujer se ponga azul, él también se pondrá muy azul, le llevará flores, y es posible que ella entonces lo escoja. Él (yo, Barbanegra) preguntó a Toby si aquellas ramas verdes eran algo parecido, como cuando

nosotros recogemos flores para que nos elijan y luego cantamos, y ella dijo que sí, que algo parecido. Así que ahora lo
entiendo mejor.

»Gracias. Buenas noches.»

*Festividad de Quercus. Fiesta de los Cerdones. Luna llena.*

«Me he tomado la libertad de sumar a los cerdones al calendario de festividades de los Jardineros», apunta Toby. «Mere-
cen contar con un día en su honor. He escogido el dedicado
a los Quercus: la Festividad del Roble. Me pareció buena
idea por la cuestión de las bellotas.»

*Festividad de Artemisa, Nuestra Señora de los Animales. Luna
llena.*

Los tres nacimientos tuvieron lugar a lo largo de las dos últimas semanas. Los cuatro nacimientos, mejor dicho, ya que
Zorro del Desierto dio a luz gemelos: un niño y una niña.
Ambos tienen los ojos verdes de los crakers, lo que para Toby
supone un gran alivio: ahora sabe que no tendrá que batallar
con dos Zab en miniatura. Ha cosido cuatro gorritos con la
tela de una sábana con estampado de flores para proteger sus
cabecitas del sol. Las mujeres craker se parten de risa al verlos. ¿Para qué sirven? Sus retoños nunca sufren quemaduras.

Menos mal, el bebé de Amanda también es de origen
craker —los ojazos verdes son inconfundibles—, no paintbalista. El parto se complicó, por lo que Toby y Rebecca
tuvieron que practicar una episiotomía. Toby no quería darle
demasiada adormidera para no perjudicar al niño, así que resultó doloroso. La inquietaba la posibilidad de que Amanda
rechazase al pequeño, pero no fue el caso. Se diría que está
muy contenta con él.

El bebé de Ren, de bellos ojos verdes, también es un
híbrido de craker. ¿Qué otros rasgos habrán heredado estos

niños? ¿Habrán venido al mundo con repelente contra insectos incorporado, o con las estructuras vocales que permiten a los crakers cantar de ese modo tan peculiar y ronronear como felinos? ¿Tendrán los mismos ciclos sexuales? Esas cosas se debaten en torno a la mesa, a la hora de cenar.

Las tres madres y los cuatro bebés se encuentran bien, y las mujeres craker pululan alrededor, ronronean, ayudan, los cuidan, les llevan regalos —hojas de kudzu y brillantes fragmentos de vidrio recogidos en la playa, pero la intención es lo que cuenta.

Lotis Azul también se ha quedado embarazada. Dice que el padre no es uno de los crakers, sino Manatí. Y él la procura y la atiende cuando no está pescando en la playa o cazando ciervos en el bosque.

Crozier y Ren han convenido en criar al hijo de esta última a medias. Shackleton ayuda a Amanda en lo que puede, y Pico de Marfil se ha ofrecido a hacer de padre (más o menos) de los gemelos de Zorro del Desierto.

—Todos debemos echar una mano —afirma— porque éste es el futuro de la raza humana.

—Pues menudo futuro —dice Zorro del Desierto, aunque no rechaza su ayuda.

«Zab, Rino y yo nos hemos aventurado hoy a ir a cosechar a la farmacia», escribe Toby. «Tuvimos suerte y volvimos con sacos llenos de pañales desechables. Pero ¿de verdad son necesarios? Los crakers no se molestan en ponérselos a sus propios bebés.»


*Festividad de Kannon la Oryx y de Rizoma la Raíz. Luna llena.*


«Toby dice que Kannon es como Oryx y *rizoma* es como *raíz*, así que yo (Barbanegra) lo he apuntado a mi manera.

»Aquí están los nombres de los niños que han nacido:

»El bebé de Ren se llama Jimadán, como Jimmy de las Nieves y Adán juntos. Ren dice que quería que la gente siguiera pronunciando el nombre de Jimmy, y que quería lo mismo para el nombre de Adán.

»El bebé de Amanda se llama Pilaren, como Pilar, quien vive en el saúco con las abejas, y como Ren, que es buena amiga suya y ayuda en lo que puede. "Está a las duras y a las maduras", me dijo Amanda. Yo (Barbanegra) voy a preguntarle a Toby qué es "A las duras y a las maduras".

»Los bebés de Zorro del Desierto se llaman Médula y Oblongada. Médula es un niño y Oblongada una niña. Zorro del Desierto me explicó por qué les puso esos nombres, pero es difícil de entender. Es por algo que hay dentro de la cabeza.

»Todos esos niños nos hacen muy felices.

»Yo (Barbanegra) me apareé por primera vez con Sarah-Lacy, que escogió la flor que le llevaba, así que estoy más contento que nadie. Pronto vendrá otro niño, nos ha dicho SarahLacy, pues yo (Barbanegra) y los otros tres cuatropadres bailamos el baile del apareamiento con mucha gracia.

»Por no hablar de las canciones.

»Gracias. Buenas noches.»

# El Libro

# El Libro

Pues éste es el Libro que Toby hizo cuando vivía con nosotros. Mirad, os lo enseño. Puso estas palabras en una página. Una *página* está hecha de papel. Tuvo que hacer algo que se llama *escribir*. Marcó las palabras con un palo llamado *bolígrafo* que tiene un líquido negro llamado *tinta*, y juntó todas las páginas y por eso se llama *libro*. Mirad, os lo estoy enseñando: esto es el Libro, éstas son las páginas, esto es el escribir.

Y me enseñó a mí, Barbanegra, a poner el escribir en la página con un bolígrafo cuando era pequeño, y me enseñó a convertir las marcas en voz otra vez, así que, cuando miro la página y leo el escribir, la voz que oigo es la de Toby, y cuando os leo en voz alta este escribir también oís la voz de Toby.

No cantéis, por favor.

Y Toby puso en el libro las palabras de Crake, y también las palabras de Oryx, y cómo nos hicieron los dos juntos y también hicieron este mundo seguro y hermoso para que viviéramos en él.

Y en el Libro también están las palabras de Zab y de su hermano Adán; y las palabras de cuando Zab se comió al oso y cómo se convirtió en nuestro defensor contra los hombres malos que hacían cosas crueles que hacían daño; y también están las palabras de los ayudantes de Zab: Pilar, Rino, Katrina la Uau y *Marzo* la Serpiente, así como las de todos los maddaddámidas, y las palabras de Jimmy de las Nieves, que estuvo presente al principio de todo, cuando Crake nos hizo, y que luego nos sacó del Huevo para traernos a este lugar, un lugar mejor.

Y también están las palabras sobre Joder, a pesar de que ésas son pocas. Como veis, solamente hay una página sobre Joder.

Sí, ya sé que Joder nos ayuda cuando aparecen problemas y siempre viene volando. Crake lo envió, y cuando decimos su nombre honramos a Crake. Pero en este escribir no hay mucho sobre Joder.

Por favor, no cantéis todavía.

Y Toby también puso las palabras sobre Amanda, Ren y Zorro del Desierto, nuestras tres Amadas Madres de Oryx, que nos enseñaron que todos somos personas, tanto nosotros como los dospieles, que estamos hechos para ayudarnos los unos a los otros aunque tengamos distintos dones y unos nos volvamos azules y otros no.

Así que Toby dijo que debemos ser respetuosos y siempre preguntar primero, para asegurarnos de que una mujer está azul de verdad o sólo huele azul, cuando tengamos alguna duda sobre el tema azul.


Y Toby también me enseñó qué hacer cuando no quedaran más bolígrafos de plástico ni lápices, porque podía ver el futuro y sabía que llegaría el momento en que no habría más bolígrafos, lápices ni papeles entre los edificios de la ciudad del caos, donde antes florecían.

Y me enseñó a usar las plumas grandes de los pájaros para hacer las marcas, y hasta a usar los palos de los paraguas rotos.

Un *paraguas* es una de esas cosas del caos: los usaban para que la lluvia no los mojase.

No sé por qué lo hacían.

Y Toby me enseñó a poner las marcas con tinta hecha con cáscara de nuez mezclada con vinagre y sal; y esa tinta es marrón. Se pueden hacer tintas de otros colores con bayas silvestres: hicimos tinta granate con las bayas del saúco donde vivía el espíritu de Pilar, y con esa tinta marcamos las palabras de Pilar.

Y me enseñó a hacer papel a partir de plantas.

Y Toby me advirtió muchas cosas sobre este Libro. Dijo que el papel no puede mojarse o el escribir se diluiría y nadie podría volver a leerlo, y le crecería moho y se volvería negro y se haría polvo hasta quedar en nada. Eso nos obligaría a hacer otro Libro con el mismo escribir que el de antes. Y cada vez que una persona aprendiera el escribir y el papel y el bolígrafo y la tinta y el leer, tendría que hacer el mismo Libro, con el mismo escribir que el otro. Pero si tenemos cuidado siempre estará ahí para que lo podamos leer. Y me dijo que, cuando llegáramos al final del Libro, deberíamos poner más papeles, pegarlos al Libro y marcar en ellos todo lo que pasara después de que ella se fuera, para que todos pudiésemos conocer las palabras sobre Crake y sobre Oryx, y sobre nuestro defensor Zab y sobre su hermano Adán, y sobre ella misma, y Pilar, y las tres Amadas Madres de Oryx. Y también sobre nosotros y sobre el Huevo del que salimos al principio de todo.

Y les he estado enseñando todas estas cosas sobre el Libro y el papel y el escribir a Jimadán y a Pilaren y a Médula y a Oblongada, que nacieron de Ren y de Amanda y de Zorro del Desierto: nuestras tres Amadas Madres de Oryx.

Y ellos quieren aprender, aunque no es fácil. Pero han aprendido todas estas cosas para ayudarnos a todos. Y cuando yo ya no esté aquí entre vosotros y me haya ido a donde están Toby y Zab, como Toby dijo que pasaría con el tiempo, entonces Jimadán y Pilaren, Médula y Oblongada les enseñarán todas estas cosas a los más pequeños.

Yo ya he puesto mis añadidos al Libro, he puesto todas las cosas que pasaron después de que Toby dejara el escribir para siempre, cuando dejó de ponerlo todo en el Libro. Y lo he hecho para que todos sepamos de ella, y también cómo hemos llegado a ser lo que somos.

Y estas nuevas marcas que he hecho son la historia de Toby.

# La historia de Toby

Me pongo el gorro rojo de Jimmy de las Nieves. Lo veis, ¿no? Me lo he puesto en la cabeza y me he llevado un pescado a la boca y lo he sacado. Y ahora escuchad mientras os leo la historia de Toby que he escrito al final del Libro.

Un día, Zab se marchó al sur. Fue allí porque mientras estaba cazando un ciervo vio una columna de humo a lo lejos. No era el humo de un incendio en el bosque: era una columna delgada, poco más que un hilo. Estuvo observando ese humo varios días seguidos y todo el tiempo era del mismo tamaño, ni más grande ni más pequeño, hasta que un día empezó a acercarse al lugar donde estaba él, y al día siguiente se acercó aún más.

Y entonces Zab nos avisó de que podían estar acercándose otras gentes de la época anterior al caos, anterior a que Crake eliminara el caos para siempre. ¿Serían buenas gentes o serían hombres malos y crueles que iban a hacernos daño? No se sabía, pero Zab no quería que esas gentes se acercasen demasiado a nosotros sin saber la respuesta a esa pregunta. Si la respuesta era que se trataba de gente buena, podríamos ayudarlos y ellos podrían ayudarnos a nosotros, pero si no eran buenos, entonces él no dejaría que vinieran y nos hicieran daño, sino que los eliminaría.

Y Abraham Lincoln, Albert Einstein, Sojourner Truth y Napoleón querían ir con él para ayudarlo; y yo, Barbanegra, también quería ir, pues ya no era un niño, sino todo un hombre, fuerte y capaz de ponerme azul. Pero Zab nos dijo que la cosa podía ser brutal. Y no entendimos qué era *brutal*, aunque Zab sólo nos dijo que esperaba que no llegásemos a descubrirlo. Toby comentó que le había preguntado a Oryx y también al espíritu de Pilar, y que las dos afirmaban que teníamos que quedarnos donde estábamos, no acompañarlo. Y eso hicimos.

Y Zab se marchó con Rinoceronte Negro y Katuro. Manatí, Zunzuncito, Shackleton y Crozier querían acompañarlos también, pero Zab indicó que era mejor que se quedaran ya que había que proteger a los niños. Toby también debía quedarse, con su arma esa que no permitía que tocásemos. Así que ninguno de ellos fue. Y Zab dijo que sólo iba a mirar, a ver qué pasaba: si las noticias eran malas encendería un fuego, un fuego distinto del otro, para que viésemos el humo. Entonces tendríamos que enviarle ayuda, y no estaría de más decírselo a los Ser Dones, aunque primero habría que encontrarlos, porque ellos siempre andaban de aquí para allá.

Y esperamos mucho tiempo, pero Zab no volvió. Y Shackleton escogió a tres Hijos de Craker para ver si el delgado hilo de humo seguía allí donde antes, y volvieron y nos dijeron que no, que ya no estaba, lo que significaba que quienes hubieran estado haciendo el humo no eran gentes buenas, de modo que nuestro defensor Zab tuvo que hacer una batalla por sorpresa para que no se acercasen más a nosotros. Pero como no volvió, supusimos que había muerto en la batalla, igual que Rino y Katuro.

Y después de oírlo, Toby empezó a llorar.

Nos quedamos todos muy tristes, pero Toby estaba más triste que nadie, pues Zab se había ido. Ronroneamos sobre ella sin descanso, pero no volvió a ponerse contenta.

Y entonces empezó a adelgazar y a adelgazar, y a encogerse; después de unos cuantos meses nos dijo que tenía una enfermedad que estaba consumiéndola, que estaba devorándola por dentro, una enfermedad que no se curaba con ronroneos, ni con gusanos ni con ninguna otra cosa que ella conociera. Aquella enfermedad que la consumía por dentro fue a peor y a peor, y al poco ya no podía caminar. Le dijimos que podíamos cargar con ella y llevarla a donde quisiera; nos miró y sonrió y dijo: «gracias».

Luego nos fue llamando uno a uno y nos dijo «buenas noches», igual que nos había enseñado a hacer tiempo atrás para desearle a la otra persona que duerma bien y no tenga malos sueños. Nosotros también le dijimos «buenas noches» y cantamos para ella.

A continuación, Toby cogió su vieja bolsa de viaje, que era de color rosa, y metió un jarro con adormidera y otro con unos hongos que siempre nos decía que no tocásemos. Y se fue andando muy despacio bosque adentro con la ayuda de un palo, y nos pidió que no la siguiéramos.

No puedo escribir en el Libro adónde fue porque no lo sé. Hay quien dice que murió sola y se la comieron los buitres: es lo que cuentan los Ser Dones. Otros dicen que Oryx se la llevó y que ahora vuela por el bosque de noche bajo la envoltura de una lechuza. Otros dicen que fue a reunirse con Pilar y que su espíritu ahora también está en el saúco.

Y hay quien dice que fue a reunirse con Zab, que ahora tiene forma de oso, y que ahora ella también es una osa, y que están juntos. Es la mejor explicación porque es la más alegre, y por eso la he puesto en el papel. También he puesto las otras respuestas, pero en marcas más pequeñas.

Las tres Amadas Madres de Oryx lloraron mucho cuando Toby se marchó. Nosotros también lloramos y ronroneamos para consolarlas, y se sintieron un poco mejor. Y Ren dijo: «Mañana será otro día», y nosotros dijimos que no entendíamos qué significaba eso, y Amanda dijo que no nos preocupáramos, que no era importante. Y Lotis Azul dijo que era una cosa de la esperanza.

Y entonces Zorro del Desierto nos comunicó que otra vez estaba embarazada, que pronto iba a haber un niño más. Y los cuatropadres éramos Abraham Lincoln, Napoleón, Picasso y yo, Barbanegra; y estoy muy contento de que me escogiera para aparearse conmigo. Y Zorro del Desierto dijo que si tenía una niña, la llamaría Toby, y esto es una cosa de la esperanza.

Aquí acaba la historia de Toby. La he escrito en el Libro y he puesto mi nombre (Barbanegra) como Toby me enseñó a hacer cuando no era más que un niño. Eso aclara que fui yo el que puso todas estas palabras.

Gracias.

Y ahora vamos a cantar.

# Agradecimientos

*Maddaddam* es una obra de ficción, pero todas las tecnologías y bioseres que aparecen en sus páginas existen hoy en día, están en proyecto o son teóricamente posibles. La mayor parte de los protagonistas de *Maddaddam* aparecen en los dos primeros libros de la serie: *Oryx y Crake* y *El año del Diluvio*. Algunos de sus nombres tienen origen en donaciones hechas a distintas iniciativas, como la Medical Foundation for the Care of Victims of Torture (Amanda Payne) y la revista *Walrus* (Rebecca Eckler). En este tercer libro también aparece Allan Slaight (Slaight el Prestidigitador es un homenaje a él) por gentileza de su hija Maria, quien escribió una biografía de su padre que se titula *Sleight of Hand* («Prestidigitación»). Katrina Wu es un homenaje a Yung Wu, y la serpiente *Marzo*, a un ofidio que sacaba los números en una rifa de <wattpad.com> que ganó Lucas Fernandes. San Nikolái Vavílov me lo sugirió Sona Grovenstein.

Carmen Brown, de Honey Delight, en Canberra, Australia, me ayudó en la descripción de los procedimientos y trucos de apicultora.

Como siempre, doy las gracias a mis editoras: Ellen Seligman, de McClelland & Stewart (Canadá); Nan Talese, de Double-

523

day (Estados Unidos); y Alexandra Pringle, de Bloomsbury (Reino Unido).

Gracias también a mis primeros lectores: Jess Atwood Gibson; mis agentes británicas, Vivienne Schuster, Karolina Sutton y Betsy Robbins, de Curtis Brown; y Phoebe Larmore, mi agente para Norteamérica; así como Timothy O'Connell. Gracias asimismo a Ron Bernstein y gracias en especial a Heather Sangster, de <strongfinish.ca>, por la maratoniana labor de corrección, tras la cual tuvo que hacer frente a una tempestad de nieve y un coche que no arrancaba.

Y gracias al personal de mi oficina: Sarah Webster y Laura Stenberg; a Penny Kavanaugh; al artista digital y especialista en efectos especiales V. J. Bauer ( <vjbauer.com>), a Joel Rubinovich y Sheldon Shoib. Gracias a Michael Bradley y Sarah Cooper, a Coleen Quinn y a Xiaolan Zhao. También a Louise Dennys, LuAnn Walther, y Lennie Goodings, y a mis numerosos agentes y editores de todo el mundo.

También querría dar las gracias al doctor Dave Mossop y a Grace Mossop, a Barbara y Norman Barricello, todos ellos de Whitehorse, Yukón; y a los muchos lectores que me han animado a escribir este libro, incluidos los que lo hicieron desde Twitter y Facebook.

Por último, un agradecimiento especial a Graeme Gibson, con quien paseo por los bosques del atardecer de la vida en busca de bioformas nutritivas, luchando contra las hostiles siempre que aparecen y comiéndonoslas cuando es posible.